二十世紀十大家詞選

黃兆漢
林　立　主編

臺灣學生書局印行

黃　序

這是我與林立博士合作的第二本書。第一本是《清十大家詞選》，已於 2003 年出版了。《清十大家詞選》出版後，學界反應良好，連一些老師輩的學者都認為寫得不錯，資料豐富，評析深入。也或多或少由於這個原因，我找林立與我合編這本書。另外一個原因是，他熟識和了解現今詞壇甚至詩壇的情況。

這本是我的「歷代十大詞人系列」計劃的最後一本了。我對它特別重視，故在挑選詞家和選錄作品兩方面我都十分著意，所費精神和時間亦較其他選本為多。尤其在挑選詞家方面，我躊躇了一段頗長的日子！

其實，挑選的原則很簡單，最基本的是他們必須活在二十世紀，或大半生活在二十世紀。其次是他們的詞作要有高度的藝術成就。經過廣泛地閱讀這個時期的詞作後，發覺原來符合這兩個原則的詞人是不少的，有二三十名！從這二三十名再挑選其中十名便頗費心思和氣力了。我們反復研究商議，一次又一次，經過了幾個月的時間，最後纔作出定論。有一陣子，我們曾經考慮，是否應該選出仍然健在的詞人。我的看法是，只要他們大半生活在二十世紀，詞作藝術高超，不論現時健在與否，都應該入選。這樣，纔對得住他們，對得住學術界，更對得住我們定下的原則。最後，林立也同意了！我撫心自問，在選人方面是絕對客觀和符合原則的。至於我的識力夠不夠是另一回事。

選人和選詞花去我們不少精神和時間，尤其是林立，他見詞讀詞，把二十世紀的詞集都差不多讀盡了。真的幸有林立幫手，否則有多種詞集我在這裏是無法讀得到的。詞人選出了後，林立便進一步細讀他們的作品，更為每位詞人選出優秀之作二三十篇寄給我，讓我從中選出十篇。很多時我都可以在林立選出的篇章選出足夠的作品，但也有時我會向他提出一兩篇我認為更好的作品去替代的。總的來說，我們沒有太多的爭議。歸根究柢，林立是個好學生，很尊重老師的一個好學生。不然的話，我們怎可能合作一次又一次呢？

選出的十位詞人之中，陳洮叔是最早的一位，生於 1871 年，卒於 1942 年，享年七十二，有大半生（四十二年）活在二十世紀。最後一位是羅忼烈教授，生於 1918 年，現還健在。毫無疑問，他們都是二十世紀的詞人，絕對符合我們的大原則。清末大詞人朱彊村最推許洮叔，認為他與況周頤為「並世兩雄，無與抗手」。至於羅忼烈教授，他在詞曲上的成就是當今少有的。饒宗頤教授這樣稱讚他：「至君詞之高騫，翛然獨遠。當代作手，罕有倫匹。」（《兩小山齋樂府·序》）可見他們在詞方面的成就是相當高的。其餘八位詞人的情況亦類似，林立在書中自有交代，於此無須絮叨不休。只要我們細讀他們的作品，自然可以領略得到。

於此要特別一提的是，十位詞人之中三位是女性：呂碧城、沈祖棻和丁寧。我們挑選她們的理由絕對不是因為他們是女性，要特意標榜女詞人，而是因為他們符合我們的挑選兩大原則。她們入選，當然不是僥倖，而是實至名歸的結果！

我和林立於 2004 年初著手這個編著計劃，到如今已差不多四年了。我的健康向來不好，興趣又多，計劃的完成全賴林立。雖說發起這個計劃是我的原意，在選人選詞兩方面雖也曾出過點力，但全書的編寫都是出自林立之手。不錯，全稿我都細讀過一次，亦同時提供過一些意見，在文字上也曾有過增刪，但，這些只是瑣事和小事而已，對全書的貢獻是不大的。此書之能夠完成和面世，百份之九十以上的功勞是屬於林立的。我的工作實在算不上甚麼，只不過是編者的應有責任而已。

最後，值得一提的是，在挑選詞人的過程中，香港大學饒宗頤學術館研究主任鄭煒明博士曾經為我們提供過不少寶貴意見，於此特致謝忱。煒明曾一度有意參加我們的編著工作，可是後來基於他的職務太忙，抽不出時間，終於打消了這個念頭。無論如何，我們對他的熱情和興趣表示感謝。

序寫到這裏要結束了。此序的完結亦表示我的「歷代十大詞人系列」計劃的完結！回顧過去，此系列計劃的第一本書是《宋十大家詞選》（1996），接著的是《金元十家詞選》（1996）、《清十大家詞選》（2003）、《唐五代十大家詞選》（2006）、《明十大家詞選》（2007），加上這本，共六種，前後花上十二三年的工夫！可是，如果沒有一批同學的熱情幫助，恐怕花上的時間更多，何止一倍！於此，我衷心向這些同學——合作者致萬二分謝意。

計劃完成了，如釋重負；但心裏總覺得有點空虛！很無奈的。

黃兆漢

於西澳珀斯倚晴樓

2007年8月

導　言

注疏之學，始自漢儒對《詩經》之詮釋，另又有所謂箋者。注之作用在辨解字義，剖析名物典故，大率歸於客觀。疏則以注為基礎，進而闡述，如孔穎達疏《毛詩鄭箋》者是也。至於箋，孔疏云：「鄭（玄）於諸經皆謂之注，此言箋者，呂忱《字林》云：箋者，表也，識也，鄭以毛學審備，遵暢厥旨，所以表明毛意，記識其事，故特稱箋。」然較之於注，已近於主觀，即《孟子·萬章上》所云「以意逆志」也。本書之評析，即近乎箋矣。

自漢以還，學人於箋注之道無不措意焉。而學問之塗，亦由是而啟。唯古人箋注，每不詳出處，且多曲解文意，穿鑿附會者，連篇累牘。至二十世紀，語體代興，文言旁落，讀者於古人辭章，日漸生隔，倘無箋注之助，則如墮五里霧中。而今人之箋注，受西學影響，參以古人之法，詳實賅備，可謂至矣。然近日學界，側重文論，視箋注之學如小道，又不能不處處徵引之，求教之，浮根泛本，不亦謬乎。故周汝昌撰文質之曰：吾國文化史上，嘗有一門重要之學術，存在數千年，影響至巨，而今日非但重視不足，無人覃研綜核，建立專學，且已其命如縷。若問此為何學，則曰：是謂中華之箋注學也。❶斯言可謂沈痛已極，然聞而矯之者又有幾人歟？

❶ 周汝昌，〈關於古代小說評點〉，載《名作欣賞》，1995年第1期，頁11。

二十世紀詞之研究，尚在初階，欲理出一發展之大勢，首在博觀並通讀詞人作品，以考其生平，辨其風尚，非如此無以見出其與當世詞壇之關係及影響所在。此猶探流溯源，初必窮通幽峽，始知江河之所由來。此書撰述之目的，即在乎此，倘能為後來登峰者鋪一階砌，則雖譏之曰小道，云壯夫不為，亦欣然而往矣。

詞至清代，號曰中興，晚近復有王鵬運、鄭文焯、況周頤、朱祖謀四大家，俱深研詞學，於校勘詞籍方面，貢獻尤大，而創作亦未愧前賢。又有文廷式等從旁鼓吹，可謂彬彬之盛，大備於時矣。洎入民國，雖政權易幟，舊體式微，然倚聲之道，尚有可述。作秋蟲之吟者，有況、朱二氏及王國維、陳洵、張爾田、陳曾壽、夏孫桐、趙熙、林鵾翔、冒廣生、夏敬觀等前朝遺老；為金石之聲者，則有高旭、柳棄疾、金天羽等南社諸彥，然此輩詩藝勝於詞藝，論考訂傳揚之功，究輸於前者。

至三十年代中，新銳輩出，如唐圭璋、龍榆生、夏承燾等，初亦從學於諸遺老門下，得其傳授大晟法乳，並注校精勤，交通新學，上承諸家墜緒，下啟當世吟壇，是為古今正變之一大樞鈕。又於治學之餘，寄情諷詠，嚶嚶同響，實不減雅人之緻，亦見出時代之風貌。其間信有優劣，要之亦天份與個人遭際使然，不可力強而至也。

四九年後至文革期間，意識形態左右學風，詞人或輟筆不作，或虛應口號，致佳構難得，是為詞苑之荒蕪期。然客居海外者，猶能保存舊學一脈，結社吟詠，每饒家國之思；秉筆勾勒，尤多身世之感，使華夏正聲，不致中絕。嗣八十年代大陸改革，騷壇亦隨之復活，吟事之盛，幾愈乎前代，惜多駁雜不純，求其所謂大家者，於先賢猶有未達。然假以時日，孰謂蘇、辛、周、姜之必不能復生歟？

是書因選民初以來具代表性之詞人十家，以明今世詞壇淵源所在及演變之趨向。前黃師兆漢已有類似系列，上自唐五代，下迄明清，嚴於去取，慧眼獨具。此書十家之目由兆漢師及余共同訂定，由於體制所限，遺珠必多，要亦為一家之言，不妨仁者見仁，智者見智也。施君議對編《當代詞綜》，其前言亦有十家之目，依次為：徐行恭、陳聲聰、張伯駒、夏承燾、唐圭璋、龍榆生、丁寧、詹安泰、李祁、沈祖棻，與本書所選大有出入。蓋其立意，倚重所謂第二代詞人（即出生於十九及二十世紀之交者），復考其於詞壇之地位、影響及交游網絡，非一概以詞作質量為準。如評陳聲聰，謂其閱歷長，交游廣，於百年來填詞家之情況甚為熟悉，故得為當代詞壇承前啓後之重要人物。❷又評徐行恭云：「徐氏雖未有詞學理論專著行世，但當代詞家如有詞集印行，多乞為序。」❸是以入選。劉君夢芙於〈「五四」以來詞壇點將錄〉一文即表異議，謂施君推崇陳氏過甚，又云陳氏《壺因詞》一卷，「大多表現文士之逸趣閑情，與二十世紀時局之動亂、國家之憂患、黎民之苦難，極少關涉。以詞藝論，取徑玉田、梅溪，實不甚高。其總體成就，難以與劉永濟、夏承燾、繆鉞、詹安泰、沈祖棻諸家相提並論，至多為二、三流之間作手耳。所著《填詞要略》，乃為初學者說法，並無精深卓異之創見。施君又云壺因交游廣闊，於詞界頗有影響，此更不能為評定『大詞人』之依據。夫確立詞人在詞壇之地位，當觀其創作之實績如何，理論研究則無關宏旨。……壺因交友縱多，安能

---

❷ 施議對，《當代詞綜》（福州：海峽文藝出版社，2002），第1冊，頁49。
❸ 同上，頁51。

掩其詞作成就之不足？」又論徐行恭云：「惟施議對君舉玄叟（即徐氏）與壺因老人並列為當代十大詞人之伍，鄙意未敢附議。《延佇詞》（徐氏詞集）造詣雖精，然獨繭深繅，孤光冷照，反映現實、憂念民生之作過少，持較劉弘度（永濟）、夏瞿禪（承燾）、繆彥威（鉞）、沈子苾（祖棻）諸家，畢竟有輕重之別。」❹劉君側重作品之現實性，所論甚有見地，唯亦未必能盡合讀者之意趣。

是以歷來選本，主觀難免，大率關乎編者之學養與價值觀，或類廚子烹調，意謂所製，允稱獨門，殊不知粵饌京盤，酸鹹各異，粘稠不同，非必能取悅於眾口也。此書所選，其理亦然。然不可謂無所依據，且試為辯之如下。

以年代論，十家內之陳洵、張爾田、陳曾壽、葉恭綽及呂碧城，雖生於十九世紀，然今所存詞，多作於中年以後（陳洵及陳曾壽致力為詞，皆始於三四十歲），民國時期之篇什尤富，且最早亦卒於四十年代，生平大部活動於二十世紀，故與此書範圍吻合。而鄭文焯、況周頤、朱祖謀、王國維等由清入民國，固大有功於詞苑，然鄭氏早卒，王國維亦卒於二十年代，況、朱二氏，治詞亦較早，宜歸之於晚清（黃師兆漢及余合編之《清十大家詞選》，亦已錄入朱氏）。至如夏承燾、丁寧、沈祖棻，生卒年俱在二十世紀，自無異議。而尚在世之饒宗頤、羅忼烈，年事已高，入廿一世紀後鮮有作品，亦宜歸入。

以創作質量論，十家內之夏承燾、丁寧、沈祖棻，世人早有定

---

❹ 劉夢芙，〈「五四」以來詞壇點將錄〉，載《潮州詩詞》，2002 年第 8 期，頁 37，34。

評，前者於劉夢芙之〈「五四」以來詞壇點將錄〉，列為領袖；後二人，劉君亦譽為「當世女詞人之雙子星座」。❺呂碧城為女界翹楚，其詞詼奇宏肆，模寫異國山川，開現代詞壇一代風氣，與丁、沈鼎足而三，鋒芒之銳利，足令鬚眉避席。其餘陳洵、張爾田、陳曾壽、葉恭綽，俱屬詞壇先輩，各有勝場。陳洵為嶺南大家，詞學夢窗，與況周頤並稱「兩雄」，地位之高，毋庸置疑。陳曾壽雖時有遺老之嘆，然託以比興，極盡深眇婉曲之能事，當世作手，罕有其匹。張、葉二氏，於朱祖謀等故後，儼然詞壇耆宿，集中每多激楚之調，而句意煉達，渾厚自然，故稍出群儕之上。至於饒宗頤，學貫中西，倡「形上詞」之說，劉夢芙〈點將錄〉譽為「梁山寨中吳加亮」，以其「神機莫測」，識見高拔，一變古人之格調也。羅忼烈與饒氏於學界齊名，倚聲之道，時相檢討，所作典重而不乏韻緻，劉夢芙且推為「南天尊宿，詞苑正宗」，而其當國內騷壇息鼓之時，於英人治下之香港，與二三子宏揚風雅，足可填補時代之空白，故特拈出，以備考述。

龍榆生、唐圭璋二氏，與夏承燾並稱現代三大詞宗，唯前者善於理論批評，後者功在詞籍編纂，若論創作，則未見精純（此亦劉夢芙之持論也），故未錄入。❻若夫錢仲聯、夏敬觀、劉永濟、詹安泰、繆鉞、汪東、張伯駒、劉景堂、毛澤東諸家，信亦一代作手，然所作或失諸平實，未臻圓融，或偶有佳篇，而未能名家。錢氏於劉夢芙〈點將錄〉內，位次於夏承燾，然存詞僅五十八首，施議對

❺ 劉夢芙，〈冷翠軒詞話〉，載《中國韻文學刊》，1995 年第 1 期，頁 104。

❻ 劉夢芙，〈「五四」以來詞壇點將錄〉，頁 13。

摒於其十家以外，或由於此，足證評審尺度差距之大。吾人處此後現代主義時期，權威之說，動輒為人推倒，曰彼能定一標尺，吾亦何不能定一標尺？故即便他日有另一人推翻此書之說，亦且不足為怪、不足為恨。要者，本書目的在為二十世紀之詞學研究稍作推動，非必欲人人所見如我者也。周濟〈宋四家詞選目錄序論〉結語云：「由中之誠，豈不或亮？其或不亮，然余誠矣！」此亦本書編者之所同願。

綜而言之，二十世紀詞之佳者，能出入前賢之奧區，上祧兩宋，下接清人，復能別創新境。惜乎民國諸公，鮮有能拔出古人者，❼而後學不唯涵養不足，又未能專意，致所作日流於平庸，雖欲以新事物新辭彙以飾其過，而愈見拙陋，此致力於倚聲者不可不審也。

本書始撰於二零零四年，由兆漢師首倡，其間以電郵還往，時加鞭策指導，今得付剞劂，如釋重負。佘汝豐師及葉文遠女士亦嘗批閱初稿，裨益非淺，另得謝琰師為書面題字，天津葉嘉瑩教授弟子曾慶雨、孫愛霞郵寄陳曾壽、張爾田詞二卷本複印本，特此申謝。有未盡善處，還祈海內學人賜告。

林　立

二零零八年一月書於星洲肯特崗

---

❼ 如錢仲聯云：「現代詞，或奔趨在彊村派的旗幟之下，或承常州派的衣鉢而來，總之，基本上只是在學古的範圍內兜圈子。」見其〈《1919-1949 舊體詩文集敘錄》序〉，載王晉光、涂小馬、范培松、陳玉蘭編著《1919-1949 舊體詩文集敘錄》（南京：江蘇教育出版社，1998），頁 2。

例　言

一. 本書共錄詞人十位，每位選詞十闋，共一百闋。

二. 所選詞人卒年俱在二十世紀四十年代以後（饒宗頤、羅忼烈兩位仍然在世）。

三. 編次以詞人生年為序。

四. 本書內容包括詞人小傳（如生平、治詞經歷、詞風、著作及簡評等）、詞作注解、評析、集評四部份。

五. 所選詞作俱按詞人專集內之排序錄出，另參以其他選本，字句若有不同，於注解及評析中指出。

六. 根據一般箋注形式，注解內之引文不錄頁數。

七. 評析部份，為方便讀者參考現代評家之論述，俱盡量標出原文之出處及頁數。

八. 所引書目及論文之出版資料，見於附錄參考書目內。參考書目除詞人專集一欄以詞人生年排序外，皆以著者姓氏之拼音為序。論文、傳記及通訊一欄，則先以詞人生年排序，再按論文著者姓氏拼音排序。若著者為同一人，則以其著作出版之先後為序。

二十世紀十大家詞選

目　次

陳洵《海綃詞》選

陳洵（1870-1942），字述叔，號海綃，廣東新會潮蓮鄉人。補南海生員。少隨父於佛山經商，後往江西瑞昌，為知縣黃元直（梅伯）家塾師，由是客江右十餘年。其間曾遊北京、開封、滬、杭等地。1909 年返粵，以授徒為業，得廣東名詩人梁鼎芬識拔，與黃節詩並舉，有「黃詩陳詞」之譽。1929 年，因朱祖謀之薦任廣州中山大學詞學教授。1938 年，避日寇移居澳門，後不堪貧病，仍回穗復任廣東大學詞學教授。愈二年病卒。著有《海綃詞》三卷（另補遺一卷）及《海綃說詞》。

陳氏三十歲後始學為詞，由清常州派周濟之《宋四家詞選》入手，後認為「統系未明」，因另創別解。其《海綃說詞》云：「讀周氏四家詞選，即欲從事於美成（周邦彥）。乃求之於美成，而美成不可見也。求之於稼軒（辛棄疾），而美成不可見也。求之於碧山（王沂孫），而美成不可見也。於是專求之於夢窗（吳文英），然後得之。因知學詞者，由夢窗以窺美成，猶學詩者由義山（李商隱）以窺少陵（杜甫），皆涂轍之至正者也。今吾立周、吳為師，退辛、王為友，雖若與周氏小有異同，而實本周氏之意，淵源所自，不敢誣也。」❶然其雖欲造美成之堂奧而終不能得，以學夢窗太過，雖有婉曲低徊之緻，而亦步亦趨，下語不免晦澀而境界不寬。至其佳處，情深意足，珠圓玉潤，雖朱祖謀輩不能抗手。偶學疏放，頗得蘇、辛家數，惜乎亦僅屬鳳毛麟角。蓋陳氏以遺老自居，眷眷於舊日文士徵歌逐舞之生活，又囿於當世詞流影響，故不能自放。觀乎二十世紀初之詞壇，遺老特佔一大席，其作率以尊體為上，研音究律，聲氣相求，固不以境界為事，作秋蟲之語者又豈獨陳氏一人。而陳氏本一局促嶺南之書生，特因粵劇名伶李雪芳赴滬義演，持其作與朱祖謀等，讀之驚為夢窗再世，遂名噪海內。朱氏且譽為「海南上將」，與況周頤合稱「並世兩雄」。以此觀之，伶人之功亦大矣，否則陳氏或終不免淹沒無聞焉。

《海綃詞》於陳氏生前曾出版二卷，收於朱祖謀 1933 年主編之《滄海遺音集》。1942 年，龍榆生復將《海綃詞》未刊稿載於《同聲月刊》第 2 卷第 7 號。後陳氏弟子余銘傳於 1960 年在台灣出版四卷本。又香港《曼庵居士編印叢書》第十一種亦載《陳洵海綃詞殘稿》，刊於 1994 年。今最全之版本乃由劉斯翰箋注，上海古籍出版社於 2002 年出版之《海綃詞箋注》，內分三卷並補遺，計收詞 248 闋。

---

❶ 陳洵，《海綃說詞》，載唐圭璋，《詞話叢編》（北京：中華書局，1993 年），頁 4839。

瑣窗寒·寓齋聞落木[1]

甓蘚雕霜，檐蘿掃月，葉吹重聽[2]。
匆匆夢轉，改盡綠陰門徑。
掩殘書、錯翻墮紅，舊情未了芳題省[3]。
又石闌[4]幾片，如何不護，唱蟬淒冷[5]。

愁凝。秋天迥。但野水荒溝，故寒新暝[6]。
空山自好，未與宮槐同咏[7]。
想江湖、搖落正多，雁聲不到宵更永[8]。
最妨他、白髮孤篷，怨入漁燈檠[9]。

【注解】

[1] 寓齋：寓所中之書室。

[2] 「甓蘚」三句：甓，磚也。《詩經·陳風·防有鵲巢》：「中唐有甓，邛有旨鷊。」清·馬瑞辰《毛詩傳箋通釋》：「甓為磚。」蘚，苔蘚。蘿，女蘿，蔓生植物，攀附他種植物如松柏而生。三國魏·張揖撰《廣雅·釋草》云：「女蘿，松蘿也。」葉吹，秋風也。宋·吳文英〈絳都春〉（南樓墜燕）詞：「葉吹暮喧，花露晨晞秋光短」。

[3] 「掩殘書」二句：墮紅，指落葉。芳題，題詩於葉上。省，省察。用「紅葉題詩」典，出處有若干，其一云唐宣宗時，舍人盧渥自御溝中拾得紅葉，上題絕句一首，遂收藏於笥篋。及宣宗遣放宮女，渥往擇配，所娶者恰為題葉之人。見唐·范攄

《雲溪友議》卷十。

[4] 闌：同欄。宋・王沂孫〈綺羅香・紅葉〉（夜滴研朱）詞：「石闌三四片。」

[5] 「如何」二句：王沂孫〈齊天樂〉（一襟餘恨）詞：「乍咽涼柯，還移暗葉，重把離愁深訴。」

[6] 「但野水」二句：荒溝，王沂孫〈綺羅香・紅葉〉詞二首有「流水荒溝」、「綠水荒溝」句。新暝，漸臨之暮色。王沂孫〈瑣窗寒〉（出谷鶯遷）詞：「占得一庭新暝。」

[7] 「空山」二句：劉斯翰《海綃詞箋注》云：「寫落葉品格，喻其自愛隱遁，不與廟堂也。」宮槐，宮中之槐樹，又名守宮槐，《爾雅・釋木》曰：「守宮槐，葉晝聶宵炕。」宋・邢昺注疏：「聶，合也；炕，張也。槐晝合夜開者，別名守宮槐。」唐・王維〈輞川集二十首〉內有〈宮槐陌〉詩。

[8] 「想江湖」二句：檃括唐・杜甫〈天末懷李白〉詩：「鴻雁幾時到，江湖秋水多。」搖落，戰國・宋玉〈九辨〉：「悲哉秋之為氣也，蕭瑟兮，草木搖落而變衰。」永，悠長之意。

[9] 「白髮」二句：化用唐・李商隱〈安定城樓〉詩：「永憶江湖歸白髮，欲回天地入扁舟。」燈檠，燈架，燭臺。北周・庾信〈對燭賦〉：「刺取燈花持炷燭，還卻燈檠下燭盤。」

【評析】

此闋載劉斯翰《海綃詞箋注》（以下簡稱「劉箋」）卷一。南宋王沂孫賦〈水龍吟・落葉〉，寓亡國之哀，身世之感，至晚清朱祖謀等，亦以〈聲聲慢〉詠落葉，悼念珍妃。陳洵此詞，亦非僅悲秋，且隱含眷戀舊朝，自傷零落之意。「匆匆夢轉」一句，寫易代之慨；「舊情未了芳題省」到「唱蟬淒冷」，謂未能忘懷清室。下片「空山自好」以下，則謂同病相憐者正為數不少，雖隱遯江湖，終怨意難消，頗見出一代遺老之心態。而詞調蕭瑟，恰如落木之情態。

遺老詞人多詠花木之作。樹木凋零，乃為其自身失位之寫照。該類作品深受宋末元初詞人之啟發，如姜夔、吳文英、張炎、王沂孫、周密等，率為布衣之士，從未踏足仕途。彼等生活面既狹窄，復欲於詞中表現恬退、清高之隱士心態，於是詠物之作，層見疊出。而描寫之對象類多小巧玲瓏之物，視野亦「局限在一個狹小的範圍內，甚至走向非常私密的極端。」❷民初遺老詞人既秉承詞壇先輩之隱士傳統，遂亦順理成章兼採其創作手法。詠花木之闋，乃其一端。

【摘評】

劉箋云：「詠落葉也，詞兼比興，寫出前清遺民之一代怨情。」又曰：「上闋寫眼前，僅拈出一紅葉題詩作點染，下闋綰合世間天涯淪落人，境界轉大，章法可玩。」（頁 26，27）

---

❷ 林順夫，《中國抒情傳統的轉變——姜夔與南宋詞》（上海：上海古籍出版社，2005 年），頁 7。

鶯啼序[1]．橘公、文叔皆喜聽雪娘曲，而余與翰風為最[2]，余《戊午雜詩》所謂「兩家詞調」者也[3]。今翰風沒逾一年，余亦端憂閉門[4]，無復曩時遊賞。客有道雪娘事者[5]，感音思舊，不覺長言[6]。

歌紈恨輕易染，嘆清尊未洗[7]。
醉魂醒、吹入江風，洞簫凝望雲際[8]。
鏡華潤、流塵暗澀，驚鸞冉冉仙衣委[9]。
想霓裳天上，如今散落人世[10]。

往日旗亭，載酒俊侶，為深情慣繫[11]。
第一是、愁極桓伊，曲中拋盡鉛淚[12]。
睨崦嵫、香蘭賦筆，伴櫻唱、春嬌紅蕊[13]。
向良宵，燭底牽縈，夢雲奇麗[14]。

芳韶草綠，素約茸紅，燕識舊遊里[15]。
憑細語、南陌燈倦，夜雨人去[16]，屬引鄰牆，笛聲淒異[17]。
西風又怨，離鴻分後，黃壚陳迹山河感[18]。對茫茫、滿眼浮生事。
當時記得，無端艷冶銷磨，歲華暖回鴛綺[19]。

閑情類璧[20]，綺語泥犁，道懺除尚未[21]。
漫幾度、鶯邊花外，泥寫無題，錦段須酬，玉璫誰寄[22]。
真知者少，相憐何計[23]。

雙煙鑪倚桐爨冷，更同心、松柏休輕比[24]。
江湖縱有扁舟，似此星辰，故鄉信美[25]。

【注解】

[1] 劉箋云：「據《秫音集》，此詞當為庚申年（1920）所作。」《秫音集》，陳洵與黎國廉（六禾）合著，1949 年由黎氏於香港刊印。

[2] 劉箋云：「橘公，譚頤年，字少沅，號橘公；文叔，姓伍；翰風，姓戴。按，數人皆綃翁詞友也。」
雪娘，即李雪芳，廣東南海人，生卒年不詳，二十世紀初廣州著名粵劇全女班「群芳艷影」之正印花旦，與北京梅蘭芳齊名，康有為譽為「北梅南雪」，亦有「北有梅郎，南有雪芳，聲藝冠絕，各據一方」之說。二十年代中曾赴美演出，歸國後，一度息影，三十年代復出。以唱功著稱，擅演悲劇，嗓音清脆高亢，氣量充盈。其主演之《仕林祭塔》風靡一時，首本戲尚有《黛玉葬花》、《曹大家》、《夕陽紅淚》等。（見《中國戲曲志·廣東卷》）又陳洵甚迷李氏，據樂生〈一代詞家陳洵詞箋〉稱：「雖值夏天西江水大，街巷水浸盈尺，猶涉水不顧也。」又嘗「寫詞十餘闋以贈……皆精心刻意之製。」（頁4）鄭逸梅《藝林散葉》第 3107 條云：「粵劇女伶李雪芳，舞衫歌扇，名震一時，詞人陳述叔賞之甚，李演劇於海珠劇院，陳日往聽歌。有時攜佳釀往，李搴簾出場，采聲四起，陳輒浮一大白。」郭則澐《清詞玉屑》卷九引此詞序後云：「觀此則雪娘妙曲，有足傾倒一時裙屐者，可知非阿好也。」

[3] 劉箋云：「《戊午雜詩》，綃翁詩作，已佚。戊午，指一九一八年。」

[4] 端憂：閑愁，深憂。南朝宋·謝莊〈月賦〉：「陳王初喪應、劉，端憂多暇。」

[5] 客有道雪娘事者：謂雪娘將出嫁。另參考陳氏〈探芳訊〉（紫簫遠）一詞。樂生〈一代詞家陳洵詞箋〉稱：「（1919 年夏）上海廣肇公所以華北水災，邀李雪芳北上演劇助賑，雪芳攜（陳洵）詩詞冊子與俱。南洋菸草公司簡照南玉階兄弟宴集滬上名流於太古洋行買辦甘翰臣（兆蕃）非園，時陳散原、朱彊村皆在座，朱見述叔詞學夢窗與己同調，擊節嘆賞。」（頁 4）劉箋引陳契《藝苑掇存》云：「陳三立（散原）嘗贈以〈雪娘曲〉四章。」

[6] 長言：即長調。漢·戴聖輯《禮記·樂記》：「故歌之為言也，長言之也。說之故言之，言之不足故長言之；長言之不足，故嗟歎之；嗟歎之不足，故不知手之舞之足之蹈之也。」

[7] 歌紈：以細絹製成之歌扇。吳文英〈鶯啼序〉（殘寒正欺病酒）詞：「斷紅溼，歌紈金縷。」又〈珍珠簾〉（蜜沈燼暖）詞：「蠹損歌紈人去久。」清尊未洗，吳文英〈齊天樂〉（煙波桃葉）詞：「清尊未洗。」陳洵《海綃說詞》解吳氏此句曰：「此愁酒不能消。」清尊，酒樽。

[8] 醉魂醒：吳文英〈金盞子〉（賞月梧園）詞：「悠然醉魂喚醒。」洞簫，喻雪娘出嫁。舊題西漢·劉向撰《列仙傳》：「蕭史者，秦穆公時人，善攊簫，能致孔雀白鶴。穆公女弄玉好之，公妻焉。一旦隨鳳飛去。故秦樓作鳳女祠，雍宮世有簫

聲云。」

[9] 「鏡華潤」二句：鏡華，鏡之光華。驚鸞，用「鏡鸞」事。宋・李昉等撰《太平御覽》引南朝宋・范泰〈鸞鳥詩〉序云，罽賓王獲一鸞鳥，三年不鳴，後以鏡照之，即「哀響中霄，一奮而絕。」冉冉，柔弱下垂之貌。三國・曹植〈美女篇〉詩：「柔條紛冉冉，葉落何翩翩。」委，委靡。此二句指雪娘嫁後，便如飛鸞逝去。

[10] 霓裳：唐代宮廷舞曲《霓裳羽衣曲》之簡稱。唐・杜牧〈過華清宮絕句〉詩三首之二：「霓裳一曲千峰上，舞破中原始下來。」此指雪娘之歌曲。劉箋云：「就惜姬退隱再加鈎勒。」

[11] 旗亭：酒樓。用「旗亭畫壁」典。唐・薛用弱《集異記》卷二記云：「開元中，（王）之渙與王昌齡、高適齊名。共詣旗亭，貰酒小飲。有梨園伶官十數人會讌，三人因避席隈映，擁爐以觀焉。俄而妙妓四輩，奏樂，皆當時名部。昌齡等私相約曰：『我輩各擅詩名，每不定甲乙。今者可以密觀諸伶所謳，若詩入歌詞之多者為勝。』初謳昌齡詩，次謳適詩。之渙自以得名已久，因指諸妓中最佳者曰：『待此子所唱如非我詩，即終身不敢與子爭衡。』次至雙鬟發聲，果謳『黃河遠上白雲間，一片孤城萬仞山。羌笛何須怨楊柳，春風不度玉門關。』云云，因大諧笑。諸伶詣問，語其事。乃競拜，乞就筵席。三人從之，飲醉竟日。」此處乃回憶與戴翰風等追捧雪娘事。

[12] 第一：最要緊。宋・姜夔〈長亭怨慢〉詞：「第一是、早早歸來，怕紅萼無人為主。」桓伊，東晉孝武帝時人，字子野，以善吹笛名，其事見南朝宋・劉義慶撰《世說新語・任誕》。鉛

淚，指眼淚。唐·李賀〈金銅仙人辭漢歌〉詩：「憶君清淚如鉛水。」劉箋云：「此以桓氏自比，黎六禾（《秫音集》）和詞亦有『剩愁結、倦笛老桓伊。向旗亭外，臨風唱晚，半篋秋詞』之句。」

[13] 「睨崦嵫」二句：崦嵫，神山名，傳說為日落之處。戰國·屈原〈離騷〉：「吾令羲和弭節兮，望崦嵫而勿迫。」香蘭賦筆，指幽芳之文筆。屈原於〈離騷〉中每以香草美人自況，故云。櫻唱，唐代白居易有二妓，樊素善歌，小蠻善舞，曾為詩讚二人云：「櫻桃樊素口，楊柳小蠻腰。」見宋·李昉等撰《太平廣記》卷一百九十八〈文章〉。此亦指雪娘之曲。春嬌紅蕊，俱指雪娘演唱時情態之綺艷。

[14] 夢雲奇麗：戰國·宋玉〈高唐賦〉序及〈神女賦〉序記楚懷王、楚襄王遊高唐，與神女夢中相遇，共寢一宵。神女臨別云：「妾在巫山之陽，高丘之阻。旦為朝云，暮為行雨。」後指男女床第之事。

[15] 芳韶：良辰，花開時節。宋·方岳〈沁園春〉（鶯帶春來）詞：「想芳韶猶剩，牡丹知處。」茸紅，紅色之茸線。吳文英〈惜紅衣〉（鷺老秋絲）詞：「烏衣細語，傷絆惹茸紅曾約。」又周邦彥〈瑞鶴仙〉（悄郊原帶郭）詞：「過短亭、何用素約。」燕識舊遊里，唐·劉禹錫〈烏衣巷〉詩：「舊時王謝堂前燕，飛入尋常百姓家。」「芳韶」三句，謂如今徒有滿目春光，而雪娘與疇昔之佳期密約俱已成陳跡。

[16] 「南陌」二句：唐·李商隱〈春雨〉詩：「紅樓隔雨相望冷，珠箔飄燈獨自歸。」又吳文英〈塞垣春〉（漏瑟侵瓊筦）詞：

「南陌又、燈火繡囊塵香淺。」

[17] 鄰笛：晉向秀經過山陽舊宅，聞鄰人吹笛，因作〈思舊賦〉以悼亡友嵇康、呂安。見唐·房玄齡等撰《晉書·向秀傳》。此處追念戴翰風。

[18] 黃壚：《晉書·王戎傳》謂王戎嘗經黃公酒壚，顧謂後車客曰：「吾昔與嵇叔夜（康）、阮嗣宗（籍）酣暢於此。竹林之遊，亦預其末。自嵇、阮云亡，吾便為時之所羈紲。今日視之雖近，邈若山河。」此處亦是悼念翰風。

[19] 艷冶：美艷，指雪娘。鴛綺，鴛鴦錦被。晉·劉孝威〈謝賜錦被啟〉：「帝賜鶴綾，客贈鴛綺。」

[20] 「閑情數句」：指艷情，晉·陶潛有〈閑情賦〉。纇璧，瑕疵、缺點。西漢·劉安〈氾論〉：「明月之珠，不能無纇。」此指與雪娘之情史，有違道德。

[21] 「綺語」二句：據《佛光大詞典》，綺語，梵語為sambhinnapralapa。又作雜穢語、無義語。指一切淫意不正之言詞。十惡之一。《成實論》卷八以非實語、實語而不以時、實語以時而隨順衰惱、實語以時而言無本末義理無次等皆為綺語。又《瑜伽師地論》卷八載，綺語之別稱有非時語、非實語、非義語、非靜語、不思量語、不靜語、雜亂語、非有教語、非有喻語、非有法語等。見《成實論》卷九、《瑜伽師地論》卷五十九、卷六十、《法界次第初門》卷上之上。

泥犁，梵語 Niraga，意為地獄，在此界中，一切皆無，為十界中最慘酷之境界。又有犁舌獄，謂犯惡口、大妄語等作口業者死後所入之地獄。懺除，懺悔、去除罪孽（即上舉之閑情、綺語）。宋·惠洪《冷齋夜話》載，法雲秀曾勸黃庭堅勿填艷詞，以免墮入惡道。黃答云，此等艷詞不過「空中語」，非實有其事。明·毛晉題記黃氏《山谷詞》則云：「筆墨勸淫，從墮犁舌地獄。」又其〈《花間集》跋二〉云：「近來填詞家輒效柳屯田（永）作閨帷穢媟之語，無論筆者勸淫，應墮犁舌地獄。」此處說雖有違道德，奈何填艷詞之結習難除。

[22] 泥：迷戀，留連。無題，唐李商隱作《無題》詩多首，頗涉艷情。此處指好填艷詞。錦段，舊時客人多以錦段酬贈歌女。吳文英〈惜秋華〉（路遠仙城）詞：「芳卿悴憔，錦段鏡空。」玉璫誰寄，璫，耳垂上之珠玉。李商隱〈春雨〉詩：「玉璫緘札何由達，萬里雲羅一雁飛。」

[23] 相憐何計：化用宋·柳永〈婆羅門令〉（昨宵裏恁和衣睡）詞：「彼此空有相憐意，未有相憐計。」

[24] 雙煙鑪：李白〈楊叛兒〉：「博山鑪中沈香火，雙煙一氣凌紫霞。」桐爨，以火炊之為爨，此指琴。南朝宋·范曄撰《後漢書·蔡邕傳》：「吳人有燒桐以爨者，邕聞火烈之聲，知其良木，因請裁為琴，果有美音。」同心松柏，樂府古辭〈蘇小小歌〉：「何處結同心，西陵松柏下。」

[25] 「江湖」三句：江湖，漢·趙曄《吳越春秋》云范蠡平吳後，載西施泛舟隱居五湖。似此星辰，清·黃仲則〈綺懷〉詩：「似此星辰非昨夜，為誰風露立中宵。」故鄉信美，三國·王粲〈登樓賦〉：「雖信美而非吾土兮，曾何足以少留。」此處謂雪娘嫁後離鄉別井，不如返穗。

【評析】

除《秋音集》外，此闋亦載劉箋卷一。

陳洵填詞，既專學夢窗，又提倡「貴留」之說。「留」之概念，早見於清人孫麟趾之《詞徑》，其作詞十六訣之一即為「留」，文曰：「何謂留，意欲暢達，詞不能住，有一瀉無餘之病。貴能留住，如懸崖勒馬，用於收處最宜。」❸即要自我約束，毋使脫韁。陳洵更於此點上發揮，其《海綃說詞》云：「筆莫妙於留，蓋能留則不盡而有餘味。離合順逆，皆可隨意指揮，而沉深渾厚，皆由此得。雖以稼軒之縱橫，而不流於悍疾，則能留致也。」又云：「以澀求夢窗，不如以留求夢窗。見為澀者，以用事下語處求之。見為留者，以命意筆中得之。以澀求夢窗，即免於晦，亦不過極意研鍊麗密止矣，是學夢窗者，適得草窗。以留求夢窗，則窮高極深，一步一境。」劉斯翰〈《海綃說詞》研究〉一文，曾將「留」字細加分析，認為當中之組成部份包括「復」、「伸縮」、「鉤勒」、「照應」、「提煞」、「脫換」、「離合順逆」、「空際轉身」、「潛氣內轉」、「筆筆斷筆筆續」等筆法。（見劉箋「前言」）劉永濟則釋云：「所謂『留』者，從陳氏所論觀之，即含蓄甚深而不出一淺露之筆，故雖千言萬語而無窮盡也。」又云：「留之作法，因有種種情思，種種言語，留待後來敷寫，初不急急說出。此種作法，在初為留，在後便為鉤勒。鉤勒者，愈轉愈深，層出不窮也。」❹以此觀之，「留」字乃從筆法命意上推求，作者需

---

❸ 載唐圭璋編，《詞話叢編》，頁 2556。

❹ 劉永濟，《微睇室說詞》（上海：上海古籍出版社，1987 年），頁 51、69。

留有餘地，且隱含其辭，不輕易道出。節奏則偏於緩慢，遣辭造語，咸歸於細膩。彷如人之漫步，從不徑直走去，總是瞻前顧後，從容不迫。

從西方解構學（deconstruction）角度而言，此種隱藏或拖延法之運用或即法國哲學家德希達（Jacques Derrida，1930-2004）所謂之*différance*（延展）。此辭包含「分歧」（to differ）及「拖延」（to defer）之意。德希達稱文字不過一連串「能指符號」（signifiers），並無最終明確之定義，蓋因一字一詞必須以其他字詞解釋，文字間遂不斷產生「拖延」（delay）之現象，形成意義上之「間隔」（spacing）與「暫存性」（temporalizing），即此刻未能確認之事物需待後來始能闡明者也。❺

陳洵詞即不時運用此種拖延法。如此闋〈鶯啼序〉，第一片由一己之落寞，推想故人今日之處境，是由實筆轉為虛筆，讀者之注意力遂於空間上由近而遠。第二片為憶昔，空間與時間俱被延展。此兩片大抵可視為「伸縮」法。第三片今昔合寫，「燕識舊遊里」至「笛聲淒異」，乃由今追昔；「西風又怨」至「滿眼浮生事」，則歸入今日之情境。但「當時記得」數句，又勾起舊日之回憶。故此片有「復」筆，有「照應」、「離合順逆」等手法，頗具迴環往復，一倡三嘆之效。第四片歸結到今，用設問句（「玉璫誰寄」、「相憐何計」）、肯定句（「松柏休輕比」）及想像（「似此星辰，故鄉信美」）等修辭手法，「鉤勒」一己之心情。通篇虛實兼備，亦遠亦

❺ Jacques Derrida, "Différence," in *Margins of Philosophy*, translated by Alan Bass (Chicago: The University of Chicago Press, 1982), pp. 3-27.

近，予人欲言又止、躑躅不前、「筆筆斷筆筆續」或「留連」之感。

吳文英所作〈鶯啼序〉，最為後世稱艷，陳氏此作，心摹手追，麗密處，可謂深得夢窗神髓。又其為雪娘題詠之作，達十首以上，計有：〈探芳訊〉（紫簫遠）、〈瑞鶴仙〉（暗塵驚轉世）、〈無悶〉（梅怯新簫）、〈三姝媚〉（疏燈扶夢上）、〈瑣窗寒〉（凍松橋扉）、〈尉遲杯〉（凌波路）、〈秋思〉（簟雨羞紅側）、〈傳言玉女〉（蝶粉融酥）、前調（淡日樓臺）、〈六么令〉（點茵殘絮）、〈聲聲慢〉（仙衣卷霧）、〈荷葉杯〉（昔去全無消息）等，舊式文人追捧名伶之習尚，於此可見矣。

【摘評】

劉箋云：「一闋寫聞客說雪娘事；二闋記與雪娘過往邂逅事；三闋寫與雪娘之別、翰風之亡及己之淒苦彷徨；四闋進一步剖白心跡。」（頁 40）

【附錄】

朱庸齋《分春館詞話》卷二第 55 則云：「述叔所用『留』字訣，必使內氣潛轉，與之相配。故能得『無垂不縮，無往不復』之妙。其境雖乍斷乍續，其氣則通篇流轉，不易驟學也。留筆能於停頓中見含蓄，宕筆能於流動中見變化。」（頁 31）

又卷二第 56 則云：「述叔填詞倡議『留』字訣。所謂『留』者，是一層意境未盡，又另換一層，意未盡達，輒即轉換。所謂筆筆斷，筆筆續，將前人含蓄蘊藉之說，使之更隱晦；然有脈絡貫

注，有暗承暗接，遙承遙接處，倉卒不易懂。」（頁 31）

又卷三第 72 則云：「陳述叔《海綃說詞》本有概論部份，彊村《滄海遺音集》未收。其內容主要有十方面：一曰『本詩』。此乃常州派詞，謂詞繼承《詩經》、《楚辭》而代興，以美人香草道達幽眇之情。二曰『源流已變』。以溫、韋、二晏、六一、周、吳為正統，以蘇、辛為變。又抑白石而尊夢窗。三曰『師周、吳』。本周止庵四家之說，然謂應進周、吳為師，退辛、王為友。四曰『以「留」求夢窗』，『留』者，停頓也，留有餘地也。每個意境、每個筆法皆須如此。五曰『貴守律』，嚴格依照平仄四聲。六曰『貴拙』。『拙』者，含蓄也。七曰『貴養』。『養』者，謂德養、學養。八曰『內美』，不唯求字面美，尤須求內在美。九曰『由吳以希周』，自吳文英以進周邦彥。十曰『襟度』。指作者之胸襟見解。」（頁 108-109）

霜葉飛·晦聞南歸過訪，別七年矣[1]。飄搖倦侶，感念近遠，聊述此解[2]。

雁邊人到。黃花後，相攜秋事先了。
倦蒲衰柳未全凋，不似關河早[3]。
送白日驚濤去鳥。吹衣仍愛清風好[4]。
怕路入橫塘[5]，古夢咽、蒼煙碎亂，隔鷗殘照。

還記舊日西城，哀時俊侶，望極逃世藜藋[6]。
芰衣誰為染緇塵，恨滿長安道[7]。

看寂寂吾廬漫老[8]。頻年憂患文章少。
謝故人、牽閑事，自捲霜簾，燕沉歌悄[9]。

【注解】

[1] 晦聞：即黃節（1873-1935），字晦聞。廣東順德人。同盟會及南社成員。辛亥革命後，任廣東高等學堂監督。1917 年任北京大學教授。1928 年，出任廣東教育廳長，旋辭職，復任北大教授。病逝於北京。其詩學漢魏六朝，有《蒹葭樓詩》傳世。又與陳洵齊名，梁鼎芬譽為「黃詩陳詞」。劉箋云：「南歸，黃氏於是年（1920）十月由北京回廣州省親朋好友（李韶清《順德黃晦聞先生年譜》）。」

[2] 解：詩篇。宋·郭茂倩《樂府詩集》引《古今樂錄》云：「傖歌以一句為一解，中國以一章為一解。」本為詩之段落，後引申為全篇。

[3] 「倦蒲衰柳」二句：蒲柳，指早衰。南朝宋·劉義慶撰《世說新語·言語》載：「顧悅與簡文同年而髮蚤白，簡文曰：卿何以先白？對曰：蒲柳之姿，望秋而落；松柏之質，經霜彌茂。」關河，關山河阻。宋·柳永〈八聲甘州〉：「漸霜風淒緊，關河冷落，殘照當樓。」

[4] 「吹衣」句：指返鄉。吹衣，陶潛〈歸去來兮辭〉：「風飄飄而吹衣。」宋·史達祖〈萬年歡〉（兩袖梅風）詞：「小徑吹衣，曾記故里風物。」

[5] 橫塘：舊在江蘇南京，為吳時所築，一在江蘇吳縣。後泛指水塘、池塘。宋·賀鑄〈青玉案〉：「凌波不過橫塘路。」此處

指廣州荔灣區泮塘。

[6] 西城：指廣州西關。藜藿，貧者所食野菜。逃藜藿，意指隱遁避世，《莊子·徐無鬼》：「夫逃虛空者，藜藿柱乎鼪鼬之逕，踉位其空，聞人足音跫然而喜矣。」此數句謂與黃氏當年有歸隱之志。

[7] 芰衣：屈原〈離騷〉：「製芰荷以為衣。」恨滿長安道，吳文英〈繞佛閣〉（夜空似水）詞：「浪迹尚為客，恨滿長安千古道。」緇塵，黑色灰塵。晉·陸機〈為顧彥先贈婦〉詩二首之一：「京洛多風塵，素衣化為緇。」南朝齊·謝朓〈酬王晉安〉詩：「誰能久京洛，緇塵染素衣。」此寫黃氏赴京任職，不啻於落入塵網，徒增恨怨。

[8] 「看寂寂」句：謂深居讀書，與世乖離。劉箋云：「按，暗用（唐）盧照鄰〈長安古意〉詩：『寂寂寥寥揚子居，年年歲歲一床書。』」

[9] 燕沉歌悄：指聽妓按歌之時日一去不回。吳文英〈三姝媚〉（吹笙池上）詞：「水石清寒，過半春、猶自燕沉鶯悄。」

【評析】

此詞載劉箋卷一。篇首從與故友相逢敘起，慨嘆年光易逝，與時不合。然而氣度疏放，如「送白日驚濤去鳥。吹衣仍愛清風好」等句，於學夢窗以外，摻入蘇、辛沈雄格調，與其學夢窗之作，面貌大是不同。龍榆生於陳氏推崇備至，然亦嫌其詞過於傷感，且云：「則今日填詞，似應以周、吳之筆法，寫蘇、辛之懷抱。予之

持論，所不敢與翁盡同者，僅在於此。」❻

六醜·木棉謝後作

正朱華照海[1]，帶碧瓦、參差樓閣。
故臺[2]更高，無風花自落[3]。
一夢非昨。過眼千紅盡，去來歌舞，怨粉輕衣薄[4]。
青山客路鵠啼惡[5]。淚斷香綿，燈收雨箔[6]。
頽然舊遊城郭。尚幢幢日蓋，殘霸天邈[7]。

川盤嶺礡[8]。算孤根易托。
頓有離家恨，何處著？
爭枝又鬧群雀。似依依念定，惹茸曾約[9]。
芳韶好、柳黃初啄。得知道、一樣天涯化絮，到頭漂泊。
山中事、分付榴萼[10]。笑燕子、尚戀西園夜，春歸未覺[11]。

【注解】

[1] 朱華：指木棉花。晉·阮籍〈詠懷〉詩之十一：「朱華振芬芳，高蔡相追尋。」珠海，指珠江。劉箋云：「粵人謂珠江曰『珠海』。」

[2] 故臺：指越王臺。清·檀萃《楚庭稗珠錄》「越王臺」條：

---

❻ 龍榆生，〈陳海綃先生之詞學〉，載《龍榆生詞學論文集》（上海：上海古籍出版社，1997 年），頁 487。

「越王臺在越秀山上，徒荒址耳。今名歌舞岡，其磴為呼鑾道，因南漢之宴遊也。」秦末，龍川令趙佗兼併桂林、南海及象郡，建南越國。漢武帝元鼎六年（公元前 111 年）滅。

[3] 「無風」句：宋·沈括《夢溪筆談》卷十四：「古人詩有『風定花猶落』之句。」

[4] 「過眼」三句：指歌舞岡舊貌不再。李商隱〈李衛公〉詩：「絳紗弟子音塵絕，鸞鏡佳人舊會稀。今日致身歌舞地，木棉花暖鷓鴣飛。」

[5] 「青山」句：唐·王灣〈次北固山下〉詩：「客路青山下，行舟綠水前。」鴣啼，俗謂鷓鴣鳴聲似「行不得也哥哥」，如喚行客歸去。

[6] 香綿：指枕。周邦彥〈蝶戀花〉詞：「淚花落枕紅綿冷。」木棉絮可作枕囊填充之物，為嶺南特產。箔，指簾。雨箔燈收，李商隱〈春雨〉詩：「紅樓隔雨相望冷，珠箔飄燈獨自歸。」

[7] 「尚幢幢」二句：指木棉繁茂高聳之形態。幢，張掛於車上之帷幕。幢幢，搖曳貌。晉·陳壽《三國志·魏志·管輅傳》：「有飄風高三尺餘，從申上來，在庭中幢幢回轉，息以復起，良久乃至。」日蓋，指木棉高張如日傘。殘霸，敗殘之霸業。吳文英〈八聲甘州〉（渺空煙四遠）詞：「殘霸宮城。」

[8] 川盤嶺礴：河流盤繞，山嶺氣勢磅礴。指木棉謝後，種籽飄散嶺南各地。

[9] 「似依依」二句：惹茸，見前〈鶯啼序〉注 15。指木棉雖落，猶不忍辭離本根。

[10] 榴萼：榴花。

[11] 西園：指文人聚會之所。三國・曹植〈公宴〉詩：「清夜遊西園，飛蓋相追隨。」陳永正以為「當指廣州西園。即今中山六路西園酒家，門前舊有兩株歷數百年的古木棉，枝柯相交，人稱『連理木棉』。歷代詩人吟賞不絕，近年已被砍去，深可嗟惜。」（見陳著《嶺南歷代詞選》，頁 319-320）

【評析】

此闋載劉箋卷一，全效周邦彥〈六醜・薔薇謝後作〉。周詞借詠嘆薔薇，寄寓客裏傷春及對舊情之繫念。陳氏則以詠物為主，而暗藏比興。「過眼千紅，去來歌舞，怨粉輕衣薄」數句，頗有美人遲暮之感。及後寫木棉飄泊，亦是自傷身世。而世俗之人有如爭枝羣雀，無有寧時。柳黃雖代木棉而發，唯結局仍與木棉無異，諷世之意甚明。結句謂燕子眷戀舊巢實屬徒勞，既嘲人亦是自嘲。

【摘評】

芝園〈陳述叔與海綃詞〉：「此詞句法章法，通篇皆似夢窗。」（頁 795）

陳永正《嶺南歷代詞選》：「周詞精深華妙，述叔擬之，亦能繼武前賢。借花起興，哀樂無端，善用重筆，當為集中佳作。」（頁 318）

劉箋：「綃翁此詞蓋有意與清真一角也。而融會夢窗手法，多逮事，講求轉接，故深曲隱晦。可謂雖由吳而不希周者，然亦確能別調獨創，與周分庭。又，詞家之意，頗有諷於本年五、六月間孫中山北伐、陳炯明叛變之事，乃其遺老立場使然，惟不必以字句求

合耳。」（頁 145）

虞美人·夢中得「莓苔綠到題詩處」七字，足成之。

莓苔綠到題詩處[1]。寂寂鶯啼曙。
朅來沽酒舊旗亭[2]。風裏柳花如夢不曾醒[3]。

尊前人意依然好。天與聲名早[4]。
羅衣還有淚痕無？多少才人零落在江湖[5]。

【注解】

[1] 「莓苔」句：宋·張炎〈渡江雲〉（山空天入海）詞：「新煙禁柳，想如今、綠到西湖。」

[2] 朅來：猶去來。或有爾來之意。旗亭沽酒，見前〈鶯啼序〉注11。

[3] 「風裏」句：李白〈金陵酒肆留別〉詩：「風吹柳花滿店香，胡姬壓酒喚客嘗。」

[4] 天與：天賜。宋·秦觀〈八六子〉（倚危亭）詞：「無端天與娉婷。」謂雪娘早負聲名。

[5] 才人：有才華之人。漢·王充《論衡·書解》：「故才人能令其行可尊，不能使人必法己。」

【評析】

此闋載劉箋卷一。

陳洵詞傷逝情緒甚濃，懷人感舊、自傷零落之作即佔去大部，其友黃節嘗稱「朮叔傷心人也，其詞傷心詞也。」（〈題海綃樓匾附記〉，載劉箋）此類傷心之作，大要分為數類：⑴追念前朝或舊時歲月；⑵憶友；⑶狎遊與愛情；⑷自傷不遇；⑸感時刺世。又以前四類居多，且一篇之中每每互見，或因一時一事感觸起興，如此詞以夢中得句借題發揮，勾起與雪娘情事及一己落泊之情懷。「風裏柳花如夢不曾醒」一句，大有執迷不悔之意。小令貴在清新流麗，辭意雋永，此詞可謂深得其要。

民初遺老對滿清之追懷，往往失諸片面，大抵僅聚焦於「上朝面聖」之時日，或文人剪紅刻翠之生活，而於當時國族傾危之情狀，幾無所及，此所謂有選擇性之記憶（selective memory）也。如朱祖謀〈戚氏·丁巳滬上元夕〉第二片云：「回首帝里遊悰。鼇駕鳳吹，迤邐趁青驄。瑤臺路、翠嬌紅嫵，管疊絲重。萬芙蓉。紺蕊鏡裏衣香，尺咫步綺西東。歲華轉燭，悄拍闌干，把琖北望朦朧。」（載《彊村語業》卷二）即追述其「扈從聖駕」之情形。又陳洵〈慶春宮·燈夕聽文叔說京華舊事〉下片云：「依稀似說前朝。多暇承平，光景偏饒。明月歡悰，樊樓深夜，綉塵香陌驄驕。意銷魂斷，聽嗚咽、樓前去潮。餘薰知苦，待暖羅衾，金爐都銷。」逕將滿清形容為「承平」時代，而懷想之焦點，不過混跡於秦樓楚館之樂而已。〈虞美人〉一闋，亦此類冶遊之作。

【摘評】

劉箋：「據詞意似是懷雪娘作，而總作一夢寫之。按，雪娘時在海上也，況夔笙〔況周頤〕有〈鷓鴣天·贈阿蘩〉詞，係於壬戌

歲（一九二二年）春末，見《蕙風詞》。」（頁 148）

長亭怨慢·譚子端[1]家燕巢復毀再賦

正飛絮、人間無主[2]。更聽淒淒，碧紗煙語[3]。
夢迹空梁[4]，淚痕殘照、有今古。
託身重省，都莫怨、狂風雨[5]。
自別漢宮來[6]，眄故國、平居何處[7]。

且住。甚尋常客恨，也到舊家閑宇[8]。
天涯又晚，恐猶有、野亭孤露[9]。
漫目斷、黯黯雲檣[10]，付村落、黃昏衰鼓[11]。
向暗裏銷凝[12]，誰念無多桑土[13]。

【注解】

[1] 陳永正《嶺南歷代詞選》云：「譚子端，名祖楷，南海人。」劉箋云：「譚子端，綃翁詞友。」譚氏弟祖任，即「譚家菜」之創始人。

[2] 飛絮：柳絮。宋·歐陽修〈采桑子〉（羣芳過後）詞：「狼籍殘紅，飛絮濛濛。」無主，無人理會。宋·陸游〈卜算子·詠梅〉詞：「驛外斷橋邊，寂寞開無主。」

[3] 碧紗：亦稱碧紗廚，乃以木作架之幃障，頂及四周，蓋以綠紗，夏令張之可避蚊蠅，無用時則可折疊收藏。因形似櫥，故稱為碧紗廚。李白〈烏夜啼〉詩：「機中織錦秦川女，碧紗如

煙隔窗語。」此句指室中女子傷春。

[4] 空梁：因巢毀，故樑上無物。隋・薛道衡〈昔昔鹽〉詩：「暗牖懸蛛網，空梁落燕泥。」

[5] 「托身」二句，《詩經・豳風・鴟梟》：「予室翹翹，風雨所漂搖。」東漢・鄭玄箋注：「巢之翹翹而危，以其所托枝條弱也。」

[6] 「自別」句：劉箋云：「由燕說世亂。唐・杜牧〈村舍燕〉詩：『漢宮一百四十五，多下珠簾閉瑣窗。何處營巢夏將半，茅檐煙裏語雙雙。』」

[7] 平居：閑居。唐・杜甫〈秋興〉八首之四：「故國平居有所思。」

[8] 閑宇：晉・郭璞詩：「閑宇靜無娛，端坐愁日永。」清・朱彝尊〈金縷曲・初夏〉（誰在紗窗語）詞：「午夢初回人定倦，料無心肯到閒庭宇。」二句劉箋謂：「就世亂再加鉤勒。」

[9] 孤露：魏晉時人以父亡為孤露。三國・魏嵇康〈與山巨源絕交書〉：「少加孤露，母兄見驕，不涉經學。」此處指燕巢既遭破毀，或有燕雛流離失所於野。

[10] 黯黯：昏暗貌。宋・柳永〈鳳棲梧〉（佇倚危樓）詞：「望極春愁，黯黯生天際。」雲檣，天邊之帆檣。此句化用杜甫〈發潭州〉詩：「岸花飛送客，檣燕語留人。」

[11] 「付村落」句：周邦彥〈點絳唇〉（臺上披襟）詞：「愁凝佇、楚歌聲苦，村落黃昏鼓。」

[12] 銷凝：銷魂。宋・秦觀〈八六子〉（倚危亭）詞：「正銷凝，黃鸝又啼數聲。」

[13] 桑土：桑根。《詩經・豳風・鴟梟》：「迨天之未陰雨，徹彼桑土，綢繆牖戶。」《釋文》：「土音杜。」謂禽鳥於雨季前築補其巢。此處有憂世之意。

【評析】

詞載劉箋卷二。陳洵嘗有〈蘭陵王〉一闋，題曰「鄰家燕巢既毀感賦」，疑亦指譚家。該闋款款道來，如與梁燕對語。此則感觸尤深。蓋初毀雖堪惜，猶有望修復，後更壞之，則無可挽回，造物何弄人若此之甚？至於淪落天涯，託身無所者，又與毀巢之燕何異？全篇比興，是詠物，亦是詠人。劉斯翰箋注謂此詞有感於南方農民運動，似無實據。

【摘評】

王季友〈陳述叔詞支離破碎〉：「這首詞用碧瓦樓臺，用怨粉輕衣，用鷓鴣，又暗用杜鵑，用柳絮，用榴萼，用燕子，凡是拉扯得上的典故、事物，都砌上去了，而我們讀罷，卻沒法體會得出他的詞意來。」（載《芝園詞話》，頁 161）

劉箋：「詠燕用比興體，以喻國家亂亡，人民離散。上闋寫清亡，下闋寫此日。是時南方農民運動勃爾興起，鄉閭不靖，破家離散者一時甚眾。詞家豈有感而發歟？」（頁 249）

風入松・重九[1]

人生重九且為歡。除酒欲何言[2]。

佳辰慣是閑居覺，悠然想、今古無端[3]。
幾處登臨多事，吾廬俯仰常寬[4]。

菊花全不厭衰顏。一歲一回看。
白頭親友垂垂盡[5]，尊前問、心素應難[6]。
敗壁哀蛩休訴，雁聲無限江山[7]。

【注解】

[1] 重九：即重陽節。舊俗以是日登高飲酒，云可祛邪，南朝梁·吳均撰《續齊諧記》云：「汝南桓景從費長房遊學，長房謂之曰：九月九日汝南當有大災厄，急令家人縫絳囊，盛茱萸繫臂，上登山，飲菊花酒，此禍可消。景從其言，舉家登山。夕還，雞犬俱暴死。長房聞之曰：此可代也。」

[2] 「除酒」句：南朝宋·檀道鸞《續晉陽秋》曰：「陶潛九月九日無酒，宅邊東籬下菊叢中摘盈把，坐其側。未幾，望見白衣人至，乃王弘送酒也。即便就醉而後歸。」吳文英〈西河〉（春乍霽）詞：「除酒消春何計。」

[3] 「今古」句：李商隱〈潭州〉詩：「潭州官舍暮樓空，今古無端入望中。」

[4] 「幾處二句」：指四方多事，足不出戶勝於登高。晉·陶潛〈讀山海經〉十三首之一：「眾鳥欣有託，吾亦愛吾廬。……俯仰終宇宙，不樂復何如。」

[5] 垂垂：漸漸。杜甫〈和裴迪登蜀州東亭送客逢早梅相憶見寄〉詩：「江邊一樹垂垂發，朝夕催人自白頭。」

[6] 心素：即素心，內心之情愫。李白〈寄遠〉之八詩：「空留錦字表心素，至今緘愁不忍窺。」

[7] 蛩：蟋蟀。敗壁哀蛩，吳文英〈新雁過妝樓〉（夢醒芙蓉）詞：「夜闌心事，燈外敗壁哀蛩。」無限江山，南唐·李煜〈浪淘沙〉（簾外雨潺潺）詞：「獨自莫憑欄，無限江山。」

【評析】

此闋載劉箋卷二。陳洵所作偶有曠達之境，或由於悲極而生。詞人處新舊交替之世，而被目為遺老，則誠如此詞所云：「除酒何言」。但人生貴於自得，倘大節無虧，雖或與時相忤，亦無足遺憾者。詞人有此感悟，故能道出「吾廬俯仰常寬」一句。惜平居獨處，知交零落，即便有菊花相對，仍不能掩其神傷。朱彊村以為此詞「如淵明詩，殆為前人所未造之境」（1929 年致陳洵函，載劉箋，頁500），但既說如淵明詩，則不得謂「前人未造」，即於詞而言，蘇、辛集中亦已不乏此調。

陳氏詞感詠節慶之作俯拾即是，大抵不離危苦之調，曠達如此闋者甚少。集中關乎中秋、重九等節慶之作，尚有〈夜飛鵲·庚申中秋，和季裴〉（吟壺釀風露）、〈霜花腴·九日，獨遊西郭廢園〉（綉籬淡菊）、〈玲瓏四犯·除夕遊花市〉（如錦年華）、〈淒涼犯·立夏前一日風雨中作〉（綠蕪故國）、〈華胥引·夜起聞雨，明日立秋〉（迎風長簞）等闋。

【摘評】

葉恭綽《廣篋中詞》評：「沈厚轉為高渾，此境最不易到。」

（頁 693）

朱庸齋《分春館詞話》卷三第 69 則：「述叔〈風入松・重九〉詞，深為葉遐庵所賞……其實述叔此作，亦從夢窗化出，但能去貌取神，一洗穠麗字面，而以氣勢、筋力見勝。詞云……前人詠重九，必寫登高臨遠，而述叔卻寫重九不出，真所謂『言在耳目之內，情寄八方之表』，讀之使人忘其淺近，自生遠志。此詞尤善用虛字表神，如『且』、『欲何』、『慣是』、『全不』等，皆極跌宕之致。」（頁 107）

芝園〈陳述叔與海綃詞〉：「此詞於述叔詞中為異體，亦足見述叔未嘗不能放步而出者。其所以硜硜守夢窗蹊徑，殆由於本性拘謹，獨守本色耳。」（頁 796）

陳永正《嶺南歷代詞選》：「述叔對夢窗〈風入松〉詞最為傾賞，故屢效為此調，然皆能去貌取神，一洗吳詞之穠麗，而以氣勢筋力見勝。……運密入疏，寓濃於淡，全首渾成而不借一二警句炫人眼目。昔人作重九詞，必寫登高臨遠，而述叔卻寫閑居不出，真所謂『言在耳目之內，情寄八方之外」，讀之使人忘其淺近，而自生遠志。」（頁 328-329）

劉箋：「大開大闔，綃翁小令合作。朱彊村以為『淡而彌腴，如淵明詩，殆為前人所未造之境。』」（頁 330）

慶春宮・人日[1]，光孝寺謁虞仲翔先生祠[2]

雲約頹檐，春生殘壘，剩烽雁後方驚[3]。
人日題詩，荒祠懷古，去來不駐遊情[4]。

歲華堪嘆[5]，翠禽語、紅梅未英[6]。
芳辰惆悵，猶是花前，莫問飄零[7]。

茲堂在昔陳經[8]。謫宦棲遲，誰分平生[9]。
無定風花，有緣香火，為他一晌銷凝[10]。
問天何意，世多難、儒冠自輕[11]。
江山如此，依舊吾廬，風雨雞鳴[12]。

【注解】

[1] 人日：農曆正月初七，隋·李百藥《北齊書·魏收傳》：「魏帝宴百僚，問何故名人日。皆莫能知。收對曰，晉議郎董勛答問禮俗云：正月一日為雞，二日為狗，三日為豬，四日為羊，五日為牛，六日為馬，七日為人。」

[2] 光孝寺：在今廣州市詩書北路。寺址本為西漢南越王趙佗玄孫趙建德之宅。三國吳·虞翻（字仲翔）被流放至此，居此講學，時人稱為「虞苑」。因苑中多植訶子樹，又稱「訶林」。虞翻歿後，家人捐宅為寺，匾曰「制止」。宋高宗紹興七年（1137年）詔改「報恩廣孝禪寺」，紹興二十一年（1151年），又易「廣」為「光」，光孝之稱由此始。虞翻（164-233），會稽餘姚（今浙江餘姚）人。初為會稽太守王朗功曹，後歸孫策，任富春長。孫權時，以直諫徙交州（今兩廣地區及越南北部）。在郡十餘年，講學不綴，門徒常數百人，卒於所。有《易》、《老子》、《論語》及《國語》訓注。

[3] 剩烽：戰後之餘燼。

[4] 「人日題詩」句：唐・高適〈人日寄杜二拾遺〉詩：「人日題詩寄草堂。」指時局不靖，遊人亦無心駐賞。此二句呼應開首「剩烽」句。

[5] 歲華：歲時之花卉。唐・陳子昂〈感遇〉詩三十八首之二：「歲華盡搖落，芳意竟何成。」

[6] 未英：英，動詞，開也。

[7] 「猶是」句：隋・薛道衡〈人日思歸〉詩：「人歸落雁後，思發在花前。」人日眾花未開，故云。

[8] 陳經：陳設經典。指虞翻所注《易》、《老子》、《論語》及《國語》。

[9] 棲遲：淹留，隱遁。唐・劉長卿〈長沙過賈誼宅〉詩：「三年謫宦此棲遲，萬古惟留楚客悲。」分，讀如份，料想之意。

[10] 無定風花：指人如風裏落花，不由自主。唐・李延壽撰《南史・范縝傳》：「人生如樹花同發，隨風而墮。自有拂簾幌墜於茵席之上，自有關籬牆落於糞溷之中。」一晌，片時。南唐・李煜〈浪淘沙令〉：「夢裏不知身是客，一晌貪歡。」

[11] 「儒冠」句：劉箋云：「悼虞翻，亦自傷。」

[12] 江山如此：宋・蘇軾〈遊金山寺〉：「江山如此不歸山。」風雨雞鳴，《詩經・鄭風・風雨》：「風雨如晦，雞鳴不已。」

【評析】

此作載劉箋卷二。陳洵雖以遺老自居，然大率屬於「文化遺老」，非如從事復辟之「政治遺老」。王雷指遺老「更多的是從傳統文化的立場眷戀先朝，即所謂的文化遺民。」❼此於陳氏日常生活可見一斑。龍榆生〈陳述叔先生之詞學〉稱陳洵平日「不甚喜與同人交接」，時於「案頭陳宋儒理學書及宋賢詞集若干冊」（頁481）。熊潤桐〈陳述叔先生事略〉亦云：「先生於填詞之外，好讀宋明儒書，居恒以『白沙名節，道之藩籬』一語激勵後進，其素志可知矣。」（載劉箋頁498）所謂「白沙名節」，指明初新會人（即陳洵之同鄉先哲）陳獻章所提倡之自我修身之道。可見陳氏所眷戀者，非僅清王室，而實包括傳統文化在內。

此詞通篇弔古傷今，因人自況，猶是傳統悲士不遇、感喟飄零之題材。然而虞翻香火不滅，名因寺傳，亦焉知非福？「儒冠自輕」一語，道盡天下落泊書生肺腑之言矣。

八聲甘州·野燒[1]

送關河滿眼是傷心，何堪問芳菲[2]。
甚霜凋仍綠[3]，風摧竟白[4]，灰盡能遺。
坐嘆煙銷燼冷，縮手昨人非[5]。
時有籠燈火，光出叢祠[6]。

畢竟熏天何苦？笑幾家蔀屋，曾借餘輝[7]。
任紅心淒黯[8]，今後總休提。

❼ 王雷，〈民國初年生存空間的歧異——前清遺老圈裏的生死節義〉，《安徽師範大學學報》，2003年第31卷第1期，頁79。

想幽人、蓬蒿深護[9]，剩劫殘、三徑得因依[10]。
誰憐我、向經行地，望佇青旗[11]。

【注解】

[1] 野燒：野火。

[2] 「送關河」二句：宋·晏殊〈浣溪沙〉（一向年光有限身）詞：「滿目山河空念遠，落花風雨更傷春。」芳菲，指草。

[3] 「甚霜凋」句：唐·杜牧〈贈揚州韓綽判官〉詩：「秋盡江南草未凋。」

[4] 「風摧」句：唐·王維〈出塞〉詩：「白草連天野火燒。」

[5] 縮手：猶袖手，不過問事情。近代陳三立贈梁啟超殘句云：「憑闌一片風雲氣，來作神州袖手人。」此乃一代遺老常有之心態。

[6] 叢祠：叢林中之神祠。漢·司馬遷《史記·陳涉世家》：「又閒令吳廣之次所旁叢祠中，夜篝火，狐鳴呼曰：『大楚興，陳勝王。』」

[7] 蔀屋：貧家所居，以草蓆覆頂。唐·聶夷中〈田家〉詩：「我願君王心，化作光明燭。不照綺羅筵，只照逃亡屋。」此處反用其意。

[8] 紅心：紅心草。唐·沈亞之《異夢錄》載姚合云：「吾友王炎者，元和初夕夢遊吳，侍吳王久之。聞宮中出輦鳴笳，吹簫擊鼓，言葬西施。王悲悼不止，立詔詞客作挽歌，炎遂應教，詩曰：……滿地紅心草。」

[9] 「想幽人」句：東漢·趙岐《三輔決錄》：「張仲蔚，平陵人

也。與同郡魏景卿，俱隱身不仕，所居蓬蒿沒人。」

[10] 劫：梵語音譯劫波（kalpa）之略稱。佛教以世界經歷若干萬年即毀滅一次，再重新開始為一劫。三徑，趙岐《三輔決錄》云：漢蔣詡辭官不仕，隱於杜陵，閉門不出，舍中竹下三徑，獨與羊仲、求仲往來。東晉·陶潛〈歸去來兮辭〉：「三徑就荒，松菊猶存。」因依，倚靠，依倚。三國魏·阮籍〈詠懷詩〉十七首之十四：「迴風吹四壁，寒鳥相因依。」

[11] 經行地：所經之處，唐·溫庭筠〈宿松門寺〉：「西山舊是經行地，願漱寒餅逐領軍。」青旗，酒旗。唐·白居易〈杭州春望〉詩：「青旗沽酒趁梨花。」又宋·辛棄疾〈鷓鴣天〉（陌上柔桑）詞：「山遠近，路橫斜。青旗沽酒有人家。」

【評析】

此闋載劉箋補遺。劉氏云：「《秫音集》第十頁載此詞，並載黎氏（六禾）詞〈燕山亭·野燒〉。」

詞借野火燎原，比喻為禍甚大者，而旁觀者竟坐嘆莫救，或有感於軍閥橫行、新學泛濫而作。此火專意破壞，如洪水猛獸，既無補於世，即幽人志士亦不能倖免，憂患意識，溢乎言表。至於所指為何，恐難坐實。劉斯翰稱此詞諷刺政治暴發戶，可備一說。

【摘評】

劉箋：「此詠野火，其意在諷刺當時政治暴發戶。」又云：「起數句寫野燒後荒原之衰敗，喻野心家爭戰遺社會以巨大破壞，『坐嘆』以下，寫野火此消彼長，喻野心家此落彼起。下闋寫野火徒有聲勢而其用甚微，喻野心家當其上臺，豪言壯語，而全無實效，一旦下臺，心灰意冷，最後以野火令幽人（包括詞家）無端受禍，復以詞家之冷嘲作反襯。」（頁 428，429-430）

鷓鴣天

昨夜東風到謝橋。夢醒愁在與誰消[1]。
驚濤尺鯉書休託[2]，文錦雙鴛意自饒[3]。

山隱隱，水迢迢[4]。所思人比水山遙。
極知雲雨無憑準，欲向高唐問暮朝[5]。

【注解】

[1] 昨夜東風：宋‧晏幾道〈採桑子〉（宜春苑外樓堪倚）：「可無人解相思處，昨夜東風。」謝橋，橋之泛稱，亦指女子居處。二句化自晏幾道〈鷓鴣天〉（小令尊前見玉簫）詞：「夢魂慣得無拘檢，又踏楊花過謝橋。」

[2] 尺鯉：指書信。古樂府〈飲馬長城窟行〉：「呼兒烹鯉魚，中有尺素書。」

[3] 文錦雙鴛：〈古詩〉（客從遠方來）：「文采雙鴛鴦，裁為合歡被。」以被上雙鴛反襯人之孤獨。

[4] 「山隱隱」二句：唐‧杜牧〈寄揚州韓綽判官〉詩：「青山隱隱水迢迢。」

[5] 雲雨高唐：用楚王於高唐夢神女典，見前〈鶯啼序〉注 14。

【評析】

此闋亦載劉箋補遺。詞甚饒小令本色，有晏小山風味。由夢後懷人敘起，慨嘆關山阻隔，音問難通。但詞人竟欲尋根究底，若非痴人，何能道出此語？黃庭堅序《小山詞》，指晏幾道有四痴：「仕宦連蹇，而不能一傍貴人之門，是一痴也；論文自有體，不肯一作新進士語，此又一痴也；費資千百萬，家人寒飢，而面有孺子之色，此又一痴也；人百負之而不恨，己信人，終不疑其欺己，此又一痴也。」前二者，或可移諸陳氏身上。「極知雲雨無憑準，欲向高唐問暮朝」一句，不愧大詞人之語，王國維評詞有三種境界，此亦可增一境。

【摘評】

劉箋：「此懷人之詞。」又云：「美人芳草，似有寄託。」（頁 465，466）

【集評】

朱祖謀評《海綃詞》：「海綃詞神骨俱靜，此真能火傳夢窗者。」「善用逆筆，故處處見騰踏之勢，清真法乳也。」「卷二多樸遬之作，在文家為南豐，在詩家為淵明。」（載《彊村老人評詞》，見唐圭璋編，《詞話叢編》第五冊，頁 4379）

朱祖謀〈望江南〉：「雕龍手，千古亦才難。新拜海南為上將，試邀臨桂角中原。來者孰登壇。」（自注：新會陳述叔、臨桂況夔生，並世兩雄，無與抗手也。）（載白敦仁，《彊村語業箋注》，成都：巴蜀書社，2002 年，頁 384，382）

朱祖謀〈致陳述叔書札〉（1923年9月28日）：「公學夢窗，可稱得髓，勝處在神骨俱靜，非躁心人所能窺見萬一者，此事固關性分爾。」（載劉斯奮《海綃詞箋注》，頁499）

黃節〈《海綃詞》序〉：「述叔蚤為詞，悅稼軒、夢窗、碧山，其時年未五十。」

黃節〈題海綃樓匾附記〉：「朮叔傷心人也，其詞傷心詞也。」（載《海綃詞箋注》，頁495）

張爾田與龍榆生論詞書：「比閱近代詞集頗多，自當以樵風為正宗，彊邨為大家也。述叔、映盦，各有偏勝，無傷詞體。陽阿才人之筆，蒼虬詩人之思，澤而為詞，似欠本色。」「蒼虬頗能用思，不尚浮藻，然是詩意，非曲意，此境亦前人所未到者。述叔、映盦，皆從詞入，取徑自別，但一則運典能曲，一則下筆能辣耳。」（載龍榆生〈陳述叔先生之詞學〉，頁484）

張爾田〈再與榆生論蘇辛詞〉：「述叔學夢窗者，其晚年詞，清空如話，中邊俱徹，是真能從夢窗打出者。」（載《詞學季刊》，1935年第2卷第3號，頁188）

張爾田〈與李蒼萍書〉：「粵中詞家，翁山而後代有傳人，近則述叔，流風未沫。」（載《海綃詞箋注》〈年譜簡編〉，頁509）

張爾田致夏承燾書：「彊翁之學夢窗，與近人陳述叔不同。述叔守一先生之言，彊翁則頗參異己之長。」（載夏承燾《天風閣學詞日記》1936年4月1日，載《夏承燾集》）

葉恭綽《廣篋中詞》：「述叔詞最為彊邨翁所推許，稱為一時無兩。述叔詞固非襞積為工者，讀之可知夢窗真諦。」（頁693）

龍榆生〈陳海綃先生之詞學〉：「王（鵬運）、朱（祖謀）二氏之詞，雖卓然為一時宗主，至於金鍼之度，謙讓未遑。講論詞學之書，二氏都無述造。況氏（況周頤）《蕙風詞話》之作，彊邨先生譽為前無古人。其書雖究極精微，而亦頗傷破碎。海綃翁既任大家講席，不得不思所以引導後進之途，於是選取周吳二家，分析其結構篇章之妙，使學者知所從入，而詞家技術之巧，泄露無餘。此其有裨詞壇，殆在王況諸家之上。」（載《龍榆生詞學論文集》，頁 485）

陳聲聰（兼與）〈讀詞枝語〉：「陳述叔《海綃翁說詞》有『三貴』之說，……所論甚精，藝至於拙，至矣，然非養到者不能得，此一事也。貴留猶書家之留筆，無垂不縮之意也。」（載陳氏《填詞要略及詞評四篇》，頁 130）

陳聲聰（兼與）〈論近代詞絕句〉：「深辭密意海綃詞，更為周吳進一思。自是偏師尊澀體，能言琴帶拙聲宜。」「洵詞專為夢窗，穠麗不及，而深澀過之，嘗言：『昔朱復古善琴，言琴須帶拙聲，否則與箏阮何異。』」（載《填詞要略及詞評四篇》，頁 180）

錢仲聯〈近百年詞壇點將錄〉（天猛星霹靂火秦明）條：「海綃詞極為彊村推許，與蕙風並舉，稱為『並世兩雄，無與抗手』。〈望江南〉詞有『新拜海南為上將，試要臨桂角中原，來者孰登壇』之語。謂其詞『處處見騰踏之勢』。可以知其概矣。」（載錢氏《夢苕庵清代文學論集》，頁 161-162）

朱庸齋《分春館詞話》卷一第 44 則：「詞法問題，余與海綃所說相異，海綃斤斤於求法，其所說夢窗詞，如往日之經股文批。試思作家如於下筆之前，已存如何運用法度之念於胸中，得毋拘滯而有損於性靈乎？大家作詞，恐無是理。當來自其平日根柢、涵養、性情、襟度，意有所會，即便下筆。其法來諸自然，未有先行

安排法度然後下筆者。作者既未必然，但讀者具見其法度。」（頁23）

又卷二第 60 則：「述叔守聲，只求於吃緊之字而守之。其餘四聲，可守即守，不復強求。故其守聲之字句，亦出於自如，讀者覺其仍甚從容。」（頁 66）

又卷三第 73 則：「述叔晚年之作，其卷三各詞，多有轉近玉田者，不過法度仍為夢窗。其〈瑣窗寒·重九〉一闋，已滲進白石、玉田風骨，故其致熊潤桐函自稱『中有極自賞』語。大抵作家暮年多運密入疏，寓濃於淡，即學古之篇，亦去貌存神。」（頁109）

又卷三第 76 則：「海綃詞確難理解，其詞句倘以語體翻譯之，幾至不成文理。往往余亦不能解悟其語意，制題每多揉捏做作。即其尺牘亦自謂學晉人小柬，令人誦之，茫茫不知其所指。詞制題宜簡，白石是序而非題。」（頁 110）

又卷三第 77 則：「余謂述叔詞近溫飛卿，此說甚新，但亦有據。《海綃說詞》稿本評辛棄疾詞一段有云：『清真、稼軒、夢窗，各有神采；清真出於韋端己，夢窗出於溫飛卿，稼軒出於南唐李主……』述叔專攻夢窗，又倡內美之說，曾云：『若不觀其倩盼之質，而徒眩其珠翠，則飛卿且譏，何止夢窗！』以此推之，則海綃詞之遠祖溫飛卿亦言之成理。」（頁 111）

芝園〈陳述叔與海綃詞〉：「述叔受彊村賞識，蓋彼此皆宗夢窗，然彊村由深邃而出，述叔則入於深邃，惻惻苦吟，感慨工而不大，此二人所以異者。」（載《中華藝林叢編》文學類（二），頁 795）

熊潤桐〈陳述叔先生事略〉：「先生之詞，雖由夢窗以溯清真，然常自謂得訣於漢魏六朝文，不但規模於趙宋諸家也。其論詞旨要，則以重、拙、大三字為歸，此其義又豈詞所能盡？……先生既以詞為彊村所賞，於是世之耳先生名者，知與不知，莫不以詞歸之。而先生每念遭世衰微，埋憂無所，亦樂以詞自托云。」（載《海綃詞箋注》，頁498）

熊潤桐挽聯：「重吟滄海遺音，淚濕鮫綃，當時已分填詞老；忍問故樓斷壁，風傳燕語，有誰珍惜覆巢悲。」（載朱庸齋《分春館詞話》卷三第71則，頁108）

沈軼劉、富壽蓀《清詞菁華》：「洵與順德黃節齊名，其詞組織精嚴，所作大抵醇深渾雅，運意淵微，高者能抗衡朱（祖謀）、鄭（文焯）。遺詞紆徐，寄興在從容不迫處，而感時傷亂，不掩其憂。梁鼎芬、朱祖謀特重之。」（頁384）

張爾田《遯盦樂府》選

張爾田（1874-1945），一名采田，字孟劬，晚號遁堪、遯庵，又號許村樵人，室名多伽羅香館，浙江錢塘（今杭州）人。先世皆以儒為業，且為錢塘大族。五世祖張雲璈（仲雅）曾撰《選學膠言》。

爾田幼時即好文史，嘗從學於蒙古及元史專家屠寄、秦樹聲及校勘學家章鈺。鄧之誠稱其「為文規摹六朝，詩逼似玉溪。」❶後以例監生應試，放為刑部主事，改官江蘇試用知府。清亡後隱居不仕，專心著作，著有《史微》八卷、《玉溪生年譜會箋》四卷，又嘗校補沈曾植《蒙古源流箋證》八卷。1914 至 1919 年民國政府聘之為清史館纂修，著有《清史稿》內《樂志》八卷、《刑法志》一卷、《地理志》內江蘇一卷等，另有《后妃傳》以別本刊行。後出任上海交通大學教授、國文系主任，北京大學教授、燕京大學國學總導師等職。日人陷北京，設東方文化會，續修《四庫全書提要》，誘張氏任纂修，為其峻拒。1945 年病逝於北京。

爾田父上龢，曾隨清季詞人蔣春霖學詞，並與鄭文焯、朱祖謀等為詩畫交，故爾田幼時即對詞學卓有見識。鄭文焯所著《詞源斠

---

❶ 鄧之誠，〈張君孟劬別傳〉，載《燕京學報》，1946 年第 30 期，頁 323。

律》，爾田曾為之糾正數條，鄭氏嘆曰：「是能傳吾大晟〔宋詞人周邦彥〕之業者也。」❷及長，因博涉各類學術，未曾專力治詞，唯仍效宋代鮦陽居士《復雅歌詞》之例編成《詞莂》，載朱祖謀《彊邨叢書》卷九，內收晚清至民初十五家共 137 闋詞。其為詞，首重本色，提倡「沉」、「超」，以戒粗豪側艷纖佻之詞風。民初詞家紛效夢窗，爾田獨無依傍，自出心裁，以史家之識，為憂患之辭，語多峻拔而氣格蒼涼。雖以遺老自居，不慕新學，然風骨棱錚，無自傷自憐之態，此其拔乎眾人之上者也。鄭文焯、朱祖謀卒後，為詞壇尊宿，時與龍榆生、唐圭璋、夏承燾等討論詞學，承先啟後之功亦大矣。

爾田僅存詩一卷，名《槐居唱和》，蓋與鄧之誠困居北京時憤倭難而作。詞集名《遯盦樂府》，有二卷，第一卷載朱祖謀所編《滄海遺音集》，收詞 54 闋。第二卷合前一卷，由龍榆生校輯，1941 年於揚州付梓。該卷收詞 60 闋，合第一卷 54 闋，共收張氏詞 114 闋。筆者另於《民權素》及《同聲月刊》等處輯得 32 題 34 闋，合二卷本則已達 148 闋之數。本書所選俱出自第一卷。

虞美人

天津橋上鵑啼苦[1]。遮斷天涯路。
東風竟日怕憑闌。何處青山一髮是中原[2]。

---

❷ 張爾田，〈近代詞人逸事〉，載《詞學季刊》，1935 年第 2 卷第 4 號，頁 175。

酒醒夢繞屏山冷[3]。獨自懨懨病[4]。
故園今夜月朧明。滿眼干戈休照國西營[5]。

【注解】

[1] 天津橋：有多處。張爾田曾於清末任蘇州候補知府，蘇州市南吳江縣有天津橋。明・王鏊《姑蘇志》卷二十：「天津橋，范隅上鄉柳胥村，至治三年建。」唐・劉希夷〈公子行〉詩：「天津橋下陽春水，天津橋上繁華子。」然唐詩所指，多指洛陽之天津橋。

[2] 「何處」句：宋・蘇軾〈澄邁驛通潮閣〉詩二首之二：「青山一髮是中原。」

[3] 屏山：繪有山巒圖形之屏風。宋・韓淲〈浣溪沙〉：「良宵春夢繞屏山。」

[4] 懨懨：精神不振貌。宋・李清照〈蝶戀花〉詞：「永夜懨懨歡意少。」

[5] 「滿眼」句：語本杜甫〈月〉詩：「干戈知滿地，休照國西營。」宋・黃希《補注杜詩》引王洙曰：「時官軍營於國西。」

【評析】

家國之感，黍離之悲，情見乎辭。錢仲聯《清詞三百首》云此詞當作於 1901 年春八國聯軍入京後。至於檃括前人詩句以為己用，則已見於宋代周邦彥之詞作。錢仲聯謂張氏乃聲家之杜甫、李

商隱，的是知言。❸

【摘評】

錢仲聯《清詞三百首》：「骨力沉雄，是能以杜甫詩筆為詞者。」（頁406）

金縷曲·聞軍中觱栗聲感賦[1]

何處霜笳徹[2]。
望高秋、氈廬四野[3]，繡旗明滅。
搖動星河三峽影[4]，壞壘烏頭如雪[5]。
聽一陣、嗚嗚咽咽。
馬上誰攜葡萄酒，伴將軍醉臥沙場月[6]。
冰墮指，淚流血[7]。

男兒到此肝腸裂[8]。
擁殘鐙、吳鉤笑看[9]，夢魂飛越。
日暮金微移營去，白羽千軍催發[10]。
更幾點、遙天鴻沒。
駐馬蓬萊傳烽小[11]，正咸陽橋上人初別[12]。
清夜起，唾壺缺[13]。

---

❸ 錢仲聯，〈近百年詞壇點將錄〉，載《夢苕庵清代文學論集》（濟南：齊魯書社，1983年），頁161。

【注解】

[1] 觱栗：亦作觱篥。古樂器名。又名悲篥、笳管。本出龜茲，後傳入中國。以竹為管，以蘆為首，狀似胡笳。唐·李頎〈聽安萬善吹觱篥歌〉：「南山截竹為觱篥，此樂本自龜茲出。」

[2] 箛：即笳。漢·史游〈急就篇〉四：「箛篍起居課後先。」唐·顏師古注：「箛，吹鞭也；篍，吹筩也。起居，謂晨起夜臥及休食時也，言督作之司，吹鞭及竹筩為起居之節度。」此處指觱栗。徹，指聲音透徹。

[3] 氈廬：即氈帳，唐·李延壽撰《北史·魏孝文帝紀》：「遣四百騎，奉迎入氈帳。」氈亦作旃。漢·班固《漢書·蘇武傳》：「穹廬，旃帳也。」

[4] 「搖動」句：語本杜甫〈閣夜〉詩：「三峽星河影動搖。」

[5] 「壞壘」句：壞壘，殘敗之營壘。宋·薛居正撰《舊五代史·梁書》卷十九：「乾寧中，太祖攻濮州，縱兵壞其墉，濮人因屯火塞其壞壘。」烏頭如雪，烏鴉頭本黑，烏頭白，喻不可能之事。司馬遷《史記·刺客列傳》：「世言荊軻，其稱太子丹之命，『天雨粟，馬生角』也。唐·司馬貞《史記索隱》：「燕太子丹曰：『丹求歸，秦王曰：烏頭白，馬生角，乃許耳。』」此處或指所在冰雪覆蓋，或指士卒無瓜代之期。

[6] 「馬上」二句：語本唐·王翰〈涼州詞〉詩二首之一：「葡萄美酒夜光杯，欲飲琵琶馬上催。醉臥沙場君莫笑，古來征戰幾人回。」

[7] 冰墮指：司馬遷《史記·高祖本紀》：「故趙將趙利為王以反，高祖自往擊之，會天寒，士卒墮指者什二三。」宋·汪元

量〈寰州道中〉詩：「孤兒可憐痛，哀哉淚流血。……此時入骨寒，指墮膚亦裂。」

[8] 「男兒」句：宋·辛棄疾〈賀新郎〉（老大那堪說）詞：「道男兒到此心如鐵。看試手，補天裂。」

[9] 吳鉤：刀，彎形。相傳吳王闔閭時所造，後泛指鋒利之寶刀。辛棄疾〈水龍吟〉（楚天千里清秋）詞：「把吳鉤看了，欄干拍遍，無人會、登臨意。」

[10] 「日暮」句：金微，山名，即新疆北部及蒙古境內之阿爾泰山。秦漢時名金微山，隋唐時稱金山。唐·張仲素〈秋閨思〉詩：「夢里分明見關塞，不知何路向金微。」白羽，以白羽裝飾之軍旗。漢·高誘注《呂氏春秋·不苟論·不苟》：「武王左釋白羽，右釋黃鉞，勉而自為係。」或指箭上之羽毛。

[11] 「駐馬」句：蓬萊，相傳為渤海中之仙山。唐代皇宮有名蓬萊者，此處當指京城或皇宮。杜甫〈秋興八首〉之五：「蓬萊宮闕對南山。」傳烽，點燃烽火，逐站相傳，以示敵情。宋·蘇軾〈登州召還議水軍狀〉：「自國朝以來，常屯重兵，教習水戰，旦暮傳烽以通警急。」近人王國維《觀堂集林·敦煌漢簡跋十三》：「古者傳烽以多少為識，如《墨子·號令》、《雜守》二篇所言，皆以烽之多少示敵之遠近者也。」

[12] 咸陽橋：即西渭橋。漢建元三年始建。因與長安城便門相對，亦稱便橋或便門橋。故址在今咸陽市南。唐代稱咸陽橋，送人西行多於此相別。杜甫〈兵車行〉詩：「爺孃妻子走相送，塵埃不見咸陽橋。」

[13] 唾壺：痰盂。南朝宋·劉義慶《世說新語·豪爽》：「（王

敦）每酒後，輒詠『老驥伏櫪，志在千里。烈士暮年，壯心不已』。以如意打唾壺，壺口盡缺。」

【評析】

筆力勁健之作，於遯庵集中時得一見。同時遺老，則耽於感傷而不能自振。此詞借鷩栗之哀鳴起興，喻國勢危難，頗有辛棄疾沈鬱悲壯之調。錢仲聯云：「作於光緒二十七年辛丑（1901）秋」，是年清廷「與十一國公使簽訂《辛丑條約》，八月二十四日，慈禧太后與光緒自西安啟程回北京，故詞有『移營』『催發』『咸陽橋上人初別』等句。移營，謂太后移蹕。催發，謂自西安出發。咸陽橋上之人相別，謂西安吏民送別帝后，冬十月始行抵開封，在開封停留十餘日。這詞寫作時，蓋初聞車駕發自西安之訊。」❹

遯庵詞不拘一格，博採諸家，所恨並未專力於此。對詞學亦頗有己見，曾譏陳曾壽以詩為詞，又致函龍榆生道：「尊論提倡蘇、辛，言之未免太易。自來學蘇、辛，能成就者絕少。即培老〔沈曾植〕亦祗能到須溪〔劉辰翁〕耳。蘇、辛筆力，如錐畫沙，非讀破萬卷不能，談何容易。磊落激揚，不從書卷中來，比客氣也。以客氣求蘇、辛，去之愈遠。古丈〔朱祖謀〕學蘇，偶一為之。半塘〔王鵬運〕集中，亦多似辛之作。然絕不以辛相命，此意當相會於言外也。」又云：「弟才苦弱，望蘇、辛如在天上，亦祗能勉強到遺山〔元好問〕耳。知遺山與蘇、辛之不同，則知東坡稼軒之不可及矣。兄〔指龍氏〕才之弱，亦與僕同，此須讀書養氣，深自培植，

---

❹ 錢仲聯，《清詞三百首》（長沙：岳麓書社，1992年），頁408-409。

下筆時自有千光百怪，奔赴腕下，不能於詞中求也。」❺張氏雖云蘇、辛難學，但此詞自有蘇、辛面目，亦是大有筆力之作，非弱腕所能為也。

【摘評】

錢仲聯《清詞三百首》：「悲歌慷慨，響遏行雲，與朱祖謀在庚子、辛丑所作各長調，同為一代詞史。」（頁 409）

燭影搖紅·晚春連雨感懷

輕煖輕寒，謝巢愁損雙棲燕[1]。
東風只解絆楊花[2]，往事和天遠。
半鏡流紅涴徧[3]。蕩愁心[4]、傷春倦眼。
數峰窺户[5]，約略殘顰，一眉新怨。

寥落空尊，少年曾預西園宴[6]。
流光銷盡雨聲中，此恨憑誰遣[7]。
容易林禽又變[8]。綠塵飛、薔薇弄晚[9]。
懨懨睡起，澹日花梢[10]，無人庭院。

❺ 張爾田，〈與龍榆生論蘇辛詞〉，載《詞學季刊》1935 年第 2 卷第 3 號，頁 187。

【注解】

[1] 「輕煖」兩句：煖，同暖。輕煖輕寒，宋·阮逸女〈花心動·春詞〉（仙苑春濃）詞：「乍雨乍晴，輕暖輕寒，漸近賞花時節。」謝巢，泛指人家屋簷下之燕巢。謝本為東晉大姓。唐·劉禹錫〈烏衣巷〉詩：「舊時王謝堂前燕，飛入尋常百姓家。」

[2] 「東風」句：語本宋·晏殊〈踏莎行〉（小徑紅稀）詞：「春風不解禁楊花。」

[3] 流紅：水中之落花。宋·張炎〈南浦〉（波暖綠粼粼）詞：「流紅去，翻笑東風難掃。」涴：染污，同汙。

[4] 蕩愁心：宋·姜夔〈揚州慢〉詞：「二十四橋仍在，波心蕩，冷月無聲。」

[5] 「數峰」句：語本宋·姜夔〈點絳脣〉（燕雁無心）詞：「數峰清苦，商略黃昏雨。」

[6] 尊：酒樽。西園，指文人酒會。語出三國·曹丕〈公讌〉詩：「清夜遊西園，飛蓋相追隨。」

[7] 「流光」二句：指光陰消逝，速如流水。李白〈古風〉其十一：「逝川與流光，飄忽不相待。」此二句語本南唐·馮延巳〈南鄉子〉：「細雨濕流光，芳草年年與恨長。」

[8] 林禽：林中之禽鳥。南朝宋·謝靈運〈登池上樓〉詩：「園柳變鳴禽。」

[9] 綠塵：綠色塵末。此句語本唐·李賀〈河南府試十二月樂詞·二月〉：「薇帳逗煙生綠塵。」

[10] 「懨懨」二句：懨懨，見前〈虞美人〉注 4。澹，同淡。宋·

王安石〈送和甫至龍安暮歸〉詩：「春風落日澹如秋。」二句化自宋·賀鑄〈薄倖〉（淡妝多態）詞：「懨懨睡起，猶有花梢日在。」

【評析】

題為〈晚春連雨感懷〉，唯上片只重感懷，於「雨」字不著一筆。下片亦僅一處言及，可見其意不在詠雨而在傷逝。辭意哀婉，此詞家之本色歟？

張爾田早歲從鄭文焯學詞，其〈與龍榆生言鄭叔問遺札書〉云：「弟少好倚聲，獲聞緒論最早。三薰三沐，實以叔問為本師。古丈不甚談詞，叔問則娓娓不倦，每見必談，期於盡意而止。緘札往還，靡間曛夕。」❻鄭氏論詞，首重神理，故張氏於此亦頗為留心。與龍氏之另一函中，亦強調下筆運思需著重「沈」、「超」，始不流於粗豪、側艷、纖佻：「偶讀郭嘯麓〔則澐〕先生《清詞玉屑》，因思有清一代詞家，約可分三派：其效蘇、辛者，多失之粗豪；其效秦〔觀〕、柳〔永〕者，多失之側艷。國初名家如梅村〔吳偉業〕、羨門〔彭孫遹〕，皆不能免。中葉以還，又有一種輕清派出，學之者一變而流為纖佻。夫宋人詞，非無粗豪、側艷、纖佻者，而讀之不覺粗豪、側艷、纖佻何也？則以其用思能沈，下筆能超故也。寫實而兼能寫意，是謂之沈；寫景而兼能寫情，是謂之超。果其能超能沈，則所謂粗豪也，側艷也，纖佻也，未始非詞中之一條件，正不必絕之太過。絕之太過，則病又叢生矣。」張氏亦

---

❻ 《詞學季刊》，1933年第1卷第3號，頁186。

重辭藻，故信中又道：「……欲挽末流之失，則莫若盛唱北宋，而佐之以南宋之辭藻，庶幾此道可以復興。晚近學子，其稍知詞者，輒喜稱道《人間詞話》，赤裸裸談意境，而吐棄辭藻。如此則說白話足矣，又何用詞為。既欲為詞，則不能無辭藻，此在藝術，莫不皆然。詞亦藝也，又何獨不然。」❼此闋於遣辭造句方面，自屬詞家本色，而運思醇雅，無輕佻、側艷之病，與其主張相合。

木蘭花慢·堯化門車中作[1]

倚軨天似醉，問何地，著羈才[2]。
看亂雪荒壕，春鵑淚點，殘夢樓臺。
低徊笛中怨語，有梅花、休傍故園開[3]。
燕外寒欺酒力，鶯邊煖閣吟懷[4]。

驚猜[5]。鬢縷霜埃[6]。杯暗引，劍空埋[7]。
甚蕭瑟蘭成，江關投老，一賦誰哀[8]。
秦淮舊時月色，帶棲烏、還過女牆來[9]。
莫向危帆北睇，山青如髮無涯[10]。

【注解】

[1] 堯化門：在南京市東北紫金山腳。明代於此修築「姚坊門」，

---

❼ 張爾田，〈與龍榆生論詞書〉，載《同聲月刊》，1941 年第 1 卷第 8 號，頁 156。

為外十八門之一，後訛傳為「堯化門」。該處原為滬寧鐵路之主要編組站，今已不存。

[2] 「倚輪」三句：輪，車箱間橫木、或車輪。泛指車。《楚辭·九辨》：「倚結軨兮長太息，涕潺湲兮下沾軾。」羈才，謂空有才識而受人羈束。漢·司馬遷〈報任少卿書〉：「僕少負不羈之才。」

[3] 「低徊」三句：古笛曲有《落梅花》。李白〈與史郎中欽聽黃鶴樓上吹笛〉詩：「黃鶴樓中吹玉笛，江城五月落梅花。」

[4] 「燕外」二句：宋·吳文英〈鶯啼序〉詞：「殘寒正欺病酒。」煖閣，設爐取煖之閣。唐·白居易〈別春爐〉詩：「暖閣春初入，溫爐興稍闌。」

[5] 驚猜：驚恐猜疑。宋·柳永〈玉樓春〉（閬風岐路連銀闕）詞：「烏龍未睡定驚猜，鸚鵡多言防漏泄。」

[6] 鬢縷霜埃：謂鬢髮沾染雪霜塵埃。

[7] 「杯暗引」二句：杜甫〈夜宴左氏莊〉詩：「檢書燒燭短，看劍引杯長。」埋劍，唐·房玄齡等撰《晉書·張華傳》云，吳未滅時，斗牛之間常有紫氣，後於豫章豐城掘得龍泉、太阿二寶劍。後以埋劍喻埋沒人才。

[8] 蘭成：庾信小字。信原為南朝梁元帝之右衛將軍，後出使西魏，值西魏滅梁，遂留於長安。北周代魏，信累遷驃騎大將軍、開府儀同三司，在北朝達二十七年，世稱庾開府。梁亡時作〈哀江南賦〉，抒發思鄉之情，語調愁苦。此數句語本杜甫〈詠懷古跡〉詩五首之一：「庾信平生最蕭瑟，暮年詩賦動江關。」

[9] 「秦淮」二句：語本唐·劉禹錫〈石頭城〉：「淮水東邊舊時月，夜深還過女牆來。」秦淮河，源於江蘇省溧水縣東北，西北流經南京城，橫貫城中，入通濟水，西出三山水門入長江。因秦時所開，故名。舊時南京之歌樓舞館，駢列兩岸，畫舫佳人，紛集其間，夙稱金陵勝地。女牆，古代城上呈凹凸形狀之矮牆。缺口多作射孔，可用於禦敵。漢·劉熙《釋名·釋宮室》：「城上垣曰睥睨，言於其孔中睥睨，非常也。亦曰陴，陴，裨也，言裨助城之高也。亦曰女牆，言其卑小，比之於城，若女子之於丈夫也。」

[10] 「莫向」二句：危帆，帆檣高聳，故云危。南朝齊·王僧孺〈中川長望〉詩：「危帆渡中懸，孤光巖下昃。」「山青」句，語本宋·蘇軾〈澄邁驛通潮閣〉詩二首之二：「青山一髮是中原。」

【評析】

此亦遯庵曠爽之作。辭意既傷不遇，亦憫政局之傾危。開首數語，亢首問天，是何等悲壯！後來越覺銷沉，「淚點」、「殘夢」等語，怨極而近乎頹唐矣。下片感傷遲暮，復檃括前人詠史詩句，似信手拈來，不見痕跡。

【摘評】

錢仲聯《清詞三百首》：「這詞寫辛亥革命時南京戰事所留下的劫火痕跡，交錯著作者懷才不遇、投老蕭瑟和對世事憂鬱的複雜心情。蒼涼跌宕，如讀〈哀江南賦〉。」（頁410）

沈軼劉、富壽蓀《清詞菁華》：「至『亂雪荒壕』三句，則何忝王沂孫。」（頁 392）

木蘭花慢・春來又將北游，賦別海上二三知友。[1]

素絃塵掛壁[2]，又彈指，作離聲[3]。
歎海燕春來，江南代北[4]，兩地逢迎。
興亡事，天不管，便銅人無淚也堪傾[5]。
黯黯衰蘭古道，離離芳草長汀[6]。

神京回首暮雲平[7]。慷慨重行行[8]。
問結客幽并[9]，高生鞍馬[10]，可抵浮名。
陽關句，休更唱[11]，只吳山西笑眼還青[12]。
竹葉於人落寞，楊花似我飄零[13]。

【注解】

[1] 海上：即上海。張氏曾任上海交通大學國文系主任。錢仲聯《清詞三百首》云所謂北游，「是北上應清史館之聘，往任纂修。而云『又將』，則前此已有北方之行。」（見該書〈木蘭花慢〉注 1，頁 409）

[2] 素弦：無裝飾之琴。或指無弦琴。唐・房玄齡等撰《晉書・陶潛傳》：「（陶潛）性不能音，而蓄素琴一張，弦徽不具。」

[3] 「離聲」二句：反用宋・歐陽修〈別滁〉詩：「我亦且如常日醉，莫教弦管作離聲。」

[4] 代北：泛指漢、晉代郡及唐以後代州北部或以北地區。即今山西北部及河北西北部一帶。唐·陳子昂〈送魏大從軍〉詩：「雁山橫代北，狐塞接雲中。」

[5] 「興亡」二句：金·段成己〈臨江仙·暮秋有感〉詞四首之一：「自古興亡天不管。」銅人，古以銅鑄為人形，以裝飾宮殿、廟門。此句語本唐·李賀〈金銅仙人辭漢歌〉詩：「憶君清淚如鉛水。」

[6] 「黯黯」二句：黯黯，昏暗貌。語本李賀〈金銅仙人辭漢歌〉詩：「衰蘭送客咸陽道，天若有情天亦老。」離離，草茂盛貌。唐·白居易〈賦得古原草送別〉詩：「離離原上草，一歲一枯榮。」

[7] 神京：京城，指北京。宋·柳永〈夜半樂〉（凍雲黯淡天氣）詞：「凝淚眼、杳杳神京路。斷鴻聲遠長天暮。」又唐·王維〈觀獵〉詩：「回首射鵰處，千里暮雲平。」

[8] 行行：行走不停。《古詩十九首》其一：「行行重行行，與君生別離。」

[9] 結客：結交賓客。幽并，幽州及并州。古時燕、趙之地，其民以慷慨任俠著稱。唐·劉禹錫〈和董庶中古散調詞贈尹果毅〉：「結客幽并兒，往來長楸間。」

[10] 高生：唐代詩人高適。該句語本杜甫〈送高書記〉詩：「高生跨鞍馬，有似幽并兒。」高適嘗任左驍衛兵曹參軍掌書記。

[11] 「陽關」句：唐·王維〈渭城曲〉詩：「勸君更盡一杯酒，西出陽關無故人。」此處謂勿作離別之辭。

[12] 西笑：宋·曾慥《類說》卷三十五引東漢·桓譚《新論·袪

蔽》：「人聞長安樂，則出門西向而笑；肉味美，對屠門而嚼。」李白〈魯中送二從弟赴舉之西京〉詩：「魯客向西笑，君門若夢中。」此處指赴京亦為樂事。眼青，即青眼，人正視時眼珠在中，故有看重之意。唐·房玄齡等撰《晉書·阮籍傳》：「嵇喜來弔，籍作白眼。喜不懌而退，喜弟康聞之，乃齎酒挾琴造焉。籍大悅，乃見青眼。」

[13] 「竹葉」句：杜甫〈九日〉詩五首之一：「竹葉於人既無分，菊花從此不須開。」

【評析】

此賦別之詞，而不覺離愁慘淡，蓋因詞人襟懷內有家國乾坤，非小兒女臨歧涕泣可擬也。雖有悽楚之調，然從離別說到興亡之事，反有易水送行之俊爽。下片可與韓愈送董邵南、溫處士之序文並讀，氣度超邁，讀之使人起慷慨登高之念。

爾田於夢窗詞，不甚措意，與龍榆生函曰：「弟所以不欲人學夢窗者，以夢窗詞實以清真為骨，以詞藻掩過之，不使自露，此是技術上一種狡獪法，最不易學，亦不必學。……近之學夢窗者，其胸中本無真情真景，而但摹仿其字面，那得不被有識者所笑乎？」❽此與陳洵所見，實南轅北轍，而海綃詞中，亦鮮有如此闋之梗慨激昂者。

錢仲聯《清詞三百首》謂此闋寫於爾田赴任清史館時。該館設

---

❽ 張爾田，〈與龍榆生論詞書〉，載《同聲月刊》，1941 年第 1 卷第 3 號，頁 153。

立於 1914 年，然則創作時間應在是年。

采桑子·史館秋蓼[1]

舊家池館栽無地[2]，一角牆東。畫出霜容。
澹到秋心不許紅。

夕陽著意相憐藉，媚盡西風。蝶夢煙空[3]。
明日登樓送塞鴻。

【注解】

[1] 史館：指設於北京之清史館。1914 至 1919 年間，張氏應聘參預修訂《清史稿》，列名為纂修官。今《清史稿》中之《樂志》八卷、《刑法志》一卷及《地理志》中江蘇一卷、《列傳》中之《圖海、李之芳傳》等，皆出自其手筆。此詞即作於任職清史館時。蓼，植物，品類繁多，有水蓼、馬蓼、辣蓼等。草本，葉味辛香，花淡紅色或白色，故上片末句云「澹到秋心不許紅」。古人用為調味。可入藥。

[2] 舊家池館：指清史館，以其為前清遺築，故云舊家池館。宋·張炎〈鬬嬋娟〉詞：「舊家池館尋芳處。」

[3] 蝶夢：典出《莊子·齊物論》：「昔者莊周夢為胡蝶，栩栩然胡蝶也，自喻適志與，不知周也。俄然覺，則蘧蘧然周也。不知周之夢為胡蝶與？胡蝶之夢為周與？」後借指幻夢。

【評析】

此篇借秋蓼栽種無地，比喻於新政之下，瑟縮一角苟且偷生。下云夕陽相憐，似有推賞者在，故能參預纂修清史，而己亦竭力為之，如秋蓼之「媚盡西風」。「夕陽」亦可指已淪亡之清室。至云「蝶夢煙空」，則前塵往事皆虛幻不實矣。

張氏雖有遺老意識，但較為入世，並無完全與時代決裂，從其出任清史館編纂及各大學之教職可見一斑。其時諸遺老頗有認為清室未亡，且有望復辟，故不當修清史者，張氏則曰：「《東觀漢記》〔東漢劉珍所撰〕即當世所修，何嫌何疑耶？」❾張氏又曾云：「明修《元史》，所徵聘的多是在野布衣，如胡翰等，不聞稱官。」❿認為倘非任官，只從事學術工作，則不妨應聘。

然而張氏於舊學甚為固執，曾撰《新學商兌》及《與梁氏論學術說》，力斥梁啟超所倡之新學為「異說惑世」⓫，並指其「才本庸瑣，讀書滅裂，勇於專斷，最便耳食者撏扯。」⓬張氏對白話詩之風行，亦甚反感，指此風氣不過為「襲海波之唾殘，氓謠俗諺，競以新名其體。」⓭至晚歲，張氏「尤篤信孔孟，有犯之者，大聲急呼以斥之，雖親舊無稍假借。」⓮可見其本質仍屬舊派學人。

---

❾ 鄧之誠，〈張君孟劬別傳〉，頁 324。

❿ 見錢仲聯，〈張爾田評傳〉，載錢氏《夢苕盦論集》（北京：中華書局，1993 年），頁 448-449。

⓫ 鄧之誠，〈張君孟劬別傳〉，頁 325。

⓬ 〈張孟劬先生書札〉，輯於〈李審言交游書札選存〉，載蘇晨主編，《學土》（廣州：廣東高等教育出版社，1996 年），頁 41。

⓭ 張爾田，〈海日樓詩注序〉，載錢仲聯輯，〈張爾田論學遺札〉，頁 160。

⓮ 鄧之誠，〈張君孟劬別傳〉，頁 325。

【摘評】

錢理群、袁本良：「此詞風格恬淡，『澹到秋心不許紅。』」（載《二十世紀詩詞注評》，頁66）

虞美人

高臺百尺淩歊起[1]。輕命危闌倚[2]。
不辭日日望長安[3]。多少龍樓鳳闕五雲端[4]。

烏頭馬角君休問[5]。天與安排定。
擬將身世付漁竿。已是北湖南埭水漫漫[6]。

【注解】

[1] 歊：氣上出貌。李白〈淩歊臺〉詩：「曠望登古臺，臺高極人目。」
[2] 輕命：不惜冒險犯命。唐・李商隱〈北樓〉詩：「此樓堪北望，輕命倚危闌。」
[3] 長安：借指京城。
[4] 龍樓鳳闕：泛指宮廷中之殿宇。闕，宮門外兩側供瞭望之樓臺，中有通道。五雲，五色瑞雲。唐・白居易〈長恨歌〉詩：「樓閣玲瓏五雲起，其中綽約多仙子。」
[5] 烏頭馬角：喻不可能之事。見前〈金縷曲〉注5。
[6] 北湖南埭：語本李商隱〈詠史〉詩：「北湖南埭水漫漫，一片降旗百尺竿。三百年間同曉夢，鍾山何處有龍盤。」北湖，指

南京城北之玄武湖，為南朝練習水軍處，亦帝王游宴之地；南埭，清·朱鶴齡《李義山詩集箋注》引道源注：「南埭，上水閘也。」一云即雞鳴埭，在玄武湖北，據云齊武帝攜宮女游樂於此。此句謂昔日帝王之龍舟、戰艦俱不復存，繁華如夢，早成陳跡。

【評析】

張氏曾著《玉谿生年譜會箋》及《李義山詩辨正》，於李商隱詩甚有研究。此詞套用義山句，可見受其影響之深。詞意大略云未能忘情舊主，故有「不辭日日望長安」之句。然而天意難違，清亡已是不爭之事實，故詞人乃以遺老自居，不與時流當場競逐。另張氏表達遺老意識之辭句，尚有〈鷓鴣天〉（前閤風簾自在垂）：「金堂一宿誰曾慣，何似鴛鴦只獨棲。」〈鷓鴣天〉（小閣迴廊認謝家）：「若教得保紅顏在，靜待王孫金犢車。」〈謁金門〉（青翰翼）：「但使連環無斷絕。相逢終有日。」〈燭影搖紅〉（十載梅邊）：「憑教重省，白髮青娥，承平絃管。」此等語調，於陳曾壽、朱祖謀等遺老集中，尤屢見不鮮。

南鄉子

世亂復何依。一枕清泉晝掩扉。
南去北來頭總白，堪悲。祇有空王少是非[1]。

薄雨不成霏[2]。獨自攜壺上翠微[3]。

指點十三陵下路[4]，縈迴。白道青松挂落暉[5]。

【注解】

[1] 空王：佛之尊稱。佛說世界一切皆空，故曰空王。唐·釋道世集《諸經集要》卷一〈三寶〉引《觀佛三寶經》：「昔過去久遠，有佛出世，號曰空王。」又《佛光大詞典》於「空王」有二種解釋：㈠諸佛之別名。以諸佛親證諸法空性，寂靜無礙，聖果無匹而稱空王。依圓覺經載，佛為萬法之王，故稱空王。（《諸經要集卷一「三寶部」敬佛篇念十方佛緣》）㈡古佛名。又作空王佛。「法華經授學無學人記品」（大九·三十上）：「諸善男子！我與阿難等於空王佛所，同時發阿耨多羅三藐三菩提心。」空王佛乃空劫時期出現之佛，空劫之前萬物未發生，故禪林中每以「空王以前」表示超越人類生命意識之境界，與「本來面目」、「父母未生以前」、「空劫以前」等為用語同類。又清·丁福寶《佛學大詞典》釋云：「佛之異名。法曰空法。佛曰空王。以空無一切邪執，為入涅槃城之要門故也。圓覺經曰：『佛為萬法之王，又曰空王。』沈佺期詩曰：『無言誦居遠，清淨得空王。』頌古聯珠集曰：『空王以此垂洪範，錦上敷華知幾重。』」

[2] 霏：雨雪綿密貌。《詩經·邶風·北風》：「北風其喈，雨雪其霏。」

[3] 「獨自」句：語本唐·杜牧〈九日齊山登高〉詩：「與客攜壺上翠微。」翠微，形容山色青翠縹緲。此處泛指山。

[4] 十三陵：明代成祖至思宗十三朝皇帝陵寢之統稱，位於今北京

市昌平縣北天壽山麓。

[5] 「縈迴」二句：唐·李商隱〈無題〉詩：「白道縈迴入暮霞，斑騅嘶斷七香車。」又李商隱〈偶成轉韻七十二句贈四同舍〉詩：「愛君憂國去未能，白道青松了然在。」縈迴，旋繞轉折。白道，大路。李白〈洗腳亭〉詩：「白道向姑熟，洪亭臨道旁。」清·王琦注：「白道，大路也。人行跡多，草不能生，遙望白色，故曰白道，唐詩多用之。」白道、青松皆常見於陵墓。

【評析】

起句云世亂無依，加以風塵僕僕，所得唯煩惱而已，由是生出隱逸與禮佛之意。下片寫登高俯覽，見十三陵之景色，益感嘆朝代興衰及人事之不常。唯境界開闊，悲涼沈鬱而無寒酸氣。朱祖謀詠張氏之〈南鄉子〉詞下片云：「奇字結煙霏。野史亭中心事違。端的草堂靈不愧，栖栖。北去南來總白衣。」末句即採自此篇。

鷓鴣天·六十自述[1]

六十明朝過眼新。鏡中吟鬢老於真[2]。
寄生槐國原無夢[3]，避世桃源豈有津[4]。

蒼狗幻，白鷗馴[5]。安排歌泣了閒身。
百年垂死今何日，曾是開天樂世人[6]。

【注解】

[1] 序云「六十自述」，則此詞約作於 1933 年前後。

[2] 老於真：云鏡中容顏，似較真實為老。唐・李洞〈上靈州令狐相公〉詩：「閒倚凌煙金柱看，形容消瘦老於真。」

[3] 槐國：即槐安國。唐・李公佐所著傳奇《南柯太守傳》云，東平淳于棼醉臥槐樹下，夢至大槐安國，出仕南柯太守。夢醒始覺大槐安國乃槐樹下之蟻穴。

[4] 桃源：即桃花源。晉・陶淵明著〈桃花源詩并記〉，云有武陵人沿溪捕魚，遇桃花林，乃沿溪而上，於盡處發現一與世隔絕之村落。村中人自云先祖為避秦亂世，移居此地，不與外界往還。武陵人出告太守，太守遣人隨其往，迷不復得路。南陽劉子驥聞之，欣然親往未果，後病終，世遂無問津者。

[5] 蒼狗：喻世事變幻無常。語本杜甫〈可嘆〉詩：「天上浮雲如白衣，斯須改變如蒼狗。」白鷗馴，語本杜甫〈奉贈韋左丞丈二十二韻〉詩：「白鷗沒浩蕩，萬里誰能馴。」此處反用其意。

[6] 「百年垂死」句：語本杜甫〈送鄭十八虔貶台州司戶傷其臨老陷賊之故闕為面別情見於詩〉：「萬里傷心嚴譴日，百年垂死中興時。」開天，原指唐玄宗開元、天寶年間之治世。此處指清朝。

【評析】

此詞人回首平生之作，云前塵不外如寄生槐國，即有避世桃源，亦無路可達。今竟如馴服之白鷗，苟且於世。撫今追昔，乃有新不如舊之感。稱前清為開天樂世，亦遺老口吻也。

遺老詞中時有美化清朝之辭句。如朱祖謀〈南鄉子〉（病枕不成眠）即云：「一去不回成永憶，看看。惟有承平與少年。」又況周頤之〈傾杯·丙辰自壽〉亦曰：「首重回、承平游衍，怕者回憑欄，斜陽如水。」又其〈醉翁操〉（淒然春妍）亦有「豔陽錯認，生怕啼鵑。玉鍾翠袖，回首承平少年」之句。類似頌辭，亦無非遺老詞人對舊文化及舊時代片面、有選擇性之記憶（selective memory）。

壽詞於遺老集中時或一見，大率不離嘆老嗟悲。此詞即一例。另況周頤有〈傾杯·丙辰自壽〉、王國維亦有〈霜花腴·用夢窗韻補壽彊邨侍郎〉等闋。

臨江仙

一自中原鼙鼓後[1]。繁華轉眼都收。
石城艇子為誰留[2]。
烏衣尋廢巷[3]，白鷺認空洲[4]。

萬事驚心悲故國，青山落日潮頭[5]。
此身行逐水東流。
除非春夢裏，重見舊皇州[6]。

【注解】

[1] 鼙鼓：軍鼓。唐·白居易〈長恨歌〉詩：「漁陽鼙鼓動地來，驚破霓裳羽衣曲。」

[2] 石城艇子：石城，指石頭城，故址在今南京市西石頭山後。本楚金陵城，漢獻帝十七年（西元 212），孫權重築，改稱為石頭城，為三國吳之都城。六朝時，為建康之軍事重鎮。唐高祖武德八年（西元 625）廢。艇子，指盛載歌女之遊艇。宋·周邦彥〈西河〉詞：「斷崖樹，猶倒倚，莫愁艇子曾繫。」

[3] 烏衣巷：位於今南京市東南。三國吳時於此置烏衣營，以士卒服烏衣而得名。東晉時王、謝諸望族多居於此。唐·劉禹錫〈烏衣巷〉詩：「朱雀橋邊野草花，烏衣巷口夕陽斜。」

[4] 白鷺洲：在南京市南長江中。李白〈登金陵鳳凰臺〉詩：「三山半落青天外，二水中分白鷺洲。」

[5] 「青山落日」句：語本杜甫〈惜別行送向卿進奉端午御衣之上都〉詩：「向卿將命寸心赤，青山落日江潮白。」

[6] 皇州：指帝都。杜甫〈同諸公登慈恩寺塔〉詩：「俯視但一氣，焉能辨皇州。」

【評析】

此篇詠南京。「中原鼙鼓」，指北方有戰事。而南京自古帝都，至今繁華都盡，頗見出易代之悲。下片憂時感事，末句以假想辭「除非」引起，將時地帶返前朝，然詞人亦自知不過春夢一場而已。遺老襟懷，溢於言表。

【集評】

鄧之誠〈張君孟劬別傳〉：「君少以辭章擅名，為文規摹六朝，詩逼似玉溪。……晚歲喜填詞，以寫其幽憂忠愛之思，論者謂

半塘、古微而外，未能及之者也。」（頁 323）

葉恭綽《廣篋中詞》：「孟劬詞淵源家學，濡染甚深，與大鶴研討，復究極幽微，故所作亦具《冷紅》神理。」（頁 687）

陳聲聰（兼與）〈論近代詞絕句〉：「向人肝肺自槎枒，無益聊將遣有涯。一脉水雲遙嗣響，吳漚煙語是傳家。」「近代詞人大半為學人與詩人之詞，爾田力求近古，詞意詞味，比人似皆差勝。」（《填詞要略及詞評四篇》，頁 181-182）

陳聲聰（兼與）〈論詞絕句〉：「常州派本古文家，論史三長復有加。一脈《水雲》真嗣響，吳漚煙語蛋籠紗。」（《兼於閣雜著》，頁 127）

孫德謙〈《遯盦樂府》序〉：「其抑鬱寡歡，吁可知矣。……而其危苦之音，淒戾之旨，有不能卒讀者也。」

朱祖謀〈南鄉子〉：「采采欲遺誰。手把瑤華夜款扉。深處幽篁天不見，空悲。修到湘纍獨醒非。　　奇字結煙霏。野史亭中心事違。端的草堂靈不愧，栖栖。北去南來總白衣。」（載《彊村語業》卷三）

夏敬觀〈遯盦樂府序〉：「君自遘世蹇屯，益勵士節，勤撰述。其寓思於詞也，時一傾吐肝肺芳馨，微吟斗室間，叩於窈冥，訴於真宰，心癯而文茂，旨隱而義正，豈餘子所能幾及哉？」

錢仲聯〈近百年詞壇點將錄〉（天雄星豹子頭林沖）條：「孟劬史學山斗，填詞淵源家學，復與大鶴探討，濡染者深。《遯盦樂府》，感時抒憤之作，魄力沈雄，訴真宰，泣精靈，聲家之杜陵、玉溪也。」（載錢氏《夢苕庵清代文學論集》，頁 161）

錢仲聯〈張爾田評傳〉：「「說他近鄭文綽，還未全面。爾田

詞自成風格，晚歲作品，沉鬱蒼涼，合詩詞為一乎？」（載錢氏《夢苕盦論集》，頁 453）

沈軼劉、富壽蓀《清詞菁華》：「爾田與邵瑞彭為清詞後勁，爾田工深，邵筆肆。爾田取徑，游刃於常浙之外，歸於條達者。」（頁 392）

沈軼劉〈繁霜榭詞札〉第 22 條：「清末民初杭州詞人張爾田，與遂安邵瑞彭齊名，工力不在四家下。木蘭花慢『堯化門車中作』有云：『亂雪荒壕，春鵑淚點，殘夢樓臺。』覺『漸霜風淒緊，關河冷落，殘照當樓』，所感尚淺。結云：『莫向危帆北睇，山青如髮無涯。』晦跡無心，目空遺老。」（載沈氏《繁霜榭詩詞集》，出版地不詳，1985 序）

陳曾壽《舊月簃詞》選

陳曾壽（1877-1949），字仁先，號耐寂、復志、焦庵。家藏元畫家吳鎮所畫《蒼虬圖》，因以名閣，詩集亦取其名，並自號蒼虬居士。湖北黃州府蘄水（今浠水）下巴河鎮人。曾祖沆，號秋舫，嘉、道間以詩名，著有《簡學齋詩集》及《詩比興箋》。

曾壽十八歲補縣學生，光緒二十三年（1897）以選拔貢於朝。二十八年（1902）與二弟曾則、三弟曾矩，同中式鄉舉。次年成進士，任刑部主事。後又應試經濟特科，名列前茅。累遷學部員外郎、郎中，廣東道監察御史，官至學部右侍郎。清亡後以遺少自居，退隱上海、杭州等地。1924 年，溥儀於天津日本租界設「清室駐天津辦事處」，任曾壽為顧問，未到任。1930 年，復因陳寶琛推薦，赴天津任溥儀妻婉容教師。1932 年，偽滿州國成立，任「內廷局」局長。後因反對日人干預而辭職，移居北京。抗戰勝利後，於 1947 年返上海，依二弟曾則而居，愈二年病逝。著有《蒼虬閣詩集》十卷、續集二卷及《舊月簃詞》二卷。

曾壽四十歲始致力為詞，唯「佇興而作，不自存稿。」（陳曾任〈舊月簃詞序〉）龍榆生嘗評云：「生平志事，百不一酬，而繁寃極憤鬱結侘傺幽憂之情，乃一寓之於詩。」❶此語移於其詞亦然。朱祖謀、葉恭綽等推挹備至，惟張爾田則謂其以「詩人之思，澤而為詞，似欠本色。」（《近三百年名家詞選》）顧民初詞壇尊體派諸家，百人一面，皆以夢窗為宗，頗有為詞造情之嫌，無病呻吟之語，累牘連篇。蒼虬詞則有萬不得已之感，纏綿悱惻而獨見性情，非徒效顰也。施議對《當代詞綜》不錄，掛萬漏一，選輯之難，具見乎是。

曾壽詞時有遺老之思，唯每借山水記遊、詠物，以有寄托入，以無寄托出，深得詞要滲宜修之旨。間雜佛理，色調偏冷，無劍拔弩張之態，又非如陳洵之哀而至於傷，實大雅之繼響，風人之典範也。

《舊月簃詞》有一卷及二卷本。一卷本又有辛酉本（1921年），錄詞 42 闋，有朱祖謀《滄海遺音集》本，錄詞共 71 闋，前半與辛酉本同，唯缺〈酷相思〉（嫩柳鵝黃）、〈浣溪沙〉（金井新秋）二首，後半較辛酉本增收 29 闋。二卷本即庚寅本（1950），由其後人在台灣出版，第一卷與《滄海遺音集》同，第二卷為輯佚，共存詞 97 闋。本書所選皆出自第一卷。

踏莎行·白堂[1]看梅

石疊蠻雲，廊棲素雪。鎖愁庭院苔綦澀[2]。

---

❶ 龍榆生，《近三百年名家詞選》（香港：文豐出版社，出版年份不詳），頁220。

無人只有暮鐘來，定中微叩春消息[3]。

冷霧封香，紺霞迷色[4]。慵妝悄淚誰能惜。
一生長伴月昏黃，不知門外泠泠碧[5]。

【注解】

[1] 白堂：上海松江有醉白池公園，建於明末清初，清順治年間，工部主事顧大申重加修建，並仿宋韓琦慕白居易之例築醉白堂，更名為醉白池。未審白堂是否指此。

[2] 苔綦：綦，腳印。澀，不順滑。錢仲聯《清詞三百首》云：「因無人到庭院，青苔上沒有腳印，好像是人被阻隔。」

[3] 定中：定，入定。佛教謂靜坐定心，不起雜念為之定。宋·釋普濟撰《五燈會元》卷四（禪師法嗣）條：「六根陟境，心不隨緣名定。」春消息，宋·晏殊〈滴滴金〉詞：「梅花漏泄春消息。」

[4] 「冷霧」二句：指梅花之形態、香氣與色澤。紺，深青透紅之色。宋·周密〈采綠吟〉（采綠鴛鴦浦）詞：「冰壺裏、紺霞淺壓玻璃。」

[5] 泠泠：清涼、冷清貌。吳文英〈一剪梅〉（老色頻生玉鏡塵）詞：「流水泠泠，都是啼痕。」

【評析】

陳曾壽頗多詠梅之闋，除此篇外，尚有〈浣溪沙·孤山看梅〉、〈木蘭花慢·湖居元夕花下作〉、〈揚州慢·庚申二月同愔仲至高氏園看殘梅新柳〉、〈浪濤沙·煙霞洞看梅〉、〈一萼紅·孤山探梅〉、〈燭影搖紅〉（寂寂苔枝）、〈揚州慢·煙霞洞看梅〉及〈疏影·憶湖上舊月簃梅花〉等，大率皆有興託之意。此詞以梅之冷寂幽芳，比喻詞人遺世獨立、簡靜高潔。「無人只有暮鐘來，定中微叩春消息」，寂寞中仍心有所繫。至於「一生長伴月昏黃，不知門外泠泠碧」，真可謂深於情者矣。梅無月色之映照則不覺雅艷，月無梅之相襯則顯孤零。「長伴月」，蓋有感恩圖報於遜帝溥儀之意。

此類詞本不外乎遺老口吻，乃屬於所謂小眾或邊緣性（marginal）之思想意識，理論上實難為大眾接受。唯因其每能借助比興寄託之手法，不指實傾訴對象，故具有一定之普遍性或共通性（universality），能超越小眾屬性之限制，引起大眾共鳴。陳氏詞不乏此類深具藝術感染力之作，吾輩實不應因人廢言。

此詞幽渺彷彿，與陳氏之詞學觀頗合，其《舊月簃詞選》序云：「花間春瓊，俄照綠陰；蟲畔秋床，驟聞涼雨。盪羈魂於別館，迴幽緒於閒悰。縹渺千生，溫涼一念。於斯時也，欲拈韻語，苦詩律之拘嚴；欲敘長言，奈柔情之斷續。求其追攝神光，低徊本事，微傳掩抑之聲，曲赴墜抗之節，其惟詞乎。」❷其說與王國維《人間詞話》所云「（詞）能言詩之所不能言」之見解相類。

---

❷ 《同聲月刊》，1942年第2卷第6號，頁129。該序寫於1923年，而書則未見。

木蘭花慢·舊京移菊[1]，憔悴可憐，感賦。

冷牆陰一角，結幽怨，舊痕青。
自辛苦移根，戀香殘蝶，夢也伶俜[2]。
羞憑。別畦新綠[3]，算年年稱意占階庭。
一寸霜姿未展，西風涼透窗櫺[4]。

亭亭[5]。還向畫圖尋影事[6]，慰飄零。
悵蟬休露滿[7]，芳心委盡，枉致丁甯[8]。
微醒[9]。晚來乍洗，賸無多清淚奠寒馨。
流浪他生未卜[10]，斜街花市重經[11]。

【注解】

[1] 舊京：指北京。

[2] 伶俜：孤獨。晉·潘岳〈寡婦賦〉：「少伶俜而偏孤兮，痛忉怛以摧心。」

[3] 畦：長方形之耕種地。宋·王安石〈書湖陰先生壁〉詩二首之一：「茆簷長掃淨無苔，花木成畦手自栽。」別畦，指移根後栽植之處。

[4] 窗櫺：櫺，窗或欄杆上雕有花紋之木格。東漢·班固〈西都賦〉：「舍櫺檻而卻倚，苦顛墜而復稽。」此兩句頗有唐·李商隱〈宮詞〉「莫向樽前奏花落，涼風只在殿西頭」之意味。

[5] 亭亭：孤潔聳立貌。唐·獨孤及〈和贈遠〉詩：「美人挾瑟對芳樹，玉顏亭亭與花雙。」

[6] 影事：蹤跡。另佛教認為世界一切事物，虛幻如影，皆非真實。唐·般剌密諦譯《大佛頂首楞嚴經卷》卷一：「縱滅一切見、聞、覺、知，內守幽閑，猶為法塵，分別影事。」宋·范成大〈次韻李子永見訪〉詩：「有為皆影事，無念即生涯。」

[7] 「悵蟬休」句：唐·李商隱〈涼思〉詩：「客去波平檻，蟬休露滿枝。」形容境況淒冷。

[8] 丁甯：即叮嚀。《詩經·小雅·采薇》：「曰歸曰歸，歲亦莫止。」東漢·鄭玄箋：「丁寧歸期，定其心也。」

[9] 酲：病酒。《詩經·小雅·節南山》：「憂心如酲，誰秉國成？」

[10] 他生未卜：李商隱〈馬嵬〉詩二首之二：「海外徒聞更九州，他生未卜此生休。」

[11] 斜街：北京街道名。清·于敏中等撰《日下舊聞錄》卷三十八：「自鼓樓斜街，循銀錠街向西。」清·朱彝尊〈二月自古藤書屋移寓槐市斜街賦詩四首〉之二：「老去逢春心倍惜，為貪花市住斜街。」另朱氏〈儒學訓導倪君墓誌銘〉云：「既而予移家具寓宣北坊，轉徙斜街花市。」可知北京之斜街確有花市。

【評析】

陳衍《石遺室詩話》卷二十四云：「今人之愛菊者，殆莫如陳仁先。仁先菊詩佳者之多，殆莫如前歲六首。……此數詩將菊之可悲可喜寫得有神無跡，吾無以許之。……」又云：「仁先數以菊詩見投，余不能和，乃勉作一首，可當仁先小傳讀，云：『淵明菊傳神，仁先菊寫真。非吾譽仁先，愛菊逾古人。非惟逾古人，愛菊逾其身。……』❸可見曾壽不獨於其詞中好詠菊花，詩中亦然。其詠菊之詞有四闋，除此闋外，尚有〈惜黃花慢·園菊久萎，冬至日忽放二花，沍寒中金英燦然，喜成此闋〉（編者按：朱祖謀有和詞）、〈卜算子〉（眉畫睇初含）及〈八聲甘州〉（慰歸來）。

此詞借菊以喻身世，兼寫眷戀清室之情。「自辛苦移根，戀香殘蝶，夢也伶俜」數句，謂別後不能忘懷舊主；「別畦新綠」以下，說雖已移根別處，仍無改素志。下片嘆時不我與，終致零落，唯望他生可舊地重臨而已。

陳氏《蒼虬閣詩》卷二亦有詩記移菊之事，時維壬子年（1912），則此詞當亦作於同時。其一為〈以舊京菊種移至海上寄養鄰圃〉：「下斜街口擔秋霞，崇福山腰老圃家。海上羈魂斷鄉國，一畦寒守義熙花。」海上即上海。另二首為〈至鄰圃視寄養菊花已出蓓蕾喜賦〉、〈以京師菊種寄養蘇堪園中託之以詩〉（1913），前詩有「乃知一息存，生理絕可續」一句，似對清室之復辟尚有所希冀。

【摘評】

清涼山民〈花陰偶筆〉：「偶檢蒼虬先生《舊月簃詞》，詠菊之詞，多至五闋，倘所謂芳潔之懷，神與俱化者歟！」（載《同聲月刊》1941年第1卷第4號，頁104）

---

❸ 陳衍，《石遺室詩話》，載張寅彭編，《民國詩話叢編》（上海：上海書店，2002年），第一冊，頁328。

浣溪沙·孤山看梅[1]

心醉孤山幾樹霞。有闌干處有橫斜[2]。
幾回堅坐送年華[3]。

似此風光惟強酒，無多涕淚一當花。
笛聲何苦怨天涯[4]。

【注解】

[1] 孤山：在杭州西湖，界於裏外二湖之間。以獨立湖中，故名。又山上廣植梅花，又稱梅花嶼。宋代林逋嘗隱居於此，養鶴種梅，人稱「梅妻鶴子」。孤山之梅唐時已得名。白居易離杭時曾有〈憶杭州梅花因敍舊寄蕭協律〉一詩：「三年悶悶在余杭，曾與梅花醉幾場。伍祖廟邊繁似雪，孤山園裏麗如妝。」

[2] 「有闌干」句：化自宋·林逋詠梅花詩。句云「疏影橫斜水清淺，暗香浮動月黃昏。」

[3] 堅坐：端坐。南朝宋·劉義慶《世說新語·雅量》：「（王）薈不自安，逡巡欲去，（王）劭堅坐不動。」唐·韓愈〈贈侯喜〉詩：「晡時堅坐到黃昏。」

[4] 笛聲：漢橫吹曲有〈梅花落〉，本為笛曲。宋·李清照〈永遇樂〉詞：「染柳煙輕，吹梅笛怨，春意知幾許？」

【評析】

前闋〈蹋莎行〉極言梅花之孤芳峻潔，隱含難捨難離之情；此詞則於苦中作樂，借賞梅忘懷世事。一執著，一疏曠，而沉痛則無異。明·沈際飛《草堂詩餘續集》云：「七情所至，淺嘗者說破，深嘗者說不破。破之淺，不破之深。別是句妙。」陳曾壽詞愁苦之處，往往亦不說破，如此闋「似此風光」、「無多涕淚」兩句，即有欲說還休之味道。

陳氏入民國後，奉母隱居杭州南湖。陳三立〈南湖壽母圖記〉云：「辛亥武昌變起……〔曾壽〕遂築屋湖山佳處，居太夫人於此，朝昏所接，景物清嘉，有霞嶠月舸，花樹魚鳥之觀。仁先與諸弟復番侍不去側，歲時佳日輒扶籃輿或棹小舟縱覽其勝，退居恆手一編，及摹書綴丹青，割山光波影案几間，自放其意。」（見《散原精舍文集》卷 7），大有遺民逸士之風。陳氏於梅情有獨鍾，故時流連於餘杭之孤山。

臨江仙

修得南屏山下住[1]。四時花雨迷濛。
溪山幽絕夢誰同。
人間閒夕照，消得一雷峯[2]。

極目寥天沈雁影[3]，斷魂憑證疏鐘。
淡雲來往月朦朧。
藕花風不斷，三界佛香中[4]。

【注釋】

[1] 南屏山：在杭州西湖南、玉皇山北。後周顯得元年（954），吳越國主錢弘俶在南屏山麓建慧日永明院，後即為與靈隱寺並峙於南北之淨慈寺。每值暮色蒼茫，梵鐘長鳴，山谷皆應，經久不息，遂有「南屏晚鐘」之稱，為舊日西湖十景之一。

[2] 「人間」二句：指西湖十景之一之「雷峯夕照」。雷峯，即雷峯塔，一名黃妃塔，又稱西關磚塔。在杭州西湖南岸夕照山之雷峯上。吳越國王錢弘俶妃黃氏建。塔身七級。舊日夕陽西照，金碧輝煌之塔身與山光相映，南宋詞人陳允平作〈西湖十詠〉，其〈掃花游·雷峰落照〉詞有「看倒影金輪，逆光朱戶」句。塔毀於 1924 年 9 月 25 日，2002 年重建。

[3] 寥天：太虛寂寥之境。《莊子·大宗師》：「乃入於寥天一。」

[4] 「藕花」二句：元·張翥〈婆羅門引〉（暮天映碧）詞：「月華正中，畫船漾，藕花風。」三界，佛教謂生死往來之世界有三，即欲界、色界、無色界。唐·沙門般剌密帝譯《大佛頂首楞嚴經》卷一：「弘範三界，應身無量。」唐·陳子昂〈夏日暉上人房別李參軍崇嗣〉詩：「自超三界樂，安知萬里征。」

【評析】

陳曾壽自幼好佛，及長尤甚。其弟曾則稱其「少時即喜吟詠，繪佛像於蓮瓣，見者贊其工妙。日誦金剛經普賢行願品數十年不輟，其詩與畫乃定慧光中流出，故有其夐絕之異境。」（〈蒼虬閣詩續集序〉）陳祖壬亦稱其於清亡後「引歸不復，飲水茹蔬，自詭佞佛。」（〈蘄水陳公墓志銘〉）可見其好佛，除天性使然，亦與清亡有關，大抵欲借佛以遁世。其詩詞亦喜用佛典、佛理，如此闋融理入景，以所見所聞之迷濛花雨、雷峰夕照、南屏晚鐘、寥天雁影、淡雲微月、藕風佛香，渲染清幽閒靜之境界，以見佛道之無量，與生搬硬砌佛經者不可同日而語。

陳氏另有詠雷峯塔圮之〈八聲甘州〉（鎮殘山風雨耐千年）、〈浣溪沙〉（修到南屏數晚鐘）及〈踏莎行〉（雲縫鋪金）數首。其〈浣溪沙〉云：「修到南屏數晚鐘。目成朝暮一雷峯。纁黃深淺畫難工。　千古蒼涼天水碧，一生繾綣夕陽紅。為誰粉碎到虛空。」可與此詞互參。

據鄭逸梅《藝林散葉續編》第 1090 條云：「杭州西湖，舊有陳莊，陳曾壽之別墅也。其婿周君適，有一文紀其地：『陳曾壽的書房有兩間，一間就是蒼虬閣；還有一間，當門院中，橫臥一塊太湖石，兩頭向上翹起，像一柄如意，這間書房取名石如意齋。從蒼虬閣的窗戶望去，正對蘇堤第一橋，橋外是雷峰塔和淨慈寺。南屏晚鐘在雷峰塔側面，花港觀魚在第一橋與第二橋之間。陳曾壽悠然自得地說：西湖十景，我住的這個地方，已佔有其四了。』閱之，似身臨其境。曾壽為前清遺老，我一度在其弟陳微明家見之，沉默少言，狀殊端肅。」可見其起居生活之一斑。

【摘評】

葉恭綽《廣篋中詞》：「淒麗入骨。」（頁 679）

湘月·壞塔[1]次樵風韻[2]

蒙茸尖合[3]，帶寒鴉數點，殘照終古[4]。
夢想莊嚴愁獨客，欲禮空王無主[5]。
珠網全飄，金輪半塌，不礙疏鐘度[6]。
江山如此，孤標何苦支拄[7]。

惟見七級簷頹，一鈴舌在[8]，報人間風雨。
欲寫荒涼題敗壁，只稱寒山詩句[9]。
香火緣空，苔綦磴滑，飛錫應難駐[10]。
脩羅零劫[11]，諸天花散何處[12]。

【注釋】

[1] 壞塔：指雲巖寺塔，又稱虎丘塔，在蘇州虎丘山。此詞和鄭文焯原韻，原詞題為〈山塘秋集分題得壞塔〉。山塘在蘇州市西北，唐白居易為蘇州刺史時鑿。舊時自蘇州往遊虎丘者往往取道於此。雲巖寺塔始建於五代後周顯德六年（959），自南宋建炎年間至清咸豐十年（1860），七度遭火，作此詞時，塔尚未修復，故云壞塔。塔身七層（見宋平生《晚清四大詞人詞選譯》，成都：巴蜀書社，頁169）。

[2] 樵風：即鄭文焯（1856-1918），近代詞人。字俊臣，號小坡、叔問、大鶴山人、冷紅詞客，奉天鐵嶺（今屬遼寧）人，隸漢軍正黃旗。光緒元年（1875 年）舉人，曾官內閣中書。辛亥革命後，以遺老自居，與王鵬運、況周頤、朱祖謀並稱「晚清四大

詞人」，兼長金石、書畫、醫學。著有《詞源斠律》、《大鶴山人詩集》二卷、《大鶴山房全書》（內收詞集《樵風樂府》）。

[3] 「蒙茸」句：又作蒙戎。雜亂貌。《詩經·邶風·旄丘》：「狐裘蒙戎，匪車不東。」此處形容野生植物。或作蔥蘢、迷茫解。尖合，形容塔身向上延展至塔尖之狀。

[4] 「寒鴉」句：宋·秦觀〈滿庭芳〉（山抹微雲）詞：「斜陽外、寒鴉數點，流水繞孤村。」

[5] 莊嚴：佛家指裝飾之美盛。三國·三藏康僧鎧譯《無量壽經》卷上：「又講堂精舍，宮殿樓觀，皆七寶莊嚴，自然化成。」禮，禮拜。空王，佛之尊稱。見前張爾田〈南鄉子〉注 1。

[6] 「珠網」三句：珠網，佛家云所有事法互為因緣之關係，唐·智儼《華嚴一乘十玄門》中有因陀羅網之譬喻，說世界如一大珠網，網中任何一珠皆映現所有餘珠之像，而一一珠像復現所有餘珠之像，如此無窮互相映現，顯示法界緣起無盡復無盡之緊密相關與無從分割。唐·實叉難陀譯《大方廣佛華嚴經》卷八：「周迴欄楯悉寶成，蓮華珠網如雲布。」唐·溫庭筠〈長安寺〉詩：「綉戶香焚象，珠網玉盤龍。」金輪，佛家指此世界最下層為風輪，其上為水輪，最上為金輪，金輪即地輪，謂大地。見唐·玄奘譯《俱舍論》卷十一。三句謂塔雖殘敗，仍無礙寺內鐘聲之傳送。

[7] 孤標：獨立高聳貌。杜甫〈同諸公登慈恩寺塔〉詩：「高標跨蒼天，烈風無時休。」支拄，支撐。

[8] 鈴舌：即鈴鐸，鈴分鈴杯、鈴舌、鈴把三部份，鈴舌撞擊鈴杯始能發聲。

[9] 「欲寫」二句：宋·周邦彥〈綺寮怨〉（上馬人扶殘醉）詞：「當時曾題敗壁，蛛絲罩、淡墨苔暈青。」寒山，唐詩僧，又稱寒山子。宋·李昉等編《太平廣記》卷五十五引唐·杜光庭《仙傳拾遺》：「寒山子者，不知其名氏，大曆中，隱居天臺翠屏山。其山深邃，當暑有雪，亦名寒岩，因自號寒山子。好為詩，每一篇一句，輒題于樹間石上，有好事者隨而錄之，凡三百餘首。多述山林幽隱之興，或譏諷時態，能警勵流俗。桐柏徵君徐靈府序而集之，分為三卷，行於人間。」

[10] 「香火」三句：苔綦，見前〈躡莎行〉注 1。磴，石階。飛錫，指僧人雲遊四方。錫，僧人所用之錫杖。晉·孫綽〈遊天台山賦〉：「王喬控鶴以沖天，應真飛錫以躡虛。」

[11] 「脩羅」二句：脩羅，即阿修羅。佛教六道之一，亦為八部眾之一。為梵語 Asura 之音譯，意為非天。古印度神話中之惡神，嘗與帝釋交戰，佛書中列為天龍八部之五。唐·道世編《法苑珠林》卷九《六道會名》：「依《立世阿毗曇論》釋云：阿修羅者，以不能忍善，不能下意諦聽，種種教化，其心不動，以憍慢，故非善健兒；又非天，故名阿修羅。」劫，見前陳洵〈八聲甘州〉注 10。

[12] 諸天：佛家云三界共有二十八天，自四天王天至非有想非無想天，總謂之諸天。《佛光大詞典》釋云：「依諸經言，欲界有六天（六慾天），色界之四禪有十八天，無色界之四處有四天，其他尚有日天、月天、韋馱天等諸天神，總稱為諸天。據《普曜經》卷六載，釋尊在菩提樹下成道，諸天皆前來慶賀。（《古今著聞集》卷二）」李白〈答族侄僧中孚贈玉泉山仙人掌茶

并序〉詩：「朝坐有餘興，長吟播諸天。」

花散，指天女散花。《維摩詰經·觀眾生品》：「時維摩詰室有一天女。見諸大人聞所說法便現其身。即以天華散諸菩薩大弟子上。華至諸菩薩即皆墮落。至大弟子便著不墮。」意謂於心無所住者，花朵自落，心有所執著者則拂之不去。此與上句指亂後人間已無清平之地。

【評析】

此篇借虎丘塔之殘破，喻人世紛爭，劫難無窮。而佛塔則儼然一法度綱紀之標誌，以陳氏之政治觀而言，即指已覆亡之清朝。「七級簷頽，一鈴舌在」，指僅餘殘跡而已；「香火緣空，苔綦磴滑」，則已無人朝奉。零落如此，以遺老身份觀之，能無感乎？

附：鄭文焯〈湘月·山塘秋集分題得壞塔〉

夜鈴語斷，更斜陽瘦影，誰問今古。獨立蒼茫鎮占老，一角青山無主。衰草蒸生，枯楓倒出，時見歸禽度。殘烽零劫，仗他半壁支拄。　長見峭倚荒天，淒涼如筆，寫愁邊風雨。不許登臨怕倦客，題遍傷心秋句。臥影空丘，招魂破寺，賸有孤雲駐。夢痕飛上，故王臺榭何處。（載鄭氏《瘦碧詞》卷一）

一萼紅·孤山探梅[1]

盪微陰。正西風料峭，苔屐怯幽尋[2]。
岸柳拳鴉，山椒落雁[3]，天晝如許寒林。

是昨夜馨魂乍返，漸幾樹、脂暈破蕭森[4]。
略損風姿，刼餘池館，隨分行吟[5]。

誰折試簪還墮[6]，似拋將紅豆，難結同心[7]。
萼綠仙遲，雲英嫁早[8]，同感春夢沈沈。
便勾引、閒愁又醒，這次第、何許遣春深[9]。
卻又飛霙弄晚，莫辨遙岑[10]。

【注釋】

[1] 孤山：見前〈浣溪沙〉注 1。

[2] 苔屐：踏於苔蘚上之鞋履。宋・梅堯臣〈過小石潭〉詩：「徘徊興不窮，苔屐雲霑濕。」幽尋，即尋幽探勝。南朝齊・謝朓〈和何議曹郊遊二首〉詩之一：「江垂得清賞，山際果幽尋。」

[3] 「岸柳」二句：拳鴉，蜷縮之烏鴉。清・朱祖謀〈齊天樂〉詞：「黃昏連樹拳鴉噤，江寒笛聲不起。」山椒，山陵。漢武帝〈悼李夫人賦〉：「釋輿馬於山椒兮，奄修夜之不陽。」

[4] 脂暈：形容梅花之色如胭脂。宋・王逸民〈桃源憶故人〉（南枝向暖清香噴）詞：「一種隴頭春，信不借，胭脂暈。」蕭森，幽寂冷清。唐・杜甫〈秋興八首〉之一：「玉露凋傷楓樹林，巫山巫峽氣蕭森。」

[5] 隨分：分，同「份」，隨便。宋・李清照〈鷓鴣天〉（昨夜蕭蕭上瑣窗）詞：「不如隨分尊前醉，莫負東籬菊蕊黃。」

[6] 「誰折」句：宋・辛棄疾〈祝英臺近〉（寶釵分）詞：「鬢邊

覷，試把花卜歸期，才簪又重數。」

[7] 紅豆：又稱相思豆。唐·王維〈相思〉詩：「紅豆生南國，秋來發幾枝。願君多採擷，此物最相思。」五代·歐陽炯〈賀聖朝〉詞：「憶昔花間相見後，只憑纖手，暗拋紅豆。」同心，即同心帶。宋·林逋〈相思令〉（吳山青）詞：「君淚盈，妾淚盈。羅帶同心結未成。江頭潮已平。」

[8] 「萼綠」二句：萼綠，綠色萼片之梅花。宋·范成大〈范村梅譜〉：「綠萼梅，凡梅花跗蒂，皆絳紫色，惟此純綠，枝梗亦青，特為清高，好事者比之九嶷仙人萼綠華。京師艮嶽有萼綠華堂，其下專植此本。」雲英，唐藝妓名。唐·羅隱〈偶題〉詩：「鍾陵醉別十餘春，重見雲英掌上身。我未成名君未嫁，可能俱是不如人。」

[9] 次第：情形。宋·李清照〈聲聲慢〉（尋尋覓覓）詞：「這次第，怎一箇愁字了得。」

[10] 「卻又」二句：霙，雪花。宋·李昉等撰《太平御覽》引《韓詩外傳》：「凡草木花多五出，雪花獨六出。雪花曰霙。」宋·吳文英〈解語花·梅花〉（門橫皺碧）詞：「飛霙弄晚，蕩千里、暗香平遠。」遙岑，遙遠之山嶺。宋·辛棄疾〈水龍吟〉（楚天千里清秋）詞：「遙岑遠目，獻愁供恨，玉簪螺髻。」

【評析】

此闋以直筆寫探梅之經歷，淡淡說來，饒有興味。頗似謝靈運山水詩，一路尋去，摒絕塵踪，引人入勝。然而梅花之早夭，亦如人世之無常。本來遊山意在遣懷，不道卻勾引出閒愁無數，詞人多感，奈何！蘇東坡有〈臘日遊孤山訪惠勤惠思二僧〉詩，氣度超曠。遊跡相似而所感不同如是，實由胸襟遭際之迥異使然。

八聲甘州 ·十月返湖廬，晚菊尚餘數種，幽媚可憐。

慰歸來、歲晏肯華予[1]？寒花靚幽姿[2]。
賸青霞微暈[3]，殘妝乍整，仍自矜持。
休更銷魂比瘦，惆悵易安詞[4]。
潔白清秋意，九辯難知[5]。

我是辭柯落葉[6]，任飄零逝水，不憶東籬[7]。
早芳心委盡，翻怯問佳期。
看鐙窗、疏疏寫影，算一年今夜好秋時。
平生恨，儘淒迷了，莫上修眉[8]。

【注釋】

[1] 「歲晏」句：歲晏，歲晚。華予，再予我華年。屈原《九歌·山鬼》：「歲既晏兮孰華予？」

[2] 靚：安靜，通「靜」字。幽姿，清幽之姿態。南朝宋·謝靈運〈登池上樓〉詩：「潛虬媚幽姿。」

[3] 青霞微暈：指菊花初綻，花瓣如胭脂微染。賸，同「剩」。

[4] 「休更」二句：宋·李清照〈醉花陰〉（薄霧濃雲愁永晝）詞：「莫道不消魂，簾捲西風，人比黃花瘦。」易安，李清照號易

安居士。

[5] 九辯：《楚辭》篇名。戰國時宋玉作。漢・王逸序：「辯者，變也。謂陳（陳）道德，以變說君也。九者，陽之數，道之綱紀也。」潔白清秋意，〈九辯〉：「悲哉秋之為氣也！蕭瑟兮草木搖落而變衰。」

[6] 辭柯落葉：宋・黃庭堅〈次韻任君官舍秋雨〉：「驚起歸鴻不成字，辭柯落葉最知秋。」

[7] 東籬：晉代陶潛種菊東籬之下。後指隱居。陶潛〈飲酒〉之五：「采菊東籬下，悠然見南山。」

[8] 修眉：長眉。宋・柳永〈少年遊〉（日高花榭懶梳頭）詞：「修眉斂黛，遙山橫翠。」

【評析】

此詞謂菊雖殘損，仍強自撐持，詞人風骨之峻潔，由此可見。下片以「辭柯落葉」自比飄零，不勝唏噓，蓋菊與詞人皆歷盡風霜，疏影頹顏，實可互為寫照。結句說於此好秋良夜，應拋卻平生恨事，暫享清歡。陶詩楚騷，共冶一爐，益增雅趣。

錢仲聯記此詞曰：「民國後，曾壽與其弟奉母周氏，卜居杭州南湖，與高氏園亭相鄰，有屋數椽，旁植梅菊。」❹

❹ 錢仲聯主編，《中國近代文學大系・詩詞集》（上海：上海書店，1991年），第2冊，頁786。

【摘評】

葉恭綽《廣篋中詞》：「芳潔之懷，上通騷雅。」（頁678）

蝶戀花

萬化途中為侶伴[1]。
窈窕千春[2]，自許天人眷。
來去堂堂非聚散[3]。淚乾不道心情換。

噩夢中年拚怨斷。
一往淒迷，事與浮雲幻[4]。
乍卸嚴妝紅燭畔。分明只記初相見。

【注釋】

[1] 萬化：萬物變化。《莊子·田子方》：「且萬化而未始有極也，夫孰足以患心已。」晉·陶潛〈己酉歲九月九日〉詩：「萬化相尋異，人生豈不勞。」

[2] 窈窕：美好貌。《詩經·周南·關雎》：「窈窕淑女，君子好逑。」亦有深邃之意。陶潛〈歸去來兮辭〉：「既窈窕以尋壑，亦崎嶇而經丘。」

[3] 堂堂：公然。唐·薛能〈春日使府寓懷〉：「青春背我堂堂去，白髮欺人故故生。」

[4] 「事與」句：宋·黃庭堅〈韓信〉詩：「韓信廟前木十圍，千年事與浮雲去。」

【評析】

此篇空濛迷惘，歸趣難求。似情語，亦似有所託，頗得「詞之為體，要眇宜修」之特質。辭意說於大千世界中得以結緣，本欲許以終生，豈料人事多迕，一如浮雲之變幻，不可捉摸。唯初見時之情態，猶歷歷在目，若非情深一往者，斷不能道出此語。此篇妙在反覆咀嚼前事，如啖橄欖，使人回味無窮。

陳曾壽詞每多執著之語，除此篇結句「乍卸嚴妝紅燭畔，分明只記初相見」外，復有〈臨江仙〉（梔子香寒微雨歇）：「已分今生從斷絕，無端又著思量。」〈蝶戀花〉（獨夜始知涼月色）：「欹枕不眠聞露滴。心心只替秋香濕。」〈浣溪沙〉（微滓虛空是淚痕）：「學道不成仍不悔，此心難冷更難溫。」〈疏影〉（分明舊月）：「縱人間、魂返無香，一縷舊痕難滅。」〈鷓鴣天〉（偏愛沈吟白石詞）：「思量舊月梅花院，任是忘情也淚垂。」然其對於清室之寄望，終因「滿州國」之覆亡而幻滅。寫於 1945 年之〈菩薩蠻〉云：「浮天渺渺江流去，江流送我歸何處。寒日隱虞淵，虞淵若箇邊。　船兒難倒轉，魂接冰天遠。相見海枯時，喬松難等期。」虞淵乃日出處，時溥儀被俄軍所俘，下落不明。

鷓鴣天

燕子嗔簾不上鉤。碧天有恨笑牽牛[1]。
今生只道圓如月，小別猶驚冷似秋。

天易老，水空流[2]。閒情早向死前休。

爐香隔斷年時影，未必新愁是舊愁。

【注釋】

[1] 牽牛：星名，俗稱牛郎星。隔銀河與織女星相對。古時神話以牽牛織女為夫婦，一年一度以七月七日為相見之期。《詩經・小雅・大東》：「睆彼牽牛，不以服箱。」

[2] 「天易老」二句：唐・李賀〈金銅仙人辭漢歌〉詩：「天若有情天亦老。」宋・晏幾道〈鷓鴣天〉（守得蓮開結伴遊）詞：「花不語，水空流。」

【評析】

此詞甚得小令風神，介乎有寄託無寄託之間。燕子有情相訪，奈何居人不開簾，猶似牽牛不諳織女之意。詞人經種種挫折及人世間之聚散無常，而至於萬念俱灰。「閒情早向死前休」，真痛絕之語。「未必新愁是舊愁」，則一波未平，一波又起，世道如斯，豈不令人憔悴？此類絕望之辭句，《舊月簃詞》中尚有〈木蘭花〉（閒居寂靜同僧院）：「新來別思海同深，始恨從前如未見。」〈揚州慢〉（梅孏荒山）：「儘湖水湖煙，也休暗憶，儂已無家。」〈踏莎行〉（雲縫鋪金）：「向來淒黯送黃昏，只今淒黯都無據。」〈浣溪沙〉（花近高樓恰未知）：「莫訝傷春難刻意，傷春已是隔生時。可憐無夢奈佳期。」〈踏莎行〉（蠹蝕蠻牋）：「從今相憶莫相逢，相逢惟有傷心事。」

齊天樂·和彊村老人[1]

百年垂死當何世，因依更成輕別[2]。
費淚園亭，諳愁酒琖[3]，歷歷前痕難滅。
荒雲萬疊。賸緘夢淒迷[4]，雁程天闊。
撥盡寒灰，墜歡零落向誰說[5]。

蓬萊舊事漫憶[6]。更罡風激盪，搖撼銀闕[7]。
本願香寒，孤光月隱，堪笑冤禽癡絕[8]。
枯枰坐閱[9]。拚一往悲涼，爛柯殘劫[10]。
自懺三生，佛前心字結[11]。

【注釋】

[1] 彊村老人：朱祖謀（1857-1931）號。朱氏後改名孝臧，字古微，一字藿生，又號漚尹。「晚清四大詞人」之一。有詞集《彊村語業》三卷，詩集《彊村棄稿》一卷，門人龍榆生匯編為《彊村遺書》。

[2] 「百年」二句：杜甫〈送鄭十八虔貶台州司戶傷其臨老陷賊之故闕為面別情見於詩〉：「萬里傷心嚴譴日，百年垂死中興時。」因依，相親、倚靠。晉·阮籍〈詠懷詩〉八十七首之十四：「迴風吹四壁，寒鳥相因依。」

[3] 諳：熟悉，知道。琖，小杯，同「盞」。

[4] 緘：封信謂之緘。

[5] 墜歡：經已失落之歡娛。南朝宋·鮑照〈和傅大農與僚故別〉

詩：「墜歡豈更接，明愛邈難尋。」

[6] 蓬萊舊事：蓬萊，相傳海上三神山之一，為仙人所居處。蓬萊舊事，如神仙美眷之前塵往事。宋·秦觀〈滿庭芳〉（山抹微雲）詞：「多少蓬萊舊事，空回首、煙靄紛紛。」

[7] 罡風：高空之風，或強風。宋·劉克莊〈夢館宿〉詩之二：「罡風誤送到蓬萊，昔種琪花今已開。」闕，宮殿。宋·柳永〈玉樓春〉詞：「閬風岐路連銀闕。」

[8] 「本願」三句：本願，佛教語，謂根本之誓願。唐·實叉難陀譯〈大方廣佛華嚴經·善財童子〉第五十一：「入一切剎海，成滿本願，嚴淨佛剎故。」冤禽，神話中精衛鳥之別名。舊題南朝梁·任昉《述異記》：「昔炎帝女溺死東海中，化為精衛，其名自呼，每銜西山木石填東海……一名冤禽。又名志鳥，俗呼帝女雀。」

[9] 枯枰：枯爛之棋盤，猶言時間久遠。宋·王沂孫〈齊天樂〉（一襟餘恨宮魂斷）詞：「病翼驚秋，枯形閱世。」

[10] 爛柯：柯，即柄。舊題南朝梁·任昉《述異記》，謂晉王質入山伐木，見童子數人弈棋而歌，因置斧聽之。童子與一物如棗核，含之不饑。未幾，童子催歸，質起視斧柯已爛。既歸，去家已數十年，親故殆盡。唐·劉禹錫〈酬樂天揚州初逢席上見贈〉：「懷舊空吟聞笛賦，到鄉翻似爛柯人。」

[11] 三生：佛教語，指前生、今生、來生，即過去世、現在世、未來世。唐·白居易〈贈張處士山人〉：「世說三生如不謬，共疑巢許是前身。」心字，即心字香。明·楊慎《詞品·心字香》引宋·范成大《驂鸞錄》：「『番禺人作心字香，用素馨

茉莉半開者著淨器中，以沉香薄劈層層相間，密封之，日一易，不待花蔫，花過香成。』所謂心字香者，以香末縈篆成心字也。」

【評析】

1924 年 11 月，清遜帝溥儀為馮玉祥逐出紫禁城，乃於天津日本租界設「清室駐天津辦事處」，任曾壽為顧問，然未到任。次年春，曾壽離杭赴天津謁見，後返上海。1930 年，陳寶琛薦曾壽為溥儀妻婉容教師，曾壽遂於是年 10 月由上海赴天津。途中作〈八月十三日渡海〉長詩寄示朱祖謀，朱答以〈齊天樂〉一闋（見下），陳氏即填此詞酬和。是時朱已年邁，故詞中甚饒死生契闊之感，次年冬，朱氏果病卒於滬。

朱、陳二人交誼，可追溯至曾壽居杭時。朱與況周頤等詞人常由滬至杭相會，其間可稱美之事有二：一為題詠「太常仙蝶」，事緣朱氏屢見蝶，「每禱輒至」，各人遂填〈太常引〉詞以紀其事，李孺並為作〈太常仙蝶圖〉，陳氏曾題詞二闋。二為夏敬觀在杭掌浙江教育廳，於 1921 年在西溪秋雪庵建「兩浙詞人祠」，一時羣賢畢集，共賦新篇，陳氏作有〈念奴嬌〉（寒香初薦）及〈采桑子〉二闋。朱氏於曾壽詞推譽甚隆，嘗云：「他人費盡氣力所不能到者，蒼虬以一語道盡。」而曾壽詞亦得力於朱氏，其庚寅本《舊月簃詞》自序稱：「余自與彊村侍郎定交，始知所為詞有涉于纖巧輕倩者，既極力改正，嗣後有作，輒請侍郎定之，得益不少。」

詞上闋敘離別之情。下闋追懷往事，間入佛語，謂塵世種種離合變化，皆由前定，而人往往不諳此理，如「冤禽癡絕」，自招煩惱。詞人識透此妄，知大千世界，不過一彈指間，故於佛法能有所參悟。

附：朱祖謀〈齊天樂·蒼虬赴天津，寄示渡海四十韻倚歌賦答〉
麻鞋一著無歸意，滄溟縱心孤往。盡室裝寒，循涯客返，離恨秋潮同長。行吟骯髒。要留命桑田，故躔迴向。自理哀絃，北征誰省杜陵唱。　回風獨樹漸晚，去舷攀未得，歧路惆悵。鼓角中原，煙波大澤，何地堪盟息壤。孤光近傍。勝愁卧荒江，白頭吟望。夢款音書，度樓南雁響。（載朱氏《彊村語業》卷三）

【集評】

朱祖謀：「他人費盡氣力所不能到者，蒼虬以一語道盡。」（引自陳曾壽庚寅本《舊月簃詞》自序）

陳曾任〈《舊月簃詞》序〉：「伯兄於詩致力至深，詞則佇興而作，不自存稿。十年以來，幽憂往復，閒一倚聲，意鬱天通，哀沈志上。極幽渺以昭彰，寓動宕於緜邈。袁涕阮嘯，庶幾近之。」

陳曾則〈《舊月簃詞》序〉：「〔曾壽方冠之年〕，喜誦蘇長公〔軾〕『大江東去』、『明月幾時有』及辛棄疾『千古江山』、『更能消幾番風雨』之詞，亢聲高歌，跌宕而激壯，聞之令人氣長；又喜吟李易安〔清照〕『蕭條庭院』諸闋，如泣如訴，哀怨悽楚，聞之又不勝迴腸盪氣，低徊而惆悵也。」

葉恭綽《廣篋中詞》：「仁先四十為詞，門廡甚大，寫情寓感，骨采騫騰，並世殆罕儔匹，所謂文外獨絕也。」（頁679）

龍榆生〈陳海綃先生之詞學〉：「彊邨先生晚歲居滬，於並世

詞流中最為推挹者，厥惟述叔、仁先兩先生。」（載《龍榆生詞學論文集》，頁478）

陳聲聰（兼與）〈論近代詞絕句〉：「於世真成一孑遺，詩人詞意總為詩。采薇何處非周粟，愛菊無端署義熙。」「張爾田云：『陽阿才人之筆，蒼虬詩人之思，澤而為詞，似欠本色。』又曰：『蒼虬頗能用思，不尚浮藻，然是詩意，非曲意。』」（載陳氏《填詞要略及詞評四篇》，頁175）

錢仲聯〈近百年詞壇點將錄〉（天立星雙槍將董平）條：「蒼虬四十為詞，瑤台嬋娟，天生麗質，寫情寓感，時雜悲涼，遐庵以為『門廡甚大』，『並世殆罕儔匹』，則不知其置彊村、大鶴於何地。孟劬謂『蒼虬詩人之思，澤〔降〕而為詞，似欠本色』。又謂『蒼虬頗能用思，不尚浮藻，然是詩意，非曲意，此境亦前人所未到者』。斯乃持平之論也。」（載錢氏《夢苕庵清代文學論集》，頁162）

夏承燾《天風閣學詞日記》1950 年 5 月 1 日條：「閱陳仁先舊月籀〔當作簃〕詞，甚愛其生新。」

葉恭綽《遐翁詞》選

葉恭綽（1881-1968），字裕甫，又字玉甫、譽虎、玉虎、玉父，號遐庵，晚年號遐翁，別署矩園，廣東番禺人，生於北京，少時曾居江西南昌。

葉氏為清朝廩貢生。1901 年肄業京師大學堂後入仕學館，後任教習，復從事郵傳、鐵路工作。入民國後曾任郵政局、交通部、鐵道部、財政部局長及部長，又創設交通大學。1918 至 1919 年赴日本、歐美考察實業。二十年代中期淡出政界，任國學館館長、故宮博物院常務理事、國民政府全國經濟委員會委員、中山文化教育館常務理事兼總幹事、中國紅十字會監事、倫敦中國藝術國際展覽委員會委員，又於 1933 年倡設上海博物館。1937 年日軍侵滬，葉氏避居香港至 1941 年，翌年 10 月轉往上海，拒受偽職，以書畫自娛。抗戰以後，由滬返穗。1948 年移居香港。及大陸易政，葉氏回京定居，任中央文史研究館副館長、中國文學藝術界聯合會委員、中國美術家協會理事、中國文字改革委員會常務委員、北京中國畫院院長、第二屆全國政協常委及第三屆全國政協委員，又發起組織中國佛教協會。以曾任職民國政府之故，文革時屢受打擊，卒含屈而終。

考葉氏一生擔任公職亦多矣，而能以實業家之餘力搜羅文獻，從事考訂鑒藏，又為書畫家、文學家，才藝政績之博而且著，民國諸公幾無出其右。僅詞學一端，建樹即已不少。嘗仿譚獻《篋中詞》體例輯成《廣篋中詞》，網羅光宣以來詞壇傑作。又著有〈清代詞學之撮影〉一文，從詞人籍貫、時代之劃分剖析清詞發展概況，指清詞之優點為托體尊、審律嚴，並提出清詞有三變之說。至於所編纂之《全清詞鈔》四十卷，雖未竟全功，然清詞研究之基石，亦由此奠立。

葉氏曾祖蓮裳、祖南雪俱為詞壇名家，故自其垂髫，濡染家學，即能作詞。又得詞壇先輩提攜，其詞集自序云：「余少好為詞，十五、六歲時所作，謬邀文道希〔廷式〕、易哭庵〔順鼎〕、王夢湘〔以敏〕諸丈之賞譽。」鄭逸梅《藝林散葉》第 2470 條亦云遐庵喜倚聲，「啟導之者，武陵王夢湘。」後葉氏以「執教從政，荒所業者有年。」1928 年後，以「觸時忌」南下居滬，「欲以文學自晦，因遂多填詞，詞亦少進。」加之與朱祖謀等唱酬，所作遂多。初效法花間北宋諸婉約詞人，後融入蘇、辛氣貌，復得力於賀鑄，首重抒寫性情，雖於音律一道亦頗致意，而不欲為其所束，甚或有意於自創時調。故其作與民初諸老醉心於研音煉字者，自是不同，然仍歸於純雅，非如蘇、辛之大開大闔也。以收藏家之故，集中頗多題詠文玩書畫之什，皆秀潔溫香，讀之如飲醇醪。晚歲受意識形態影響，不免有拙劣之調。

葉氏詞集名《遐翁詞贅稿》，不分卷，收詞 258 闋，多為 1928 年退出政壇後作，少作已「汰其泰半」（另據《遐菴彙稿》，有〈卜算子·示無良〉一闋，見頁 190-191）。是書有 1959 年版，為夏敬觀選定，內有夏氏及冒廣生於 1942 及 1943 年所作序文。施議對編

《當代詞綜》第 1 冊錄有遐翁〈謁金門・秀成劍〉、〈好事近・蘆溝橋〉、〈鷓鴣天・畹華逝世倏已一年，感而賦此〉、〈渡江雲〉（連山青插海）四闋，本集中不載。

鄭逸梅《藝林散葉續編》1160 條記云葉氏在北京翠微山辟幻住園：「為它年埋骨地，曾剛甫（習經）、羅癭公（惇曧）逝世，均瘞葬園中。齊白石生前，預求分幻住一角，恭綽諾之。白石死，卻別卜丘壟。恭綽作古，付諸火葬，骨灰埋南京中山陵之仰止亭畔。仰止亭，恭綽生前所建也。」

祝英臺近・樹影

遠含煙，低帶日。斜倚畫檐側。
似葉非花，清景自浪藉[1]。
殷勤幾曲朱欄，愁他壓損，長只近、玉人簾隙。

幽夢寂。曾記一徑無人，綠莖坐吹笛。
淺動風枝，鎮[2]掃愁無力。
幾回澹月昏黃[3]，迷離滿地，扶不起、一庭秋色。

【注解】

[1] 清景句：清景，指樹影。景，讀影。浪藉，散亂貌，即狼藉。宋・陸游〈春感〉詩：「叉魚浪藉漾水濁，獵虎蹴踏南山空。」

[2] 鎮：長久之意。

[3] 「幾回」句：元・喬吉〈水仙子・尋梅〉：「酒醒寒驚夢。笛淒春斷腸。淡月昏黃。」

【評析】

此詞於《遐翁詞贅稿》內列為篇首，應屬少作。通篇以樹影為題。「似葉非花」一句，道出樹影虛無之意態。「殷勤」句之後，由樹影及人。下片之「幽夢」與乎對往昔之追懷，亦如樹影之虛無靜寂。「幾回」以下，復道出樹影柔弱無力之特質。要之在詞人眼中，樹影即如鏡花水月，難以捕捉，而人生之虛幻亦復如是。

葉氏自幼好佛，《葉遐庵先生年譜》稱其「素志戒殺，自少已然，長亦不喜肥甘。」❶ 1908 年，葉氏曾資助黃某及僧某赴印度大菩提會肄習，為向歐美布教作準備，惜皆未成事。1923 年 43 歲起葉氏即奉長齋以迄晚年。此詞所描劃之意境，亦具見佛教教義對詞人之影響。

鄭逸梅《藝林散葉》第 1341 條稱葉氏旅遊巴黎：「法友導觀屠宰場，二萬多頭牲畜，兩小時內，剝皮去骨，血流成渠。葉睹之慘然不樂，從此戒除肉食，四十餘年如一日。」

---

❶ 遐庵年譜匯稿編印會編，《葉遐庵先生年譜》（北京：北京圖書館出版社，1999 年，據 1946 年鉛印本影印），頁 212。

金縷曲・歲不盡四日，早起嚴寒，玩玉珩[1]前日百花洲[2]同游之作，輒為繼聲[3]。

憶昨東湖，步到寒荒悄。無人處、小堤橫亙[4]。
破檻孤亭相襯，著幾筆、雲林枯樹[5]。
似倩女、澹妝幽素[6]。
一片明漪平若鏡，照秋波柳葉彎眉嫵[7]。
疑宛在，畫中語。

南州遺跡今祠宇[8]。算人間、浮名值甚，也憑遭遇。
世事原非吾輩了。且可攜鋤荒圃。
聊僭號[9]、百花洲主。
冷淡生涯，平等法問[10]，先生知我忘言否[11]。
三畝宅[12]，更何許。

【注解】

[1] 玉珩：即劉玉衡，字鳳鏘。據《葉遐庵先生年譜》載：「（1893 年），先生歸南昌後識梅頡雲（光羲）……及劉未霖（鳳起）、玉衡（鳳鏘）昆季……。」《遐翁詞贅稿》尚有〈浪濤沙〉二闋，序云：「除夕用周晉仙明日新年詞韻，漫作二闋，末語即仍其舊，並邀玉珩作焉。」又有〈百字令〉（凌波一葉到江南），序云：「年來蓬轉江湖，心驚世變，撫時感事，觸緒增悲。比寓淞濱，見聞所及，益多憤慨，偶譜此調寄贛中劉未霖、玉珩昆仲，及夏劍丞、陳師曾、文公達、蔡公湛諸君

索和。」據葉氏為諸貞長所撰〈大至閣詩序〉稱，劉玉珩於 1933 年前已辭世（見《遐庵匯稿》中編）。

[2] 百花洲：在今南昌市東湖內。有三島，俗稱三洲，即百花洲。南宋紹興年間（1131-1162），豫章節度使張澄在此建講武亭演練水軍。

[3] 繼聲：承接前人詩文之作。清・吳錫麒〈折桂令・題楓江漁父圖〉曲序：「因即効其體為之。以為繼聲，則余不敢。」

[4] 橫亙：綿延橫臥之意。唐・杜牧〈大雨行〉詩：「四面崩騰玉京仗，萬里橫亙羽林槍。」

[5] 雲林：倪瓚（1306-1374），字元鎮，號雲林，又號荊蠻民，滄浪漫士等。元末著名畫家。工詩，善畫山水，早年師董源，晚歲以天真幽淡為宗，風格簡逸，與黃公望、吳鎮、王蒙合稱「元季四大家」。

[6] 倩女：唐・陳玄祐傳奇《離魂記》，云衡州張鎰有女倩娘，與鎰甥王宙相戀。後鎰將倩娘另許他人。倩娘抑鬱成病。王宙赴蜀途中，夜半於船上遇倩娘，遂偕往蜀，而不知此為倩娘魂魄所化之形體耳。五年後，二人返家，房中臥病之倩娘聞聲出見，兩女復合為一體。此泛指女子。澹妝幽素：素雅之裝束。

[7] 眉嫵：原指眉式美好。又作眉憮。漢・班固《漢書・張敞傳》：「敞為京兆……又為婦畫眉，長安中傳張京兆眉憮。」此指柳葉如眉。

[8] 南州：指南昌。

[9] 僭號：冒用尊號。晉・潘岳〈為賈謐作贈陸機〉詩：「南吳伊何，僭號稱王。」

[10] 平等法問：法問，又稱論義、談義，佛教指藉問答以顯揚教義，探解佛法之疑惑。平等，《楞伽經》卷三說「相」與「非相」、「因」與「果」、「我」與「無我」、「人」與「所修法」，皆各平等，無有高低、勝劣、廣狹等之對立或差別。

[11] 忘言：《莊子·外物》篇：「荃者所以在魚，得魚而忘荃；蹄者所以在兔，得兔而忘蹄；言者所以在意，得意而忘言。吾安得夫忘言之人而與之言哉！」陶潛〈飲酒二十首〉詩之五：「此中有真意，欲辯已忘言。」意謂已得事物之真諦，毋需多費唇舌。

[12] 三畝宅：唐·王維〈送丘為落第歸江東〉詩：「五湖三畝宅，萬里一歸人。」即歸田隱居之意。

【評析】

此篇作於遐庵居南昌之時，考年譜，葉氏生於北京，歸南昌時在 1893 年，時年十三歲。此後除 1897 至 1899 年曾居廣州外，至 1902 年大部份時間俱在南昌。《遐翁詞贅稿》中有〈浪淘沙〉二首，第一闋（冰溜響苔錢）有句云：「今夜珠江風景好，鐙火千船。」知〈浪淘沙〉作於廣州，即 1897 至 1899 年間。〈金縷曲〉在《遐翁詞贅稿》列於〈浪淘沙〉之後，故應作於 1899 至 1902 年間。

詞上片寫東湖歲暮寒涼、人跡稀少之景。下片抒懷，云世事總不如人願，亦非一己之力所能改變，因產生出世隱居之想。

葉氏少時，曾學詞於文廷式，文氏詞有蘇、辛格調，葉氏中年以後所作，亦近於疏曠。夏敬觀為遐庵詞作序云：「余與君皆曾從萍鄉文芸閣學士游。君為詞最早，其詞旨蓋承先世蓮裳、南雪兩先生之緒，而又多本之學士。晚年益洗綺羅薌澤之態，浩歌逸思，恒傑出塵壒之外，而纏綿悱惻，又微近東山〔賀鑄〕。」此詞即一例，先以枯淡之筆寫景，後轉疏朗，二三友好讀之，當亦有感其逸懷浩氣也。

又葉氏主張填詞不拘聲律，但以抒情為重，其〈東坡樂府箋序〉云：「吾謂古今中外之文學，皆以表其心靈，故胸襟見識、情感興趣，觸景而發，遂成咏唱。初無一定之矩矱也。後人艱于創作，自縛于窠臼而不能出，遂反奉為金科玉律。其合者，固亦足跐美前脩；下者，遂馴致遺神存貌。聲病嚴而詩道衰，九宮格出而字學壞，豈不皆以是歟？」❷研究葉氏詞作，宜執此語以衡之。

鷓鴣天·感事二首（其一）

黯黯金臺落照殘[1]，薊門煙樹不堪攀[2]。
圖窮更失千鈞弩[3]，道阻還增八節灘[4]。

雲黯黯，路漫漫[5]。忍將歌舞夢長安。
枕戈擊楫渾何濟[6]，江左紛紛事更難[7]。

---

❷ 《遐庵彙稿》（台北：文海出版社，1973 年，據 1946 版重印），中篇，頁 330。

【注解】

[1] 黯黯句：黯黯，昏暗不明貌。三國·魏·陳琳〈遊覽詩〉二首之一：「蕭蕭山谷風，黯黯天路陰。」金臺，黃金臺之簡稱。位於今河北省易水縣境內。戰國時燕昭王欲復齊人滅國之仇，廣招賢士，遂以郭隗為師，為之築臺，布金於上，稱為黃金臺。宋·楊萬里〈讀罪己詔〉詩：「金臺尚未築，乃至羨強燕。」落照，即夕陽。

[2] 薊門：地名。在今河北省北京市德勝門外西北，舊時為邊防要地，為燕京八景之一。或稱為薊邱，俗稱土城，是遼城及元城故址。相傳當年此地樹木蓊然，蒼蒼蔚蔚，晴煙拂空，四時不改，故名「薊門煙樹」。

[3] 圖窮句：圖窮，據漢·司馬遷《史記·刺客傳·荊軻傳》載，戰國時，燕太子丹詐使荊軻獻燕國地圖於秦，藏匕首於內，以謀刺秦王。後比喻事機敗露，現出真相。千鈞弩，三十斤為一鈞，千鈞則用以形容器物之重或力量之大。宋·蘇軾〈起伏龍行〉詩：「何年白竹千鈞弩，射殺南山雪毛虎。」

[4] 八節灘：在河南省洛陽市附近之伊河。唐會昌四年（西元 844 年）白居易施散家財，開鑿疏浚龍門八節灘河道，以利舟行。白居易〈開龍門八節灘〉詩序：「東都龍門潭之南，有八節灘、九峭石，船筏過此，例反破傷。」後指險灘。宋·周紫芝《竹坡詩話》載黃庭堅散句：「春來詩思何所似，八節灘頭上水船。」

[5] 路漫漫：語出戰國·屈原〈離騷〉：「路漫漫其修遠兮，吾將上下而求索。」

[6] 枕戈句：枕戈，形容時時警惕，不敢安寢。唐・房玄齡等撰《晉書・劉琨傳》：「吾枕戈待旦，志梟逆虜，常恐祖生先吾著鞭。」擊楫，即中流擊楫。《晉書・祖逖傳》載，祖逖率軍北伐，渡江至中流時拍擊船槳，立誓恢復中原。渾，完全，簡直之意。何濟，即何用。

[7] 江左：指長江以東之地。晉「永嘉之亂」爆發，世家大族紛紛南遷江左。《晉書・王導傳》云：「洛京傾覆，中州士女避亂江左者十六七。」此處指眾議紜紛，莫衷一是。

【評析】

此詞乃有感於北方動亂而作。日本乘第一次世界大戰，出兵攻佔德國在中國之租地膠州灣，並於 1915 年，向袁世凱提二十一條要求，以作為交換袁氏稱帝之條件。該年 5 月 9 日，袁氏承認條約，引發全國示威。未知葉氏是否因此而作。

起以景喻情，謂國事不堪寓目。「圖窮」一聯，更見出時局之難挽。下片云舊日之歌舞升平，已不復現，雖有枕戈擊楫之士欲為國效力，奈何執政者各懷私見，迄無禦侮興復之策。詞意沉鬱，措語蒼勁，但「黯黯」疊字重出，是美中不足處。

葉氏〈鷓鴣天〉其二云：「盜寇西山阻路歧。蒼茫私詠杜陵詩。不堪地轉天回日，正是池翻海涸時。　情感激，意悽遲。蒼生羣望欲何之。虬髯若有扶餘業，肯負中原一局棋。」扶餘，古國名。位於松花江平原，即今東北昌圖一帶。袁世凱挾北洋兵力，以經略東北起家。虬髯或即指袁氏。

被花惱・題薛素素、馬湘蘭[1]蘭花合卷，用宋楊守齋[2]韻。

湘皋小劫[3]，冷騷魂寥落[4]，楚江清曉。
俠骨紅妝並時少。
畹芳霜黯，濤牋露浥，綺夢應新覺[5]。
憑尺素[6]，寫孤懷，鏡花幻影成雙照。

喚起卷中人，空谷遐心動香草[7]。
聽鸝逸韻，走馬豪情，餘事偏精到[8]。
甚蕭條異代不同時[9]，儘一例閒愁為公惱。
顧筆底，滿幅煙痕秋欲老。

【注解】

[1] 薛素素、馬湘蘭：薛素素，明隆慶、萬曆年間（1567-1619）年間江南名妓，名五，字素卿，又字潤卿，亦字素素，朱彝尊《曝書亭集》稱其小字潤娘，行五。吳（今蘇州）人，一作嘉興人。生卒年不詳。清・錢謙益《列朝詩集小傳》稱其「少游燕中，與五陵年少挾彈出郊，連騎遨遊，觀者如堵。」薛氏詩文、書畫、簫、弈、馬術無所不通。明・胡應麟《甲乙剩言》稱其「能書，作黃庭小楷，尤工蘭竹，下筆迅掃，各具意態。又善馳馬挾彈，能以兩彈先後發，使後彈擊前彈碎於空中。」又清・繆荃蓀《藕香簃別鈔》云：「沈德符虎臣納之（指薛氏）為妾。後不終，復嫁為商人婦。」
馬湘蘭（1548-1604），名守真，一作守貞，小字玄兒，又號月

嬙，金陵（今江蘇南京）人，秦淮名妓，「秦淮八艷」之一。因祖籍湖南，且以畫蘭名揚江南，故自號「馬湘蘭」。明・姜紹書《無聲詩史》云：「蘭仿趙子固（孟堅），竹法管夫人，俱能襲其餘韻。其畫不惟為風雅者所珍，且名聞海外，暹羅使者亦知，購其畫扇藏之。」清・彭蘊燦《歷代畫史匯傳》亦稱其「蘭仿子固，竹法仲姬，俱能襲其韻。」清人汪中〈經舊苑弔馬守真文〉云：「余嘗覽其畫跡，叢蘭修竹，文弱不勝，秀氣靈襟，紛披楮墨之外，未嘗不愛賞其才。」

[2] 楊守齋：楊纘（約 1201-1265），字繼翁，號守齋，又號紫霞、霞翁，宋・周密《浩然齋詞話》云其「本鄱陽洪氏恭聖太後姪楊石之子。麟孫早夭，遂祝為嗣。……洞曉律呂，嘗自製琴曲二百操。……任至司農卿、浙東帥。以女選進淑妃，贈少師。所度曲多自製譜，後皆散失。」嘗與臨安詞人結西湖吟社，周密、張炎皆出其門下。周密《絕妙好詞》僅錄其詞三首，第一首即為其自度曲〈被花惱〉。宋・張炎《詞源》載有其「作詞五要」，分別為擇腔、擇律、填詞按譜、隨律押韻、立新意。楊氏曾於淳祐年間編纂《紫霞洞譜》，又善寫墨竹。

[3] 「湘皋」句：湘，指湖南。皋，水邊高地。宋・姜夔〈小重山令〉詞：「人繞湘皋月墜時。」小劫，佛教用語，見前陳洵〈八聲甘州〉注 10。唐・道世編《法苑珠林》卷一：「依立世阿毗曇論云：佛說一小劫者名為一劫。」明・馮夢龍《醒世恆言》卷二十一：「一小劫該十二萬九千六百年。」

[4] 騷魂：詩人之魂。因屈原作〈離騷〉，故稱騷魂。

[5] 「畹芳」二句：語出屈原〈離騷〉：「余既滋蘭之九畹兮，又

樹蕙之百畝。」畹，古時量度單位，或稱十二畝為一畹，或稱三十畝為一畹。濤牋，牋，同箋，指「薛濤箋」。薛濤（768-831），字洪度。唐長安人，知音律，工詩文，為一代名妓。晚年居浣花溪，能製松花紙與深紅小粉箋，裁書供吟，時人稱為「薛濤箋」。薛素素、馬湘蘭亦為名妓，故稱其畫作為「濤牋」。露浥，為露水沾濕。唐·劉禹錫〈憶江南〉（春去也）詞：「叢蘭裛露似沾巾。」裛，同浥。

[6] 尺素：素，生絹。古人以一尺左右之絹帛寫書信，故稱尺素。漢·蔡邕〈飲馬長城窟行〉詩：「客從遠方來，遺我雙鯉魚。呼兒烹鯉魚，中有尺素書。」

[7] 「空谷」句：語本《詩經·小雅·白駒》：「皎皎白駒，在彼空谷。生芻一束，其人如玉。毋金玉爾音，而有遐心。」蘭生空谷，與世隔絕，故稱其有遐心。

[8] 餘事：非日常經營之正事。唐·韓愈〈和席八十二韻〉詩：「多情懷酒伴，餘事作詩人。」此處指薛素素、馬湘蘭從事繪畫。

[9] 「甚蕭條」句：語本杜甫〈詠懷古跡〉詩之二：「悵望千秋一灑淚，蕭條異代不同時。」慨嘆生於隔代，未能面見前賢。

【評析】

此學人之詞也，無學人之胸襟品識，斷不能為是，今人動輒叫囂，以為豪放，或為顯淺之作以取悅於俗眼。讀遐庵此闋，乃知學養於詞意詞境，俱有補益之效。執此題而不知薛素素、馬湘蘭之事跡，則無所措語矣。

詞由詠畫而及人，以蘭生幽谷，喻薛素素、馬湘蘭人品才藝之高潔卓絕。「俠骨紅妝並時少」一句，指二人不愧女中豪傑。下片「聽鸝逸韻，走馬豪情」二句，寫二人不獨文彩非凡，且有俠氣。葉氏另有〈明薛素素蘭竹卷跋〉一文，收於《矩園餘墨·序跋》第二輯。又有〈洞仙歌·閱馬湘蘭畫蘭卷賦感〉一詞。

葉氏乃著名之古玩收藏家、鑒賞家、文獻學家及書畫家，其詞集中有關書畫古玩之作，約有四十餘闋，當中較著者如下：宋代宋伯仁所撰《梅花喜神譜》、明朝吳而待（ㄖ）《西樵紀遊圖》、明末清初崑劇名家蘇崑生之詩畫卷、明·吳聞禮製贈錢謙益之墨丸、近代畫家程頌萬之《天台採藥圖》、張紅薇之《百花長卷》、高奇峰與其弟子張紡華、何漆園合作之《木棉藤蘿翠鳥》、吳湖帆所藏明代張羽撰《七姬權厝志》舊拓、吳湖帆所藏舊拓〈隋蜀王秀董美人墓誌〉、著名學者冼玉清所繪《舊京春色圖卷》、冼玉清題所藏明末鄺湛若所製瑪瑙小冠、清宗室畫家溥心畬之《松壑攜琴圖》及《雪澗歸樵小卷》、張大千所作鍾馗裝束之自畫像及《東籬醉菊》、廖承志、徐悲鴻合作之《倚劍圖》、現代詞人張伯駒所藏唐代詩人杜牧之〈張好好詩〉真蹟等。

附：楊纘〈被花惱〉原韻

疏疏宿雨釀寒輕，簾幕靜垂清曉。寶鴨微溫瑞煙少。檐聲不動，春禽對語，夢怯頻驚覺。攲珀枕，倚銀床，半窗花影明東照。　惆悵夜來風，生怕嬌香混瑤草。披衣便起，小徑回廊，處處多行到。正千紅萬紫競芳妍，又還似、年時被花惱。驀忽地，省得而今雙鬢老。（載宋·周濟《絕妙好詞箋》卷三）

水調歌頭・去歲重九掃葉樓[1]雅集，拈得鑒字韻[2]，久而未就，茲乃補作一詞，晏叔原所謂「殷勤理舊狂」也[3]。

此葉可勿掃，留待款重陽[4]。
美人迢遞秋水，露白更葭蒼[5]。
百輩推排欲盡，萬古消沉向此，醉睡復何鄉[6]。
籬菊亦憔悴，弄影一絲黃。

濟無楫，飛無羽，渡無梁[7]。
一樓突兀眼底，詩界尚金湯[8]。
稍喜羣賢畢至[9]，非我佳人莫解，九辨費篇章[10]。
寄謝舊時雁，寥廓已高翔[11]。

【注解】

[1] 掃葉樓：在南京清涼山。樓原為明末遺臣龔賢（1618-1689）「半畝園」遺跡。龔善畫，有《僧人掃葉圖》，故名「掃葉樓」。現為龔賢紀念館。龔賢，一名豈賢，字半千，號野遺、柴丈人、半畝，江蘇崑山人。明末曾參加復社。擅畫山水，師法董源、吳鎮。為「金陵八家」之一。

[2] 拈得鑒字韻：謂抽籤得「鑒」字之韻部填詞。

[3] 晏叔原：即晏幾道（約 1040－約 1112）。北宋著名詞人，字叔原。「殷勤理舊狂」一句，出自晏氏〈阮郎歸〉（天邊金掌露成霜）。

[4] 「留待」句：款，款待之意。唐·孟浩然〈過故人莊〉詩：「待到重陽日，還來就菊花。」

[5] 「美人」二句：語本《詩經·秦風·蒹葭》：「蒹葭蒼蒼，白露為霜。所謂伊人，在水一方。」杜甫〈寄韓諫議〉詩：「美人娟娟隔秋水，濯足洞庭望八方。」

[6] 「百輩」三句：謂前人推排座次，如今只落得一派蕭條。「醉睡復何鄉」，語出唐·王績〈醉鄉記〉。

[7] 「濟無楫」三句：謂無人引薦，無法達成理想。孟浩然〈望洞庭湖贈張丞相〉詩：「欲濟無舟楫，端居恥聖明。」濟，渡也，有濟世之意。梁，指橋樑。

[8] 「一樓」二句：突兀，高聳之意。杜甫〈茅屋為秋風所破歌〉詩：「何時眼前突兀見此屋，吾廬獨破受凍死亦足。」樓，指掃葉樓。金湯，金屬築就之城牆，灌以燙水之護城河，形容牢不可破。語出班固《漢書·蒯通傳》：「皆為金城湯池，不可攻也。」此處不甚可解，或指詩壇形勢尚算穩固。

[9] 「羣賢」句：語本東晉·王羲之〈蘭亭集序〉：「羣賢畢至，少長咸集。」指出席雅集之詩人甚眾。

[10] 九辨：楚辭篇名。東漢王逸以為是屈原弟子宋玉憫其師忠而被貶，故作〈九辨〉以述其志。一指夏代樂曲。屈原〈離騷〉：「啟九辨與九歌兮，夏康娛以自縱。」王逸注：「九辨，九歌，禹樂也。」此處指與會詩人之篇什。

[11] 「寄謝」二句：語本南朝齊·謝朓〈暫使下都夜發新林至京邑贈西府同僚〉詩：「寄言罻羅者，寥廓已高翔。」

【評析】

葉遐庵於 1929 至 1937 年居上海，期間曾赴南京。《遐翁詞贅稿》中此詞置於〈法曲獻仙音〉（1934 年）後，故此詞當作於 1934 至 1937 年間。

開首借樓名起調，甚為跌宕。「美人」數句，有懷人之意。至「百輩」以下，又有忘情世外，消彌今古之情。下片稍有牢騷，唯念及詩人雅會，「羣賢畢至」之情形，即轉憂為喜。結句謂「寥廓已高翔」，見出其欲遠離塵網之意。

此篇除收於《遐翁詞贅稿》外，另見於葉氏致吳湖帆尺牘，當中若干用字有異。「此」作「斯」，「更」作「復」，「欲」作「待」，「稍」作「差」。❸

從此詞之小序，可見葉遐庵並非對客揮毫之即興作家。所謂「殷勤理舊狂」，一是追懷舊日之雅會，二亦可為作品之衍期解嘲。此類後來補作之詞，遐庵集中尚有〈浣溪紗〉（鎮日秋風祇自忙），其序云：「重陽橐園召客徵詩，余無以應，因謝不往，卻成二詞。」又〈清平樂〉（長年北渚）序亦云：「同社為落葉詞，余意此題已濫，無意爭勝，遂爾閣筆。昨壇園茗集，見松檜青青如故，因成此解，不以示人也。」又〈人月圓〉（瓊樓玉宇）序云：「今歲中秋詞社以此命題，余哀情所觸，不能成詠。昨往幻住園歸，撫事增悲，因成此闋。嗟夫，韋郎今信老矣，尚何言哉。」英國詩人華茲華斯（William Wordsworth，1770-1850）對詩歌曾下一著名之定義：

---

❸ 何聞輯，〈葉恭綽致吳湖帆尺牘〉，載《新美術》，2001 年第 2 期，頁 53。唯發信日期俱不可考。

「詩乃強烈感覺之自然流露：源於寧靜時〔對往昔〕情感之追念。」（“I have said that poetry is the spontaneous overflow of powerful feelings: it takes its origin from emotion recollected in tranquility.”見“Preface to *Lyrical Ballads*”）意謂作者心情過於激動時，實難寫出佳作，須待情緒平伏，重新考量事件之經過，將當時之情感作冷處理，方能產生上乘作品。中國古典詩詞（尤其詞）中，有關感舊、傷逝之篇章，其創作過程，或與華茲華斯所說吻合。清人王士禛亦嘗強調作詩需講求「興會」，毋因他人之要求而強為下筆。其《漁洋詩話》卷上云：「王士源序孟浩然詩云：『每有製作，佇興而就。』余生平服膺此言，故未嘗為人強作，亦不耐為和韻詩也。」由葉氏數篇詞序觀之，可見其亦非為文造情之人。

鷓鴣天·報載六月三日寶山邵慰祖[1]於赴寧波舟中投海死，遺詩中有云「前程放眼如長夜，往事回頭等逝波」。余誦而悲之，為足成此調。

誰向西風護敗荷[2]。愁紅怨綠夢中過。
前程放眼如長夜，往事回頭等逝波。

山欲睡，水添渦。不成沈醉已蹉跎[3]。
剎那中有無窮世[4]，且撥寒灰付放歌。

【注解】

[1] 邵慰祖：曾任職於財政部，據財政部檔案 1945 年 9 月 27 日

載，邵氏等嘗奉命調查復興商業公司，知其卒在 1945 年後，餘待考。

[2] 「誰向」句：清·納蘭性德〈浣溪沙〉詞：「誰念西風獨自涼，蕭蕭黃葉閉疏窗。」

[3] 「不成」句：納蘭性德〈浣溪沙〉（腸斷斑騅去未還）詞：「不成風月轉摧殘。」

[4] 剎那：梵語音譯。意為一念之間，即時間極短。《阿毗達磨俱舍論》卷十二：「壯士一疾彈指頃，六十五剎那。」

【評析】

此詞因友人之死而發出哀生念亂之感。「敗荷」喻飽遭憂患之人。上片套用邵慰祖詩句，頗為消沉，但結句聊自釋懷，謂一念之間，尚有無窮變化，不妨放歌遣愁。

葉氏頗好納蘭性德詞，曾為填〈金縷曲〉（估定詞壇價）一闋，詞後記云：「余少耽容若詞，曾與夏劍丞（敬觀）、文公達（永譽）為〈金縷曲〉詞詠之，今僅記淥水亭中二。余數十年來綜覽清詞逾萬，求有深懷孤寄如容若者殊罕。且容若生長華膴，何以其詞語多蕭瑟，幾類李重光。後見其詞中『興亡命也豈人為』語，始恍然其有覆巢完卵之悲，與梅村（吳偉業）、芝麓（龔鼎孳）輩之仕清無異，故相沆瀣，其詞與梁汾（顧貞觀）、西溟（姜宸英）之契更有由矣。暇因補成此闋以質詞流，想不目為穿鑿。余藏《楝亭夜話圖》，曹楝亭題詩有『那蘭心事幾曾知』句，後其集中乃改為『那蘭小字幾曾知』，又『布袍廓落任安在』，集中作『班絲廓落誰同在』，皆可互相印證也。」此闋亦頗有納蘭詞傷感之調，句法亦相近，大抵因時時揣摩，遂融匯於己作之中。然下片疏放處，自饒遐庵本色。

八聲甘州·重陽日挈伴靈巖[1]登高，同人繪《琴臺秋暢圖》記其事。越二旬，余繼賦此。時秋深霜厲，邊氛益惡，眼底新愁，視重陽時又增幾許，宜其聲之掩抑[2]矣。

甚憑高抒恨，費萸觴、風前動長星[3]。
儘銷沈今古，虛廊廢苑，殘堞山城[4]。
灑諸天法雨[5]，不洗血花腥。
空寫登臨感，盈紙秋聲。

休問清涼故壟（時並上韓蘄王塚）[6]，悵銷金一例，冶夢難醒[7]。
怕琵琶孤塚，山失舊時青[8]。
泣新亭、更無人在[9]，剩南飛、哀雁落前汀。
愁來路，聽胥濤起[10]，雲黯天平。

【注解】

[1] 靈巖：指靈巖寺。位於濟南市長清縣萬德鎮境內，始建於北魏孝明帝正興元年（520 年），唐時規模極盛，與浙江天臺國清寺，湖北江陵玉泉寺，南京棲霞寺合稱「四大名剎」。

[2] 掩抑：形容聲音低沉淒怨。唐·白居易〈琵琶行〉詩：「弦弦掩抑聲聲思，似訴平生不得意。」

[3] 「甚憑高」二句：萸觴，重陽飲酒之器具。萸，即茱萸，舊時

風俗謂於農曆九月九日折茱萸插頭，用作辟邪。唐・王維〈九月九日憶山東兄弟〉詩：「遙知兄弟登高處，遍插茱萸少一人。」長星，一指彗星，漢・司馬遷《史記・景帝本紀》：「三年正月乙巳，赦天下。長星出西方。」一指巨星。兩句語本宋・吳文英〈八聲甘州・陪庾幕諸公游靈岩〉：「渺空煙四遠，是何年、青天墜長星。」

[4] 「虛廊廢苑」二句：語本吳文英〈八聲甘州〉：「殘霸宮城。」堞，城牆上之齒狀矮牆。

[5] 諸天法雨：諸天，佛教指護法眾天神，亦泛指天界。法雨，佛教謂佛陀之教法能滋潤眾生，如雨能滋潤草木。《大方廣佛華嚴經》卷二〈世間淨眼品〉第一之二：「普雨法雨潤一切，是佛第一上方便。」

[6] 清涼故壟：清涼，指宋代名將韓世忠（1089-1151）。韓字良臣，宋延安人。高宗時，平苗傅、劉正彥之亂，破金兀朮於黃天蕩，名重當時，稱為「中興第一功臣」。後以秦檜主和，罷其兵權，乃口不談兵，隱居西湖，自號清涼居士。卒謚忠武，孝宗追封為蘄王，劃靈岩為賜山，親自為之書墓碑，撰寫碑文，上鐫：「中興佐命定國元勳之碑」。墓在靈巖山西南麓。壟，指墳墓。

[7] 「悵銷金」二句：銷金，浪費金錢。宋・周密《武林舊事》卷三〈西湖遊幸〉：「西湖天下景，朝昏晴雨，四序總宜。杭人亦無時而不遊，而春遊特盛焉。……日糜金錢，靡有紀極。故杭諺有銷金鍋兒之號。」冶夢，冶遊作樂之念。此二句慨嘆南宋朝野貪圖逸樂，不思振作。

[8] 「怕琵琶」二句：琵琶塚，指王昭君墓。昭君出塞，彈琵琶以抒懷，死後葬於胡地。今其墓位於呼和浩特市南之大黑河畔。俗傳墓上草青如茵，故名之曰「青塚」。

[9] 「泣新亭」數句：泣新亭，即「新亭對泣」，宋·劉義慶《世說新語·言語》：「過江諸人，每至美日，輒相邀新亭，藉卉飲宴。周侯中坐而歎曰：『風景不殊，正自有山河之異！』皆相視流淚。唯王丞相愀然變色曰：『當共戮力王室，克復神州，何至作楚囚相對？』」後為感嘆國土淪亡之典。

[10] 胥濤：戰國時伍員（子胥）助吳稱霸，吳王夫差滅越後，欲釋越王句踐回國，伍員諫阻，因信讒殺之。員死後為濤神，故稱潮水為「胥濤」。

【評析】

《遐翁詞贅稿》中載朱衣和作，序云：「丙子仲秋遐公以重陽靈巖登高詞見示，感時撫事，信為詞史，亦依覺翁韻賦一解。」可知葉氏此詞作於 1936 年。《葉遐庵先生年譜》1936 年一目，指遐庵七月赴青島參加全國圖書館協會及博物館協會聯合年會，後又赴濟南出席膠濟鐵路學術講演會及在該市警察局講演。

此詞全篇依吳文英同調詞韻，句法用字亦時見吳氏影響。但吳氏所詠靈巖在江蘇吳縣，而遐庵所詠則在濟南。此詞借古諷今，序中云「邊氛益惡」，實指日本對中國步步進逼，大戰勢所難免。上片寫靈巖一帶荒涼之景色，云即便身處佛門清淨地，亦能感受邊地之血腥。下片追懷韓世忠，寄望有能領導國人抵禦外侮者，於尋歡作樂之輩，亦嚴辭譴斥，云長此以往，難保山河變色。「泣新亭」

一句，則明言在上位者不思振作矣。

浪淘沙·夢寄

閒夢逐歸鴻。絮亂遙空。
頻年春事太匆匆[1]。
愁雨愁風都未了，還自愁儂。

妝薄不成容。粉澮脂融[2]。
眉痕依約舊巫峯[3]。
誰道朱樓天樣遠[4]，夢也難逢。

【注解】

[1] 「頻年」句：似本自五代·李煜〈相見歡〉詞：「林花謝了春紅，太匆匆。」

[2] 「妝薄」二句：指無心打扮，面上之脂粉逐漸消融。

[3] 「眉痕」句：舊指眼眉如山巒彎曲。宋·張樞〈慶宮春〉詞：「眉痕留怨，依約遠峯。」巫峯，相傳戰國時楚懷王、襄王有遊高唐、夢巫山神女薦寢事。見宋玉〈高唐賦序〉及〈神女賦序〉。此處形容愁眉深鎖，不能開展。

[4] 「誰道」句：宋·辛棄疾〈減字木蘭花〉詞：「盈盈淚眼，往日青樓天樣遠。」朱樓，指故國。

【評析】

考此篇在《遐翁詞贅稿》之序目，應作於 1937 至 1942 年間，時值抗戰，葉氏正寓居香港，故詞調哀婉，與李後主亡國後之篇什相近。全篇用女子傷春口吻，但歸鴻一句，已有追懷故國之意，至於愁雨愁風，顯指時局未靖。下片仍借女子之身，抒寫愁抱。香港大陸雖僅一河之隔，惟阻重難進，而夢中竟亦難逢故人，時局之艱，可想而知。

葉遐庵頗好李後主詞，1937 年在上海集詞人為李後主作千年周忌，龍榆生、夏承燾均有作。遐庵亦有〈臨江仙〉一闋，題序云：「舊曆七夕招友人為李重光作去世（編者按：應作誕生）一千年紀念，因追和其臨江仙詞韻。」詞曰：「天上人間多少恨，千秋雨絕雲飛。汴京依樣水流西。白門疏柳，煙態又低垂。　彈指佳期經幾劫，玉樓殘夢都迷。新愁渾似比紅兒。銀河清淺，烏鵲欲何依。」後遐庵居香港，感念前事，復作〈臨江仙〉二闋，錄如下：

臨江仙·民國廿六年七夕，余在滬約諸友為南唐李後主逝世千年紀念。時兵氛方烈，風聲鶴淚〔唳〕，舉座黯然。旋約各賦詞紀事，依後主〈虞美人〉、〈臨江仙〉二調體韻，眘之成卷。茲檢出重讀，如見諸故人，而大厂（即易孺）已于月前仙去，所繪殘杏猶紛披滿眼。時艱方棘，感痛滋深，因再和此闋，其為淒悒，殆不止山陽聞笛之悲已也。

已分春心灰寸寸，更堪一片花飛。誰云流水尚能西。人間天上，愁夢畫簾垂。　蠟淚蠶絲通幾劫，回頭煙月都迷。殘妝猶戀鬧蛾兒。無情空恨，隄柳總依依。

臨江仙·追和前詞，復念大厂臨去光景，不知若何，再用前韻賦此互策。

火宅連番游戲罷，可堪往跡灰飛。此身驚到日平西。白頭吟望，愁病苦低垂。　　劫外蓮華根自性，不應來路都迷。好從慈母戀孤兒。彌天四海，舍此欲何依。

鵲踏枝·偶感示永持[1]

誰信人生難解決。水自縈洄，山自相重疊。
甚日根塵同斷絕[2]。花光鏡影交澄澈[3]。

眼底浮雲心上月。縹杳樓臺，箏笛供淒咽。
擺脱人間涼與熱。千山萬水無拋撇。

【注解】

[1] 永持：姓鍾，遐庵在 1939 年於香港所納之側室。遐庵致吳湖帆尺牘云：「鍾姬永持相從患難中，亦略解文墨，於公欽仰甚至，久欲乞賜一小葉法繪而無間啟齒。弟欲踐所諾，特奉上舊紙一番，乞賜山水或蓮花，使其珍藏。」（見何聞輯〈葉恭綽致吳湖帆尺牘〉，頁 16）據此知永持乃鍾氏。《葉遐庵先生年譜》1939 年一目稱：「側室鍾氏來歸。鍾氏粵之東莞人。先生因體弱需人侍奉，聞鍾賢，因納焉。其後香港被兵，及遭禁閉，時相從患難，深資其力。」鄭逸梅《藝林散葉續編》第 2139 條云：「葉遐庵側室淨持早卒，埋骨北京西山幻住園。後羅癭公（惇曧）死，無葬處，遐庵讓隙地以葬癭公。」

[2] 根塵：佛教語。又作根境。乃五根與五塵，或六根與六塵之並稱。色之所依而能取境者，稱為根，乃認識對象之器官；根之所取者，稱為塵（亦稱境），乃所認識之對象。五根即眼、耳、鼻、舌、身，加「意」則稱六根；五塵即色、聲、香、味、觸，加「法」則稱六塵。根塵二字並舉，如主觀、客觀之並列，有相依又相對立之意。唐·玄奘譯《俱舍論》卷十：「雖有根境不發於識，而無有識不託根境。」此處謂泯滅主、客觀之分。

[3] 花光鏡影：即鏡花水月，比喻空幻不實在。

【評析】

此篇亦作於居港期間，通首禪味十足，有看破世塵，不為俗事所擾之意。上片以「水自瀠洄，山自相重疊」，喻人生轉徙，如因果循環。而根塵之念，縈繞不去，倘能斷絕，則萬物如「花光鏡影」，無不空澄而具見其虛幻矣。下片續以「縹杳樓臺」喻塵世之妄，結仍抱出世之想。至若「千山萬水無拋撇」，則又情深一往，與上闋之水山作一首尾呼應。葉氏於鍾姬之眷愛，亦可得而知之。

永遇樂·因送柏岩[1]行，憶京口[2]昔遊，忽生懷古之念。追和稼軒此調[3]，並次其韻[4]。

第一江山[5]，夢中猶記，好登臨處。
如夢興亡，瓊樓玉宇[6]，甚地堪歸去[7]。
濤翻浪捲，風流雲散[8]，欲住何曾能住。

歎當時、長江飛渡，南朝空怨擒虎[9]。

隆中高臥，紆籌分鼎，可惜輕酬三顧[10]。
大地平沈，乾坤旋轉，應有匡時路。
將略非長，爭如袖手，寂寄禪關鐘鼓[11]。
何須問、高吟抱膝，究為龍否[12]？

【注解】

[1] 柏岩：葉氏另有〈眼兒媚‧丁柏岩又行，賦此送之，益難為懷矣〉一闋，其致吳湖帆信有云：「丁君柏岩乃闇公先生哲嗣，昔從弟有年，人甚淵雅幹練。」（見何聞輯，〈葉恭綽致吳湖帆尺牘〉，頁 63）。丁闇公，名傳靖（1870-1930），字秀甫，號闇公，又有岱思、湘舲、招隱行腳僧、滄桑詞客等號（見鄭逸梅《藝林散葉》第 791 條）。江蘇丹徒人。清末貢生，輯有《宋人逸事匯編》，著有《闇公詩存》，民國後居天津。鄭逸梅《藝林散葉續編》第 897 條云：「丁傳靖號闇公，刻《闇公詩存》二巨冊，印成藍印本若干部，『一二八』之役，版毀於兵燹，未及印黑字本。」又第 1344 條云：「樊增祥任江蘇藩台，時丁傳靖亦在南京，以詩呈之。詩涉及西太后，增祥固受西太后恩寵者，見之大為稱嘆，於是詩翰往來，甚為親密。」
關於丁柏岩，鄭逸梅《藝林散葉》第 1226 條云其「能書畫，書勝於畫，晚年，精力不濟，書畫均廢。」第 2263 條云其好搜集「古今女子書畫扇，凡二百柄」。第 3456 條云其「藏有明清畫扇，均裝成冊頁。丁每頁題一二詩，並界以烏絲欄，遍

錄各家關於畫者之紀事。凡名較僻冷者，證考更力求贍備，俾後之收藏者，不致忽視，洵有心人也。」又 3684 條云丁氏「善鑒古物，凡盡人皆知之古物不之購，謂什九贋鼎也。見盡人皆不知並己亦不知之古物，輒購之歸，謂決無人作假，且值亦低廉，得之摩挲證考，往往由不知而知，賞鑒因之益廣，記之於書，洵足快意。」4331 條記丁氏云「書畫文物，玩賞日久，便覺生厭，最好與同好者，彼此交換，以增興趣。」另鄭氏《藝林散葉續編》第 39 條載，柏岩藏有清代梁溪女道士王韻香所繪花卉扇二，一贈葉恭綽，一自留。同書尚有數則言及丁柏岩之行止，姑錄如下。第 308 條云：「丁柏岩，乃丁傳靖之子，能詩文，傳其家學。晚年多病，榻畔懸寒暑表，作為晨起御衣之準則。」第 698 條云：「丁傳靖哲嗣柏岩，早年在香港，僱一粵女事炊濯。一日，丁寫一橫幅，錄白居易之《琵琶行》，粵女在側觀之不離去。丁詢之，始知女曾讀過唐詩，《琵琶行》且能背誦，即命試背，果不遺一字。丁大愧，蓋彼卻背誦不出也。」第 2025 條云：「丁柏岩於素紙作硃絲欄，不作直線，而曲紋有度。人詢其法，不之告，卒窺得之，則以細鋸齒為規，循以劃之也。」

[2] 京口：位於今江蘇省鎮江縣治，三國時吳國在此設京口縣。

[3] 追和稼軒：稼軒，南宋著名詞人辛棄疾號。元·托克托等撰《宋史·辛棄疾傳》云：「棄疾豪爽，尚氣節，識拔英俊。嘗謂：『人生在勤，當以力田為先。北方之人，養生之具，不求於人，是以無甚富甚貧之家。南方多末作以病農，而兼并之患興，貧富斯不侔矣。』故以稼名軒。」

[4] 次韻：依辛棄疾〈永遇樂〉原韻填詞。辛氏〈永遇樂·京口北固亭懷古〉云：「千古江山，英雄無覓，孫仲謀處。舞榭歌台，風流總被，雨打風吹去。斜陽草樹，尋常巷陌，人道寄奴曾住。想當年、金戈鐵馬，氣吞萬里如虎。　　元嘉草草，封狼居胥，贏得倉皇北顧。四十三年，望中猶記，烽火揚州路。可堪回首，佛狸祠下，一片神鴉社鼓。憑誰問、廉頗老矣，尚能飯否？」

[5] 第一江山：梁武帝嘗遊京口北固山，寫有「天下第一江山」之題字。

[6] 瓊樓玉宇：指華美之樓閣。宋·蘇軾〈水調歌頭〉（明月幾時有）詞：「我欲乘風歸去，又恐瓊樓玉宇，高處不勝寒。」

[7] 甚地：即何地。

[8] 風流雲散：風吹雲散，蹤跡全無，比喻人生無常。此處語本辛棄疾「舞榭歌台，風流總被，雨打風吹去」一句。

[9] 南朝空怨擒虎：韓擒虎（538-592），隋代名將。原名豹，字子通，河南東垣人。驍勇善戰，曾率軍南渡長江，與五百精兵直入朱雀門，俘陳後主，南朝於是亡。因功進上柱國，別封壽光縣公，官至涼州總管。考攻陷京口者當為賀若弼，韓擒虎乃由橫江（今安徽和縣東南）夜渡。

[10] 「隆中」三句：指東漢末諸葛亮隱居隆中，劉備三顧茅廬，詢問天下大計事。紓策分鼎，語本杜甫〈詠懷古跡〉五首其五：「三分割據紓籌策，萬古雲霄一羽毛。」指諸葛亮以籌策為劉備分析天下形勢，論定與曹操、孫權鼎足三分之策略。

[11] 袖手：袖手旁觀，不參予其中。清遺老陳三立曾有句云：「憑

欄一片風雲氣，來作神州袖手人。」

[12] 「高吟」二句：仍用諸葛亮隱居隆中事。高吟抱膝，有逍遙世外之意。人稱諸葛亮為「臥龍先生」。明·羅貫中《三國演義》第三十七回：「玄德正看間，忽聞吟詠之聲，乃立於門側窺之，見草堂之上，一少年擁爐抱膝，歌曰：『鳳翱翔於千仞兮，非梧不棲；士伏處於一方兮，非主不依。』」元·劉因〈鵲橋仙〉（悠悠萬古）詞：「有時抱膝看青山，卻不是、高吟梁甫。」

【評析】

此詞亦作於抗戰留港期間。之前遐庵有〈眼兒媚〉一闋贈別丁柏岩，詞云：「離亭風笛亂兵笳。歸思晚雲遮。戲海羣鴻，巢阿孤鳳，一樣無家。　　宣南舊夢禁追憶，塵世幾摶沙。雨砌危芳，江潭枯樹，休問年華。」因朋友闊別，而感念無家可歸之苦況。

詞之起句即甚有稼軒慷慨悲歌之氣度，而上片重在「憶京口昔遊，忽生懷古之念」一節，謂如今無處可依，昔日文人雅聚等風流韻事，亦煙銷雲散。下片慨嘆無人如諸葛孔明，扭轉乾坤，光復山河。而己既非將才，唯能袖手參禪，並無待時而起之念。未知此乃反語否？

【集評】

冒廣生〈《遐庵詞稿》序〉：「其曾祖父蓮裳先生，祖南雪先生，兩世皆以詞鳴。自其垂髫，濡染家學，即能為詞，而所為又輒工。」

夏敬觀〈《遐翁詞贅稿》序〉：「矧君乃自稼軒進而為東坡之詞者，其趣在得天之籟，毋庸斤斤於較音比律者哉。……晚年益洗綺羅薌澤之態，浩歌逸思恒傑出塵壒之外，而纏綿悱惻又微近東山。」

夏敬觀《忍古樓詞話》：「學辛得其豪放者易，得其穠麗者罕。蘇則純乎士大夫之吐屬，豪而不縱，是清麗，非徒穠麗也。玉甫之詞，極近此派。」（載唐圭璋編，《詞話叢編》第五冊，頁 4764）

錢仲聯〈近百年詞壇點將錄〉（天富星撲天雕李應）條：「遐庵詞學世家，席豐履厚，又為北洋『交通系』政要，材力雄富，為並世詞流所不及。編《全清詞鈔》，所收詞人達三千一百九十六家，使有清一代詞學之源流正變，得以推尋，有功於藝苑者匪細。遐庵自為詞亦工，間接聞譚獻緒論，於彊村、蕙風、芸閣，均親接謦欬，其造詣之深，非偶然也。」（載《夢苕庵清代文學論集》，頁 161）

朱庸齋《分春館詞話》卷三第 78 則：「玉甫為吾粵晚近詞家巨子，博雅嗜古，為詞精且多，少作纏綿悱惻，迫近方回；晚年則一洗綺羅薌澤之態，雄姿壯采，合賀、周、蘇、辛為一手矣。」（頁 111）

呂碧城《曉珠詞》選

呂碧城（1883-1943），原名賢錫，一名若蘇，字遁天、明因，後改字聖因，法號寶蓮，又號曼智，別署蘭清、信芳詞侶、曉珠等。安徽旌德縣廟首鄉人。父呂鳳岐為清光緒三年（1877 年）進士，曾任山西學政，著有《靜然齋雜談》。

碧城性聰穎，五歲知詩，七歲能作巨幅山水。與其姊呂湘、呂美蓀文名早著，章士釗譽之為「淮南三呂，天下知名。」❶ 1895 年，父病喪，未幾族人爭產，與碧城訂親之汪某，亦藉詞退婚。母嚴氏不堪族人淩虐，遂攜碧城等遷往外家，復為惡戚所厄，母與妹賢滿各飲鴆自盡，幸為邑令灌救得活。時樊增祥任江寧布政使，聞之遣兵迎救。1904 年，碧城與舅氏口角，離家出走天津，為大公報總理英歛之賞識，委為編輯。由是碧城於報上提倡女學，並得英氏等協助，成立北洋女子公學，碧城自任總教習。1908 年，受學於嚴復。1912 年，女子公學停辦，碧城旋被袁世凱聘為總統府秘書，後奉母滬上，與西商交易，數年間獲利甚豐。1920 年，赴美游學，寓紐約時，與當地名媛多有交往。1922 年經加拿大及日本

---

❶ 章士釗，《章士釗全集》（上海：文匯出版社，2000 年），第 6 冊，頁 509。

返上海。1926 年復赴美游歷，次年抵歐洲，嗣是寓居瑞士多年，期間嘗獲邀參加維也納之萬國保護動物大會，登臺演說，備受矚目，各國代表競邀其往本國演講；又皈依佛教，潛心從事佛典英譯。1933 年，碧城返滬，逾二年遷居香港，復於 1937 年離國，經新加坡重返瑞士。1940 年因歐戰之故返香港，寓東蓮覺苑，1943 年病逝。遺命火化後將骨灰摻麵粉投入水濱與水族結緣。（見鄭逸梅《藝林散葉》第 138 條）

碧城一生，如萍飄蓬轉，三度去國，孓然以終。雖備歷艱辛，識見襟抱亦由是而廣。不忮不求，無依無傍，誠為吾國女性獨立自主之第一人。而其人甚善，其性甚芳，關愛憐恤之心，已愈乎民族物種之囿，故能為近世華夏才俊與乎歐西士女所景仰。至於文采之風流，氣度之高華，亦復一時無兩。其詞包籠異國山川風物，道前人所未道，波譎雲危，翻騰變化，固非古今閨閣詞人所能擬，且直壓倒鬚眉矣。加以靈心慧質，每見於模山狀水之間，一草一木，無不若與神通者，此又非陳腐之學究所能為也。求諸當世詞人，唯饒選堂可與並肩。

碧城詞先後見於《呂氏三姊妹集》（1905 年）、《信芳集》（1918、1925 及 1929 年）、《呂碧城集》（1929 年）、《信芳詞》（1930 年）及《曉珠詞》（1932 及 1937 年）諸本。另有《雪繪詞》，與《觀音菩薩靈讖》及《勸發菩提心文》合刊。今最全之版本為李保民之《呂碧城詞箋注》，由上海古籍出版社於 2001 年出版，共錄詞 312 闋。碧城另有詩文多篇載於《呂碧城集》及《夢雨天華室叢書》。

浪淘沙

寒意透雲幬[1]。寶篆煙浮[2]。
夜深聽雨小紅樓[3]。
奼紫嫣紅零落否[4]？人替花愁。

臨遠怕凝眸。草膩波柔。
隔簾咫尺是西洲[5]。
來日送春兼送別，花替人愁。

【注解】

[1] 幬：幬，帳。雲幬，指幬狀如雲，或有雲狀圖案之幬。此泛指帷帳。宋・李萊老〈臺城路・寄弁陽翁〉詞：「堂深幾許。漸爽入雲幬，翠綃千縷。」

[2] 寶篆：香之美稱，焚時煙如篆狀，故稱。宋・黃庭堅〈畫堂春・本意〉詞：「寶篆煙消龍鳳，畫屏雲鎖瀟湘。」

[3] 「夜深」句：宋・陸游〈臨安春雨初霽〉詩：「小樓一夜聽春雨，深巷明朝賣杏花。」

[4] 奼紫嫣紅：形容群花競放。明・湯顯祖《牡丹亭・驚夢》：「原來奼紫嫣紅開遍，似這般都付與斷井頹垣。」

[5] 西洲：南朝樂府民歌有《西洲曲》云：「西洲在何處，兩槳橋頭渡。」末云：「卷簾天自高，海水搖空綠。海水夢悠悠，君愁我亦愁。南風知我意，吹夢到西洲。」乃相思之曲也。

【評析】

此詞原載 1905 年春英歛之於天津印行之《呂氏三姊妹集》，李保民《呂碧城詞箋注》（以下簡稱「李箋」）錄於卷一。李氏云：「本詞當為碧城少女時代抒懷之作，已入碧城二十三歲時刊《呂氏三姊妹集》。詞中人花互憐，巧為構思。觀其初稿『離思難收』、『一身多病苦淹留』語，或寓深意。」（頁 14）據詞意，或有懷人之意，亦寓託歲華零落之感。此乃詞人少作，未脫傳統閨閣口吻。唯上下片結句以「人替花愁」及「花替人愁」互為煞拍，具見巧思。「人替花愁」，此自然不過之情，以人為萬物之靈，稍為憐香惜玉者，容有此懷抱；而謂「花替人愁」，則以我觀物矣。花豈有情哉？宋人詞云「淚眼問花花不語」，亦知花本無情矣。第詩人多感，以致物皆著我之主觀色彩，杜甫〈春望〉即云「感時花濺淚」，則自我觀之，花亦非無情也。碧城此語，不亦杜甫之流亞歟？

碧城詞雖以瑰奇超邁見稱，然終不乏女子柔媚情態，此詞即一例。此其不同於秋瑾等故為豪放也。彼等不屑為女子之事，甚而以女性為恥。清女詞人吳藻〈浣溪沙〉云：「顧掬銀河三千丈，一洗女儿故態。」以致有易釵為弁，出入青樓之行徑。秋瑾〈滿江紅〉亦云：「苦將儂強派作蛾眉，殊未屑。」蓋因舊時代壓迫女性過甚，乃有此激烈之言論。而碧城則純然以女性為傲，云女性自當有女性之本質，若與男子爭勝，非徒泯滅陰陽之別，亦且自貶其為女性也（故其對秋瑾雖存欽敬而不敢苟同）。其〈女界近況雜談〉論女子著作云：「茲就詞章論，世多訾女子之作大抵裁紅刻翠，寫怨言情，千篇一律，不脫閨人口吻者。余以為抒寫性情本應各如其分，唯須推陳出新，不襲科臼，尤貴格律雋雅，情性真切即為佳作。詩中之溫李、詞中之周柳，皆以柔艷擅長，男子且然，況於女子寫其本色，亦復何妨？若言語必繫蒼生，思想不離廊廟，出於男子且病矯揉，詎轉於閨人為得體乎？女人愛美而富情感，性秉坤靈，亦何羨乎陽德？若深自諱匿，是自卑抑而恥辱女性也。古今中外不乏棄笄而弁以男裝自豪者，使此輩而為詩詞，必不能寫性情之真，可斷言矣。……古人中如范文正、宋廣平、司馬溫公等，其艷思麗藻，世所習見，無玷於名賢，奚損於閨閣，必恕此而責彼，仍蹈尊男卑女之陋習。」（見《呂碧城集》卷五）此篇對女性自身價值及女性文學，俱有充份之認識與褒揚，絕非如班昭《女誡・夫婦》中維護三從四德之言論也。碧城嘗興辦女學，倡導女權，有譽為「北洋女學界之哥倫布」者（見沈祖憲致碧城函，載《呂碧城集》卷二），種種行為，皆在於提高女性之地位及尊嚴，其識蓋有高於常人處，固非執迷守舊之輩。❷雖然，其辦學之初，出道之始，頗得社會名流如英斂之、樊增祥之資助提攜，此亦時勢使然，既而則能自立而無所依傍矣。至於越嶺渡洋，隻身浪跡歐美，更見其襟度膽氣之超拔，以當時一女子量之，固令人嘖嘖稱奇，然必謂其行徑可「等諸男子」，則自碧城觀之，或類同貶語矣。要之，碧城乃一不折不扣之女子，亦為現代女性自覺之先導，此其所以為世人深所折服也。倘只著眼於其恢宏佚蕩之詞章，則不知碧城矣。

---

❷ 詳見谷曼，〈呂碧城與近代中國婦女解放〉，載《呼倫貝爾學院學報》，2001 年第 9 卷第 5.6 期，頁 16-19；侯杰、秦方，〈近代社會性別關係的變動〉——以呂碧城與近代女子教育思想和實踐為例〉，載《天津師範大學學報》，2003 年第 6 期，頁 34-38。。

【摘評】

樊增祥：「漱玉猶當避席，《斷腸集》勿論矣。」（載《呂碧城集》，卷三）

念奴嬌·為劉豁公題《戲劇大觀》[1]

文章何用[2]？甚薰香摘艷[3]，今都倦矣。
誰譜霓裳傳倩影[4]？贏得閑情堪寄[5]。
鬋鬢翹鬟，峨冠鳴珮[6]，色相紛彈指[7]。
憑君認取，浮生原是遊戲。

可奈如夢年華，拚教斷送，在梨雲鄉裏[8]。
除卻湖山歌舞外，那有逃名餘地[9]。
鈿柱疑鶯，珠喉妒燕[10]，海國天同醉。
新聲倚處[11]，春魂還被吹起。

【注解】

[1] 詞序：劉豁公，近代戲劇家。南社社員。柳亞子《南社紀略》載：「劉遠，字豁公，號夢梨，安徽桐城人。」曾與袁寒雲等主編《戲雜誌》。鄭逸梅《南社叢談·南社社友著述存目表》收劉豁公著作九種，其一即《戲劇大觀》。該書於 1918 年由上海交通圖書館出版。記錄清末民初伶工軼聞趣事，另附戲劇評論。另劉氏有〈碧城女士以新譯美利堅建國史綱暨所著信芳集見贈賦此謝之〉詩二首（見李箋，附錄二）。

[2] 文章何用：宋・姜夔〈玲瓏四犯〉（疊鼓夜寒）詞：「文章信美知何用。」

[3] 薰香摘艷：語本唐・杜牧〈冬至日寄小侄阿宜〉詩：「高摘屈宋艷，濃薰班馬香。」謂追步屈原、宋玉、班固、司馬遷之文章。

[4] 霓裳：唐有《霓裳羽衣曲》。見前陳洵〈鶯啼序〉注 10。此指戲曲音樂。

[5] 閑情堪寄：明末清初戲曲理論家李漁著有《閑情偶寄》，為戲曲理論之傑構。此指劉豁公之《戲劇大觀》。

[6] 「䩞鬌」二句：䩞，下垂貌。宋・吳文英〈鶯啼序〉（殘寒正欺病酒）詞：「䩞鳳迷歸，破鸞慵舞。」䩞鬌翹鬟，指伶人之髮式。峨冠鳴珮，吳文英〈鶯啼序〉（天吳駕雲閬海）詞：「高軒駟馬，峨冠鳴佩，班回花底修禊飲。」此指伶人之戲服。

[7] 「色相」句：色相，佛教指萬物之形貌。南梁・旻寶唱等集《經律異相》卷五：「（菩薩）示現一色，一切眾生各各皆見種種色相。」亦指人之相貌、形態。此指劇中角色及人物之扮相。彈指，捻彈手指作聲，佛家以喻時間短暫。南宋・法雲編《翻譯名義集・時分》：「《僧祇》云，二十念為一瞬，二十瞬名一彈指。」

[8] 梨雲鄉：即梨園。唐玄宗時教練宮廷藝人之處。宋・歐陽修等撰《新唐書・禮樂志十二》：「玄宗既知音律，又酷愛法曲，選坐部伎子弟三百教於梨園，聲有誤音，帝必覺而正之，號皇帝梨園弟子。」後指戲班。另切唐・王建夢見梨花雲事典。宋・張邦基《墨莊漫錄》卷六引王建〈夢看梨花雲歌〉：「薄

薄落落霧不分，夢中喚作梨花雲。」後遂以梨雲為夢境之代稱。

[9] 逃名：逃避聲名而不居。南朝宋·范曄《後漢書·逸民傳·法真》：「法真名可得而聞，身難得而見；逃名而名我隨，避名而名我追。」此句謂除卻隱跡於戲劇界，無處逃名。白居易〈香爐峯下新卜山居草堂初成偶題東壁〉詩五首之四：「匡廬便是逃名地，司馬仍為送老官。」

[10] 「鈿柱」二句：鈿柱，指琴柱。宋·周密〈齊天樂〉（曲屏遮斷行雲夢）詞：「酒滴壚香，花圍坐暖，閒卻珠韝鈿柱。」鈿柱疑鶯，指琴音婉美如鶯啼。珠喉，指女子唱腔圓轉如珠。宋·柳永〈玉蝴蝶〉（誤入平康小巷）詞：「按新聲、珠喉漸穩。」

[11] 新聲倚處：新聲，新作之樂曲或新穎之樂音。《國語·晉語八》：「平公說新聲。」宋·孟元老《東京夢華錄》序：「新聲巧笑於柳陌花衢，按管調弦於茶坊酒肆。」倚，按譜填詞謂之倚聲。

【評析】

此篇原載 1918 年南社社員王鈍根校印之《信芳集》，李箋錄於卷一。詞盛讚劉氏一書對戲劇界之貢獻，且借題抒發人生如戲之感慨。句句扣緊劇場中人語，五光十色，搖曳生姿，音韻諧暢，具見戲劇界引人入勝之處。至於云「湖山歌舞」乃逃名之地，不知碧城獨居海外，亦為逃名否？陳瑷婷嘗撰文指其自我放逐乃與父母雙

亡、姊妹爭產失和及被責為袁世凱黨羽有關。❸

碧城三十年代初，因受印光法師《嘉言錄》影響，皈依佛教，若非看透世情，必無是舉。此詞雖作於前，然「色相紛彈指」、「浮生原是遊戲」等語，可謂於莽莽紅塵，已有所感悟矣。碧城〈絳都春・拿坡里火山〉亦有句云：「算世態、炎涼遊戲。」觀火山而復有此語，可見彼於此一概念，無時或忘也。

【摘評】

樊增祥：「鬆於梅溪（史達祖），細於龍洲（劉過）。」（載《呂碧城集》卷三）

程萬鵬《曉珠詞選》：「信手拈來，妙語生花。『鈿柱疑鶯』二句省卻幾許俗語，結句歸題。」（頁38）

月華清・為白葭居士題葭夢圖[1]

人影蘆深，詩懷雪瘦，溯洄誰泛空際[2]？
和水和風，洗盡梨雲春膩[3]。
笑放翁、畫入梅花[4]，羞莊叟、情牽鳳子[5]。
徙倚[6]。對蒼茫天地，蕭蕭秋矣。

除卻煙波休寄。更不寄人間，寄存夢裏。

❸ 陳瓊婷，〈呂碧城之自我放逐與歐美遊蹤——以「曉珠詞」為中心考察〉，載《東海中文學報》卷15，2003年第7期，頁245。

墨暈葭痕，差見白描高致[7]。
任晝長、茶沸瓶笙[8]，盡消受、南窗清睡[9]。
只莞然為問，蝸蠻何世[10]？

【注解】

[1] 詞題：白葭居士，李箋云：「碧城詩友，碧城早年居北京時常與之賦詩唱和，詩見《呂碧城集》卷二。」陳運彰《紉芳簃瑣記》云：「程淯，字白葭。江蘇武進（常州）人。喜藏書畫，書法渾厚，詩亦清秀，與趙熙、易順鼎倡和較多。抗戰期間病歿上海，年七十餘。」程淯又字葭深，生於 1870 年，卒於 1940 年。於清末自北京徙居杭州，在西湖建一別墅，名曰「秋心樓」。著有《龍井訪茶記》、《歷代尊孔記》及《孔教外論》，並曾於太原創辦《晉報》。

《葭夢圖》，據《詩經·秦風·蒹葭》詩意所作之畫。

[2] 溯洄：逆流而上。《詩經·秦風·蒹葭》：「溯洄從之，道阻且長。」

[3] 梨雲：梨花色白，盛開如雲。此喻蘆花。

[4]「笑放翁」句：放翁，南宋詩人陸游別號。元·托克托等撰《宋史》卷 395 云：「范成大帥蜀，〔陸〕游為參議官，以文字交，不拘禮法，人譏其頹放，因自號放翁。」陸游〈梅花絕句〉詩六首之三云：「聞道梅花坼曉風，雪堆遍滿四山中。何方可化身千億？一樹梅花一放翁。」

[5]「羞莊叟」句：莊叟，即莊子。鳳子，大蝴蝶。晉·崔豹《古今注·魚蟲》：「（蛺蝶）其有大如蝙蝠者，或黑色，或青

斑，大者曰鳳子。」此句用莊子夢蝶事。見前張爾田〈采桑子〉注 3。

[6] 徙倚：猶徘徊，逡巡。《楚辭・遠游》：「步徙倚而遙思兮，怊惝怳而乖懷。」

[7] 白描：畫法之一種。用墨鉤勒，以水墨渲染，不設色。多用於人物、花卉。

[8] 瓶笙：以瓶煎茶，微沸時發音如笙，故稱。宋・蘇軾〈瓶笙〉詩引：「劉幾仲餞飲東坡，中觴聞笙簫聲……出於雙瓶，水火相得，自然吟嘯，蓋食頃乃已。坐客驚嘆，得未曾有，請作瓶笙詩記之。」

[9] 南窗清睡：指隱士生活。陶淵明〈歸去來兮辭〉：「倚南窗以寄傲，審容膝以易安。」宋・歐陽修〈啼鳥〉詩：「南窗睡多春正美，百舌未曉催天明。」

[10] 「只莞然」二句：莞然，微笑貌，即莞爾。南朝宋・范曄《後漢書・蔡邕傳》：「邕莞然而笑曰：此足以當之矣。」蝸蠻，《莊子・則陽》：「有國於蝸之左角者曰觸氏，有國於蝸之右角者曰蠻氏，時相與爭地而戰，伏屍數萬，逐北旬有五日而後反。」後以喻因細事引起之爭鬥。

【評析】

此篇原載 1918 年之《信芳集》，李箋錄於卷一。屬題畫之作，高遠清逸，有飄然世外之感，觀此，知碧城女士他日去國之志矣。大抵人世紛擾，無有已時，天地茫茫，不知身寄何處。故下片換頭云：「更不寄人間，寄存夢裏。」又其〈浪濤沙・擬李後主〉

云：「人間無地可埋憂。」此所以碧城非浪跡異國不能忘其既往，又非潛心宗教不能剪其煩惱也。

碧城自言多夢，其〈乩仙詩〉有紀曰：「某歲遊春明，於寓邸跳舞大會後，夢雪花片片化為胡蝶，集庭墀牆壁間，俄而雪落愈急，蝶翅不勝其重，乃群起而振掉之，一迴旋間，悉化為天女，黑衣銀縷，皓質輝映，起舞於空際。予平生多奇夢，此尤冷豔馨逸，因詩以紀之。……」另一詩亦有題曰：「夢雲中一丹鳳漸歛羽翮，經行而逝，惟見天際一飛艇，又忽墜落於鄰宅，驚醒，詩以記之。戊辰九月三十日誌於日內瓦。」（見《呂碧城集》卷二）。可謂奇哉。其詞中亦多有提及夢境者。如〈摸魚兒〉序云：「曉眠慵起，嘒嘒蟬聲催成斷夢。翠水瀠洄，紅蕖萬柄，宛然瀛臺也。醒後感而成詠。」又如〈丁香結〉序云：「夢於倫敦友人處見予所繪水墨大士像，秀髮披拂，現身海中。憶髫齡鄉居，鄉人曾以舊畫觀音一幅乞為摹繪，固有其事也。」又如〈還京樂〉序云：「夢聞故國歌聲，極頓挫蒼涼之致，感而賦此。」臨終，復以夢中所得成詩一首寄示張次溪云：「護首探花亦可哀，平身功績忍重埋。匆匆說法談經後，我到人間只此回。」則其視徜恍人世，亦猶一夢境耳。其性之慧與乎識見之超脫，迥非尋常俗子可擬。❹

碧城幼嘗習畫，七歲能作巨幅山水，赴美時亦曾於哥倫比亞大學習美術，於繪事素有心得。鄭逸梅《藝林散葉續編》第 1581 條亦云：「呂碧城與其姊呂惠如，均能畫。」此題畫之作，亦可謂得

---

❹ 劉納頗有論及碧城詞中夢境，見其〈風華與遺憾——呂碧城的詞〉一文，載《中國文學研究》，1998 年第 2 期，頁 61-62。

諸象外矣。至於其描劃異國風光之什，亦深具丹青神理，即云詞中有畫不為過也。

【摘評】

樊增祥：「清新蒼秀，不減樊榭山房（厲鶚）。」（載《呂碧城集》卷三）

程萬鵬《曉珠詞選》：「『人影廬深』二句，畫意鮮明。『更不寄人間』數句，委婉轉折，且不甚著力。」（頁80）

摸魚兒·客裏送春，率成此闋，傷時感事，不禁詞意之淒斷也。時客大秦[1]。

悄凝眸、綠陰連苑[2]，啼鶯催換芳序[3]。
春歸春到原如夢，莫問桃花前度[4]。
吟賞路，便咫尺西洲[5]，忍卻凌波步[6]。
赤城再顧[7]。認霞焰猶騰，炎崗未冷[8]，心事已灰炷。

天涯遠，著遍飄英飛絮。粉痕吹淚疑雨。
三千頃碧連穹瀚[9]，悽絕雲軿迴處[10]。
今試數，只一霎韶華，幻盡閑朝暮。
人間最苦。待珠影聯躔[11]，麝塵驚蹕[12]，還引奼魂去[13]。

【注解】

[1] 大秦：古時中國稱羅馬帝國為大秦。又名犁軒、海西。南朝

宋·范曄《後漢書·西域傳·大秦》：「（大秦國）以在海西，亦曰海西國……其人民皆長大平正，有類中國，故謂之大秦。」按 1927 年春暮夏初，碧城嘗三遊羅馬，此詞即作於其時。碧城《歐美漫遊錄》另有〈義京羅馬〉及〈第三次到羅馬〉二文。後篇云：「古壁噴泉，綠陰夕照，予第三次到羅京矣。小住休息，函致巴黎，囑將所有各處來函，悉為轉寄於此。迨寄到時，令予失望，蓋大抵皆巴黎、紐約等處之函，所睠睠之故國消息，竟杳然無睹。計兩三月前，致友函甚多，豈盡付之洪喬，抑竟將我遐棄耶？」（見《呂碧城集》卷五）其離群索居之心情，可與此詞並看。

[2] 連苑：相連之屋苑。宋·秦觀〈水龍吟〉詞：「小樓連苑橫空，下窺繡轂雕鞍驟。」

[3] 芳序：美好之時序。唐·敬括〈花萼樓賦〉：「參歲賦兮徒延佇，懷明君兮變芳序。」

[4] 桃花前度：喻去而復回。唐代劉禹錫再遊玄都觀，賦詩曰：「百畝庭中半是苔，桃花淨盡菜花開。種桃道士歸何處，前度劉郎今又來。」見唐·孟棨《本事詩·事感》。

[5] 西洲：見前〈浪淘沙〉注 5。

[6] 凌波步：三國魏·曹植〈洛神賦〉：「凌波微步，羅韈生塵。」後指女子輕盈之步伐。

[7] 赤城：山名。土石色赤而狀如城堞之山。一在浙江省天台縣北，為天台山南門。晉·孫綽〈游天台山賦〉：「赤城霞舉而建標。」唐·李善注：「支遁〈天台山銘序〉曰：『往天台，當由赤城山為道徑。』孔靈符〈會稽記〉曰：『赤城，山名，

色皆赤，狀似雲霞。』」唐・李白〈夢游天姥吟留別〉詩：「天姥連天向天橫，勢撥五岳掩赤城。」清・王琦注：「《太平廣記》：『章安縣西有赤城山，周三十里。一峰特高，可三百餘丈。』」一在四川省灌縣西南。又名青城山。宋・陸游〈將之榮州取道青城〉詩：「倚天山作海濤傾，看遍人間兩赤城。」自注：「青城山，一名赤城。而天台之赤城乃余舊遊。」亦指仙境。此處或指羅馬附近那不勒斯市東南之維蘇威（Vesuvio）火山。

[8] 「霞焰」二句：霞焰，指火山上之火舌。炎崗，謂火山，《尚書・胤征》：「火炎昆岡，玉石俱焚。」按「赤城」至上片結句，《信芳集》作「多生早誤。拚香死心苗，紅凋意蕊，長與此終古。」

[9] 頑碧：濃青之山色。宋・余靖〈游大峒山〉詩：「不逢巢由高，箕山亦頑碧。」穹瀚，指天。

[10] 雲軿：雲車。南朝梁・沈約〈赤松澗〉詩：「神丹在兹化，雲軿於此陟。」

[11] 珠影聯躔：躔，日月星辰於黃道上運行之軌跡。《呂氏春秋・圜道》：「月躔二十八宿，軫與角屬，圜道也。」珠影聯躔，指五星聯珠。東漢・班固《漢書・律曆志上》：「日月如合璧，五星如連珠。」

[12] 麝塵驚蹕：麝塵，即香塵。唐・溫庭筠〈達摩支曲〉：「搗麝成塵香不滅。」蹕，帝王出行時禁止行人以清道。《周禮・天官・閽人》云：「大祭祀、喪紀之事，設門燎，蹕宮門廟門。」東漢・鄭玄注：「蹕，止行者。」驚蹕，同「警蹕」。

晉·崔豹《古今注·輿服》：「警蹕，所以戒行徒也。周禮蹕而不警。秦制出警入蹕，謂出軍者皆警戒，入國者皆蹕止也，故云出警入蹕也。至漢朝梁孝王，王出稱警，入稱蹕，降天子一等焉。一曰，蹕，路也，謂行者皆警於塗路也。」

[13] 奼：少女，美女。東漢·許慎《說文·女部》：「奼，少女也。」以上三句指待歲月遷移，自當飄然而逝。

【評析】

此詞原載《呂碧城集》卷四〈海外新詞〉，李箋錄於卷二。碧城於 1926 年秋復有美洲之行，次年二月渡大西洋抵歐洲。四月赴羅馬，稍後回巴黎，七月再赴羅馬，換車至那不勒斯，寓車站側最大之旅館 Hotel Terminus，旋游該地名勝維蘇威火山及龐貝（Pompei）古城。1928 年於瑞士追憶此行，作有〈絳都春·拿坡里火山〉詞一闋。

碧城遁跡歐美，而未嘗忘懷故國友人，故云「致友函甚多」。唯魚雁往還甚緩，致生「將我遐棄」之疑。此闋雖或非作於三遊羅馬之際，然旅況之寂寥，已躍然紙上。起句如傳統傷春詞，未見突出。至「赤城再顧」，即漸露奇譎，無奈「心事已灰炷」，想遊興亦索然乎？下片依舊嗟時傷別，但思力遒上，如「三千頑碧連穹瀚」諸句，稍挽衰頹之勢。篇末仍作出塵之想，只緣「人間最苦」也。碧城往往掙扎於「人間」與「理想」境界之間，徜徉湖山，不失為排遣鬱悶之一法，而其筆下之湖山，亦甚玄幻空靈，可視作其「理想」境界之體現。如〈綺羅香·湯山溫泉〉云：「也似華清賜浴，山靈溥惠。不許春寒，侵到人間兒女。」然欲求精神之終極和平，則有賴宗教信仰，此其所以最後皈依佛教，非僅度己，亦以度人也。

【摘評】

程萬鵬《曉珠詞選》：「悲感之情，至『今試數』句起，一瀉無遺。」（頁 84）

洞仙歌・白葭居士繪松林[1]，一人面海而立，題曰「湘水無情弔豈知」[2]。南海康更生君[3]見而哀之，題詩自比屈賈[4]。而予現居之境，恰同此景，復以自哀焉，爰題此闋以應居士之囑。戊辰冬識於日內瓦湖畔[5]。

何人袖手？對橫流滄海[6]，一樣無情似湘水。
任山留雲住，浪挾天旋，爭忍說、身世兩忘如此。

千秋悲屈賈。數到嬋娟[7]，我亦年來盡堪擬。
遺恨滿仙源[8]，無盡闌干，更無盡、瀛光嵐翠[9]。
又變徵遙聞動蒼涼[10]，倚畫裏新聲，萬松清吹[11]。

【注解】

[1] 白葭居士：見前〈月華清〉注 1。

[2] 「湘水」句：湘水，在湖南省。屈原自沉汨羅江，即湘江之支流。此句出自唐・劉禹錫〈長沙過賈誼宅〉一詩。

[3] 南海康更生：康更生，即康有為（1858-1927）。康祖籍廣東南

海。楊蔭深《中國學術家列傳》云：「（康有為）又遊美洲，復歷歐、澳，成《十一國遊記》，署名更生。」

[4] 屈賈：指屈原、賈誼。西漢賈誼因讒被貶，至長沙，感屈原事，作〈弔屈原賦〉。後司馬遷撰《史記》，將二人合傳。

[5] 戊辰冬識於日內瓦湖畔：戊辰，即 1928 年。日內瓦湖，在瑞士日內瓦（Geneva）。呂碧城《歐美漫遊錄》內有〈建尼瓦〉及〈建尼瓦湖之蕩舟〉二文。後文云：「旅居無俚，每晚往隔壁之劇場聽歌，晝則常坐磯頭觀釣，或附汽艇渡湖，但不登岸，仍坐原艇歸來，藉以消遣而已。尤愛瓜皮小艇，僅能載二三人，游客租用須自搖槳，扁舟容與於湖光山色中，自饒雅趣。」（見《呂碧城集》卷五）

[6] 橫流滄海：喻時世動蕩不安。晉·范寧〈《穀梁傳》序〉：「孔子睹滄海之橫流，迺喟然而歎曰：文王既沒，文不在茲乎！」

[7] 嬋娟：姿態美好貌，泛指美女。

[8] 仙源：道教稱神仙所居處。《雲笈七籤》卷二十七：「福地第四曰東仙源，福地第五曰西仙源，均在臺州黃嚴縣屬地。」亦指晉代陶潛所形容之桃花源。此處指日內瓦湖。

[9] 瀛光嵐翠：指湖光山色。瀛，指水。《楚辭·招魂》：「路貫廬江兮左長薄，倚沼畦瀛兮遙望博。」東漢·王逸注：「瀛，池中也。楚人名池澤中曰瀛。」嵐，山林中之霧氣。

[10] 變徵：古代七聲音階中之第四音，較徵低半音，其調淒越悲壯。《國語·周語下》云：「七律者何。」三國吳·韋昭注：「周有七音，王問七音之律，意謂七律為音器，用黃鍾為宮，

大簇為商，姑洗為角，林鍾為徵，南呂為羽，應鍾為變宮，蕤賓為變徵也。」

[11] 清吹：清越之管樂。南朝宋‧鮑照〈擬行路難〉詩之一：「不見柏梁銅雀上，寧聞古時清吹音。」

【評析】

此詞原載《呂碧城集》卷四〈海外新詞〉，李箋錄於卷二。

碧城誠一熱血女子，其眷眷於國家民族之情，非惟屢見諸詞章，亦見諸實際行動。除興辦女學，對革命黨人，亦抱同情之態度。秋瑾遇害，碧城「冒不測，偷葬其友。」❺又作有〈西泠過秋女俠祠次寒雲韻〉一詩。及後旅寓歐洲，仍未能忘情故國。此詞即一證也。其時舉國動盪，亟待有識之士大聲疾呼，喚醒癡聾之輩。碧城睹白葭居士圖，有感屈原賈生故事，亦以女中丈夫自比。然以旅客他方，不克救助，故云「遺恨滿仙源」。對此無盡風光，聞變徵而益動鄉國之思。其〈醜奴兒慢〉上片亦云：「十洲澒洞，吾道倀倀何往。對滿眼蜃樓花雨，那處仙源。浪跡遐荒，萬方多難此憑欄。孤吟去國，杜陵烽火，庾信江關。」則亦身在江湖，心存魏闕之謂也。《曉珠詞》四卷本丁丑（1937 年）孟夏自跋云：「移情奪境，以詞為最。風皺池水，狎而玩之，終必沈溺，凜乎其不可留也。至若感懷身世，發為心聲，微辭寫忠愛之忱，小雅抒怨悱之旨，弦歌變徵，振作士氣，詞雖末藝，亦未嘗無補焉。」此詞信亦變徵之調矣。

---

❺ 陳季，〈呂碧城傳〉，載程萬鵬，《曉珠詞選》，頁 3。

或問碧城何不賦歸，奔走國事，勝似袖手吟哦。此亦不知碧城也。大凡去父母之邦者，必有萬不得已之情，其僕僕道途，索居苦寂，中心睠睠而無可語之之狀，唯天可見，此即其〈望海潮〉（平瀾疊翠）所云：「問仙家哀樂，世外誰知？」而其執善之襟懷，又非徒只在乎一國之民，而實遍及全人類以至種種生靈。欲責碧城者，毋乃過迂耶？

破陣樂·歐洲雪山以阿爾伯士[1]為最高，白琅克[2]次之，其分脉為冰山，餘則蒼翠如常，但極險峻，遊者必乘飛車 Teleferique，懸於電線，掠空而行[3]。東亞女子倚聲為山靈壽者，予殆第一人乎？

渾沌乍啓[4]，風雷暗坼，橫插天柱[5]。
駭翠排空窺碧海[6]，直與狂瀾爭怒。
光閃陰陽，雲為潮汐，自成朝暮。
認遊踪、只許飛車到，便紅絲遠繫，飈輪難駐[7]。
一角孤分，花明玉井，冰蓮初吐[8]。

延佇。拂蘚鐫巖，調宮按羽[9]，問華夏，衡今古。
十萬年來空谷裏，可有粉妝題賦[10]？
寫蠻箋，傳心契[11]，惟吾與汝。
省識浮生彈指，此日青峰，前番白雪，他時黃土。
且證世外因緣，山靈感遇[12]。

【注解】

[1] 阿爾伯士：即瑞士阿爾卑斯山（Alps）。

[2] 白琅克：冰峰名，即 Mont Blanc，阿爾卑斯山主峰之一，在法、意邊境。李箋云：「一九二七年六月及一九二八年六月，碧城曾兩登阿爾卑斯雪山。」鄒魯《二十九國遊記・瑞士》云：「白山（即白琅克峰）為歐洲之最高山，亦即群山之祖也。因其高大，遂終年積雪。」碧城另作有〈念奴嬌・遊白琅克 Mont Blanc 冰山〉及〈齊天樂・吾樓對白琅克冰山 Mont Blanc，晨觀日出山頂，賦此〉二闋。此句於《呂碧城集》卷四〈海外新詞〉為「白琅克亦堪伯仲」。

[3] Teleferique：即登山吊車。〈海外新詞〉於「掠空而行」後又有「無軌道也」一句。1928 年四月至 1929 年春，碧城居瑞士養痾，又作有〈玲瓏玉・阿爾伯士山遊者多乘雪橇飛越高山，其疾如風，雅戲也〉一詞。1938 年又作有〈鷓鴣天・戊寅二月重返阿爾伯士 Alps 雪山〉一闋。

[4] 渾沌：原指創世之初，元氣未分、物態模糊之狀。東漢・班固《白虎通・天地》：「混沌相連，視之不見，聽之不聞，然後剖判。」此處指大雪迷濛。

[5] 天柱：神話中支天之柱。舊題西漢・劉安著《淮南子・墬形訓》：「昔者共工與顓頊爭為帝，怒而觸不周之山，天柱折，地維絕。」此指阿爾卑斯山。

[6] 駭翠：指山色青翠刮目。

[7] 「便紅絲」二句：紅絲，本指姻緣線，見五代・王仁裕《開元天寶遺事・牽紅絲娶婦》。此指吊車之電纜。飈輪，原指御風

而行之神車。此處或指汽車。

[8] 「一角」三句：一角，指白琅克峰。玉井，原為星官名。參宿下方四顆星，形如井，故名。南朝梁・謝舉〈凌雲臺〉詩：「勢高陵玉井，臨迥度金波。」此亦指雪山。冰蓮，天山有蓮花，此借喻阿爾卑斯山上之花卉。

[9] 「拂蘚鐫巖」二句：謂留句於山嶺上。宮羽，俱為五聲中之音階。調宮按羽，指按譜填詞。

[10] 粉妝：指女子之化妝，引申為女子。

[11] 「寫蠻箋」二句：蠻箋，產於蜀地之彩色箋紙。泛指紙。心契，心神默契。南朝宋・謝靈運〈登石門最高頂〉詩：「心契九秋幹，日翫三春荑。」

[12] 山靈：山神。東漢・班固〈東都賦〉：「山靈護野，屬御方神。」唐・李善注：「山靈，山神也。」

【評析】

此篇原載《呂碧城集》卷四〈海外新詞〉，李箋錄於卷二。

碧城詠異國風光，恢奇瑰麗，大開一代國人眼界。而其所詠之山川，俱似有神明在焉。如此闋開首即形容山氣如渾沌初分，結又云賦此可感遇山靈。唐韓愈〈謁衡岳廟遂宿嶽寺題門樓〉一詩云：「火維地荒足妖怪，天假神柄專其雄。」又云：「潛心默禱若有應，豈非正直能感通。」則人之目睹奇山秀水，輒嘆為鬼斧神工，良有已也。碧城著〈予之宗教觀〉云：「世人多斥神道為迷信，然不信者何嘗不迷？……中西人言及神道，輒曰必有所徵，而後能信，此固當然之理。然可徵信之處，即在吾人日常接觸之事物，不必求諸高渺。……何謂自然，天地之有文章，時令之有次序，動植物體之有組織，盡善盡美，孰主之者，是曰真宰。」是則一山一水，無非神跡也。而碧城以一東亞女子登歐洲最高峰，在其時已為難能，復以舊體題賦，則更前無古人矣，其顧盼自豪也甚宜。

陳瓊婷指碧城「在各方面都是開風氣之先的女性，惟獨在文學創作上不然。」又稱「西方的人、事、物一到她的筆下，往往都具純然的中國傳統精神，原味盡失。」❻此言固有其理，然亦近於迂。何謂「原味」？以西人之目觀之，西人之口道之，始謂「原味」乎？如此，即以現代中國文體寫之，亦不能盡得原味也。易處以言之，若必求馬可孛羅以吾國人民之口吻撰寫遊記，固不失原味，然於西人讀者則未免茫無頭緒矣。凡作者觀物，各隨所感，各選其體之適己者而抒寫之，斯則謂宜也。

木蘭花慢·丙辰秋[1]與老友韋齋[2]及廖公子孟昂[3]同遊杭之西溪[4]，頃韋齋寄示新詞，述及舊事，孟昂早歸道山，予亦遠適異國，棟風雋句[5]，深寓滄桑之感，賦此奉和，亦用夢窗韻[6]。

賦情傳雁羽，素箋展，黛眉顰。
盡溯海尋桑[7]，看朱成碧[8]，欲記難真。
荻花又吹疏雪[9]，黯西溪、無處認秋痕。
依約前遊似夢，飄零舊侶如雲。

❻ 陳瓊婷，〈呂碧城之自我放逐與歐美遊蹤〉，頁 262-263。

逡巡[10]。楚些招魂[11]。悄菊悴，惋蘭薰[12]。
怕眾芳消歇[13]，新詞織錦[14]，留印心紋。
未來更兼過去，問芸芸、誰是古今人[15]。
一樣夕陽花影，商量莫負黃昏。

【注解】

[1] 丙辰：即 1916 年。

[2] 韋齋：碧城詞友費樹蔚（1883-1935）之號。張一麐〈費君仲深家傳〉云：「君諱樹蔚，字仲深，又號韋齋，取西門豹性急佩韋自緩之義。」（載劉家平、蘇曉君主編《中華歷史人物別傳集》）又碧城姊呂美蓀《葂麗園隨筆》云：「吳門鉅紳費仲深名樹蔚，號迂瑣，吳江人。積學好古，抗爽有燕趙風。……文章莊雅，尤善倚聲，時人莫能及也。」費氏又號顧梨、左梨、左癖，柳亞子表舅，19 歲中秀才。清末以姻親嘗留袁世凱幕中。1915 年 7 月，任北京政府肅政廳肅政史，11 月去職。後曾任信孚銀行董事長，吳江紅十字會會長。著有《費韋齋集》。又曾為碧城《信芳集》作序。李箋云費樹蔚〈木蘭花慢〉原韻首句為「紫騮嘶凍草」，實為宋·吳文英〈木蘭花慢〉首句。

[3] 廖公子孟昂：費樹蔚甥，廖世蔭子。餘未詳。

[4] 杭之西溪：杭州西溪。明·張岱《西湖夢尋》卷五：「其地有秋雪庵，一片蘆花，明月映之，白如積雪，大是奇景。」清·龔自珍〈病梅館記〉云：「江寧之龍蟠，蘇州之鄧尉，杭州之西溪，皆產梅。」1916 年，碧城初識費樹蔚，與遊杭、浙境內諸山，費氏作有〈杭游雜詩用吳梅村集韻〉四首紀其事。見

李箋〈呂碧城年譜〉。

[5] 楝風雋句：費樹蔚詞中有「泛吳艭、楝風人少」句。楝風，即楝花風，二十四番花信風之一。時當暮春。

[6] 用夢窗韻：用南宋詞人吳文英之原韻。

[7] 溯海尋桑：化用滄海桑田一典。謂渡洋以觀世變。

[8] 看朱成碧：指色彩斑斕，致眼花不辨五色。南朝梁・王僧孺〈夜愁〉詩：「誰知心眼亂，看朱忽成碧。」

[9] 荻花：與蘆同類之草木植物，生於水邊。荻花，唐白居易〈琵琶行〉詩：「潯陽江頭夜送客，楓葉荻花秋瑟瑟。」

[10] 逡巡：猶徘徊，滯留。東漢・王逸〈九思・憫上〉：「逡巡兮圃藪，率彼兮畛陌。」

[11] 楚些招魂：些，語氣詞。《楚辭・招魂》：「魂兮歸來，去君之恒幹，何為四方些。」宋・洪興祖《楚辭補注》引沈括曰：「今夔、峽、湖、湘及南北江獠人，凡禁咒句尾皆稱些，乃楚人舊俗。」後以「楚些」指招魂曲。

[12] 「悁菊瘁」二句：悁，憂愁。東漢・許慎《說文解字》心部：「悁，忿也。從心肙聲；一曰憂也。」東漢・傅毅〈七激〉：「可以解煩悁，悅心意。」蘭薰，蘭之馨香，借喻人之美德。南朝宋・顏延之〈祭屈原文〉：「蘭薰而摧，玉縝則折。」二句謂睹菊蘭而哀其萎敗，即下句「怕眾芳消歇」之意。

[13] 眾芳消歇：戰國・屈原〈離騷〉：「雖萎絕其亦何傷兮，哀眾芳之蕪穢。」又曰「恐鵜鴂之先鳴兮，使夫百草為之不芳。」

[14] 織錦：以錦帛織詩。用晉竇滔妻蘇蕙織回文詩典故，見唐・房玄齡等撰《晉書・列女傳》。唐・李白〈烏夜啼〉詩：「機中

織錦秦川女，碧紗如煙隔窗語。」

[15]「未來」數句：碧城自注曰：「佛說，有過去及未來，無現在。」又「過」字下自注「平聲」。芸芸，眾多貌。《老子》：「夫物芸芸，各復歸其根。」

【評析】

此篇亦原載於〈海外新詞〉，李箋錄於卷二。序文「舊事」作「往事」。另有多處改易，詳參《呂碧城集》卷四。

此追念前遊，懷人感舊之篇也。約作於 1928 年杪，與前篇〈破陣樂〉大致同時。其時碧城在瑞士養疾。上片云因友人一函，而觸惹鄉愁，然前事似夢，自今而觀之，難免「看朱成碧，欲記難真」，舊友亦各飄零，作雲霧散矣。下片恐蘭菊凋萎，則己之遲暮亦可想而知；唯及時發之於文章，不特可留觀於後世，亦不負眼前之「夕陽花影」也。《曉珠詞》卷三丁丑（1937 年）自跋云：「予慨世事艱虞，家難奇劇，凡有著作，宜及身而定，隨時付梓，庶免身後湮沒。」可作此段注腳。「未來」數句，則參透色空，純是佛家人語矣。

此詞和夢窗原韻。碧城固受夢窗影響，樊增祥評其〈祝英臺近〉（背銀釭）一詞亦云：「句法善於伸縮，的是填詞能手，世間無數鈍漢自命夢窗，縱使嘔心十二萬年不能道其隻字。」（見《呂碧城集》卷三）然碧城之於夢窗，實非如民初諸老之亦步亦趨，不敢稍離。此其所以能自樹立，獨闢前人未有之境也。

霜葉飛

十年遷客滄波外[1]，孤雲心事誰省[2]？
蘭成詞賦已無多[3]，覺首丘期近[4]。
望故國、兵塵正警。幽棲忍說山林穩。
聽夜語胡沙[5]，似暗和、長安亂葉[6]，遠遞霜訊。

不分紅海歸來[7]，朱顏轉逝，駐景孤負明鏡[8]。
但羸巖雪濺秋寒，上茂陵絲鬢[9]。
算一樣、邯鄲夢醒。生憎多事遊仙枕[10]。
指驛亭，無歸路[11]，馬首雲橫，鎖藍關暝[12]。

【注解】

[1] 遷客滄波：南朝梁・江淹〈恨賦〉：「遷客海上，流戍隴陰。」

[2] 孤雲心事：謂懷念親屬。後晉・劉昫等撰《舊唐書・狄仁傑傳》云：「（狄仁傑）薦授并州都督府法曹。其親在河陽別業，仁傑赴并州，登太行山，南望見白雲孤飛，謂左右曰：『吾親所居，在此雲下。』瞻望佇立久之，雲移乃行。」

[3] 蘭成詞賦：蘭成，南朝詩人庾信小字。庾奉使北魏被留，適侯景亂起，遂作〈哀江南賦〉以抒己憂。唐・杜甫〈詠懷古蹟〉詩五首之一：「庾信平生最蕭瑟，暮年詩賦動江關。」

[4] 首丘：《禮記・檀弓上》：「古之人有言曰：狐死正丘首，仁也。」東漢・鄭玄注：「正丘首，正首丘也。」唐・孔穎達

疏：「所以正首而向丘者，丘是狐窟穴根本之處，雖狼狽而死，意猶向此丘。」《楚辭・九章・哀郢》：「鳥飛反故鄉兮，狐死必首丘。」後以首丘喻歸葬故鄉。亦指思鄉。南朝宋・范曄《後漢書・班超傳》：「況於遠處絕域，小臣能無依風首丘之思哉？」

[5] 胡沙：邊塞之風沙。指入侵中原之胡人。又西漢・司馬遷《史記・留侯世家》：「上居雒陽南宮，從復道望見諸將往往數人偶語。上曰：此何語？（張）良曰：陛下不知乎？此謀反耳。」唐・李白〈永王東巡歌〉之二：「但用東山謝安石，為君談笑靜胡沙。」此處指日軍。

[6] 長安亂葉：語出唐・賈島〈憶江上吳處士〉詩：「秋風吹渭水，落葉滿長安。」宋・周邦彥〈齊天樂・秋思〉：「渭水西風，長安亂葉，空憶詩情宛轉。」本喻憶念故人，此處指局勢混亂。

[7] 紅海：海洋名，即 Red Sea，介於非洲與阿拉伯半島之間。汪康年《汪穰卿筆記》：「紅海之地，分界非、亞，水色蒼碧，非紅也。惟盡莫加一城，有亂山數支，向海而盡。山童童然，色赤赭，夕陽映之，倒影水中，色斑爛成紅紫。」（見李箋〈月下笛〉（吟管搴芳）注 7）

[8] 駐景：猶駐顏。唐・李商隱〈碧城〉詩之三：「檢與神方教駐景，收將鳳紙寫相思。」清・馮浩箋注：「《說文》：『景，光也。』駐景，猶駐顏之意，謂得神方使容顏光澤不易老也。」

[9] 「但贏」二句：茂陵，漢・司馬相如病免後家居茂陵，後因用

以指代相如。唐・杜甫〈琴台〉詩：「茂陵多病後，尚愛卓文君。」此二句指年華老去，鬢髮白如嚴雪。「但贏」，《詞學季刊》第 1 卷第 2 號作「但餘」。「絲鬢」作「絲髩」。考此詞用韻，似合詞韻第六部及第十一部仄聲並用，殊有未協處。

[10] 「算一樣」三句：邯鄲夢及遊仙枕，唐・沈既濟《枕中記》載：盧生在邯鄲客店遇道士呂翁，翁授以青瓷枕，旋入睡，夢中歷數十年榮華富貴。及醒，店主炊黃粱未熟。後因以喻人世如夢。

[11] 驛亭：舊時驛站供行旅止息之處。此指旅舍。

[12] 「馬首」二句：藍關，即藍田關，一名嶢關。在今陝西省藍田縣東南。唐・韓愈〈左遷至藍關示侄孫湘〉詩：「雲橫秦嶺家何在，雪擁藍關馬不前。」此喻欲歸故國而不得。碧城〈慶宮春・雪後〉亦云：「淒迷誰見，鴻爪西洲，馬首藍關。」

【評析】

該詞原載《詞學季刊》第 1 卷第 2 號。李箋錄於卷二，謂見於《詞學季刊》創刊號，誤。

詞為碧城 1932 年夏居瑞士時作。龍榆生於《詞學季刊》1933 年創刊號〈近代女子詞錄〉後識云：「聖因女士，久居瑞士。曾於十八年（1929）冬，刊行所為《信芳詞》。頃自柏林來書，有『豈惟去國，且求避世』之語，並錄示夏間養痾醫舍時所作詞十餘闋。亟先載八闋於此。」餘載第 1 卷第 2 號。

此亦遙念故國，嘆逝傷亂之作也。上片謂去國日久，心事無人能省，而年華老大，加之兵烽四起，益增離緒。下片自憐憔悴，覺塵事如幻，欲賦歸而不得。殆近世之庾信乎？然庾信之羈留北國，非自願也，而碧城之流寓歐陸，則頗有自絕塵緣之意味。陳瓊婷〈呂碧城之自我放逐與歐美遊蹤〉一文，議之頗詳，可參閱。

碧城詞以長調居多。據王麗麗《曉珠詞題材與思想研究》一書統計，《曉珠詞》四卷本共錄詞 278 闋，凡 131 調，其中小令 101 闋、中調 51 闋、長調 126 闋。❼此或由於碧城胸次抑塞多感，復聞多識廣，非長調不能盡其意也。至於小令，亦自蘊藉風流，能於小處見大，讀下篇即可嚐鼎一臠。

鷓鴣天·戊寅[1]二月重返阿爾伯士 Alps 雪山[2]

寥落天涯劫後身。一廛重返舊時村[3]。
猶存野菊招彭澤[4]，不見宮人送水雲[5]。

晴雪粲，凍波皴[6]。夕陽鴉影畫黃昏。
收將萬變滄桑史，證與寒山獨往人。

【注解】

[1] 戊寅：即 1938 年。

[2] 阿爾伯士 Alps 雪山：見前〈破陣樂〉注 1。

[3] 一廛：古時一夫所居之地。《周禮·地官·遂人》：「上地，夫一廛，田百畝，萊百畝。」清·孫詒讓《周禮正義》：「古

---

❼ 引自陳瓊婷，〈呂碧城之自我放逐與歐美遊蹤〉，頁 243。

制田百畝而中有廛，因謂百畝之地為一廛。」《孟子・滕文公上》：「遠方之人，聞君行仁政，願受一廛而為氓。」後泛指一方土地或一處居宅。

[4] 「猶存」句：彭澤，晉代陶潛曾官彭澤令，後世遂以之稱。陶氏愛菊，其〈歸去來兮辭〉云：「三徑就荒，松菊猶存。」此句謂猶得效法陶潛隱居避世。

[5] 「不見」句：水雲，宋詩人汪元量號。宮人送水雲，宋端宗德祐二年（1276 年）三月，元丞相伯顏擄宋三宮北行，汪元量亦被俘留燕地。後請為道士南歸，宮人各賦詩為之餞行。見元・迺賢〈讀汪水雲詩集〉及謝翶〈續琴操哀江南〉，並載汪元量《水雲集》附錄上。此句謂無人送行。

[6] 「晴雪」二句：粲，鮮明潔白。《詩經・唐風・葛生》：「角枕粲兮，錦衾爛兮。」宋・朱熹《詩集傳》：「粲、爛，華美鮮明之貌。」皴，皺紋，指水面上之波紋。

【評析】

詞錄於李箋卷五，原或載於《雪繪詞》（筆者未見此書）。1938年，碧城重返瑞士阿爾卑斯山，八月，寓居山中之靜怡旅館（Hotel Placide）。是年秋，歐戰爆發，欲東返，後又因故未能成行，遂滯居至 1940 年秋。此次去國，原因不明，大抵亦為靜養。

詞人以「劫後之身」重返瑞士，頗有以他鄉作故鄉之意。或其心目中之故國已無一片乾淨土，獨瑞士之湖光山色，尚可稍慰其心靈乎？然「不見宮人送水雲」一句，猶見出對故國之不捨，與陶潛之決意歸隱，大是不同。故雖云避世，終有蕭條落寞之感。然結句境界闊大，力能扛鼎。蓋由「萬變」而歸於「獨往」，一張一合，凝宇宙之能量於一身，絕非秋蟲之吟可擬也。

碧城是年又有〈祝英臺近·自題寒山獨往圖〉詞一闋，可為末句注腳，惜此圖未獲一睹耳。

法曲獻仙音·題虛白女士看劍引杯圖[1]

綠蟻浮春[2]，玉龍回雪[3]，誰識隱娘微旨[4]？
夜雨談兵，秋風說劍，夢繞專諸舊里[5]。
把無限憂時恨，都消酒樽裏。

君認取。試披圖英姿凜凜，正鐵花冷射、臉霞新膩。
漫把木蘭花[6]，錯認作等閑紅紫。
遼海功名[7]，恨不到青閨兒女。
剩一腔豪興，聊寫丹青閑寄。

【注解】

[1] 虛白女士：據《民權素》1916 年第 17 集，原題「虛白」作「吳靈白」，知其姓吳。餘未詳。另《信芳詞》及《呂碧城集》俱只作「題女郎看劍引杯圖」。又據《民權素》所載，「秋風」作「春風」，「專諸」作「專制」，「把」作「甚」，「英姿凜凜」四字缺，「青閨」作「青年」，「聊寫」作「寫入」。

[2] 綠蟻：酒面浮起之酒渣泡沫，泛指酒。南朝齊·謝朓〈在郡臥

病呈沈尚書〉詩：「嘉魴聊可薦，綠蟻方獨持。」唐・張銑《文選》注：「綠蟻，酒也。」

[3] 玉龍：劍名，泛指劍。唐・李賀〈雁門太守行〉詩：「報君黃金臺上意，提攜玉龍為君死。」清・王琦《李長吉歌詩彙解》：「玉龍，劍也。」

[4] 隱娘：唐傳奇中女俠名，姓聶。劍技精絕，時為民除暴，行俠仗義，事見宋・李昉等撰《太平廣記》卷一九四引唐・裴鉶《傳奇・聶隱娘傳》。此處指圖中女俠。

[5] 專諸：春秋時刺客。吳國堂邑（今江蘇省六合縣）人。伍子胥知吳公子光欲殺吳王僚自立，乃薦專諸於光。吳王僚十二年，光伏甲士而具酒請王僚，使專諸置匕首魚腹中，乘進獻時刺僚。僚死，左右亦殺專諸。公子光出其伏甲盡滅王僚之徒，遂自立為王，是為闔閭。事見《左傳・昭公二十七年》、西漢・司馬遷《史記・吳太伯世家》及《刺客列傳》。

[6] 木蘭：又名杜蘭、林蘭。皮似桂而香，狀如楠樹。此借指代父從軍之花木蘭。

[7] 遼海：遼東。一指遼河以東沿海地區。一指渤海遼東灣。此泛指邊塞。此與下句嘆惜身為女子，不能從軍建立功名。

【評析】

此篇原載《民權素》1916 年第 17 集及《呂碧城集》卷三，又曾發表於《南社叢刻》第 11 集。碧城自注云：「係兒時所作，音律未叶，姑從徐（沅）君議存之。」知此詞為碧城少作。李箋錄於補遺。考《詞譜》該詞調所訂格律，上片第五句作「仄平平仄」，然碧城詞作「平平仄仄」；又第六句「舊」字亦未諧。下片首句《詞譜》作「仄平仄」，碧城作「平仄仄」；以下平仄亦多有未叶。徐沅建議存之，乃覺其詞意可取也。

1904 年 6 月 10 日，秋瑾慕碧城名，赴天津探訪，而碧城於秋瑾，亦甚為傾倒，後來於〈予之宗教觀〉一文記曰：「都中來訪者甚眾，秋瑾其一焉。據云彼亦號碧城，都人士見予著作，謂出彼手，彼故來津探訪。相見之下，竟慨然取消其號，因予名已大著，故讓避也。猶憶其名刺為紅牋秋閨瑾三字，館役某高舉而報曰：『來了一位梳頭的爺們。』蓋其時秋作男裝，而仍擁髻，長身玉立，雙眸炯然，風度已異庸流。主人（英歛之）款留之，與予同榻寢。次晨予睡眼朦朧，睹之大驚，因先瞥見其官式皂靴之雙足，認為男子也。彼方就牀頭庋小奩，敷粉於鼻。嗟乎，當時詎料同寢者，他日竟喋血飲刃於市耶。……」（見《呂碧城集》卷五）秋瑾遇害後，碧城作〈西泠過秋女俠祠次寒雲韻〉一詩悼之，有句云：「塵刼未銷慚後死，俊游愁過墓門前。」可見其對秋瑾之敬重。

此篇亦有秋瑾詞作之風格，「漫把木蘭花，錯認作等閑紅紫。遼海功名，恨不到青閨兒女」等句，與秋瑾〈滿江紅〉之「苦將儂強派作蛾眉，殊未屑」，俱有為女性伸張之意，然語較含蓄，無秋瑾之強悍。又彼結句云：「莽紅塵、何處覓知音，青衫濕。」此則云「剩一腔豪興，聊寫丹青閑寄」，俱作有志不獲逞之嘆。唯秋瑾終以身殉國，而碧城則飄然域外，二人方向究是不同。考碧城於政事，亦頗迴避，於革命一途且表異議，其〈予之宗教觀〉即云：「彼（秋瑾）密勸同渡扶桑為革命運動，予持世界主義，同情於政體改革，而無滿漢之見。交談結果彼獨進行，予任文字之役。」另

〈女界近況雜談〉亦云：「夫中國之大患，在全體民智之不開，實業之不振，不患發號施令、玩弄政權之乏人。……此所以政局擾攘，迄無寧歲。女界且從而參加之，愈極光怪陸離之致。近年女子參政運動，屢以相脅，予不敢附和者，職是故也。」（俱見《呂碧城集》卷五）故李又寧云秋瑾乃志在革命，是為激進之婦女領袖，而碧城欲以教育興民，是為穩健女性之翹楚。❽傅瑛甚而稱碧城於秋瑾之惋惜，僅為「一個女人對另一個女人的惋惜，是朋友之情的披露，而非同聲同氣的戰友之思。」❾然以今日之角度審昔日之國情，亦誠如碧城所言，非徒政體之革命即可挽民於水火也。

然碧城早年所為詞，亦不乏如秋瑾之豪氣大言，如作於 1904 年春之〈滿江紅〉云：「晦暗神州，欣曙光一線遙射。問何人，女權高唱，若安達克〔按：即羅蘭夫人及貞德〕。雪浪千尋悲業海，風潮廿紀看東亞。聽青閨揮涕發狂言，君休訝。　幽與閉，長如夜。羈與絆，無休歇。叩帝閽不見，憤懷難瀉。遍地離魂招未得，一腔熱血無從灑。歎蛙居井底願頻違，情空惹。」與秋瑾之〈滿江紅〉堪稱同調。雖頗質直無文，亦可具見其志矣。

【摘評】

樊增祥：「是荊十三娘一輩人語。」（載《呂碧城集》卷三）

徐沅：「拔天斫地，不可一世，在詞家獨辟一界，不得以音律

---

❽ 李又寧，〈呂碧城〉，載李氏《近代中華婦女自敘詩文選》（台北：聯經出版事業公司，1980 年），頁 192。

❾ 傅瑛，〈呂碧城及其研究〉，載《淮北煤炭師範學院學報》，2004 年第 25 卷第 2 期，頁 4。

纚之。」（載《南社叢刻》第11集，另見《呂碧城集》卷三）

易順鼎：「讀『遼海功名，恨不到青閨兒女』，則為之敲碎唾壺矣。」（〈易一厂君順鼎詩七首集卷中句〉後記，見《呂碧城集》卷二）

【集評】

費樹蔚〈《信芳集》序〉：「予受讀既竟，掩卷累欷。蓋其詩詞佳處高挹群言，俠骨仙心獨居深念，貞孝悱惻流露行間，漆室、木蘭遜其華好，道韞、清照無其瓌邁。」（載《信芳集》）

樊增祥致呂碧城手書之一：「忽見清文麗藻，不屬冠帶屬釵笄，而又孤鳳高騫，滄溟萬里，此亦往古才人所未聞也。」

樊增祥致呂碧城手書之二：「巾幗英雄，如天馬行空，即論十許年來，以一弱女子自立於社會，手散萬金而不措意，筆掃千人而不自矜，此老人所深佩者也。餘事為詩，亦壯心自耗耳。」（載《呂碧城集》卷二）

樊增祥評〈祝英臺近〉（背銀釭）一詞：「句法善於伸縮，的是填詞能手，世間無數鈍漢自命夢窗，縱使嘔心十二萬年不能道其隻字。」（載《呂碧城集》卷三）

陳完（飛公）〈沁園春〉序：「奇情窈思，俊語騷音。不意水脂花氣間及吾世而見此蒼雄冷慧之才，北宋南唐未容傲睨，今代詞家斯當第一矣。」（載《呂碧城集》卷二）

徐沅（芷升）〈法曲獻仙音〉序：「碧城女史邃於哲理，憫女學之不昌，為論說以張之，理之所據，於前哲不少迴護。三千年彤史中，無此英傑。餘事填詞，亦復俊麗絕倫，殆今之易安居士歟！」（載《呂碧城集》卷二）

吳佩孚手書：「端莊典雅，非末流俗輩所能步其後塵。足見我黃祖流澤之遠，國粹涵濡之深。巾幗文章不減於文人學士也。」（載《呂碧城集》卷二）

繆素筠（珊如）題詩：「飛將詞壇冠眾英，天生宿慧啟文明。絳帷獨擁人爭羨，到處咸推呂碧城。」（載《呂碧城集》卷二）

孤雲〈評呂碧城女士信芳集〉：「以《信芳集》與時賢諸家相較，則覺或辭俊有餘而意新不足，或長於輕巧而失之不能雄深；清逸者或少追琢之工，矜練者又亡渾融之妙。環顧斯世，竟難連鑣之選，此碧城風標絕世之概與易安相同者也。然亦殊有異，蓋《信芳集》之詞境、其豔冶淒馨之處，雖為易安所頡頏，然碧城則生於海通之世，遊屐及於瀛寰，以視易安，廣狹不可同年而語，詞中奇麗之觀，皆非易安時代所能夢見。雖云易地皆然，而惜乎生之不晚，此碧城環境、時代優於易安者，一也。易安之詞，類皆閨襜之音，故『綠肥紅瘦』、『人比黃花』之語，為千古絕唱。然詠嘆低徊，不出思婦之外。至若碧城，則以靈慧之才，負擔磊落之氣，下筆為文章，無論賦景寫懷，皆豪縱感激，多亢墜之聲。其英姿奇抱超軼不羈，散見於詞句者，幾於無處無之，而所謂豪縱感激者，又非荊卿歌、漸離筑之比，乃純乎女子之本色，如荊十三娘、公孫大娘之流，以此知其英俠之風出於天性，非曰貌為。遂覺晶光劍氣發於香口檀心而蔚為異彩，尤於蒼涼雄邁之處，讀之使人起舞焉。易安純乎陰柔，碧城則兼有剛氣，此碧城個性強於易安者，二也。……著者詞中之一特點，為能鎔新入舊，妙造自然，此為其所亟欲言者。……其在諸外邦紀遊之作，尤為驚才絕豔，處處以國文風味出之，而其詞境之新，為前所未有。……」又：「足與易安俯仰千秋，相視而笑。」（原載《大公報·文學副刊》第 91-92 期，引自李保民，《呂碧城詞箋注》，頁 553-554。據劉夢芙云，孤雲即潘伯鷹，名式，別署凫公〔1904-1966〕，安徽懷寧人，歷任北平中法大學、上海暨南大學、同濟大學、音樂學院教授，有《玄隱廬詩》及其多著作多種。見劉氏《二十世紀名家詞述評》，頁 49）

錢仲聯〈近百年詞壇點將錄〉（地陰星母大蟲顧大嫂）條：「聖因近代女詞人第一，不徒皖中之秀。……中年去國，卜居瑞士。慢詞〈玲瓏玉〉、〈汨羅怨〉、〈陌上花〉、〈瑞鶴仙〉，俱前無古人之奇作。『休愁人間途險，有仙掌為調玉髓，迤邐填平。』（〈阿爾伯士雪山〉）『鄂君繡被春眠暖，誰念蒼生無分。』（〈木棉花〉）杜陵廣廈，白傅大裘，有此襟懷，無此異彩。《曉珠詞》中，傑構尚多，『明霞照海，渲異艷，遠天外。』（〈瑞鶴仙〉）盡足資談藝家探索也。」（《夢苕庵清代文學論集》，頁 173-174）

吳宓：「予平日論詩（詞同），恆主以新材料入舊格律。予又曾遊歐洲，有〈歐遊雜詩〉之作，故於《信芳集》中之詩詞，獨有深契於心，自謂於其技術及內容，頗多精到之評解。……〈望湘人〉云……此首以新材料入舊格律，真切典雅，實可為全集諸詞之冠。」（載吳氏《空軒詩話》第 34 則，頁 48-49）

另參閱吳氏〈《信芳集》序〉。

陳聲聰（兼與）〈論近代詞絕句〉：「海山詞客感伶俜，紅萼魂回夢亦醒。鳳噦鸞吪歸不得，鄧林莫覓瘞花銘。」（《填詞要略及詞評四篇》，頁 186）

沈軼劉〈繁霜榭詞札〉第 49 條：「清代婦女之詞，數量奇夥，分布面廣，其間特出穎異，無脂粉氣而能抗高格者，首推初期之徐燦與末期之呂碧城。然徐猶不能脫舊習，呂則陸離炫幻，具炳天燭地之觀。其詞積中馭西，膏潤旁沛，為萬籟激越之音。寓情搴虛，傷於物者深，結於中者固，日山日入之際，其哀刻骨，有不可語者在。使李清照讀之，當不止江寒水冷之感。其《瑞鶴仙》、《汨羅怨》、《玲瓏玉》等，皆其所謂『黃陵風雨』、『慣履堅冰』、『哀入驃姚壯彩』者，其人其境，李可仿佛，其詞所造，廣度與深度，則非李可及，蓋經歷學養，相去懸殊也。」（沈軼劉《繁霜榭續集》，頁12。引自劉夢芙，《二十世紀名家詞述評》，頁48。）

沈軼劉、富壽蓀《清詞菁華》：「碧城學力湛深，識見廣博，風度高朗，尤精英、德、梵文，其英譯梵經，頗著聲譽。嘗遍歷歐洲，寓居瑞士最久。詞恢奇佚蕩，如空際散花，繽紛光怪，為樊增祥所激賞。清代婦女詞，未有能出其右者。」（頁400）

朱庸齋《分春館詞話》卷三第 81 則：「千古以來，女詞人詠興亡之感者，當推李清照與徐燦。碧城女士雖皈依我佛，然家國之思未嘗去懷。」又第 82 則：「黃遵憲出使歐美東瀛之便，描繪海外風光，縷述異國事物，其詩開拓前人未有之境界，雄奇瑰麗，美不勝收，使人耳目為之一新。予謂詞人當推呂碧城女士。」（頁113）

近知詞人：「《信芳詞》清俶端麗，取法北宋，縱刻畫有過份處，而靈機敏諦，足以自拔，漸漸近於超脫之途，可以頡頏《斷腸》，而固尚不接躅於《漱玉》矣。」（載上海圖書館藏《信芳集》一卷本扉頁，錄於李保民，《呂碧城詞箋注》，頁552）

陳季〈呂碧城曉珠詞箋注序〉：「論夫超代異制，今古殊情，碧城融古入今，若注香檳於彝罍，壓尼龍以黼黻者，古色今香，別饒奇韻，此更非易安之事矣！更觀其運梵經入韻語，如龔定庵，雖稱一代才人，余感其聱屈難諧，使人蹙額。返顧碧城後期作品，鬘天剎海，帝網花幢，罔不纓絡光嚴，金姿徵妙，蓋凡所造詣，至矣盡矣！」（載程萬鵬，《曉珠詞選》）

陳季〈呂碧城傳〉：「碧城雅知音律，所作詞，都能當行出色，風格淵源，殆在片玉夢窗間，故能富豔精工，鈎勒高妙，其有繁麗獨到之處，雖雕繢眩目，實有靈氣行乎其間。論其搬格，以近襛情物，融今入古，如注榅桲於尊彝，古色今香，別饒氣〔韻〕，殆非時下詞家所能詣。」（載程萬鵬《曉珠詞選》，頁 3-4）

劉夢芙〈冷翠軒詞話〉：「洎乎近代，以至當世，桎梏破除，英華競發。百年間名家輩出，燦若繁星，炳耀詞壇，芬揚藝史，吾皖呂氏碧城，洵為承先啟後之第一人。」又：「《曉珠詞》一洗吾華女子千年柔弱之積習，英風俠骨，廣抱靈襟，壯麗出以清新，芬馨而兼神駿，傲視鬚眉，超群拔俗。其詞藻極富艷，如天女散花，繽紛奇幻，雖喜用禪語及僻典，時有晦澀難讀處，然不掩明珠之百丈光華也。……百年以來，詞壇女傑紛起，碧城標新垂範之功，實已遠逾漱玉矣。」（頁 96，98）

另有諸家題贈、輓辭悼文多篇，附錄於《呂碧城集》卷二及李保民《呂碧城詞箋注》附錄。

夏承燾《天風閣詞》選

夏承燾（1900-1986），字瞿禪、瞿禪，號瞿髯，浙江永嘉（今溫州市）人。13 歲入溫州師範學院，初學倚聲，試為小令，得業師張震軒稱賞。19 歲畢業，任溫州任橋第四高小教員，加入同里梅雨清、鄭姜門所組「慎社」、「潮社」等詩會。20 歲任梧埏小學校長。1920 年入讀南京高等師範學校第一期暑假學校。同年從詞人林鵾翔遊，參與「甌社」唱酬。1921 年赴北平任《民意報》副刊編輯，同年 11 月任西安中學國文教員。後返浙江，先後任教於溫州甌海公學、寧波第四中學、嚴州九中。1930 年入之江大學任教，與師生組成「之江詩社」。經龍榆生介紹，三度赴滬拜謁朱祖謀，並加入其詞社「午社」，後又與龍榆生創辦《詞學季刊》。抗戰期間，隨之江大學遷校上海、樂清雁蕩山等地。抗戰勝利後仍回杭州任教浙江大學中文系。1949 年後，歷任浙江大學、杭州大學中文系教授、中國科學院浙江分院語言文學研究室主任、「中國人民政治協商會議」特邀代表等職。文革時屢遭迫害，1976 年移居北京，1978 年獲平反。1986 年因心肌梗塞病逝。有《白石道人歌曲考證》、〈白石歌曲旁譜辨〉、《唐宋詞人年譜》、《唐宋詞論叢》、《姜白石詞編年箋校》、《韋莊詞校注》、《放翁詞編年箋注》、《域外詞選》、《天風閣學詞日記》、《天風閣詩集》、

《夏承燾詞集》及《天風閣詞集》等多種著作。

夏氏畢生專力治詞，於詞人年譜、詞籍校勘、聲律考訂及箋注等多有發明，乃公認之「一代詞宗」。同時人亦有精於詞學者，然或不工於詞，夏氏則兼學者與詞人於一身，誠難能也。其詞取徑頗廣，出入姜白石、辛稼軒之間，而性終稍近後者。劉夢芙〈「五四」以來詞壇點將錄〉列之為天魁星呼保義宋江，居眾人之首，可謂推崇備至矣，且評其詞「具稼軒之雄奇無其粗率，白石之清峭無其生硬，碧山之沈鬱無其衰颯，復間有秦郎之婉秀，東坡、于湖之超逸，集諸家之美以臻大成。」此語雖有獨見，然不免過當。觀其晚歲受厄於政治運動，思力頗鈍，間有佳句而渾成者少，甚而有惡濫之調。嗟乎！意識形態之戕害人心也甚矣。使其如饒選堂逍遙域外，得免人禍，則等駕前修，別創新境，料亦指日可待也。乃卒為人事所纏，故曰意識形態之戕害人心也甚矣。平情而論，其詞長調每工於起句，時有神采飛越，搖曳生姿處，小令如〈鷓鴣天〉、〈浣溪沙〉、〈玉樓春〉諸什尤通脫爽朗，情韻俱足，無粗率晦澀之弊，允為當世名家。

夏氏詞作，早於 1942 年為宓逸群夫婦謄錄成冊，唯未付梓。1976 年夏氏避地震客長沙三月，自編《瞿髯詞》二卷，油印刊行，合收詞 152 首。後湖南人民出版社據油印本擴選，得詞 300 首，為《夏承燾詞集》六卷，於 1981 年出版。此集斷自 1921 年，迄 1980 年，依作品編年，卷一至卷五，十年一卷，卷六收 1973 至 1980 年所作。1984 年天津百花文藝出版社請夏氏另選詞 150 首，為出版《天風閣詞集》。至此，夏氏已結集之詞作，共計 452 闋。

其餘散佚於《天風閣學詞日記》及日記以外者，計 53 闋。❶

百字令·厚莊[1]前輩靈峰摩巖石搨[2]原韻

巨靈孤擘[3]，問何年推出，撐空巖壁。
劫火燒殘山骨冷，丹篆猶摩拳石[4]。
雲護精靈，天開圖畫[5]，奇句江山辟。
銀箋重搨，墨花還綉苔碧[6]。

我羡老去劉晨[7]，揭來丘壑，愛著尋幽屐[8]。
斷碣殘碑[9]閑送日，何似岣嶁鄒嶧[10]。
勝地神遊，故山春到，夢境迷仙跡。
何時鸞背，和公雲外吹笛[11]。

【注解】

[1] 厚莊：劉紹寬（1867-1942），字次饒，號厚莊，浙江平陽（今蒼南）人。光緒二十三年（1897）中丁酉科拔貢。曾任溫州中學堂（今溫州一中）校長、平陽縣教育會會長，平陽、永嘉及樂清三縣教育科科長、溫州籀園圖書館館長及溫州征輯鄉先哲遺著委員會副主任等職。傳世著作有《厚莊詩文抄》、《厚莊詩文續集》及《厚莊日記》等。劉氏乃夏承燾之同鄉先輩，夏氏

❶ 施議對，〈夏承燾與中國當代詞學〉，載《文學遺產》，1992 年第 4 期，頁 106。

1925年亦曾於劉氏任校長之溫州中學執教。

[2] 靈峰摩巖石搨：靈峰，在浙東雁蕩山，與靈巖、大龍湫並稱為雁蕩三絕。摩巖石搨，刻於山崖石壁上之詩文。搨，以紙墨摹印碑帖，通「拓」。靈峰有靈雲寺，始建於唐懿宗咸通年間（860-873），寺側有石洞穿空，洞中摩崖石壁上有南宋文人之鐫字，劉紹寬修《平陽縣志》卷五十五〈金石志〉靈峰摩崖詞條載：「按此詞刻在巖上，調寄百字令，起用短引四句，平列兩行。詞兩截，分八行，行十三字，末行十字。字徑五寸許，筆勢秀逸。年月行後，疑有題名，模糊莫辨。甲戌嘉定七年。」此石刻為劉紹寬發現，劉氏拓下原詞，夏承燾和韻即本此。原詞云：「天工謬巧，恁平地推出，崚嶒岩壁。處躍龍驤飛鳳翥，疑補天餘石。洞壑穿空，來今去古，知是誰開闢。千年蘭若，林巒隱映金碧。　　我與丘壑尤長，朅來此境，慣躡登山屐。適意人生隨處好，何必峴南陽嶧。謝傅東山，裴公綠野，俛仰俱陳跡。何如輕舉，廓寥雲外橫笛。」

[3] 巨靈孤擘：靈峰地勢險要，中有擘裂處稱為「一線天」。巨靈，河神。東漢·張衡〈西京賦〉：「綴以二華，巨靈贔屭，高掌遠蹠，以流河曲，厥跡猶存。」薛綜《文選注》：「巨靈，河神也……古語云：此本一山當河，水過之而曲行，河之神以手擘開其上，足蹋離其下，中分為二，以通河流。手足之跡，於今尚在。」唐·李白〈西岳雲臺歌送丹丘子〉詩：「巨靈咆哮擘兩山，洪波噴流射東海。」

[4] 「丹篆」句：丹篆，以硃砂塗飾之石刻文。

[5] 天開圖畫：宋·黃庭堅〈王厚頌二首〉詩之二：「人得交遊是

風月，天開圖畫即江山。」

[6] 墨花：墨痕。

[7] 劉晨：南朝宋・劉義慶《幽明錄》載，漢明帝永平五年，劉晨、阮肇二人上天臺山採藥，迷路不得返家。經十三日饑渴，採食野桃，才吃數顆，便止飢。見溪流中有蕪菁葉，甚鮮，復有胡麻飯一杯流下，二人乃知此地有人家。遂度山，見二女，容顏絕妙，殷勤款待二人。當地氣候草木，常如春日。半年後，因思鄉，求歸。至家，子孫皆已歷七世。此處以劉晨比劉紹寬。

[8] 尋幽屐：南朝・沈約《宋書・謝靈運傳》云，謝靈運自製一木屐，用以遊山。「上山則去其前齒，下山去其後齒」，以保持平衡。

[9] 斷碣殘碑：斷裂殘缺之石碑。碣，圓頂之石碑。

[10] 岣嶁鄒嶧：岣嶁，衡山七十二峰之一，在湖南省衡陽市北。為衡山主峰，故衡山又名岣嶁山。相傳大禹曾在此得金簡玉書。又岣嶁碑，即禹碑，早佚。昆明、成都、紹興及西安碑林等處皆有摹刻。字似繆篆，又如符籙。相傳為夏禹所寫，實為後世偽托。唐・韓愈〈岣嶁山〉詩：「岣嶁山尖神禹碑，字青石赤形模奇。」吳無聞《天風閣詞集》注云：紹興禹廟前有岣嶁亭，岣嶁碑在其中，「凡七十餘字，非篆亦非蝌蚪文，難以考釋。」鄒嶧，即鄒山，又名鄒嶧山、邾嶧山。在今山東省鄒縣東南。西漢・司馬遷《史記・秦始皇本紀》云：「二十八年，始皇東行郡縣，上鄒嶧山。立石，與魯諸儒生議，刻石頌秦德，議封禪望祭山川之事。」唐・張守節《史記正義》引《括

地志》云：「嶧山在兗州鄒縣南二十二里。《鄒縣志》云：『鄒山，古之嶧山，言絡繹相連屬也。』」

[11] 「鸞背」二句：宋·祝穆《古今事文類聚》引《異聞錄》云：「開元中，明皇與申天師道士游都，客中秋夜月遊，月中過一大門，在玉光中見一大宮府榜曰廣寒清虛之府……下見素娥十餘人皓衣乘白鸞，笑舞於廣庭大桂樹下，樂音嘈雜清麗，明皇歸編律音，製霓裳羽衣曲。」此處謂與劉紹寬同遊塵外。

【評析】

此闋作於 1921 年，載 1984 年出版之《天風閣詞集》。詞上片云靈峰為造物所鍾，縱歷盡塵劫，仍能保留舊時石刻，供今人重搨。下闋稱道劉氏履險探奇，覓得此「斷碣殘碑」，為人所羨。末段謂欲追陪左右，共遊鄉中名勝。

詞人於《天風閣詞集》自序云：「早年妄意合稼軒、白石、遺山（元好問）、碧山（王沂孫）為一家，終僅差近蔣竹山（捷）而已。」此詞氣度恢宏，頗饒骨力，或得力於上述諸家。又韓愈、蘇軾俱有〈石鼓歌〉，為題詠古文字之名篇，此闋亦堪稱同調，讀之殊可發思古之幽情。

水調歌頭

我有一絲淚，彈恨與姮娥[1]。
九秋江上潮汐[2]，千丈接銀河。
和淚經天東注，赤手憑誰倒挽，一夜洗兵戈[3]。

隔岸有牛女，鵲背兩滂沱[4]。

攜鐵板[5]，吊金狄[6]，撫銅駝[7]。
人間天上[8]，年年幽怨問誰多。
滿眼北風白雁[9]，招手西臺朱鳥[10]，此曲不能歌。
明鏡莫重驗，一寸舊橫波[11]。

【注解】

[1] 姮娥：即嫦娥。西漢·劉安《淮南子·覽冥訓》：「羿請不死之藥於西王母，姮娥竊以奔月。」後借指月亮。

[2] 「九秋」句：潮汐，指錢塘江潮。

[3] 「和淚」三句：洗兵戈，唐·杜甫〈洗兵馬〉詩：「安得壯士挽天河，淨洗甲兵長不用。」此三句謂欲平定日寇。

[4] 「隔岸」二句：牛女，即牛郎織女。鵲背，相傳每年七月初七，喜鵲於銀河上搭橋，予二人渡河相會。東漢·應邵《風俗通》云：「織女七夕當渡河，使鵲為橋。」滂沱，痛哭。

[5] 鐵板：鐵綽板，用以拍節伴歌。宋·俞文豹《吹劍錄》載：「東坡在玉堂日，有幕士善歌，因問：「我詞何如柳七？」對曰：「柳郎中詞，只合十七八女郎，執紅牙板，歌『楊柳岸、曉風殘月』。學士詞，須關西大漢，銅琵琶、鐵綽板，唱『大江東去』。東坡為之絕倒。」

[6] 金狄：銅鑄之人像。東漢·張衡〈西京賦〉：「高門有閌，列坐金狄。」唐·李善《文選》注：「金狄，金人也。」北魏·酈道元《水經注·河水四》：「按秦始皇二十六年，長狄十

二，見於臨洮，長五丈餘，以為善祥，鑄金人十二以象之，各重二十四萬斤，坐之宮門之前，謂之金狄。」

[7] 銅駝：漢鑄銅駝兩座，原置洛陽宮門外。索靖有遠量，知天下將亂，指銅駝嘆曰：「會見汝在荊棘中耳！」見《晉書·索靖傳》。後用以比喻世亂。

[8] 人間天上：南唐·李煜〈浪淘沙令〉詞：「流水落花春去也，天上人間。」

[9] 白雁：元·王惲《玉堂嘉話》載，南宋末江南有童謠云：「江南若破，白雁來過。」後元將伯顏果渡江滅宋。

[10] 西臺朱鳥：宋亡後謝翱哭祭文天祥處。在今浙江省桐廬縣南富春山。謝撰有〈西臺慟哭記〉，其中有句云：「化為朱鳥兮，有咮焉食。」

[11] 「明鏡」二句：似用唐·孟棨《本事詩》中樂昌分鏡事。事緣南朝陳將亡，駙馬徐德言與妻樂昌公主恐不能相保，因破銅鏡各執其半，約於正月十五日售其破鏡，以取得聯繫。陳亡，妻沒入楊素家。及期，徐輾轉依約至京，果訪得售半鏡者，夫妻卒得重聚。後以「樂昌分鏡」喻夫妻分離。橫波，指女人之雙目。東漢·傅毅〈舞賦〉：「眉連娟以增繞兮，目流睇而橫波。」唐·李善《文選》注：「橫波，言目邪視，如水之橫流也。」唐·李白〈長相思〉詩二首之二：「昔時橫波目，今作流淚泉。」

【評析】

此闋作於 1933 年，載《天風閣詞集》。時詞人在杭州，任之江大學國文系教授。值日軍入侵山海關，故有此作，以寄其重光國土之願。全篇以起句「我有一絲淚」為綱，以下各句多言及水流與眼淚。悽婉中偶近豪放，然始終不勝哀慟，或因當時戰局不利，詞人略為悲觀之故。詞上下闋結尾俱提及男女離別，益覺傷情。詞人雖云「平時作詩詞，喜豪亢一派」（見《天風閣學詞日記》1931 年 1 月 30 日），但以此作觀之，仍不失所謂「本色」之語。

虞美人·丁丑七夕[1]，葉遐庵[2]在滬集詞人為李後主作千年周忌[3]，讀榆生詞[4]，感成此闋

南朝人是秋風客[5]。此恨無今昔。
虞兮歌罷別宮娥[6]。千古重瞳無奈是情多[7]。

人生便合多情死[8]。莫問他生事。
百哀成就一詞人[9]。明德樓前不用更銷魂[10]。

【注解】

[1] 丁丑七夕：1937 年農曆七月七日。

[2] 葉遐庵：即葉恭焯，見前作者簡介。

[3] 李後主千年周忌：李後主生於公元 937 年，至作詞時恰一千年。葉恭綽《遐翁詞贅稿》有詞三闋賦此事。見前葉恭焯詞選〈浪淘沙·夢寄〉一闋之評析。

[4] 榆生：即龍榆生（1902-1966）。現代著名詞學家，江西萬載人。名沐勳，字榆生，以字行。別號忍寒居士、風雨龍吟室主

等。隨黃季剛、陳衍學詩、朱祖謀學詞。曾任暨南大學、上海音樂學院教授。民國 22 年（1933 年）在上海創辦《詞學季刊》。文化大革命時受迫害，含冤而死。著有《詞曲概論》、《詞學十講》、《唐宋詞格律》、《唐宋名家詞選》及《近百年名家詞選》等。詞集名《忍寒詞》。

龍氏有〈虞美人〉一闋，題序云：「丁丑七夕，遐庵招集上海寓廬，為李後主忌日千年紀念，鶴亭翁（即冒廣生）先成此曲，依韻和之。」詞曰：「深仁何與扶傾事。榻畔難容睡。橋成靈鵲借生天。長是淚花凝面已三年。　　貪歡怕聽潺潺雨。誰省憑欄苦。冰綃裁剪北行詞。爭得江南巷哭似當時。」又有〈臨江仙〉一闋詠此事，不贅。

[5] 「南朝人」句：南朝，本指南北朝時期宋、齊、梁、陳四代。此處指五代時之南唐。此句語本唐·李賀〈金銅仙人辭漢歌〉詩：「茂陵劉郎秋風客。」茂陵劉郎，即漢武帝劉徹，曾作〈秋風辭〉，故云。

[6] 「虞兮」句：項羽兵敗垓下，帳中為虞姬作歌，有句云：「騅不逝兮可奈何，虞兮虞兮奈若何！」見西漢·司馬遷《史記·項羽本紀》。別宮娥，宋·蘇軾《東坡志林》卷四載：李煜去國日，作長短句云：……最是蒼惶辭廟日，教坊猶奏別離歌。揮淚對宮娥。

[7] 重瞳：謂目中有二瞳人，舊時人認為乃貴相。西漢·司馬遷《史記·項羽本紀》：「吾聞之周生曰：舜目蓋重瞳子，又聞項羽亦重瞳子。羽豈其苗裔邪？」宋·歐陽修《新五代史·南唐世家·李煜》：「煜字重光……豐額、駢齒，一目重瞳

子。」無奈是情多，清·吳偉業〈圓圓曲〉詩：「妻子豈應關大計，英雄無奈是多情。」

[8] 「人生」句：化用唐·張祜〈縱遊淮南〉詩：「人生只合揚州死，禪智山光好墓田。」

[9] 「百哀」句：近人王國維《人間詞話》附錄評況周頤云：「蕙風（即況氏）詞小令似叔原（晏幾道），長調亦在清真、梅溪（史達祖）間，而沉痛過之。……天以百凶成就一詞人，果何為哉。」夏承燾於《天風閣學詞日記》1932 年 10 月 20 日稱女詞人丁寧曰：「揚州工詞者，近惟叔涵及丁寧女士。丁女士所謂百凶成就一詞人，非王君所能望矣。」

[10] 明德樓：李後主在此降宋。元·托克托等撰《宋史》卷四百七十八：「（宋）太祖御明德樓，以煜嘗奉正朔，詔有司勿宣露布，止令煜等白衣紗帽，樓下待罪。」

【評析】

該闋載《天風閣詞集》。

李後主以一亡國之君，雅擅詞章而得以傳名後世。其入宋後之作，哀感頑艷，為千百年讀者所傾倒。此詞即以譽筆出之，特拈出一「情」字為後主詞之總結，謂多情雖或陷人於禍乃至亡國，但由此所催生之文學作品，則尤其傑出，故後主泉下有知，亦毋用過於懊悔。又夏氏《瞿髯論詞絕句》有詠李煜二首，詩云：「淚泉洗面枉生才，再世重瞳遇可哀。喚起溫韋看境界，風花揮手大江來。」「櫻桃落盡破重城，揮淚宮娥去國行。千古真情一鍾隱，肯拋心力寫詞經。」語意頗多與詞重複，如後一首亦著眼於後主之「真情」。

夏氏小令，搖曳生姿，如此闋，數句之間，即道出今昔與存亡之對照，包籠甚大。其《天風閣學詞日記》1941 年 11 月 10 日條稱：「二十年前鐵尊（林鵾翔）師即謂予小令勝長調。」總括而言，夏氏集中亦以小令居多，且每能得心應手。《日記》同一條亦稱：「得（吳）眉孫兩復……予重陽一詞（指〈金縷曲·辛巳重陽聞笛，寄滇蜀故人〉一闋），為之甚費力，彼謂可存可不存。數小令成之易易者，反荷贊賞。」可見夏氏於小令實駕輕就熟，然長調佳篇亦自不少。

夏氏同年另寫有〈虞美人·見遐庵李後主千年忌詞，用其起調重作一闋〉，可與此詞並看，詞云：「人間天上愁多少。夢斷愁難了。南朝天子帝王家。一例飄茵隨水是飛花。　雕闌玉砌無重數。不阻韶光去。春江若是向西流。又是一番滋味白人頭。」櫽括後主詞句，意韻稍遜。

水龍吟·皂泡[1]

九天欬唾何人[2]，亂珠零琲風多處[3]。
斜陽影裏，兒童氣力，吹噓徒苦[4]。
咒水初成[5]，抛球難繫，花梢偷度。
有玲瓏臺閣，夭斜人物，乍明滅，看來去[6]。

只道青冥易到，仗輕風片時抬舉。
等閑誰料，未容著地，已隨零露[7]。

掃盡繁星，一輪端正，乍驚窺户[8]。
是舊時片月，山河無恙，看驪龍吐[9]。

【注解】

[1] 詞題原作「皂泡詞和陳仲彝（按：日詞作劉仲彝）」。寫於 1940 年 5 月 2 日，而詞牌誤作〈齊天樂〉。見《天風閣學詞日記》。4 月 27 日日記亦云：「潘希真以劉仲彝皂泡詞囑和。」4 月 28 日則曰：「作水龍吟皂泡詞未成。」4 月 29 日又云：「作水龍吟未成。」4 月 30 日復記曰：「午後作水龍吟，用思較久，背發微熱，亟棄置不為。」可見此詞歷數日始成。而《夏承燾詞集》則將之編入 1942 年，不知何解，或至 1942 年始定稿。按《天風閣學詞日記》內載詞人研究心得甚富，且多處世之談、師友交往之紀錄，讀夏氏詞者不可不審。潘希真（1917-2006），筆名琦君，浙江永嘉人。隨夏承燾學詞。劉仲彝，據《天風閣學詞日記》1940 年 4 月 10 日條：「（劉）名光鼐，紹興人，曾為杭州法院推事。」

[2] 九天欬唾：唐·李白〈妾薄命〉詩：「欬唾落九天，隨風生珠玉。」本形容漢武帝皇后陳阿嬌受寵時，武帝對之言聽計從。此處指被吹出之皂泡。

[3] 零琲：琲，珠串。晉·左思〈吳都賦〉：「珠琲闌干。」晉·劉逵注：「琲，貫也；珠十貫為一琲。」此指飄散於空中之皂泡。

[4] 吹噓：原指呼氣。唐·魏徵等《隋書·儒林傳·王孝籍》：「咳唾足以活枯鱗，吹噓可用飛窮羽。」亦指吹捧，誇大。

[5] 咒水：古代筮術之一。對水行咒作法，云飲之能治病祛邪。唐・李延壽《北史・魏清河王懌傳》：「時有沙門惠憐者，自云咒水飲人，能差諸病。」此處指肥皂水。

[6] 「有玲瓏」數句：玲瓏臺閣，語本唐・白居易〈長恨歌〉詩：「樓閣玲瓏五雲起，其中綽約多仙子。」夭斜，裊娜多姿貌，亦指歪斜。明滅，忽隱忽現。南朝・梁・沈約〈奉和竟陵王藥名詩〉：「玉泉亟周流，雲華乍明滅。」

[7] 零露：降落之露水。《詩經・鄭風・野有蔓草》：「野有蔓草，零露漙兮。」東漢・鄭玄箋：「零，落也。」指頃刻消逝之事物。

[8] 「一輪」二句：語本宋・王沂孫〈眉嫵・新月〉詞：「故山夜永，試待他，窺戶端正。」窺戶，指月色照射房中。

[9] 「是舊時」數句：宋・姜夔〈暗香〉詞：「舊時月色，算幾番照我，梅邊吹笛。」驪龍，黑龍。舊題周・尸佼《尸子》卷下：「玉淵之中，驪龍蟠焉，頷下有珠。」唐・李白〈贈僧行融〉詩：「海若不隱珠，驪龍吐明日。」唐・杜甫〈渼陂行〉詩：「此時驪龍亦吐珠，馮夷擊鼓羣龍趨。」

【評析】

詞載《夏承燾詞集》卷三。

此詞詠物，兼有寄託。大抵云皂泡初起時，極引人注目，且不斷憑風力攀升，然瞬間即幻滅，不如明月之恆久不變也。「兒童氣力，吹噓徒苦」二句，諷喻姦佞之輩阿諛奉承，以為「青冥易到」，而終無所得。全篇取題新穎，而興寄深微，無喧囂叫罵之弊，於時人作品中，尤為難得。

吳無聞注《夏承燾詞集》論此詞云：「此首上片以皂泡上之『夭斜人物』，喻往南京投靠汪偽者。下片指出：此輩依仗日本侵略者，如同皂泡，片時即破。而中華民族，終將如皓月東升，照耀全世界。」夏氏雖埋首教學與研究，然絕非不問世事者，日記中即每有自責之辭，如 1938 年 6 月 27 日記道：「國事如斯，恨無力請獻，前線同胞日死萬千，我猶端居誦讀，每一念及，惟有疚心。」又如 1940 年 2 月 13 日記云：「午後吳柳招看葛嫩娘話劇，述明亡事，罵漢奸甚痛快。座中不乏此輩，不知何以為顏面也。」

日記中此詞後復有記云：「此吳眉孫首唱，秦曼青和之，皆高陽臺。仲彝始為齊天樂。」諸人所作，筆者未見。另蔣禮鴻、任銘善亦有同題之作。茲錄如下：

蔣禮鴻　　齊天樂·皂泡，瞿師、心叔同作

好風將去團欒夢，非雲還又非雨。落絮頻猜，遊絲漫訝，飛向晴藍高處。聯踪應許。忍說道三生，終如輕露。一迸千珠，躋攀分寸更無路。　　膩痕猶染渚尾，湔裳遊冶地，誰記前度。流去新嬌，繪成舊怨，頭白孤鴛偷覷。空花轉顧。算修到無心，慚他妙悟。寄語痴人，有情須惜汝。（錄自施議對編《當代詞綜》，頁 1631）

任銘善　　齊天樂·皂泡同作

人間無限飛沉夢，浮生幾番彈指。一鏡春花，十分秋月，多少團圓心事。此情誰寄。但望斷雲程，托身無地。莫逐遊絲，晚寒高處易愁悴。　　浣衣人去甚許，膩流應化了，清淚飄墜。露電前緣，樓

臺幻影，一切有為如是。輕風又起。便轉眼繁華，漫天散綺。億劫微塵，都來方寸裏。（錄自施議對編《當代詞綜》，頁1498）

【摘評】

何均地：「此詞筆調輕快，婀娜多姿，不沾滯於詠一物，頗類東坡〈水龍吟〉楊花詞，詞人之夫人吳無聞曾揭示其寓意云（見上）……極是。」（載龔依群等編，《當代詩詞點評》，頁80）

鷓鴣天·一九四一年辛巳正月十一日，四十一歲，答鄉友問歸志

能學揚雄亦壯夫[1]。肯拋心力事蟲魚[2]。
門前那有談玄客[3]？身外都無覆瓿書[4]。

能飲否，有詩無[5]？幾回合眼夢江湖。
天臺雁蕩青千仞[6]，忍共誰繙九域圖[7]？

【注解】

[1] 「能學」句：揚雄，東漢辭賦家，後在《法言·吾子》內稱作賦乃童子雕蟲篆刻，壯夫不為。詞人於此反用其語，稱從事學術研究，亦屬壯夫之舉。

[2] 「肯拋」句：蟲魚，孔子認為讀《詩》可多識草木鳥獸蟲魚之名（見《論語·陽貨》），後「蟲魚」一詞指對儒家經典、典章制度及名物之訓釋及考據，因其事瑣屑，故為人所譏，如唐·韓愈〈讀皇甫湜公安園池詩書其後〉詩之一云：「《爾雅》注

蠹魚，定非磊落人。」清・龔自珍〈己亥雜詩〉四十七云：「荷衣便識西華路，至竟蠹魚了一生。」詞人以此申明願埋首書叢之志向。前人多有此類詩句，如唐・溫庭筠〈蔡中郎墳〉詩：「今日愛才非昔日，莫抛心力作詞人。」清・黃仲則〈癸巳除夕偶成〉二首之二：「汝輩何知吾自悔，枉抛心力作詩人。」又秋瑾〈贈女弟於棘小淑和韻〉：「我欲期君為女傑，莫抛心力苦吟詩。」皆自勸勸人之語。夏氏於《瞿髯論詞絕句》中亦譽李後主云：「千古真情一鍾隱，肯抛心力寫詞經。」

[3] 談玄客：談論玄學之人。南朝・宋・劉義慶《世說新語・容止》：「王夷甫容貌整麗，妙於談玄。」揚雄嘗著《太玄經》。後「談玄」指虛無之說，詞人謂不與清談者相接。

[4] 覆瓿書：語出《漢書・揚雄傳下》。劉歆觀揚雄所作《太玄》、《法言》二書，謂雄曰：「空自苦，今學者有祿利，然尚不能明《易》，又如《玄》何？吾恐後人用覆醬瓿也。」覆醬瓿，即用其著作以覆醬壇。後用以喻無價值或不為人看重之著作。

[5] 「能飲」句：語本唐・白居易〈問劉十九〉詩：「晚來天欲雪，能飲一杯無。」

[6] 天臺雁蕩：皆山名。天臺，在浙江省天臺縣北，為仙霞嶺東支。南朝・梁・陶弘景《真誥》云：「（天臺山）當斗牛之分，上應臺宿，故名天臺。」雁蕩，在浙江省東南。分南、北山群。因山頂有湖，蘆葦茂密，結草為蕩，南歸秋雁多宿於此，故名雁蕩。

[7] 「忍共」句：繙，翻閱。九域，即九州。古人分中國為九州，《尚書·禹貢》作冀、袞、青、徐、揚、荊、豫、梁、雍。後泛指中國。其時北方陷於日人之手，故云不忍翻閱中國地圖。

【評析】

該闋載《夏承燾詞集》卷三。詞人於 1943 年曾作修改，原序云：「答養翁、聲越」，見夏氏《天風閣學詞日記》1943 年 1 月 8 日。養翁，即孫養臞，夏氏浙大龍泉分校同事。聲越，即徐震堮，亦為浙大同事。日記內所載與刊印之版本頗有出入，原詞云：「能學揚雄亦壯夫。肯抛心力事蟲魚。看山意緒中年後，入夢風花小別初。　　能飲否，有詩無？幾回合眼夢江湖。春秧二畝談何易，慢把歸心比二疏。」日記後自注云：「放翁詩：揮金豈必如疏傅，二畝春秧也是歸。」

詞之上片表明欲專意於學術研究，即題序中所言歸隱之志。作者於日記中偶亦有所流露，如 1938 年 8 月 6 日云：「如重見承平，得終身用力於詞學，於我國文化，或不無小補。以近世社會情狀及治學方法言，貪多務遠，斷無是處。」下片言及另一「歸志」，即退隱於天臺雁蕩一帶。然而末句筆調一轉，云寇氛未靖，不忍撫覽山河，則「歸志」何時達成，固未可知也。

此詞風格曠爽，豪而不粗，蓋其中有讀書人之典實在內（如上片即句句有典）。李清照曾譏秦觀詞「專主情緻而少故實，譬如貧家美女，雖極妍麗豐逸，而終乏貴態。」又譏黃庭堅「尚故實而多疵病」（此疵病或指聲律與用辭而言），夏氏此作，情緻故實俱備，近於辛棄疾一路，但若自李清照觀之，則仍不免有失本色。此固與夏氏個人偏好有關。《天風閣學詞日記》1931 年 1 月 30 日記云：「平時作詩詞，喜豪亢一派。」又對稼軒詞極為推許，如日記 1950 年 4 月 7 日云：「稼軒乃軍事家，故詞多奇變，為東坡所無有。」以彼觀之，辛猶勝於蘇。又同年 4 月 15 日記道：「（馬湛）翁問予治宋詞，予舉稼軒為造極峯以對。溫（庭筠）、柳（永）失其為我，龍洲（劉過）、後村（劉克莊）失其為詞，惟稼軒摸魚兒諸詞，內剛外柔，為獨有千古。」《瞿髯論詞絕句》亦云：「金荃蘭畹各聲雌，誰為吟壇建鼓旗？百丈龍湫雷壑底，他年歸讀稼軒詞。」可見其填詞志趣所在。

賀新郎·雁蕩靈巖寺與鷺山夜坐[1]

辦個蒲團地[2]。好同君、僧房分領，十年清睡。
鐘鼎簞瓢都無夢，但乞松風兩耳[3]。
便無事、須人料理[4]。
倦矣平生津梁興，念兵塵藕孔今何世[5]。
灘響外，夜如此。

昨宵夢跨雙鸞逝。俯下界、雲生雲滅，洞簫聲裏。[6]
喚起山靈聽高詠，山亦閱人多矣。[7]
問磊落英奇誰是？
突兀一峰雲外墮，更破空、飛下天河水。[8]
山月落，曉鐘起。

【注解】

[1] 雁蕩靈巖寺：雁蕩，見前〈鷓鴣天〉詞注 6。靈巖寺，在樂清雁蕩山靈巖之陽，寺以巖名，始建于北宋太平興國四年（979），有「東南首剎」之號，為雁蕩十八古剎之一。鷺山，即吳天五（1911-1986），樂清虹橋人，曾於浙江師範學院任教，著有《光風樓詩》。夏承燾之繼室吳無聞，即天五之妹。

[2] 蒲團地：僧人坐禪或跪拜時所用，以蒲草編成之圓墊。宋・辛棄疾〈滿江紅〉詞：「曲幾蒲團，方丈里、君來問疾。」此處謂覓地參禪。

[3] 「鐘鼎」兩句：鐘鼎，即鐘鳴鼎食，擊鐘列鼎而食。指生活豪華。唐・王勃〈滕王閣序〉：「閭閻撲地，鐘鳴鼎食之家。」簞瓢，即簞食瓢飲，語出《論語・雍也》：「一簞食，一瓢飲，在陋巷，人不堪其憂，回也不改其樂。賢哉回也！」後用以喻生活簡樸。松風兩耳，明・無異元來撰《無異元來禪師廣錄》卷第三十四：「惡聽松風兼鳥語，也將兩耳掬清泉。」此句謂貧富俱不在意，但求清靜。

[4] 料理：照料，照顧。宋・辛棄疾〈水龍吟〉（四座且勿語）詞：「誰要卿料理，山水有清音。」此處借用其語。

[5] 「倦矣」兩句：倦矣，辛棄疾〈霜天曉月・旅興〉詞：「宦游吾倦矣，玉人留我醉。」津梁興，即濟世之心。北齊・魏收撰《魏書・封軌傳》：「吾平生不妄進舉，而每薦此二公，非直為國進賢，亦為汝等將來之津梁也。」兵塵藕孔，東晉・佛陀跋陀羅等譯《大方廣佛華嚴經》卷四十二：「阿脩羅王，其身長大，七百由旬，四兵圍遶，無數千萬。以幻術力，將諸軍

眾，同時走入藕絲孔中。」又宋·天竺三藏求那跋陀羅譯《雜阿含經》卷十六：「當思惟時，見四種軍。象軍、馬軍、車軍、步軍，無量無數，皆悉入於一藕孔中。」蓋言世亂，人皆欲尋一處所避禍。

[6] 「雙鸞」數句：天柱峰旁有雙鸞峰。相傳漢代梅福跨鸞升天，遠離塵壤。洞簫，漢·劉向《列仙傳·簫史》云：「簫史者，秦穆公時人也。善吹簫，能致孔雀白鶴於庭，穆公有女，字弄玉好之，公遂以女妻焉，日教弄玉作鳳鳴。居數年，吹似鳳聲，鳳凰來止其屋，公為作鳳臺，夫婦止其上，不下數年，一旦皆隨鳳凰飛去。」

[7] 「喚起」數句：高詠，朗聲吟詠。唐·李白〈夜泊牛渚懷古〉詩：「余亦能高詠，斯人不可聞。」閱人多矣，後晉·劉昫等撰《舊唐書·房玄齡傳》：「僕閱人多矣，未見如此郎者，必成偉器。」此句又本宋·姜夔〈長亭怨慢〉（漸吹盡）詞：「閱人多矣，誰得似，長亭樹。」

[8] 「突兀」數句：突兀，高聳貌。吳無聞注《夏承燾詞集》云此峰乃天柱峰。《天風閣學詞日記》內「雲外」作「天外」。天河，吳氏注指乃大龍湫瀑布。此句語本唐·李白〈望廬山瀑布〉：「飛流直下三千尺，疑是銀河落九天。」

【評析】

詞載《夏承燾詞集》卷三。夏氏於 1942 年 5 月 27 日至 8 月 22 日與吳天五、吳無聞等同遊雁蕩。此詞作於 6 月 8 日，《天風閣學詞日記》內小序，「鷺山」二字作「天五」。8 月 20 日復記道：「改成舊詞賀新郎雁蕩靈巖寺與天五夜話一首」，然未知作何改動。

此行夏氏因吳天五之請，嘗習大乘諸經、維摩詰經、金剛經、無量壽佛經、楞嚴經、圓覺經及華嚴經，詞意近禪，當與其時浸淫佛典有關。作者雖云匡世之心消磨已甚，但於動蕩之時局猶頗關注，故有「兵塵藕孔」之句。下闋辭氣梗概，合辛棄疾、李白之氣度於一身。末云「山月落，曉鐘起」，則有回歸現實之意矣。

是年 8 月 21 日，夏氏辭別吳天五，日記記云：「自五月十日到天五家，迄今百零二日矣。良友邀留，度此大劫，感刻無似。天五誦張文昌贈孟郊詩，有：『安得共一方，終老無送迎』句，約共和之以別。夕坐月談至十二時。念生為浙東人，出則西湖，歸則雁山。勸予遠行艱難，勿辛苦往武夷，秋涼再住雁蕩。」而夏氏終其一生，果亦以浙江為根本。

水調歌頭·壬午臘月望夕[1]，與聲越行月龍泉山中[2]，憶嚴杭雁蕩舊遊[3]，作此和聲越，並寄鷺山[4]。

惟有雁山月，知我在江湖。
瀧灘照影如鏡，昨夢過桐廬。[5]
一卷六橋簫譜，一枕六和鈴語，便欲老菰蒲。[6]
哀角忽吹破，清景渺難摹。[7]

煙瘴地，二三子，共歌呼。[8]
人生能幾今夕，有酒恨無魚。[9]

長記白溪西去，只在絳河斜處，風露世間無。[10]
歸計是長計，來歲定何如？

【注解】

[1] 壬午臘月望夕：壬午臘月望夕，即 1943 年農曆十二月十五日，西曆為 1 月 20 日，見《天風閣學詞日記》。該日記云：「晨聞聲越示昨夜步月水調歌頭詞，即哦一首報之，尚待重改。」

[2] 聲越：徐震堮（1901-1985）字。徐氏時在浙江大學龍泉分校任教授。著有《世說新語校箋》。龍泉，浙江省麗水市轄下之縣市。1935 年至 1945 年抗戰期間，浙江大學在龍泉坊下曾家大屋開辦分校，時夏氏等人均於此地任教。

[3] 嚴杭：嚴州、杭州。嚴州指嚴州第九中學，在浙江省建德市梅城鎮，現稱嚴州中學。夏承燾曾於 1927 年至 1930 年任教此校。

[4] 鷺山：見前〈賀新郎〉詞注 1。

[5] 「瀧灘」句：瀧灘，指桐江，俗稱七里瀧。在浙江省富春江上游。相傳東漢時嚴子陵曾在此隱居。桐廬，浙江省縣名，縣有桐君山。相傳黃帝時有醫師采藥於此，結廬桐樹下。人問其姓名，但指桐樹，遂被稱為桐君。

[6] 「一卷」數句：六橋，指杭州西湖外湖蘇堤上之六橋：即映波、鎖瀾、望山、壓堤、東浦、跨虹。宋代蘇軾所建。六和，指杭州六和塔。在城南錢塘江邊月輪山上。宋開寶三年（公元 970 年）吳越王錢俶建以鎮江潮，因其地舊有六和寺，故名。

菰蒲，皆水生植物，借指湖泊。南唐·張泌〈洞庭阻風〉詩：「空江浩蕩景蕭然，盡日菰蒲泊釣船。」此數句謂歸老江湖。

[7] 「哀角」二句：哀角，悲鳴之角聲，吳無聞《夏承燾詞集》注云：「謂日寇入侵，破壞和平生活。」清景，清麗之景色。此句語本宋·蘇軾〈臘日遊孤山訪惠勤惠思二僧〉詩：「作詩火急追亡逋，清景一失後難摹。」

[8] 「煙瘴」數句：煙瘴，瘴氣。深山叢林間霧氣濕熱，人觸之易患病。唐·杜甫〈夢李白〉二首之一：「江南瘴癘地，逐客無消息。」二三子，語出《論語·述而》：「二三子以我為隱乎？吾無隱乎爾。」又《論語·先進篇》：「暮春者，春服既成，冠者五六人，童子六七人。浴乎沂，風乎舞雩，詠而歸。」唐韓愈〈山石〉詩：「嗟哉吾黨二三子，安得至老不更歸。」宋·辛棄疾〈賀新郎〉（甚矣吾衰矣）詞：「知我者，二三子。」

[9] 「有酒」句：食無魚，語出漢·司馬遷《史記·孟嘗君列傳》，馮驩因不受孟嘗君重視，「彈其劍而歌曰：長鋏歸來乎！食無魚。」此處只是直說。其時浙大經濟緊絀，伙食不佳，《天風閣學詞日記》1943 年 1 月 7 日記道：「學生以津貼太少，不能果腹，明日擬罷課。校中前借得十二萬元，聞今又用盡。部費久不到，恐不易維持。」又 1 月 8 日記道：「教育部經費久不到，學校已墊付十餘萬元。」

[10] 「長記」數句：白溪，又名白溪街村，鎮名，在雁蕩山入口處。白溪溪水源出雁蕩山東谷，經村北部入海，村因溪而得名。此鎮市集始見於宋大中祥符年間，張君房所編《雲笈七

簽》卷二十七云仙磕山，近白溪草市。1992 年後屬雁蕩鎮。絳河，傳說中南海河名。唐·徐堅等撰《初學記》卷四引晉·王嘉《拾遺記》：「絳河去日南十萬里，波如絳色。多赤龍、赤色魚，而肥美可食。」此處或指雁蕩山內之大龍湫。

【評析】

詞載《夏承燾詞集》卷三。

夏氏終其一生於浙江從事教育工作，浙中風光明麗，固於其創作大有裨益。抗戰期間任教於浙大龍泉分校，尤得雁蕩奇山秀水之助，詞興倍增。此闋風神散朗，頗有清人厲鶚描寫浙中山水之格調，唯厲氏詞清峭有餘而情味不足，夏則受辛棄疾影響，雖徜徉山水，仍不乏人間煙火氣。觀此詞上片「哀角忽吹破」及下片「二三子，共歌呼」、「歸計是長計，來歲定何如」等句，即知此老與姜白石、厲鶚之幽冷清空別是一路，前所選之詞，亦足為明證。夏氏雖曾注白石詞，但觀其日記與詞作，性情終與白石有異。王季思於〈三年風雨對床眠〉記道：「瞿禪早年愛南宋的白石、夢窗詞，晚清的水雲（蔣春霖）、蓮生（項鴻祚）詞。」❷然後期風格顯已轉變。劉夢芙〈「五四」以來詞壇點將錄〉評其詞「壯采奇情，詞筆變化甚多，究非白石一家所能限也。」實屬知言。

該詞於《天風閣學詞日記》中原序云：「壬午臘望，與聲越、江冷行月龍泉山中，嵐光松吹，境界清絕。聲越歸就燈下走筆為此調，予亦繼聲。念十年來嚴州、杭州行跡，歷歷如夢也。」江冷，

---

❷ 載《詞學》，1988 年第 6 輯，頁 247。

姓吳，餘未詳。下闋「有酒恨無魚」，原作「恨欠酒和魚」。「長記」數句，原作「休問廣寒高處，長憶二靈西去，風露世間無。」

又 1928 年，夏氏作有〈水調歌頭·泊桐廬〉一闋，詞曰：「惟有雁山月，知我在江湖。瀧瀨七里如鏡，照影過桐廬。不見羊裘老子，為問浮名何在，山色古今虛。把酒欲誰語，汀雁夜相呼。　十年後，數椽傍，客星居。關山南北，總憐清景世間無。落日黃河一綫，風雨長片練，氣概一何粗。何似泛銀漢，月底此舟孤。」起首與此闋雷同，見《天風閣詞集》。另見於日記 1928 年 11 月 24 日，原題曰「桐廬」，詞後注云：「予嘗謂黃河宜落日，渡長江宜風雨，月夜泛桐江，則幾疑自天而下。」

鷓鴣天·病中示浙大諸從游[1]

夜夜匡床聽杜鵑[2]。年年歸計負江船。
當花未信風懷減[3]，臨鏡先驚骨相寒[4]。

同語笑，亦前緣。人生真味幾悲歡。
圍燈諸友都堪畫[5]，好作兒時弟妹看。

【注解】

[1] 從游：隨從求學，即學生。《論語·顏淵》：「樊遲從遊於舞雩之下。」

[2] 匡床：安床而臥，西漢·劉安撰《淮南子·主術篇》：「匡床蒻席。」漢·高誘注曰：「匡，安也。」一說方正之床。相傳

戰國·商鞅撰《商君書·畫策》：「人主處匡床之上，聽絲竹之聲，而天下治。」

[3] 風懷：抱負，志向。唐·房玄齡等撰《晉書·祖逖傳贊》：「祖生烈烈，風懷奇節，扣楫中流，誓清凶孽。」

[4] 骨相：人之骨骼、面相。唐·韓愈〈韶州留別張端公使君〉詩：「久欽江總文才妙，自歎虞翻骨相屯。」南朝宋·裴松之注《三國志》引《虞翻別傳》：「翻放棄南方，云『自恨疏節，骨體不媚，犯上獲罪，當長沒海隅。』」

[5] 圍燈：圍燈而坐。

【評析】

詞載《天風閣詞集》，作於 1943 年 4 月 9 日，原日記中題序曰：「病中示諸從遊」，第二句「負」字作「落」；下片首句作「同笑語」，第三句「諸友」作「伴侶」。4 月 8 日作者另有〈病起謝諸從游〉詩曰：「孤燈休作態，小病我無嫌。藥味如詩澀，人情比酒甜。憶家同脈脈，看月乍纖纖。防有啼鵑語，花時不捲簾。」可與此詞並看。

夏氏平時好諧謔，日記中多有所記。如 1941 年 3 月 28 日云：「予與諸生相處，不能持威儀，好為諧笑。」又 1944 年 3 月 18 日記道：「予好諧謔，自是一病，然到處隨身有笑聲，亦快事也。」同年 4 月 17 日又云：「平時過好戲謔，自感一病，而臨事輒忍俊不禁。」可見夏氏頗以此自警，然性格使然，終不能自制。後亦因此而頗為人所短，如 1944 年 5 月 15 日記道：「（王）季思告我，謂（徐）聲越評予好玩弄光景，戲諧不擇人地，……予外公、母親皆好笑謔，此殆出遺傳。」又如 1952 年 7 月 25 日記校中開會，即有人批評其「不時好開玩笑，近乎玩弄人。」但諸生以其平易近人，故每喜從之遊，此詞結句云與彼等親如弟妹，信非诳語。且詞中語及退隱之志並年華消逝之歎，皆發自內心，無所避忌，非性情中人不能為。此其所以不能作白石、夢窗之詞也。1940 年 10 月 31 日日記即云：「予素不好為拗調，尤厭夢窗澀體。」足見文學風格，頗與作者個性相副。

此詞情味十足。雖云有病在身，歸計躊躇，但絕無頹唐語。下片云人之遇合，皆屬緣份，實應相親相愛，毋存階級身份之別。讀此乃知夏氏為師之道。世有以師輩自高，視生徒為牛馬走者，與夏氏較之，能無愧乎？

鷓鴣天·龍泉山居

江岸看楓已後期。山亭把酒復何時。
尋幽興短吟偏健，食淡心安味最奇[1]。

披草叟，牧牛兒。相逢爾汝莫相疑[2]。
松間數語風吹去，明日尋來便是詩。

【注解】

[1] 曾國藩《家書》：「能食淡飯者方許嘗異味，能溷市囂者方許遊名山，能受折磨者方許處功名。」

[2] 爾汝：你我相稱，喻關係密切。唐·杜甫〈醉時歌〉：「忘形

到爾汝，痛飲真吾師。」唐·韓愈〈聽穎師彈琴〉詩：「昵昵兒女語，恩怨相爾汝。」

【評析】

淡而有味，格調雋永，乃夏承燾小令之特色。此詞謂人生雖每有失落之時，倘能理得心安，亦可覓得真趣。如下片所言之牧童老叟，無一不可相與者，而所談之事，即便瑣屑，亦堪細味，且能點化成詩，非必與友朋把酒山亭始能愜意也。另夏氏填詞，雖間有典實，然亦妥貼自然，與其主張一致，《天風閣學詞日記》1929 年 10 月 18 日有云：「詩文中用典，有活典、死典，……活典新文學中不妨用，死典則舊文學亦大忌也。」如此詞性情充厚處，亦何須假借乎典實？

詞載《夏承燾詞集》卷三。集內定此詞為 1944 年作，然據《天風閣學詞日記》，當作於 1943 年 12 月 7 日，詞前記云：「接天五函，和予鷓鴣天一首甚好。成鷓鴣天二首。」

摸魚兒·賓虹翁[1]為予作月輪樓校詞圖[2]，鵷雛[3]題詞見貺，作此報謝

仗梅花華予歲晏[4]，花開還似人瘦[5]。
一枝照影簪絲鬢，不似前番攜手[6]。
人去後，記細雨孤山[7]、總是愁時候。
東風似酒，莫辜負明年，鶯邊春事，無限六橋柳[8]。

丹青事，多謝殷勤黃九[9]。江天掛眼依舊。
少年窈窕相哀意，未老不妨回首[10]。
君信否？便傳恨空中[11]，不是尋常有。
代薪覆瓿[12]，且運去由他，興來從我，瓦缶為君扣[13]。

【注解】

[1] 賓虹：即黃賓虹（1865-1955），近現代中國著名畫家。原籍安徽省歙縣，生於浙江省金華城。初名懋質，字樸存，以所居潭渡村有濱虹亭，因號濱虹，後改寫賓虹。曾任教於上海美專、北平藝專。1948 年赴杭州，任國立藝專教授。1949 年後，任中央美術學院華東分院教授、中國美術家協會華東分會副主席、全國政協第二屆委員。黃氏擅長山水畫，兼作花鳥，運用虛實、繁簡、疏密之法，兼採宋、元人神髓。晚年喜以積墨、潑墨、破墨、宿墨互用，形成所謂「黑、密、厚、重」之畫風。與齊白石齊名，有「北齊南黃」之稱。

[2] 月輪樓校詞圖：月輪樓，前之江大學宿舍，在杭州秦望山上。詞人因以為室名。詞人 1930 年作有〈望江南・自題月輪樓〉七首，另有〈月輪樓紀事詩〉十四首，1961 年復有〈望江南・自題月輪樓〉一首。校詞圖，描繪作者校勘詞籍時之畫作。校詞圖之傳統或始自清代陳維崧，孫藥洲曾為其作《迦陵填詞圖》，見謝章鋌《賭棋山莊詞話》續編一及吳衡照《蓮子居詞話》卷一。黃賓虹所繪夏氏之《月輪樓校詞圖》，始見紀錄於《天風閣學詞日記》1950 年 1 月 2 日條，該日記云：「午後送題月輪樓校詞圖、念奴嬌詞與黃賓虹先生……。」按

〈念奴嬌〉一闋未見於詞人日記及詞集內。

[3] 鵷雛：姚鵷雛（1892-1954），原名錫鈞，字雄伯。江蘇松江縣人。南社詩人。曾任教於東南大學、南京美專等院校。1949年後，被聘為上海文史館館員，旋出任松江縣副縣長。著有《榆眉室文存》五卷、《鵷雛雜著》、《止觀室詩話》等。按《天風閣學詞日記》1950 年 1 月 2 日云：「發姚鵷雛上海函，寄去念奴嬌詞，請為月輪樓圖題詞。」又 1 月 12 日記道：「上午發鵷雛書，謝其題月輪樓校詞圖，並寄去題寒燈課讀圖一小令。」1 月 14 日又云：「枕上忽得數句，報姚鵷雛，上午為足成摸魚子一詞。」乃知此詞作於當日。

[4] 華予歲晏：語本《楚辭·九歌·山鬼》：「歲既晏兮孰華予。」華作動詞用，歲晏，歲晚。此句意即：因畫中之梅，得以留住青春。

[5] 「花開」句：語本宋·李清照〈醉花陰〉（薄霧濃雲愁永晝）詞：「莫道不消魂，簾捲西風，人比黃花瘦。」

[6] 「一枝」兩句：照影，本自宋·林逋詠梅詩：「疏影橫斜水清淺。」不似前番攜手，宋·姜夔詠梅詞〈暗香〉云：「長記曾攜手處，千樹壓，西湖寒碧。」

[7] 孤山：在杭州西湖，上多梅樹。

[8] 「鶯邊」兩句：春事，春色、春意。宋·吳文英〈鶯啼序〉詞：「燕來晚，飛入西城，似說春事遲暮。」六橋，見前〈水調歌頭〉（惟有雁山月）注 6。

[9] 「丹青」句：丹青，即畫。黃九，原指宋代黃庭堅，以其排行第九，故稱。黃氏擅書畫，此借指黃賓虹。

[10]「少年」兩句：窈窕，原指美好貌。此處指深遠。南朝宋·宗炳《明佛論》：「萍沙見報於白兔，釋氏受滅於昔魚，以示報應之勢，皆其窈窕精深，迂而不昧矣。」不妨回首，辛棄疾〈水龍吟·過南劍雙溪樓〉詞：「元龍老矣，不妨高臥。」

[11] 傳恨空中：見前陳洵〈鶯啼序〉注 21。又清·朱彝尊〈解佩令·自題詞集〉詞：「老去填詞，一半是、空中傳恨。」

[12]「代薪覆瓿」數句：代薪，替代柴薪。唐·李延壽《北史·儒林傳》載：陳奇注《孝經》、《論語》，頗傳於世，游雅「取奇注《論語》、《孝經》，燒於庭內。奇曰：『公貴人，不乏樵薪，何乃燃奇《論語》？』」後指人不重視著作，以之代柴薪取火。覆瓿，見前〈鷓鴣天〉（能學揚雄亦壯夫）注 4。此處謂學術研究乃其志趣所在，他人如何輕視，亦無所謂。

[13] 瓦缶：缶，古代陶製之打擊樂器，其音欠雅。秦·李斯〈諫逐客書〉：「夫擊甕、扣缶、彈箏、搏髀，而歌呼嗚嗚，快耳目者，真秦之聲也。」此處說為報答黃賓虹之畫作，而獻此鄙陋之詞。清·王鵬運〈摸魚子〉（莽風塵雅音寥落）詞：「文章事，覆瓿代薪朝暮，新聲那辨鐘缶？」似為此詞所本。

【評析】

詞載《夏承燾詞集》卷三。

酬答之作需照顧主客兩者，不能顧此失彼。此闋開首即有詞人之影子，大抵校詞圖內有梅花一株，故以花比人，遂亦扣緊詞序內題目。此後則由賞花帶出離情，聯繫受贈者，並相約來歲共遊西湖之計。下片仍句句涉及二人關係，既申明答謝之意，亦追懷彼此之交誼。後片以專志於詞學自勉，且向對方陳述己志。此文友之間詩畫酬贈，格高韻雅，非徒以利益往來者可曉也。辭意坦蕩，如促膝談心。詞人自謂所作「不無悱惻之思，而幽渺淒迷之意少，觀習填各調可見。」（見日記 1950 年 5 月 16 日）此為個性自然驅使，非可強也。

夏氏雖為近世詞學大家，亦有自我懷疑之時，嘗謂埋首故紙堆中，不能從事「拯世之學」（見日記 1928 年 11 月 3 日及 9 日），抗戰期間，尤多自責語。然終以光大詞學自許，如日記 1937 年 2 月 3 日云：「以眼前我所愛好之物，為極天下之至美善，一心力而注之，皆能成學問、成事業。妄以己意為高下優劣之論，見異以思遷，終至進退而失據。近日治學心思不定，書此自警。」可見欲成一事，須專心致志，為學者當以夏氏為圭臬。

按作者友人頗有和此詞者，日記 1950 年 2 月 9 日云：「得吳洗凡書，轉來貞晦翁（劉景晨）和予月輪樓校詞圖念奴嬌，洗凡亦有和作。」

【集評】

朱祖謀〈與夏承燾論詞書〉：「承示珠玉，詩非所喻，不敢妄談。詞則歷落有風格，絕非塗附穠麗者所能夢見。題梁汾詞扇一闋尤勝，私慶吾調不孤矣。」（載《天風閣學詞日記》1930 年 12 月 5 日）

張爾田〈與夏承燾論詞書〉：「尊詞清空沈著，雅近南宋名家，誦之無斁。」（載《天風閣學詞日記》1932 年 2 月 28 日）

夏敬觀《忍古樓詞話》：「其詞濃麗密緻，符合軌則，蓋浙中後起之秀也。」（載唐圭璋編，《詞話叢編》第五冊，頁 4770）

陳聲聰（兼與）〈讀詞枝語〉：「夏瞿禪詞學專門，著有《唐宋詞論叢》、《唐宋詞人年譜》等書，皆頗精審。其為詞，極意為青兕，有謁辛稼軒墓《水龍吟》云……此作於一九六一年在上饒時，時上饒人欲為稼軒營新墓，故有末數語云。」（載《填詞要略及詞評四篇》，頁 102）

饒宗頤：「夏承燾世稱『一代詞宗』，早年學姜白石，也為姜白石服務，寫了不少有關白石聲學研究文章。不過，在創作方面，仍未找到一條新的路線——能夠「指出向上一路」的路線。到晚年，其探討精神，並未堅持下去。」（見施議對〈為二十一世紀開拓新詞境，創造新詞體——饒宗頤形上詞訪談錄〉，頁 112）

王季思〈三年風雨對床眠〉：「瞿禪早年愛南宋的白石、夢窗詞，晚清的水雲、蓮生詞。」「我總覺得他用典過多，含意稍晦，有些地方不易為讀者所領悟。」（載《詞學》1988 年第六輯，頁 247）

秦子卿〈天風閣遺事〉：「瞿禪先生詩詞皆不苟作，或如閬仙之推敲，反復斟酌而後定；或如半山之玩味，雖定稿亦更易之。此類例證極多，可以想見先生治學之謹嚴。」（載《詞學》1988 年第六輯，頁 264）

程千帆〈論瞿翁詞學——臥疾致編者書〉：「竊謂此老之於詞學有不可及者三：用力專且久，自少至老，數十年如一日。平生旁搜博考，悉資以治詞，比之陳蘭甫之偶考聲律，王觀堂之少作詞話而畢生精力初不在此者大相徑庭，一也。以清儒治群經子史之法治詞，舉凡校勘、目錄、版本、箋注、考證之術，無不採用，以視半塘、大鶴、彊村所為，遠為精確。前修未密，後出轉精，當世學林，殆無與抗手者，二也。精於詞學者，或不工於作詞；工於詞者又往往不以詞學之研究為意，故考訂詞章，每難兼擅，而翁獨能兼之，三也。其為詞取徑甚廣，出入南北宋，晚年尤思以蘇辛之筆，贊揚鴻業，而終近白石之清剛，此則性分所關，所謂『三分人事七分天』也。」（載《詞學》1988 年第六輯，頁 254）

沈軼劉〈繁霜榭詞札〉：「無論格局、氣魄、辭藻、內涵，皆逼肖辛〔棄疾〕，極辛全貌，而且直契其神，起辛於九地之下而視之，亦當不思龍洲。」（引自劉夢芙〈百年詞綜論〉，載劉氏《二十世紀名家詞述評》，頁 23）

劉夢芙〈「五四」以來詞壇點將錄〉（天魁星呼保義宋江）條：「五四」以後詞壇，公推夏翁瞿禪為一代詞宗。程千帆先生云：（以前引程氏評語）。同輩中唐圭璋、龍榆生與夏翁並稱二十世紀詞學三大宗師，龍長於理論批評，唐功在編纂文獻，而於創作，皆未足與瞿禪齊驅並駕。龍氏卒于『文革』初，詞作雖豐，有駁雜不純處，學彊村融入東坡，尚未到渾化之境；唐於 1949 年後倚聲絕少，偶為小令，應酬世事，平實無奇；夏則精進不止，老而彌健。《天風閣詞前後編》存詞四百五十餘闋，淵深海闊，霞蔚雲蒸，具稼軒之雄奇無其粗率，白石之清峭無其生硬，碧山之沈鬱無其衰颯，復間有秦郎之婉秀，東坡、于湖之超逸，集諸家之美以臻大成。而愛國之忱洋溢於篇什間，殊見風骨之堅，性情之厚。程千帆先生又云：（見前引程氏評語）。就其主要風格而言，不可不謂知音，然夏詞開拓新境，壯采奇情，詞筆變化甚多，究非白石一家所能限也。」（頁 13-14）

丁寧《還軒詞》選

丁寧（1902-1980），原名瑞文，字懷楓，別號曇影樓主，晚號一厂。原籍鎮江，後隨父徙揚州。家本名門望族，其父曾任揚州玉林官錢局長。

丁氏幼聰敏，九歲誦唐詩，過目不忘，且學為小詩。13 歲時父病歿，16 歲適黃氏，備受虐待，生一女名文兒，4 歲即夭，乃決意離異，誓不再嫁。23 歲時從陳延韡（含光）學詞，又隨西醫兼國術家劉聲如學劍術技擊。後又師事揚州名宿戴筑堯及南社社員程善之。鄭逸梅《藝林散葉》第 3320 條云：「丁寧為程善之、陳含光弟子，善之、含光先後逝世，善之遺稿《漚和室文存詩存》，含光之《含光詩》稿本，丁寧保藏之，歷經戰亂，隨身攜帶，始終不失。」其感念師誼，乃至於此。三十年代初，經師友之介，與夏承燾、龍榆生、王叔涵等詞人往還，互有唱酬，詞名遂振。1941 年始從事圖書館工作，先後任職南京私立澤存圖書館、南京中央圖書館及安徽省圖書館，負責古籍整理鑒定。1976 年，受聘為安徽省文史館館員。1977 年，任安徽省圖書館學會副主任。

丁氏詞作存《還軒詞》。❶ 1957 年其友周子美油印《還軒詞存》三卷，乃為最早之版本。1975 年，施蟄存讀《還軒詞》，親筆錄存，為之作跋，並邀周子美合資重印百冊。1978 年復應友人之請，擇底稿補錄於前三卷，又將 49 至 76 年所作輯為一卷，共成四卷印行。

1985 年安徽文藝出版社出版《還軒詞》，內計收詩詞 204 首，分五部份。1927 至 1933 年所作，為《曇影集》；1934 至 1938 年，為《丁寧集》；1939 至 1953 年，為《懷楓集》；1953 至 1980 年，為《一厂集》。後附拾遺及詩六首。另《詞學季刊》各期有如下篇目未見收入詞集內：〈念奴嬌·題虞美人便面〉、〈淒涼犯〉（珮環寂寞）、〈慶春澤慢〉（梅豔侵簾）、〈望江南〉（江南好）四闋、〈臺城路·畫菊〉、〈水龍吟·影杜鵑蝴蝶〉、〈臺城路·孝昂先生以近作見示漫成一解〉。又《同聲月刊》第 1 卷第 11 號亦有〈鷓鴣天·夜涼不寐，展視舊作，惘然賦此〉一闋不見收載。要之，誠如《還軒詞》後記所云，此書乃詞人之自選集，其間遺佚之篇目料亦不少。

懷楓詞調淒情切，蓋作者遭際使然。丁氏既遇人不淑，復困頓芸閣，其詞得當世儒士推重而得以流傳，亦異數也，豈天不欲使斯人斯作淹沒無聞乎？其詞早期境界未開，唯言愁苦，後經喪亂，力度轉遒，且有豪宕之氣。方諸沈祖棻之遙深，呂碧城之橫放，面貌或未可及，而情韻則過之，今世閨閣詞流，堪允鼎足而三。

---

❶ 按「還軒」原為詞人揚州故園內書齋，見劉夢芙，〈懷楓詞人丁寧及其詞〉，載《詞學》，1994 年第 11 輯，頁 249。

蝶戀花

如水輕寒天欲暮。
廿四番風[1]，不斷催春去。
花外鵑聲簾外雨，斷腸草綠江南路[2]。

幾度留春春不住[3]。
化個浮萍，流到春歸處[4]。
此去天涯知幾許。漫漫風絮迷前浦。

【注解】

[1] 廿四番風：即廿四番花信風。自小寒至穀雨，凡四月，八個節氣，一百二十日，每五日一候，計二十四候，每候一種花期，應花期而至之風即謂花信風。每氣三番，計為小寒：梅花、山茶、水仙；大寒：瑞香、蘭花、山礬；立春：迎春、櫻桃、望春；雨水：菜花、杏花、李花；驚蟄：桃花、棣棠、薔薇；春分：海棠、梨花、木蘭；清明：桐花、麥花、柳花；穀雨：牡丹、酴醾、楝花。見南朝梁・宗懍《荊楚歲時記》。

[2] 草綠江南路：用「綠」字作動詞，如宋・王安石〈泊船瓜洲〉詩：「春風又綠江南岸」。

[3] 「幾度」三句：宋・辛棄疾〈摸魚兒〉詞云：「更能消幾番風雨，匆匆春又歸去。惜春長恨花開早，何況落紅無數。春且住！見說道、天涯芳草迷歸路。怨春不語。」又辛氏〈賀新郎〉（綠樹聽鵜鴂）詞：「啼到春歸無尋處，苦恨芳菲都歇。」

丁氏此數句亦是擬「春」為人，惜其歸去而不能留。

[4] 浮萍：舊云浮萍為楊花所化。北魏胡太后與楊白花有染，因太后曾作「楊花飄蕩落南家」及「願銜楊花入窠裏」之句（見宋·郭茂倩《樂府詩集》），故後人謂「楊花入水化為浮萍」。宋·蘇軾〈水龍吟·次韻章質夫楊花詞〉詞：「曉來雨過，遺蹤何在，一池萍碎。」自注云：「楊花落水為浮萍，驗之信然。」後用以比喻身世飄泊。明·李時珍《本草綱目》亦採此說：「（柳樹）春初生柔荑，即開黃蕊花。至春晚葉長成後，花中結細黑子，蕊落而絮出，如白絨，因風而飛。子著衣物能生蟲，入池沼即化為浮萍。」清·姚炳《詩識名解》已指出此說之非，其謂：「萍藻自有種，非柳絮所生。今詞章家稱絮為楊花，及以萍為一物變化者，並非。」

【評析】

該闋載《曇影集》，約作於二十年代末至三十年代初。曇影之得名，蓋取自該集首章〈浣溪沙·丁卯二月〉中「冰鸞曇影渺無痕」一句。意謂人之一生，如曇花之暫現而已。集中〈一萼紅〉詞亦有句云：「恨彈指，仙曇分短，剩此際、和淚憶牽衣。」又〈臺城路〉云：「貼水犀錢，纓珠象珥，腸斷優曇難駐。」所謂仙曇、優曇者，蓋指其亡女文兒。而丁氏亦有號曰曇影。

丁氏既遇人不淑，所生一女又於四歲時夭折，故下堂求去。其嫡母始則不允，經族人調停，使其在亡父靈前誓不再醮，始許其請。1924 年，詞人與夫離異，年僅二十二歲。此詞傷春嘆逝，云欲化流萍尋春（即理想之生活也），唯前路茫茫，正不知何去何從。

古來閨閣女詞人，如朱淑真、賀雙卿輩，每多薄命，不意二十世紀初，又得一丁懷楓，此所謂天妒紅顏歟？

詞人同時之作，有〈浪淘沙〉云：「風信一番番。芳序將闌。櫻桃未熟楝花殘。記得片帆南浦日，料峭春寒。　　日暮望家山。煙樹迷漫。子規啼遍碧欄干。頻道不如歸去好，何處鄉關？」作意與此闋相類。

喝火令·月影侵簾，愁懷如織，書寄味琴[1]。

夢短愁難遣，愁深夢易驚。
攬衣和淚下階行。
又是月光如夢，庭戶悄無聲。

碧簟涼於水，幽懷沁若冰。[2]
萬端塵恨一時縈。
記得相逢，記得看雙星。[3]
記得曲欄干畔，笑語撲流螢。[4]

【注解】

[1] 味琴：揚州戴筑堯先生之女。丁寧二十三歲時隨戴學詞，因與味琴成金蘭之交。味琴於 1949 年後為小學教員，1964 年卒於鎮江。詞人〈慶春澤慢·詩友戴味琴挽詞〉序云：「味琴，京江人。耆宿筑公先生之女，才豐命蹇，秉性堅貞，卅載樓居，終身縞素。自余遷皖後，音問遂阻。頃得鄉人書，知去世已將

十年。惡耗傳來，肝膈為碎，傾淚濡毫，以代痛哭。」《還軒詞》中，與味琴有關之作，共 12 首。其中〈鷓鴣天·感賦寄味琴〉一首，原載《同聲月刊》第 1 卷第 11 號，題為「感賦寄味青」，知味琴又名味青。

[2] 「碧簟」二句：簟，竹席。幽懷若冰，唐·王之渙〈芙蓉樓送辛漸〉詩：「一片冰心在玉壺。」

[3] 雙星：指牽牛織女二星。唐·杜甫〈奉酬薛十二丈判官見贈〉詩：「相如才調逸，銀漢會雙星。」

[4] 「記得」二句：與上句語本唐·杜牧〈秋夕〉詩：「銀燭秋光冷畫屏，輕羅小扇撲流螢。天階夜色涼如水，臥看牽牛織女星。」

【評析】

此闋載《疊影詞》。詞人孤愁難遣，遂憶及閨中友好，填此以表寸衷。「萬端塵恨」，蓋亦指亡女及失敗之婚姻乎？又丁氏為庶出，其生母未幾即撒手塵寰，由大母撫養。十三歲時父亦辭世，依人籬下，未免飽遭白眼。據其 1964 年憶述，生母乃為大母所害，其父則因叔伯子侄爭產致死。噫！命途乖蹇，宜乎其詞多掩抑之調也。唯此詞結句，不乏一派任情率真之少女情懷，此緣得與味琴誼結金蘭，塵海之中，得以兩相扶持。然則味琴之於懷楓，或即如韓西之於賀雙卿乎？

〈喝火令〉句末，例用排比句，詞人於此調外，亦有連用三句「記得」者，如〈江城子〉（熟梅天氣）云：「記得清宵，記得月如鈎。記得荼蘼香雪裏，招燕子，話春愁。」

鵲踏枝 · 和忍寒用陽春韻（八首其二）[1]

料峭餘寒欺袖薄。[2]
越綺吳綿，未許輕拋卻。[3]
芳信難憑花又落。五湖空負鷗波約。[4]

欲借香醪酬寂寞。[5]
悄轉銀荷，背影成孤酌。
隔院箏聲停更作。無端消盡閑哀樂。

【注解】

[1] 和忍寒用陽春韻：忍寒，即龍榆生，見前夏承燾詞選〈虞美人〉注 4。詞人與龍氏結織於三十年代，其《曇影詞》若干首即刊登於龍氏主編之《詞學季刊》內。二人唱酬甚密，《還軒詞》中和龍氏之篇計有十七闋。如此調即有八闋。陽春，指《陽春集》，五代馮延巳著。此詞及其餘七闋俱和馮氏原韻。

[2] 料峭：風力寒冷刺人。宋・蘇軾〈定風波〉（莫聽穿林打葉聲）詞：「料峭春風吹酒醒。」

[3] 「越綺」二句：越綺吳綿，指產於江南一帶之衣物。唐・白居易〈新製布裘〉詩：「桂布白似雪，吳綿軟於雲。」拋卻，馮延巳〈鵲踏枝〉詞云：「誰道閒情拋卻久。」又同調：「叵耐為人情太薄。幾度思量，真擬渾拋卻。」

[4] 「芳信」二句：芳信，花開之訊息，亦指他人來信。五湖，古時吳越地區湖泊。其說不一，又專指太湖。《國語・越語

下》：「果興師而伐吳，戰於五湖。」三國吳·韋昭注：「五湖，今太湖。」此用范蠡載西施隱居典故，亦見《國語·越語下》。鷗波約，即指退隱生活。宋·陸游〈雜興〉詩：「得意鷗波外，忘歸雁浦邊。」

[5] 香醪：唐·杜甫〈崔駙馬山亭宴集〉詩：「清秋多宴會，終日困香醪。」泛指酒。

【評析】

此闋並其餘七首唱酬龍榆生之〈鵲踏枝〉俱收入《丁寧集》，原刊於 1936 年《詞學季刊》第 3 卷第 2 號。

丁氏以一閨秀，足不出淮揚一帶，一生事功亦非卓著，而其詞得以流播眾口，特由於江浙文士之揄揚。清季女詩人沈善寶《名媛詩話》自序云：「竊思閨秀之學，與文士不同；而閨秀之傳，又較文士不易。蓋文士自幼即肄習經史，旁及詩賦，有父兄教誨，師友討論；閨秀則既無文士之師承，又不能專習詩文，故非聰慧絕倫者，萬不能詩。生於名門巨族，遇父兄師友知詩者，傳揚尚易；倘生於蓬蓽，嫁於村俗，則湮沒無聞者，不知凡幾。」又近人冼玉清（琅玕館主）之《廣東女子藝文考·後序》亦分析舊時女作家賴以成名之條件曰：「就人事而言，則作者成名，大抵有賴於三者。其一名父之女，少稟庭訓，有父兄為之提倡，則成就自易。其二才士之妻，閨房倡和，有夫婿為之點綴，則聲氣易通。其三令子之母，儕輩所尊，有後嗣為之表揚，則流譽自廣。」皆能道出閨閣女子成名之不易。丁氏生於富紳之家，固亦聰慧絕倫者，其《還軒詞》自序云：「幼嗜韻語，九歲誦唐詩，至月落烏啼、煙籠寒水等句，輒悄然有所會。乃學為小詩，年十二，積稿盈寸。」後受業於揚州名宿戴筑堯，乃得熟讀古文經書。因嫁於俗子，致遭多厄，幸得師友如程善之等，函介於夏承燾、龍榆生、王叔涵輩，與之時通音問。龍氏主編《詞學季刊》，且登載其《曇影詞》，文名乃顯。丁氏運命殊乖，而獲此數子青睞，宜乎其感戴不淺，而於龍氏特甚，故有連和其〈鵲踏枝〉八闋之舉。字裏行間，推心置腹，蓋視龍氏為知音人也。如此闋，不諱言一己之寂寞無聊，倘為泛泛之交，豈能如此坦誠？吳萬平且推度云，丁氏〈鷓鴣天〉（朱戶銀鉤夢已非）詞中有「低徊忍說識君遲」之語，或為龍氏而發也。❷吳氏之推度，尚覺含糊。考張壽平《近代詞人手札墨蹟》中按語，則丁氏與龍氏之關係，實頗引起龍夫人之不滿。張氏云：「（1938 年）女士（丁寧）因避難亦至上海，自易常向榆師請益。三十二年（1943），榆師已在南京，介女士入南京澤存書庫任職。此時，二人過從甚密，至為師母所不諒。師母疑二人有私情，曾悻悻然向我言之。及三十四年（1945）秋，抗戰勝利，國府還都而榆師蒙冤，其與女士詞緣遽斷。」❸張壽平乃龍榆生入室弟子，所言當無誤。

❷ 吳萬平，〈詞之魂，情之潔——訂正丁寧愛情詞注釋的錯誤〉，載互聯網頁：《中華詩詞》，網址：http://www.zhsc.net/Article/stzh/ssgc/200605/20060510065031.html。按吳氏原注《還軒詞》，將此闋之「君」解讀為毛主席、共產黨。此說實受意識形態左右，不如後者妥恰。

❸ 張壽平輯釋，《近代詞人手札墨蹟》（台北：中央研究院中國文哲研究所，2005 年），中冊，頁 526。

鷓鴣天·得味琴揚州來書[1]

幾日霜寒著意濃。流光如夢去匆匆。
萍能無住依然綠，花到將殘不肯紅。[2]

千里月，五更鐘[3]。此時情思問誰同。
遠書欲報何由寄，雁自南飛水自東[4]。

【注解】

[1] 味琴：見前〈喝火令〉注 1。

[2] 「花到」句：「紅」字作動詞用。此二句喻己之堅執。張爾田〈采桑子·史館秋蓼〉有「澹到秋心不許紅」句。

[3] 五更鐘：唐·李商隱〈無題四首〉詩之一：「來是空言去絕蹤，月斜樓上五更鐘。」此二句指遙念味琴，終夜未睡。

[4] 「遠書」兩句：李商隱〈春雨〉詩：「玉璫緘札何由達，萬里雲羅一雁飛。」

【評析】

此詞載《懷楓集》，作於四十年代。蓋亦想念故人，感逝抒懷之作。懷楓小令甚饒五代北宋人意趣，張中行著〈歸〉一文，對懷楓推崇備至，並云「三十歲前後，她已經能夠深入宋人以及五代的堂奧。……離北宋（或兼五代）近，離南宋（主要指吳文英一流的風格）

遠。」❹如此詞之洗煉而不乏情韻，即為一例。「萍能無住依然綠，花到將殘不肯紅」一聯，寄興尤深。

懷楓集中，佳對迭出，除上舉一聯外，尚有如下各例：〈鷓鴣天·感賦寄味琴〉：「漫從去日占來日，未必他生勝此生。」前調〈賦謝王君巨川招飲〉：「書緣久客看看少，句為傷離往往同。」前調〈旅窗即事〉：「隨風葉似離鄉客，向日貓如入定僧。」前調〈旅懷〉：「愁堪破寂何須遣，夢可還家不易成。」前調（不說當前去與來）：「偶因鳥語遲收果，常惜苔痕懶下階。」前調〈得髯公書感賦〉：「夢穩何愁行路難，時危轉覺醉鄉安。」前調（朱戶銀鈎夢已非）：「縱教天意同芻狗，豈為緇塵厭葛衣。」俱巧而不纖，方諸夏瞿髯，亦未遜色。

小梅花·感懷

春醅綠，秋花馥。年時掌珍如玉。[1]
掩雙扉，銷雙眉。浮沈若夢，無語恨依依。
斷魂怕見窗兒黑[2]。別有傷心人莫識。
要還家，定還家。一樣飄零，終不是天涯。

拚寥寞，拚離索。從今夢事都拋卻。[3]
墨痕殘，酒痕殘。塵襟薄浣，休作淚痕看。

❹ 張中行，〈歸〉，載張氏《負暄三話》（哈爾濱：黑龍江人民出版社，1997年），頁320-321。

伶俜簾外三更月[4]。閱遍滄桑圓又缺。[5]
最難憑，似陰晴。未了今生，莫再問來生。[6]

【注解】

[1] 「春醅」三句：馥，香也。掌珍，即掌上珍。此指幼時備受珍愛，或指其亡女。

[2] 「斷魂」句：語本宋・李清照〈聲聲慢〉（尋尋覓覓）詞：「守著窗兒，獨自怎生得黑？」

[3] 「拚寥寞」三句：拚，不顧一切也。離索，離群索居，亦指蕭索。宋・陸游〈釵頭鳳〉（紅酥手）詞：「東風惡，歡情薄，一懷愁緒，幾年離索。」

[4] 伶俜：孤零貌。

[5] 「閱遍」句：與下句語本宋・蘇軾〈水調歌頭〉（明月幾時有）詞：「月有陰晴圓缺。」

[6] 「未了」二句：化自唐・李商隱〈馬嵬〉詩二首之一：「他生未卜此生休。」

【評析】

此闋載《懷楓集》，原刊《同聲月刊》1942 年第 2 卷第 1 號。亦感述平生之作。大意云浮生若夢，塵緣都盡，而華年早逝，但見月圓月缺，無可憑準。孤愁苦獨之貌，躍然紙上，此朱淑真《斷腸詞》之格調也。「未了今生，莫再問來生」，可謂看破一切矣。

《還軒詞》自序云：「及長以屢遭家難，處境日蹙，每於思深鬱極時又學為小詞，以遣愁寂。初亦隨手棄置，自丁卯春始稍稍留稿，至癸酉成曇影集一卷，多半感逝傷離之作。甲戌以後情境稍異，得與詞壇諸公時通聲氣，至戊寅春成丁寧集一卷，唱酬之作佔半數。自戊寅夏至壬辰秋，歷時十五年，其間備經憂患及人事轉變，成懷楓集一卷。是後即不更作。蓋知措語淒抑，已成積習。……吳興周君子美，古道熱情，知余最久，憫身世之畸零，恐蕪詞之散失，願為付印，並任校訂之勞。竊念叩缶之音，本不應浪耗楮墨。第以一生遭遇之酷，凡平日不願言不忍言者，均寄之於詞。紙上呻吟，即當時血淚。果能一編暫托，亦暴露舊社會意識形態之一法也。」備述作詞始末及集中主題，堪作此闋之注腳。

又歷代閨閣詞人，語多尖新，且喜用疊句疊字。如李清照〈聲聲慢〉之連用七疊字，朱淑真〈減字木蘭花〉之「獨行獨坐，獨唱獨酬還獨臥」，至賀雙卿〈鳳凰臺上憶吹簫〉用疊字至於二十餘對，不可謂偶然。審諸懷楓詞，亦有此傾向，如此闋之「掩雙扉，鎖雙眉」、「要還家，定還家」、「拚寥寞，拚離索」、「墨痕殘，酒痕殘」等疊句，即具見其刻意安排。

鷓鴣天·歸揚州故居作

湖海歸來鬢欲華[1]。荒居草長綠交加。[2]
有誰堪語貓為伴，無可消愁酒當茶。

三徑菊，半園瓜。[3]煙鋤雨笠作生涯。[4]
秋來儘有閑庭院，不種黃葵仰面花。[5]

【注解】

[1] 鬢欲華：華，鬢斑白也。

[2] 「荒居」句：草長，南朝梁·丘遲〈與陳伯之書〉：「暮春三月，江南草長，雜花生樹，群鶯亂飛。」交加，交集。吳文英〈風入松〉（聽風聽雨過清明）詞：「料峭春寒中酒，交加曉夢啼鶯。」

[3] 「三徑菊」兩句：三徑，晉·趙岐《三輔決錄·逃名》：「蔣詡歸鄉里，荊棘塞門，舍中有三徑，不出，唯求仲、羊仲從之遊。」後以「三徑」指隱者所居。晉·陶潛〈歸去來辭〉：「三徑就荒，松竹猶存。」園瓜，用邵平典故。邵平，秦故東陵侯，秦亡後，為布衣，種瓜長安城東青門外，瓜美，時人謂之東陵瓜。見漢·司馬遷《史記·蕭相國世家》。後世以「邵平瓜」指退官隱居。唐·溫庭筠〈贈鄭處士〉詩：「醉收陶令菊，貧賣邵平瓜。」即用以上兩典。

[4] 「煙鋤雨笠」句：謂以種植為生。

[5] 「不種」句：黃葵向日，因用以刺投靠日偽之人。清·鄭燮《竹梅圖》聯云：「虛心竹有低頭葉，傲骨梅無仰面花。」

【評析】

此闋載《懷楓集》，作於抗戰時期。

懷楓乃一甚有民族氣節之詞人。據云 1941 年在南京私立澤存圖書館任編目員時，有數名日本軍官欲劫去館中善本古籍，得其抵死保護，後賴主人陳某為之解圍。❺此詞結句，蓋諷賣國求榮者。若輩倘聞懷楓事跡，不知何處埋羞矣。

該詞大部言避禍隱居之生活，語澹而氣度不凡。「有誰堪語」二句，意韻俱備。按懷楓極愛貓，始則以之解悶，繼以屋中書多，乃以其防治鼠患。所養之貓三代同堂，並有親屬，丁氏各為取名。起居飲食，俱與貓同牀共桌。餵飼時一貓一碟，各不相犯。除「四害」運動之日，其貓每獲鼠，先交予之剪尾，使得呈數於上級。大饑之歲，丁氏以萵筍葉為食，貓亦隨之，且至逍遙津以尾誘魚銜返家中，俾丁氏烹調，誠所謂「義貓」也。❻《還軒詞》中，亦有為貓題詠者，如〈浣溪沙·愛貓黑寶〉云：「耄耄依稀似畫圖。隨裾繞膝不須呼。牡丹午蔭勝蓬壺。　不獨稱兒還道老，允堪為將莫云奴。賴他勤護五車書。」又如〈鷓鴣天·旅窗即事〉云：「向日貓如入定僧。」則貓之靈性猶勝於人歟。

【摘評】

錢理群、袁本良：「寂寞而不淒苦，頗見閑適之趣。」（載《二十世紀詩詞注評》，頁285）

金縷曲·午橋醫師[1]以毛刻《谷音》[2]為贈，賦此謝之。

撫卷增淒切。甚當時殘山剩水[3]，竟多高節。

---

❺ 吳昭謙，〈丁寧傳〉，載《圖書館工作》，2004年第2期，頁61。

❻ 吳昭謙，〈丁寧傳〉，頁61-62。

渺渺蘋花無限意，長共寒潮嗚咽。

算今古，傷心一轍。

搔首幾回將天問[4]，問神州何日煙塵歇。

天不語，亂雲迭。[5]

未酬素抱空存舌[6]。更那堪蒼茫離黍，斜陽如血。[7]

惟有君家壺中世，銷盡泉香酒洌。[8]

再休道滄桑坐閱。

好展平生醫國手，把孱夫舊恨從頭雪。[9]

金甌舉，滿於月。[10]

【注解】

[1] 午橋醫師：未詳。

[2] 毛刻《谷音》：《谷音》，元杜本編。錄宋末逸民三十人詩一百零一首，系以小傳。《四庫全書總目提要》卷二八云：「是集所錄，古直悲涼，風格遒上，無宋末江湖齷齪之習，其人又皆守節仗義之士，足為詩重。」毛刻，指明末清初藏書家毛晉所刻之宋詞。

[3] 殘山剩水：殘破之山河。指亡國或喪亂後之土地。宋·范成大〈與胡經仲陳朋元游照山堂〉詩：「晴日煖風千里目，殘山剩水一人心。」

[4] 「搔首」句：搔首，焦慮或有所思貌。《詩經·邶風·靜女》：「愛而不見，搔首踟躕。」天問，屈原作有〈天問〉篇，以質諸天地神明，抒其愁苦。

[5] 「天不語」句：明·尤侗〈臨江仙·擬辛稼軒〉詞：「搔首問天天不語，光陰無計消磨。」

[6] 「未酬」句：素抱，平素之懷抱。空存舌，漢·劉向《說苑·敬慎》：「老子曰：『夫舌之存也，豈非以其柔耶？齒之亡也，豈非以其剛耶？」』此處指守節之士其志未酬，遂將憂憤一寄於詩中。

[7] 「更那堪」二句：更那堪，不堪也。宋·辛棄疾〈賀新郎〉（綠樹聽鵜鴂）詞：「更那堪、鷓鴣聲住，杜鵑聲切。」離黍，叢生雜亂之禾黍。《詩經》篇名。〈王風·黍離〉毛序云：「黍離，閔宗周也。周大夫行役至於宗周，過故宗廟宮室，盡為禾黍，閔周室之顛覆，彷徨不忍去，而作是詩也。」後以離黍為慨嘆亡國之典。斜陽如血，毛澤東〈憶秦娥·婁山關〉詞：「蒼山如海，殘陽如血。」

[8] 「唯有」二句：壺中世，南朝宋·范曄《後漢書·神仙列傳》卷八十二下，云汝南人費長房曾為市吏，見一老翁賣藥，常懸一壺於肆，人散後即跳入壺中，市人莫之見，惟長房於樓上睹之。後長房隨老翁共入壺中，但見玉堂廣麗，旨酒甘肴，盈衍其中。共飲畢而出，翁囑不可與人言。此指午橋醫師懸壺濟世。洌，清澄。宋·歐陽修〈醉翁亭記〉：「釀泉為酒，泉香而酒洌。」

[9] 「好展」二句：醫國手，謂為國除弊者。《國語·晉語八》：「上醫醫國，其次疾人。」此處切合午橋醫師之職業。孱夫，自清季以來，國人屢被列強欺侮，致訕為孱夫。此亦寄望午橋醫師，秉其醫術，強壯國人也。

[10] 「金甌」二句：金甌，指酒杯。宋·張元幹〈賀新郎〉（夢繞神州路）詞：「舉大白，聽金縷。」又辛棄疾〈賀新郎〉（綠樹聽鵜鴂）詞：「誰共我，醉明月？」俱為結句，與此詞類似。

【評析】

該闋載《懷楓集》，亦作於抗戰時期。

懷楓詞非一味低徊掩抑者，間亦有高亢之格調。此詞因《谷音》之贈而寄托光復神州之願，慷慨悲歌，具見其英姿颯爽之一面。顧懷楓遭際雖多蹇滯，而性頗超邁，絕非一弱質女流。夏承燾《天風閣學詞日記》1939 年 10 月 13 日記云：「懷楓之遇奇慘，其人亦奇，胸襟坦白，自忘為一女子，朋友亦忘其為女子，宜其詞必傳也。」1941 年 2 月 19 日記云：「懷楓伉爽有男性。雖身世甚苦，而能自排遣。詞則悲抑哀怨，不似其人。」又 1941 年 2 月 24 日云：「懷楓意度高爽，談吐雲上，而下筆伊鬱悽惶，使未接其人，將疑為如說部中之林顰卿〔黛玉〕矣。」可見作品之風貌與性格，容有不相符者。故劉夢芙〈「五四」以來詞壇點將錄〉稱其詞「中年以後，融個人身世之悲入社稷山河之慨，思力愈深，境界益廣。……偶為壯詞，則劍氣飛騰，雄渾蒼莽，直欲平視辛、劉。」（頁 37）

懷楓少時，曾隨黃姓技師習武，遂善技擊。據云 1938 年某日，彼於滬上乘黃包車時，忽遇汽車相撞，彼縱身從車夫頭上躍出丈外。又云彼一人可抵二男之力。二十九歲時嘗著《師友淵源錄》，具載武林中師友門派之關係。❼凡此俱不類其詞中鬱浥淒楚之閨秀形象。將歿時，嘗自擬挽聯一副云：「無書卷氣，有燕趙風。詞筆謹嚴，可使漱玉傾心，幽棲俯首。　擅技擊談，攻流略學。門庭寥落，唯有狸奴作伴，蠹簡相依。」信乃其真實之自我寫照也。

《還軒詞》中陽剛之作，早期有〈菩薩蠻・聽黃老談少年遊俠事〉（按此黃老即其師）一闋，載《疊影集》，詞云：「霜矛宛轉紅蛟尾。寶刀弄影寒秋水。風急暮笳哀，天山千騎回。　星塵三萬里，故國蒼茫裏。長嘯倚吳鈎，西風吹客愁。」劉夢芙評曰：「俠骨英風，形神飛動，尺幅有千里之勢。」❽陳兼與《讀詞枝語》則評曰：「俊遠豪發，又何減李易安〈漁家傲〉『天接雲濤連曉霧』之句也。」❾另《懷楓集》中之〈金縷曲・題醉鍾馗橫幅〉、〈驀山溪〉（迷漫煙柳）、〈滿江紅・甲申七月〉諸闋，或冷嘲熱諷，或雄奇磊落，亦是懷楓詞中之別調。

【摘評】

劉夢芙〈懷楓詞人丁寧及其詞〉：「悲涼感慨，蒼莽雄渾，置諸蘆川、稼軒集中，亦無遜色。」（載《詞學》，1993 年第 11 輯，頁 258）

劉夢芙〈冷翠軒詞話〉（丁寧條）：「抒發愛國情懷，悲涼感

---

❼ 吳昭謙，〈丁寧傳〉，頁 61。

❽ 劉夢芙，〈冷翠軒詞話〉，載《中國韻文學刊》，1995 年第 1 期，頁 100。

❾ 見陳兼與，《填詞要略及詞評四篇》（廣州：廣東人民出版社，1986 年），頁 99。

慨，蒼莽雄渾，置諸蘆川、稼軒集中，可亂楮葉。」（頁 100）

陳祖美：「詩人於二十年代即蜚聲江浙，可謂早慧。然其人生坎坷，尤為包辦婚姻所虐，被迫離異。後致力於圖書古籍工作。由此推想曲序中的『谷音』或指杜本所集王繪、詹本等人的詩集？此集中的詩人多任俠之流，其詩則古直悲涼，風格雄渾。丁曲所謂『撫卷增淒切』、『殘山剩水』云云，當有感於《谷音》而發。此曲寫於 1942 年，『算今古』句無疑抒發的是詩人的抗日愛國深情。」（見龔依群等編，《當代詩詞點評》，頁 139）

金縷曲·題醉鍾馗橫幅[1]

進士君休矣[2]。想生前觸階不第[3]，幾多失意。
死後偏教傳異跡，顛倒三郎夢囈。[4]
誇妙筆，又逢道子[5]。
寫向人間圖畫裏，入端陽綠艾紅榴隊[5]。
如傀儡，同魑魅。[7]

早知饕餮非常計[8]。悔當年希榮干祿，自殘同類。
鬼國縱橫千載久，弱肉渾難勝記。
到今日，獨夫鞭棄。[9]
五鬼不來供使役，對蒲觴未飲先成醉。[10]
掩兩耳，昏昏睡。

【注解】

[1] 鍾馗：宋・沈括《夢溪筆談・補筆談》卷下載：「禁中舊有吳道子畫鍾馗，其卷首有唐人題寄曰：明皇開元，講武驪山，歲翠華還宮，上不懌，因痁作。將逾月，巫醫殫技不能致良。忽一夕夢二鬼，一大一小，其小者衣絳犢鼻，屨一足跣一足，懸一屨搢一大筠紙扇，竊太真紫香囊及上玉笛遶殿而奔。其大者戴帽，衣藍裳，袒一臂，鞹雙足。乃捉其小者，刳其目然後擘而啖之。上問大者曰：『爾何人也，奏云臣鍾馗氏，即武舉不捷之士也，誓與陛下除天下之妖孽。』」
明・李時珍《本草綱目・服器・鍾馗》曰：「逸史云：唐高祖時，鍾馗應舉不第，觸階而死。後明皇夢有小鬼盜玉笛，一大鬼破帽藍袍，捉鬼啖之。上問之，對曰：臣終南山進士鍾馗也，蒙賜袍帶之葬，誓除天下虛耗之鬼。乃命吳道子圖象，傳之天下。時珍謹按：《爾雅》云：『鍾馗，菌名也。』《考工記》注云：『終葵，椎名也。』菌似椎形，椎似菌形，故得同稱。俗畫神執一椎擊鬼，故亦名鍾馗。好事者因作鍾馗傳，言是未第進士，能啖鬼。遂成故事，不知其訛矣。」清代顧炎武《日知錄》卷三十二亦持其說，曰：「《禮記・玉藻》終葵，椎也，方言。齊人謂椎為終葵，馬融〈廣成頌〉：『翬終葵，揚關斧。』蓋古人以椎逐鬼，若大儺之為耳。今人於户上畫鍾馗像，云唐時人能捕鬼者。玄宗嘗夢見之事，載沈存中補筆談，未必然也。」

[2] 「進士」句：指鍾馗未能獲選武舉人。

[3] 觸階不第：指鍾馗因未得第觸階而死。

[4] 三郎夢囈：三郎，唐玄宗小名。唐·劉肅撰《大唐新語》卷九〈諛佞〉：「睿宗與群臣呼公主為太平，玄宗為三郎。」夢囈，指玄宗夢中見鍾馗。

[5] 道子：吳道子（約 685－約 785），唐著名畫家。名道玄，以字行。善繪佛道人物、神鬼禽獸、等，有「畫聖」之稱。

[6] 「入端陽」句：舊俗於端午節，懸鍾馗像於門，云可辟邪驅鬼。清·富察敦崇撰《燕京歲時記》：「每至端陽市，肆間用尺幅黃紙，蓋以朱印，或繪畫天師鍾馗之像，或繪畫五毒符咒之形，懸而售之。都人士爭相購買，粘之中門，以避祟惡。」綠艾，古俗用艾蒿扎草人懸門上，以除邪氣。南朝梁·宗懍《荊楚歲時記》：「五月五日……採艾以為人，懸門戶上，以禳毒氣。」清·富察敦崇《燕京歲時記·菖蒲艾子》：「端午日用菖蒲、艾子插於門旁，以禳不祥，亦古者艾虎、蒲劍之遺意。」紅榴，明·李時珍《本草綱目·果二·安石榴》：「榴五月開花，有紅、黃、白三色。」宋·歐陽修〈蝶戀花〉詞〉：「五月榴花妖豔烘，綠楊帶雨垂垂重。五色新絲纏角粽。金盤送，生綃畫扇盤雙鳳。」

[7] 「如傀儡」句：傀儡，《列子·湯問》記周穆王時巧匠偃師造假物倡者，即後之傀儡。漢代用於喪樂及嘉會，隋唐用於表演故事，宋代則有杖頭傀儡、懸線傀儡、藥髮傀儡、水傀儡、肉傀儡等。後喻為人操縱。魑魅，古謂山澤中能害人之神怪。亦泛指鬼怪。東漢·班固《漢書·王莽傳中》：「敢有非井田聖制，無法惑眾者，投諸四裔，以禦魑魅。」唐·顏師古注：「魑，山神也。魅，老物精也。」後喻邪惡勢力。

[8] 饕餮：原為傳說中貪殘之怪物。古代鐘鼎彝器上多刻其頭形以為飾。《呂氏春秋·先識》：「周鼎著饕餮，有首無身，食人未咽，害及其身，以言報更也。」後喻人貪得無厭。此處指鍾馗貪圖功名。

[9] 鞭棄：清·東山雲中道人著《唐鍾馗平鬼傳》第九回，鬱壘被鍾馗捉獲，曰：「俺名鬱壘，胞兄神荼，祖居東海度朔山，大桃樹下。因性好食鬼，每獲一鬼，用葦索係之，終不能去。倘若不服，鞭以桃條。二十年來東海之鬼，被俺食盡。因於去歲，就食此山。方才鬼卒誤報，說是有惡鬼經過，小人所以持兵器前來。不知尊神降臨，多有衝撞，望乞饒恕！」鍾馗道：「吾乃鍾馗是也。奉閻君之命，封俺平鬼大元帥。往萬人縣斬鬼除害。尊駕素好食鬼，何不隨俺前去，平鬼立功，將來好成正果。」鬱壘叩頭道：「願隨鞭鐙。」

[10] 「五鬼」句：明代雜劇《慶豐年五鬼鬧鍾馗》及明·劉璋著《鍾馗全傳》，云鍾馗本為一英俊瀟灑之書生，赶考途中為五鬼毀容。馗死後，於五道將軍廟懾服五鬼，供其驅使。蒲觴，以菖蒲葉浸製之藥酒。舊俗謂於端午節飲此酒，可去疾疫。宋·蘇軾〈元祐三年端午貼子詞·皇太后閣之二〉詩：「萬壽菖蒲酒，千金琥珀盃。」近人任伯年嘗畫《蒲觴滌器》扇面，題款為：「蒲觴滌氛。乙亥夏月，仿羅兩峰法。伯年。」圖中所示，五小鬼竊飲蒲觴，鍾馗追殺之。

【評析】

此闋亦載《懷楓集》，作於抗戰時期。顯是借題發揮，諷刺投降日偽之輩。云彼等初失意於官場，乃轉成傀儡。下片云其狐假虎威，借日偽之力殘害同胞，肆虐經年，受害者不知其數。然卒為人所唾棄，即其爪牙亦不供驅使，徒掩耳入睡，不欲聽人之呵斥矣。正正之辭，以諧語出之，而不失莊重，視今人油滑之作，有霄壤之別。

清初畫家羅聘（兩峰）善畫鬼，以諷社會不公。嘗畫《醉鍾馗圖》，圖中鍾馗醉臥溪邊，一小鬼在其旁搖之不醒。未審丁寧所見，是何人所畫。又夏承燾 1932 年作有〈清平樂·題羅兩峰鬼趣圖，頡剛翁藏〉一闋，詞曰：「齊諧漫續，百態從描貌。展向秋窗聞夜哭。寒氣一燈吹綠。　　試招被荔山阿。世間應比人多。扛倒涂山九鼎，敢投偽貼來麼？」亦鬼趣盎然之作也。

買陂塘·壬寅[1]歲暮，偶向南圖[2]借書，中夾舊書簽，尚係十餘年前所手訂。往事如煙，感成此解[3]。

拂芸編舊香零落[4]，依依陳夢縈繞。
蒼茫劫海偷生際，曾向書城投老。[5]
危樓悄。記丹鑿宵深，落葉殷勤掃。[6]
星霜草草。嘆魂斷緗縢[7]，蟫叢蹀躞[8]，此意有誰曉。

西州路。頭白羊曇曾到。[9]淒涼一片殘照。
東窺西笑同宮繭[10]，說甚庸中佼佼[11]。
今休道。問小妹、青溪占得春多少[12]。
安排孰早。看願滿藏山[13]，名傳津逮[14]，傑閣倚雲表[15]。

【注解】

[1] 壬寅：1962 年。

[2] 南圖：南京圖書館。詞人於 1946 至 1950 年期間，任職南京中央圖書館。（見劉夢芙〈懷楓詞人丁寧及其詞〉）至此恰十餘年。

[3] 解：詩篇。見前陳洵〈霜葉飛〉注 2。

[4] 芸編：指圖書。芸，香草，置書頁內可辟蠹，故有是稱。

[5] 書城投老：指埋首於典籍整理，直至暮年。

[6] 「記丹鉛」二句：丹鉛，指圖書館。落葉，指脫文訛字。古人云校書如掃落葉，明末之書坊掃葉山房，其名本此。明・林俊〈復胡士寧〉云：「然徽烈曠舉，義當大書，尚容呈稿。原本先僭校奉納，更屬賢者複校，古所謂校書如掃落葉，傳示萬古未易也。」

[7] 縑縢：縑，供書寫用之黃色細絹，泛指紙。縢，用以緘書之繩結。《莊子・胠篋》：「將為胠篋、探囊、發匱之盜而為守備，則必攝緘縢，固扃鐍。」唐・成玄英疏：「緘，結。縢，繩。」此處亦指圖書。

[8] 蟫叢蹀躞：蟫，蠹魚，書籍中之蛀蟲。蟫叢，泛指書叢。蹀躞，細步行走貌。此與上句云整理圖書多年，所費心血，人不知曉也。

[9] 「西州路」二句：羊曇，晉代謝安之甥，為謝安所愛重。謝安病篤還都，輿過西州門。安死後，羊曇行不由西州路。一日醉中，不覺至西州門，慟哭而去。事見《晉書・謝安傳》。宋・蘇軾〈日日出東門〉詩：「何事羊公子，不肯過西州。」

[10] 「東窺」句：東窺，戰國・宋玉〈登徒子好色賦〉：「臣里之

美者，莫若臣東家之子。……然此女登牆闚臣三年，至今未許也。」西笑，見前張爾田〈木蘭花慢〉注 12。同宮繭，即同功繭，又名雙宮繭。二蠶以上共作之繭。《爾雅翼・釋蟲一》：「其獨成繭者，謂之獨繭；自二以上，謂之同功繭。」

[11] 庸中佼佼：常人之中較突出者。南朝宋・范曄《後漢書・劉盆子傳》：「卿所謂鐵中錚錚，傭中佼佼者也。」此與上句大意謂雖獲人賞識，然而見人有良伴同行，徒自羨慕，自慚非傑出之士也。

[12] 「問小妹」句：指「青溪小姑」。漢代蔣子文之三妹。南朝宋・劉敬叔《異苑》卷五：「青溪小姑廟，云是蔣侯第三妹。」三國時孫權曾於南京鍾山為築廟，遂祀為神。南朝樂府民歌〈青溪小姑曲〉：「開門白水，側近橋樑；小姑所居，獨處無郎。」唐・李商隱〈無題〉詩：「神女生涯原是夢，小姑居處本無郎。」此處亦指獨處。

[13] 藏山：指著書。西漢・司馬遷〈報任少卿書〉：「僕誠以著此書（指《史記》），藏諸名山，傳之其人。」

[14] 津逮：亦作津達，謂由津渡而抵達。指為學之門徑。

[15] 「傑閣」句：傑閣，唐・韓愈〈記夢〉詩：「隆樓傑閣磊嵬高，天風飄飄吹我過。」此處指圖書館。雲表，雲外。漢・張衡〈西京賦〉：「立脩莖之仙掌，承雲表之清露。」

【評析】

此詞與下闋並載《一厂集》。

丁氏大半生任職圖書館。始在 1941 年，因人介紹，至南京私立澤存圖書館任編目員。42 年返揚州故居。43 至 45 年，均在澤存管理古籍。46 至 50 年，任職南京中央圖書館。52 年獲分配至安徽省圖書館任館員至退休，專責整理、鑒定古籍。因記憶力特強，對館內藏書瞭如指掌，人稱「活目錄」、「活字典」。文革時紅衛兵欲焚毀古書，丁氏拚死保護，以致被毆，而館藏乃得以完好無缺。❿

此詞因重睹舊書簽而追懷往昔「投老書城」、整理舊籍之情形，云一生辛勤，埋跡書庫以至白頭，其中酸苦，鮮為人知。下片感詠平生，自笑孤棲，猶願獻身鄴架，以圖書為伴。甚矣懷楓一生之零落也。早歲失怙，而幼女早亡，孓然一身，倘其為世間村婦俗子，其不墮落沉淪也幾稀。惟以嗜好詩書，性復靈潔，故師友紛紛為之揄揚，當是時，欲求一倚靠，覓一優差，誠非難事。然而守誓不移，甘自举獨，孜孜乎蠹簡芸編之間，其功厥偉而其名甚微，世之恃才識勢位奔走利場沽名釣譽者，讀懷楓故事，能不捫心自省，又能不自慚形穢乎？

金縷曲·前調意有未盡，更成一解，亦不自知言之掩抑零亂也。

攬鏡添新雪[1]。更哪堪驚心臘鼓[2]，歲寒時節。
一寸芸簽無限意[3]，往事千回百折。
清晝永、簾波如纈[4]。
插架琳琅三十萬[5]，老書城不羨黃金闕[6]。

---

❿ 吳昭謙，〈丁寧傳〉，頁 62。

猿鶴訊[7]，久消歇。

十年憔悴江南別。剩無情東流淝水[8]，助人淒咽。
撲面緇塵家何處[9]，身世秋風一葉。
夢不到竹西煙月[10]。
也識此行猶未已，甚鼠肝蟲臂爭偏烈[11]。
何日理，北溪楫。

【注解】

[1] 雪：指白髮。

[2] 臘鼓：古人於臘日或臘前一日擊鼓驅疫。《呂氏春秋·季冬》：「命有司大儺旁磔」漢·高誘注：「今人臘歲前一日擊鼓驅疫，謂之逐除。」此指歲暮。

[3] 芸簽：書簽，借指書籍。唐·李商隱〈為賀拔員外上李相公啟〉：「登諸蘭署，轄彼芸簽。」

[4] 簾波如纈：纈，染有彩文之絲織品，或指眼發花時眼前出現之星點。此處謂簾因風動，如彩文蕩漾。

[5] 「插架」句：架指書架。語出唐·韓愈〈送諸葛覺往隨州讀書〉詩：「鄴侯家多書，插架三萬軸。」鄴侯，指唐代李泌，其家多藏書。三十萬，《還軒詞》內注云：「時丁寧在安徽省圖書館古籍部工作，古籍部有圖書三十萬冊。」

[6] 黃金闕：即黃金閣，華美之殿宇，泛指皇帝封賞功臣之處。又道家謂天上有黃金闕，為天帝所居。宋·柳永〈塞孤〉（一聲雞）詞：「遙指白玉京，望斷黃金闕。」此句指淡薄功名。

[7] 猿鶴訊：猿鶴，指隱逸閒適之生活。元·托克托等撰《宋史·石揚休傳》：「揚休喜閑放，平居養猿鶴，玩圖書，吟詠自適。」另晉·葛洪《抱朴子》云：「周穆王南征，一軍盡化，君子為猿為鶴，小人為蟲為沙。」則指人事之變易也。

[8] 東流淝水：淝水，源出安徽省合肥縣西南紫蓬山，分二道，一支東南流入巢湖，一則西北流入淮河。此句語本宋·姜夔〈鷓鴣天·元夕有所夢〉詞：「淝水東流無盡期，當初不合種相思。」另《還軒詞》中〈鷓鴣天·六二年八月赴黃山重過裕溪口〉有「淝水無情日夕流，十年前事漫尋搜」之句。

[9] 緇塵：見前陳洵〈霜葉飛〉注 7。

[10] 竹西：唐·杜牧〈題揚州禪智寺〉詩：「誰知竹西路，歌吹是揚州。」後人因於其處築竹西亭，又名歌吹亭，在揚州府甘泉縣（今江蘇省揚州市）北。宋·姜夔〈揚州慢〉詞：「淮左名都，竹西佳處，解鞍少駐初程。」後泛指揚州。

[11] 鼠肝蟲臂：《莊子·大宗師》：「偉哉造化，又將奚以汝為？將奚以汝適？以汝為鼠肝乎？以汝為蟲臂乎？」意謂以人之大，亦可以化為鼠肝蟲臂等微賤之物。後因以比喻微末之人或物。

【評析】

此闋當與上篇合讀。上片云時光荏苒，不覺老之已至。感今慨昔，仍以埋首書城為樂，名利於彼，不過爾爾。下片念及舊時同伴諸君子，大率已如逝水東流，飄零殆盡。而己猶秋風一葉，未能還鄉，世間小輩，又爭攘不已，念此益欲理棹歸去矣。詞作於 1962

年，其時政治運動，或已波及於彼。丁氏於 49 年後，創作量大減，雖自云「處幸福之世」，不宜「為酸楚之音」，然當局初期既不推崇舊體，且言獄屢興，其束筆不作，蓋亦明哲保身之法歟？

【集評】

程善之〈與臞禪論詞書〉：「揚城善詞者，只王（叔涵）、丁（寧）兩君。……丁女士自寫其環境，非他人所能望也。……大概境愈逆，情愈悲，則成就愈大。而尤必其人素常抱溫柔敦厚之品格，不甘於舖糟啜醨，時時存蟬蛻滓穢之心而不遂，乃掩抑摧藏而出於文字。凡詩文皆然。特長短句之晦曲艱深，最適於此種情性，詩文所不能及者。於此皆能託之，揚城惟丁女士近此。」（載《詞學季刊》，1935 年創刊號，頁 211）

夏承燾《天風閣學詞日記》（1939 年 10 月 13 日）：「懷楓之遇奇慘，其人亦奇，胸襟坦白，自忘為一女子，朋友亦忘其為女子，宜其詞必傳也。」

1938 年 10 月 4 日：「燈下誦丁女士朝沐詩二首……又誦其還軒詞，尤深嘆佩。吾溫數百年來女流，無此才也。」

1941 年 2 月 19 日：「懷楓忼爽有男性。雖身世甚苦，而能自排遣。詞則悲抑哀怨，不似其人。」

1941 年 2 月 24 日：「懷楓意度高爽，談吐雲上，而下筆伊鬱悽惶，使未接其人，將疑為如說部中之林顰卿矣。」

周延年〈《還軒詞存》初校跋〉：「昔者，先叔夢坡翁曾與朱彊村年丈，於杭之西溪秋雪庵建兩浙詞人祠堂，祀唐張志和而下千有餘人。而閨閣詞人數甚寥落，舍清照、淑真外無著名者。今君所

遭較漱玉、幽棲為尤酷，而其詞之低回百折，淒沁心脾，雖不外個人得失，亦未始非舊社會制度下呻吟之音也。」（載《還軒詞》）

施蟄存《北山樓鈔本跋》：「余展誦終卷，驚其才情高雅，藻翰精醇，琢句遣詞謹守宋賢法度，製題序引亦雋潔古峭，不落明清凡語，知其人於文學有深詣也。並世閨閣詞流，余所知者有：曉珠、桐花二呂，碧湘、翠樓二陳，湘潭李祁，鹽官沈子苾，潮陽張蓀簃，俱擅倚聲，卓爾成家。然以還軒三卷當之，即以文采論，亦足以奪幟摩壘。況其賦情之芳馨悱惻，有過於諸大家者。此則辭逐魂銷、聲為情變，非翰墨功也。昔譚復堂謂咸同兵燹，成就一蔣鹿潭，余亦以為抗日之戰，成就一還軒矣。若其遭逢喪亂，顛沛流離，又與漱玉無殊。讀其詞者，豈能不悲其遇！漱玉古人矣，還軒猶在。百劫餘生，寄跡皖中，隱於柱下。」（載《還軒詞》）

陳聲聰（兼與）《讀詞枝語》：「維揚丁懷楓（寧）女士，今代之漱玉也。有《還軒詞存》四卷，語多淒抑。」（《填詞要略及詞評四篇》，頁98-99）

陳聲聰（兼與）〈論近代詞絕句〉：「秋風身世共飄零，淒咽寒蟬那忍聽。但望老師眼如月，長留詩卷鎮垂青。」（《填詞要略及詞評四篇》，頁187）

馬祖熙〈與施議對論詞書〉：「幽香冷艷，沁人心脾。小令出入於小晏、淮海諸家，才情之高，不讓漱玉，借使生於北宋，固當與漱玉為姐妹行。長調摩壘白石、碧山，而清淒悱惻之情，實有過之。讀其〈金縷曲〉『搔首幾回將天問，問神州何日煙塵歇』。〈薄媚摘遍〉『沉沉雲樹，渺渺山川，消息阻烽煙。悵望天涯，天涯不似故鄉遠。』非僅以感傷個人身世而已也。」（載施議對編，

《當代詞綜》第二冊，頁 964-965）

郭沫若〈與丁寧書〉：「《詞存》讀了一遍，清冷澈骨，悱惻動人，確是你的心聲，微嫌囿於個人身世之感，未能自廣。」（載《還軒詞》）

劉夢芙〈「五四」以來詞壇點將錄〉（地慧星一丈青扈三娘）條：「其一生境遇，悲苦淒涼，早期之作，已若午夜哀鵑，聲聲啼血；中年以後，融個人身世之悲入社稷山河之慨，思力愈深，境界益廣。雖婉約之作居多，但絕不為冶豔軟媚語，於藻采中見骨力，芬馨中出神駿，孤標傲雪，獨具風神。偶為壯詞，則劍氣飛騰，雄渾蒼莽，直欲平視辛、劉。入兩宋之室而不為所囿，變化生新，風格多采，其藝術創造力，同時名家多未易企及，洵詞林萬選之才，北山先生推挹備至，良有以也。」（頁 37）

劉夢芙〈冷翠軒詞話〉：「丁氏多抒寫個人身世之悲，故其詞清冷悱惻，澈人心骨，最易下讀者同情之淚；沈氏〔祖棻〕終身未離教育，詞則飽含天下之憂，詞境較還軒為廣，思想價值極高。丁詞非無蒼生社稷之哀，亦頗有力作，然數量未及沈之沉沉夥頤也。……兩家俱全面繼承南唐兩宋宗風，皆鑄語精工，守律嚴細，以委婉幽深、空靈馨逸為主要特色，然丁詞淒咽，冷峭中雖蘊熱腸，終帶冰雪清峻之氣；沈詞哀摯，蒼涼中寓綿綿溫厚之忱。丁詞之骨傲，沈詞之情長。兩家均有因有革，沈詞本色當行，風格較為純正統一；丁詞則主旋律中時有變奏，作銅琶鐵板之聲。沈詞融流麗於端莊，丁詞婀娜中含剛健。沈詞如秋水芙蕖，丁詞似雪間梅蕊。沈詞獨擫仙子紫雲之簫，丁詞偶化奇俠吟龍之劍。」（頁 104）

劉夢芙〈高陽臺·讀《還軒詞》題後〉：「夢幻梨雲，魂銷疊影，淒涼怕聽鵑聲。烽火江關，可堪萍梗飄零。廿年家國滄桑感，譜清商，彈徹哀箏。任西風，吹瘦黃花，不減芳馨。　垂虹月冷揚州路，悵詞仙已渺，永隔蓬瀛。絕調誰傳？空留曠代才名。易安魂魄靈均淚，訴孤衷，難問蒼冥。展遺篇，腸斷深宵，夜雨淋鈴。」（載劉氏，〈懷楓詞人丁寧及其詞〉，頁 261）

吳萬平〈丁寧其人〉：「她的詞師承南宋婉約派李清照，兼采眾長，具有守律謹、感情誠摯、清冷哀怨的特色。」（載《深圳商報》2003 年 7 月 5 日）

沈祖棻《涉江詞》選

沈祖棻（1911-1977），字子苾，別署紫曼，筆名絳燕、蘇珂。原籍浙江海鹽，生於蘇州。八歲入私塾，後入讀上海坤範女子中學、上海南洋女子中學。1931 年考入南京中央大學文學院中國文學系，從汪東學詞，又與女同窗組織詞社「梅社」，以〈浣溪沙〉（芳草年年記勝遊）一闋得其師輩推許，因詞中「有斜陽處有春愁」一句獲「沈斜陽」之譽。1934 年畢業，考入金陵大學國學研究班，受吳梅、汪東影響，從此致力為詞。1936 年學成後任報社編輯，半年後因不欲「拜訪貴夫人而去職。」[1] 1937 年抗戰爆發，避難安徽屯溪，與程千帆在該地成婚，旋轉徙各處。1942 年至 1946 年，先後任教於成都金陵大學、華西協合大學中文系。抗戰勝利，程千帆獲武漢大學聘，祖棻因隨赴武昌養疾。1952 年後，歷任江蘇師範學院、南京師範學院、武漢大學中文系教職，至 1975 年退休。1977 年 6 月 27 日，在武漢珞珈山遇車禍辭世。

祖棻著有《唐宋詞賞析》、《唐人七絕詩選析》等學術著作，另與程千帆合撰有《古典詩歌論叢》及《古詩今選》。文學創作有

---

[1] 見沈氏《自傳》，引自馬興榮，〈沈祖棻年譜〉，載《詞學》（上海：華東師範大學出版社，2006 年），第 17 輯，頁 264。

白話小說及新舊體詩，而以詞最負盛名，錢仲聯〈近百年詞壇點將錄〉列為「地慧星一丈青扈三娘」。所著《涉江詞》，以《楚辭・九章》篇目及《古詩十九首》之「涉江採芙蓉」為集名，凡五卷 408 闋，另有外集一卷，收詞 104 闋，共 512 闋，俱見於《沈祖棻詩詞集》。程千帆於該書總目序錄云：「其涉江詞稿五卷、涉江詩稿四卷，初在南京油印，旋又分別在長沙、福州出版；別有詞集一卷，蓋定稿時所刪汰者，則近歲始由老友施蟄存先生刊之詞學。」又據劉慶雲曰：「沈祖棻先生之《涉江詞》在『文革』後，先以油印本的形式流傳於友朋之間，後正式出版，公開發行，且一版再版，發行達三萬餘冊，依然供不應求。」❷可見其普及程度甚廣。

《涉江詞》工於短調，尤多興寄諷時之作，甚饒風人之旨。偶亦能鎔鑄新名詞，如〈浣溪沙〉云：「碧檻瓊廊月影中。一杯香雪凍檸檬。新歌爭播電流空。　風扇涼翻鬢浪綠，霓燈光閃酒波紅。當時真悔太怱怱。」然論瑰奇壯麗，則不若呂碧城。居四川樂山養疾時，所作略趨閒淡，如〈點絳唇〉云：「近水明窗，煙波長愛江干路。亂笳聲苦，移向山頭住。　徑曲林深，惟有雲來去。商量處，屋茅須補，莫做連宵雨。」汪東評曰：「大抵如幽蘭翠篠，洗淨鉛華。彌淡彌雅，幾於無下圈點處。境界高絕。」祖棻亦如傳統閨秀，頗多相思怨別之調，佳句散見諸篇，如〈臨江仙〉云：「微生如可戀，辛苦為思君。」〈鷓鴣天〉云：「夢魂欲化行雲去，知泊巫山第幾峰。」「自憐久病惟差死，但許相忘便是

---

❷ 劉慶雲，〈入人至深，行世尤廣——從接受感悟沈祖棻《涉江詞》之特色〉，載《詞學》第 17 輯，頁 1）

恩。」〈燭影搖紅〉云：「闌干四面下重簾，不斷愁來路。」〈薄倖〉云：「便明朝真有書來，還應祇是閒言語。」〈浣溪沙〉云：「未定相知期後世，已教結習誤今生。」考諸所紀生平，似皆空中語，或別有所指。唯平庸處亦自不少，頗傷氣格。人或目之為現代之李清照，然其佳處，則頗具一己之面目，至若論政議時之什，歷代閨秀鮮能企及。1949 年後傳詞僅四闋，其故唯閑堂老人程千帆知之。

祖棻多病，集中每言及，篆灰蠟淚之語，紛陳迭出，讀之使人不快。汪東評〈踏莎行〉云：「淒苦極矣。作者謂我詞過悲，我於作者亦云然耳。」按本書所選女詞人，遭際皆離奇曲折，碧城自放海外，丁寧所遇非人，二人者俱獨居無偶。祖棻得一千帆，可謂勝彼百倍矣，然又誤於庸醫之手，致經年與藥裹為伍。後生活稍安，不意竟歿於奇禍，此又較碧城與丁寧為慘也。昔人云紅顏薄命，多由於社會制度男女不公所至，斯何世也，而復有呂、丁、沈三人之厄遇，天實為之歟？其固有意以百凶成就彼等之詞境歟？

浣溪沙

芳草年年記勝游。江山依舊豁吟眸[1]。
鼓鼙聲裏思悠悠[2]。

三月鶯花誰作賦？一天風絮獨登樓。[3]
有斜陽處有春愁。

【注解】

[1] 豁吟眸：豁，開闊。即「開闊詩人眼界」之意。

[2] 鼓鼙：見前張爾田〈臨江仙〉（一自中原鼙鼓後）注 1。

[3] 「三月」二句：三月鶯花，用南朝梁·丘遲〈與陳伯之書〉句：「暮春三月，江南草長，雜花生樹，群鶯亂飛。」風絮，隨風飄轉之柳絮。宋·賀鑄〈青玉案〉詞：「一川煙草，滿城風絮，梅子黃時雨。」

【評析】

詞載《涉江詞》甲稿卷首，沈氏夫婿程千帆箋（以下簡稱「程箋」）云：「此篇一九三二年春作，末句喻日寇進迫，國難日深。世人服其工妙，或遂戲稱為沈斜陽，蓋前世王桐花〔王士禎〕、崔黃葉〔崔華〕之比也。祖棻由是受知汪先生〔汪東〕，始專力倚聲，故編集時列之卷首，以明淵源所自。」（頁 49）又程氏〈沈祖棻小傳〉云：「1932 年春天，這個性格沉靜的蘇州姑娘在中央大學文學院院長兼中文系主任汪東先生講授的詞選課的一次習作中，寫了一首〈浣溪沙〉……汪先生對 1931 年九一八事變後的民族危機在一個少女筆下有如此微婉深刻的反映，感到驚奇，就約她談話，加以勉勵。從此，她對於學詞的興趣更大，也更有信心了。」❸乃知此詞為沈氏求學時期之課堂習作。然而出手不凡，已微露大家氣象。汪東序《涉江詞稿》云：「余惟祖棻所為，十餘年來，亦有三

---

❸ 鞏本棟編，《程千帆沈祖棻學記》（貴陽：貴州人民出版社，1997 年），頁 397-398。

變：方其肄業上庠，覃思多暇，摹繪景物，才情妍妙，故其辭窈然以舒。」張春曉亦云：「1932-1936 這一時期的詞多為吳〔梅〕、汪兩先生出題的習作，體裁側重長調，在 33 首中占到 25 首。」❹此詞屬小令，固是「才情妍妙」之作，然亦不乏深緻。

詞上片寫江山勝景觸動吟懷，惜邊境不靖，惹人憂思。下片以問句開首，云當此好春三月，竟無人作賦；登樓縱望，目之所及，無處不愁。按「斜陽」意象，於詩詞中每指國勢頹敗，如辛棄疾〈永遇樂〉（千古江山）詞云：「休去倚危欄，斜陽正在，煙柳斷腸處。」暗寓南宋傾危之局面。至民國遺老詞中，則指滿清皇朝。如況周頤〈買彼塘〉（又悤悤）云：「斜陽過也，著意看新月」，趙尊嶽《蕙風詞史》釋云：「易代之感，以逝者托於斜陽，來者謂之新月，令後之視今，亦猶今之視昔，微尚所寄，有如此者！」❺

祖棻在學時，已深具憂國憂民之意識，此亦為其後來詞作之基調。其影響乃受自業師汪東。〈八聲甘州〉（記當時烽火絳帷紅）一詞序云：「憶余鼓篋上庠，適值遼海之變，汪師寄庵每諄諄以民族大義相誥諭。卒業而還，天步尤艱，承乏講席，亦莫敢不以此勉勗學者。十載偷生，常自恨未能執干戈，衛社稷……」考諸沈氏與後學之通訊，確亦屢強調以國家民族、道德人格為創作之方向，如 1947 年 3 月 24 日致盧兆顯書云：「嘗與千帆論及古今第一流詩人（廣義的）無不具有至崇高之人格，至偉大之胸襟，至純潔之靈

---

❹ 張春曉，〈《涉江詞》誦詞記略提要〉，載《中國韻文學刊》，2000 年第 2 期，頁 99。

❺ 《詞學季刊》，1933 年第 1 卷第 4 號，頁 80。

魂，至深摯之感情，眷懷家國，感慨興衰，關心胞與，忘懷得喪，俯仰古今，流連光景，悲世事之無常，嘆人生之多艱，識生死之大，深哀樂之情，為天地立心，為生民立命，夫然後有偉大之作品。其作品即其人格心靈情感之反映及表現，是為文學之本。」❻求諸現代詞人，若祖棻如此孜孜以文章道德為使命者，誠不多見，而論者亦每著眼其詞中之愛國元素，故雖稱之曰女杜甫，恐亦不為過。

無獨有偶，丁寧之《還軒詞》亦以〈浣溪沙〉為卷首，劉夢芙云「二詞皆言『芳草』，皆寫『春愁』，但懷楓乃抒發一己之哀怨，祖棻則別懷家國之深憂。」❼其或以為祖棻在丁寧之上耶？

【摘評】

汪東：「後半佳絕，遂近少游。」（見《涉江詩詞集》）

尉遲杯·醫院被災，余衣物盡燬於火。素秋、天白[1]先後有綈袍[2]之贈，賦此為謝。

歸來晚。嘆繡閣、一桁餘香遠[3]。
愁他薄雨微寒，閒了熏爐煙篆[4]。
脂痕酒唾[5]，曾惜取、京華舊塵染[6]。

---

❻ 見沈祖棻著，張春曉編，《沈祖棻全集》（石家莊：河北教育出版社，2000年），第2冊《微波辭》，頁234。

❼ 劉夢芙，〈冷翠軒詞話〉，頁102。

怕銀屏、一夕西風[7]，便催秋夜刀翦[8]。

遙寄蜀錦吳綿[9]。初展拂、淒涼客意先暖。
翠縷金針輕度處，尚彷彿、情絲宛轉[10]。
應留待、收京出峽，好珍重、詩書共笑卷[11]。
便吟箋、寫遍相思，莫教珠淚頻點。

【注解】

[1] 素秋、天白：素秋，即尉素秋（?-2003）。江蘇碭山人。任卓宣妻。沈祖棻在讀南京中央大學中文系時之同學，班中詞社「梅社」之成員，筆名「西江月」。49 年後居台灣。曾任成功大學中文系主任、台灣東海大學中國文學研究所兼任教授。曾於 1966 年發行《文學季刊》。著有《秋聲詞》。
天白，程箋云：「徐品玉，字天白，江蘇常熟人，中央大學中文系畢業，卜少夫妻，時與尉素秋皆居香港。」

[2] 綈袍：厚繒製成之袍。戰國時范雎事魏中大夫須賈，遭其謗，笞辱幾死。後逃秦改名張祿，仕秦為相。魏聞秦將東伐，命須賈使秦，范雎喬裝，敝衣往見。須賈憐其寒而贈一綈袍。後知雎即秦相張祿，惶恐請罪。雎以賈尚有贈袍念舊之情，乃釋之。見《史記・范雎蔡澤列傳》。後用作念舊之典故。

[3] 「嘆繡閣」句：繡閣，猶繡房。女子居室裝飾華麗，故稱。宋・柳永〈夜半樂〉詞：「到此因念，繡閣輕抛，浪萍難駐。」桁，本指梁上或門框、窗框上之橫木。亦作量詞，用於橫懸之物，猶言「一掛」。南唐・李煜〈浪淘沙〉（往事只堪

哀）詞：「秋風庭院蘚侵階，一桁珠簾閒不捲，終日誰來？」此句指離家日久。

[4] 熏爐煙篆：熏爐，用以熏香或取暖之爐。宋·李清照〈浣溪沙〉（髻子傷春慵更梳）詞：「玉鴨熏爐閒瑞腦，朱櫻斗帳掩流蘇。遺犀還解辟寒無？」篆，見前呂碧城〈浪淘沙〉（寒意透雲幬）注2。

[5] 脂痕酒唾：此處指衣上沾染之胭脂及酒漬。宋·吳文英〈鶯啼序·豐樂樓節齋新建〉詞：「為洗盡、脂痕茸唾，淨卷麴塵，永晝低垂，繡簾十二。」

[6] 「京華」句：語本南朝齊·謝朓〈酬王晉安〉詩：「誰能久京洛，緇塵染素衣。」

[7] 銀屏：鑲銀之屏風。唐·白居易〈長恨歌〉：「攬衣推枕起徘徊，珠箔銀屏邐迤開。」

[8] 便催秋夜刀剪：此與上句指秋夜風寒，似催人加緊裁剪衣裳。語本唐·杜甫〈秋興八首〉其一：「寒衣處處催刀尺，白帝城高急暮砧。」

[9] 蜀錦吳綿：四川出產之彩錦及江南一帶所產之絲綿。此指友人所贈之綈袍。

[10] 翠縷金針：製衣所用針線之美稱。

[11] 「應留待」數句：語本唐·杜甫〈聞官軍收河南河北〉詩：「卻看妻子愁何在，漫捲詩書喜欲狂。……即從巴峽穿巫峽，便下襄陽向洛陽。」另杜甫有〈收京〉詩三首。數句謂期待收復失地。

【評析】

此闋載《涉江詞》乙稿。時維 1940 年，祖棻與夫避日寇入川，因驗出腹中生瘤，自雅州至成都割治，旋醫院遭祝融之劫，乃與千帆暫住唐圭璋小福建營寓所，尉素秋、徐品玉各贈衣慰問。

此感激故人之作也。處處扣緊題目，不即不離。上片云年來奔走道途，歷盡風雨，致令舊衣塵染。下片申述謝意，謂友人所贈，如雪中送炭，物輕而情重。篇末不忘表露光復之願，雖自顧不暇而尚憂國如此，更覺其品行之高潔。而黨國要人，豪家貴胄，其時尚有「玉樓香暖舞衫單」或「下箸厭甘肥」者（〈虞美人·成都秋詞〉五首），何炎涼之迴異若是也。

汪東序《涉江詞稿》，云祖棻自寇亂後詞風又歷一變：「迨遭世板蕩，奔竄殊域，骨肉凋謝之痛，思婦離別之感，國憂家恤，萃此一身。言之則觸忌諱，茹之則有未甘，憔悴呻吟，唯取自喻，故其辭沈咽而多風。」讀祖棻詞者，可以此語為準的。

【摘評】

汪東：「（應留待二句）是何神力！」

水龍吟·與千帆[1]共檢行篋，得舊日往返書簡數百通。離亂經年，歡悰都盡[2]，因將綺語[3]，悉付摧燒。紀之以詞云爾。

幾年塵篋重開，古芸尚護相思字[4]。

釵盟鈿約[5]，此中多少，故歡清淚。

學寫鴛鴦，暗瞞鸚鵡，封題猶記[6]。

更飄燈隔雨[7]，吟箋小疊，憑商略、游春意[8]。

惆悵玉爐紅起，攬三生[9]、夢痕都碎。
傳恩遞怨，風懷漸老，柔情漫費[10]。
煙裊殘絲，灰溫賸火[11]，舊愁消未？
算從今但有，平安一語，倩飛鴻寄。

【注解】

[1] 千帆：作者夫婿程千帆（1913-2000）。原名逢會，改名會昌，字伯昊，別號閑堂，千帆乃其筆名。祖籍湖南寧鄉。金陵大學文學士，曾任教於四川大學、武漢大學、南京大學，兼任國家古籍整理出版規劃小組顧問、江蘇省文史研究館館長。為現代著名文史學家。著有《文論十箋》、《古詩考索》、《史通箋記》等。

[2] 歡悰：悰，歡樂。東漢·班固《漢書·廣陵王劉胥傳》：「何用為樂心所喜，出入無悰為樂亟。」唐·顏師古注引韋昭云：「悰亦樂也。」南朝梁·何遜〈與崔錄事別兼敘攜手〉詩：「道術既為務，歡悰苦未並。」

[3] 綺語：言情之辭。佛教指涉及閨門、愛慾之艷辭及一切雜穢語。十善戒中列為四口業之一。唐·釋道世撰《法苑珠林》卷八八引《成實論》：「雖是實語，以非時故，即名綺語。或是時以隨順衰惱無利益故，或雖利益，以言無本，義理不次，惱心說故，皆名綺語。」

[4] 「幾年」兩句：篋，小箱。塵篋，謂久不開啟之行篋積滿塵

埃。芸，香草名。即芸香。《禮記·月令》：「（仲冬之月）芸始生。」宋·沈括《夢溪筆談·辨證一》：「古人藏書辟蠹用芸。芸，香草也。今人謂之『七里香』者是也。」此二句謂因篋中放置芸香，故舊簡得免蟲蛀。

[5] 釵盟鈿約：與情人締結盟誓。唐·白居易《長恨歌》：「唯將舊物表深情，鈿合金釵寄將去。」

[6] 「學寫」數句：學寫鴛鴦，鴛鴦雌雄偶居不離，故借指情人。此處指情書。宋·李元膺〈十憶詩〉之五：「袖紗密掩嗔郎看，學寫鴛鴦字未成。」暗瞞鸚鵡，語本唐·朱慶餘〈宮中詞〉：「含情欲說宮中事，鸚鵡前頭不敢言。」因鸚鵡能學舌，故在其前頭，不敢道出心事。封題，緘信並於封口題簽。

[7] 飄燈隔雨：語本唐·李商隱〈春雨〉詩。見前陳洵〈鶯啼序〉注 16。

[8] 商略：商討，或準備。宋·姜夔〈點絳脣〉詞：「燕雁無心，太湖西畔隨雲去。數峰清苦，商略黃昏雨。」

[9] 三生：佛教語。指前世、今世、來世。

[10] 「傳恩」數句：風懷，風情，指男女間之情愛。清·朱彝尊有〈風懷詩〉二百韻。此處謂年長後男女之情已淡薄，舊時寄遞之情信，今日看來不過徒費心力。

[11] 賸：即剩餘。

【評析】

此篇載《涉江詞》乙稿。約作於 1941 年。上片云檢閱舊函，感念從前與夫婿間之纏綿綺語及密約佳期。下片云此類兒女間之恩怨，不足傳世，遂拉雜摧燒之，舊時種種，亦隨即灰飛煙滅。結云今後修書，但報平安足矣，勿再綴相思之字。

作者外孫張春曉著〈《涉江詞》誦詞記略提要〉一文云，1940至 42 年間，沈氏作品中情感之表現有兩方面之發展，其一為「鄉關情緒已經融入深重的國仇家恨，思鄉中憂生憂世的意識日益增強，情感大量外釋，從溫和到激烈。」其二則為積澱中之下沉，「表現出一種近乎沉著、超然的情思。」如論此闋末句云：「是詞人在感情上力圖從絢爛歸於平靜的自白。」蓋流寓西蜀五年，家國之思已使其「憔悴不堪」，「一段平靜的生活後，她已經能夠從一味焦灼、憂慮的狀態中稍稍放鬆一下，對這些感情進行總結和反省，而不是一味消極地沉溺在痛苦中不可自拔。……一首〈水龍吟〉便已透露出她要求重新梳理感情、分流感情的信息。」（頁100）

張氏之說或有一定道理，然筆者讀此詞，殊感前人燬棄綺語之非。黃山谷為法雲秀所詈，云作綺語者當下犁舌地獄，山谷雖不以為然，猶以「空中語」作辨。至如晉相和凝，則恐為艷詞所玷，乃焚棄舊集，自掃其跡矣。既為之，又多方以飾之，是偽也。吾國士人傳世之文章，多僅具道德面貌，求其真性情，則百不得一焉，此亦儒教之弊也。若朱彝尊之「不刪風懷二百韻」，鮮矣！今世文人，則頗有不畏人言，將私生活公諸於世者，如魯迅與許廣平之《兩地書》，郁達夫之〈毀家詩紀〉，雖偶有過當，猶勝於弄一假面具掩人耳目。雖然，祖棻之焚棄舊函，或有感於國族危難，而自慚於此等「無益於世」之辭，與和凝等專事艷詞固不可同日而語。然彼至情至性之一面，亦隨而付諸一炬，惜哉！為文者苟情真意切，又何傷乎綺語？吾國傳統士人，受「文以載道」之影響過重（祖棻之文學觀亦有此傾向），以致個人感情生活之表達，亦以為有傷風化，遂每被埋沒。其中利弊，識者當知之也。

劉夢芙〈冷翠軒詞話〉品評丁寧及祖棻優劣曰：「丁氏多抒寫個人身世之悲，故其詞清冷悱惻，澈人心骨，最易下讀者同情之淚；沈氏終身未離教育，詞則飽含天下之憂，詞境較還軒為廣，思想價值極高。丁詞非無蒼生社稷之哀，亦頗有力作，然數量未及沈之沉沉夥頤也。」（頁 104）似亦以「文以載道」為評論之尺度。

浣溪沙（十首其五）

司馬長卿[1]有言：賦家之心，苞括宇宙[2]。然觀所施設，放之則積微塵為大千[3]，卷之則納須彌於芥子[4]。蓋大言小言，亦各有攸當焉[5]。余疴居拂鬱[6]，托意雕蟲[7]。每愛昔人游仙之詩[8]，旨隱辭微，若顯若晦。因效其體制，次近時聞見為令詞十章。見智見仁，固將俟高賞。壬午三月[9]。

不記青禽寄語時[10]。銀河欲渡故遲遲。
紅牆咫尺費相思[11]。

玉牒瑤函虛舊約[12]，雲階月地有新期[13]。
人天離合了難知。

【注解】

[1] 司馬長卿：西漢司馬相如（前 179－前 117），字長卿，漢蜀郡成

都人。景帝時為武騎常侍，後稱病免官。復以〈子虛賦〉得武帝賞識，又作〈上林賦〉以獻，拜為郎。後奉使西南，轉遷孝文園令。為漢代最重要之辭賦家。

[2] 「賦家之心」二句：語出《西京雜記》卷二，舊題西漢·劉歆撰。

[3] 積微塵為大千：大千，佛教語。「三千大千世界」之省稱，亦稱「大千世界」。指廣闊無垠之世界。佛教謂以須彌山為中心，七山八海交繞之，更以鐵圍山為外郭，是謂一小世界，合一千小世界為小千世界，合一千小千世界為中千世界，合一千中千世界為大千世界，總稱為三千大千世界。後秦·鳩摩羅什譯《金剛般若波羅蜜經·如法受持分第十三》：「須菩提，於意云何。三千大千世界所有微塵。是為多不。須菩提言，甚多，世尊。」

[4] 納須彌於芥子：須彌，須彌山簡稱，梵語 sumeru 之譯音。或譯為須彌樓、修迷盧、蘇迷盧等。有「妙高」、「妙光」、「安明」、「善積」諸義。原為古印度神話中山名，後佛教采用之，指小世界之中心。宋·釋道誠撰《釋氏要覽·界趣》：「《長阿含》并《起世因本經》等云：四洲地心，即須彌山。此山有八山遶外，有大鐵圍山，周迴圍繞，并一日月晝夜回轉照四天下。」芥子，芥菜種子，指甚微細之物。後秦·鳩摩羅什譯《維摩詰經·不可思議品》：「若菩薩住是解脫者，以須彌之高廣，內芥子中，無所增減，須彌山王本相如故。」後以「芥子須彌」喻諸相皆非真，巨細可以相容。

[5] 大言小言：大言，重大之言論。小言，卑微不合大道之言論。

語出《莊子・齊物論》：「大言炎炎，小言詹詹。」各有攸當，攸，助詞，所也。此言大言小言，皆有其理。

[6] 疴居拂鬱：疴，病。拂鬱，鬱悶。東漢・王逸《楚辭章句・九歌》序：「屈原放逐，竄伏其域，懷憂苦毒，愁思拂鬱。」

[7] 托意雕蟲：謂從事詞章創作。語出東漢・揚雄《法言・吾子》：「或問：『吾子少而好賦？』曰：『然。童子雕蟲篆刻。』俄而曰：『壯夫不為也。』」蟲指蟲書，刻指刻符，各為字體之一種。後以雕蟲篆刻喻詞章小技。

[8] 游仙之詩：晉・郭璞作〈游仙詩〉。南朝梁・鍾嶸《詩品》卷中云：「〈翰林〉以為詩首，但〈游仙〉之作，詞多慷慨，乖遠玄宗。」後游仙詩成為詩歌題材之一種，每託神遊仙界，以抒作者胸中塊壘。

[9] 壬午：即 1942 年。

[10] 青禽：即青鳥。喻信使。唐・歐陽詢等撰《藝文類聚》卷九一引舊題東漢・班固《漢武故事》：「七月七日，上（漢武帝）於承華殿齋，正中，忽有一青鳥從西方來，集殿前。上問東方朔，朔曰：『此西王母欲來也。』有頃，王母至，有兩青鳥如烏，挾侍王母旁。」

[11] 紅牆：與上句語本唐・李商隱〈代應〉詩：「本來銀漢是紅牆，隔得盧家白玉堂。」清・黃景仁〈綺懷〉詩十六首其十五云：「幾回花下坐吹簫，銀漢紅牆入望遙。」原指與情人分隔。據程箋，紅牆指蘇聯，蓋首都莫斯科市中心有廣場曰紅牆。

[12] 玉牒瑤函：玉牒，古代帝王封禪、郊祀之玉簡文書。西漢・司

馬遷《史記・孝武本紀》：「封泰山下東方，如郊祠泰一之禮。封廣丈二尺，高九尺，其下則有玉牒書。」亦指佛道之書。晉・葛洪《抱樸子・黃白》：「《玉牒記》云：『天下悠悠，皆可長生也；患於猶豫，故不成耳。』」瑤函，玉製之書套。佛家、道家用以貯藏經文、符籙。唐・李嶠〈昭覺寺釋迦牟尼佛金銅瑞像碑〉：「瑤函玉檢，答宇宙之隆平；寶網珠幢，迎天人之勝福。」此處指蘇俄與各國簽訂之和平盟約。

[13] 雲階月地：以雲為階，以月為地。指天上。唐・杜牧〈七夕〉詩：「雲階月地一相過，未抵經年別恨多。」此處寄望國際間有新之局面。

【評析】

此闋載《涉江詞》乙稿。時祖棻在四川樂山養疾。是年（1942）一月，中、美、英、蘇等二十六國在華盛頓簽訂共同反對法西斯侵略之聯合宣言。祖棻所作，皆託以游仙之語隱諷各國爾虞我詐、出爾反爾之面目。程箋曰：「此十首皆詠時事，序意已明。」析此闋曰：「此第五首，慨當時蘇聯態度變幻莫測，令人迷惘也。時歐洲各國均玩弄兩面手法，而蘇聯尤甚。一九三九年八月，與德國簽訂互不侵犯條約，次年四月，又與日本簽訂內容相同之條約。與日簽約，乃在英法對德宣戰之後。此種舉動，顯然無助於全世界進步人民反對德意日法西斯之正義事業，亦違背蘇聯一貫倡導和平之宗旨。上闋首句青禽寄語，比蘇聯與西方過去為維護和平所作之努力，如一九三九年春夏間捷克事件演變至最高潮時，英蘇曾談判建立和平陣線之類。李商隱代應詩云：『本來銀漢是紅牆。』第二三句即用其語，以見反法西斯聯合戰線成立之難，而寄望於蘇聯。下闋首兩句，虛舊約，有新期，謂國際間之暮楚朝秦，翻雲覆雨，而特指蘇聯與德日之簽約也。末句直抒迷惑不解之意。」（頁 99）析之甚詳，毋庸復作解人矣。

祖棻詞善用比興，甚饒惝恍迷離之緻。其師汪東亦嘗指出：「《涉江詞》……或托諸屈原香草，郭璞遊仙。其間微意，有非時人所能領會者……」❽甲稿〈臨江仙〉八首、丙稿〈鷓鴣天·華西壩春感〉四首、〈浣溪沙〉三首、戊稿〈鷓鴣天〉八首，皆切合時事，有弦外之音，然倘無程箋解構，恐亦甚難求證。或謂祖棻處開明之世，大可直陳其事，不必如阮嗣宗輩借物託喻，斯言亦謬矣。吾國詩詞之佳者，在於比興之運用，表義之外，復有含義，使人讀之，各有所得。譬如登山，初則僅見山之大勢，而不得其中奧秘，及入山，蜿蜒而上，溪流澗谷，好鳥幽花，乃紛現眼前。後至山頭，居高臨下，見天地之大，乃知從前所見，實屬皮相。此亦祖棻詞引人入勝處也。設使皆明白端出，則失之質直，了無餘味矣。

法國哲學家波爾迪厄（Pierre Bourdieu，1930-2002）於《區別：品味鑒證之社會批評》一書中，論及藝術品與觀賞者之距離時，指曾受藝術訓練之知識份子，乃能識別藝術品之「第二層意義」（stratum of secondary meanings，亦即含義），普羅大眾則僅可憑感官直覺獲得其「表層意義」（primary stratum of the meaning）。❾祖棻詞與讀者

---

❽ 汪東，〈寄庵隨筆·涉江詞〉，載《程千帆沈祖棻學記》，頁 439。

❾ Pierre Bourdieu, *Distinction: A Social Critique of the Judgement of Taste* (London: Routledge, 1984), pp. 2-3.

之間，亦有一定之藝術距離，故需細加品味，非如通俗作品可一目了然也。

此組作品之第一闋（蘭絮三生證果因），喻抗戰初期之局面，葉嘉瑩〈從李清照到沈祖棻〉一文（頁 12-13），亦有論及，讀者可參詳。

天香·藕

菰渚風多，蓮房露冷[1]，鴛鴦夢易驚散。
恨惹千絲，肌消雙腕，賸有此情難斷。
相思寸寸，空負卻、玲瓏心眼。
漫說汙泥素節，還輸鬧紅零亂[2]。

牽縈舊愁宛轉，記調冰、那人曾伴[3]。
懶共翠瓜朱李，玉盤初薦[4]。
留取靈犀一點[5]。怎忍說、微波自今遠[6]。
怕種同心，銀塘淚滿[7]。

【注解】

[1] 「菰渚」二句：菰，水生草本植物，果實狹圓柱形，名「菰米」，一稱「雕胡米」，可作飯。菰渚，即長滿菰草之水涯。蓮房，即蓮蓬。此二句語本唐·杜甫〈秋興八首〉詩之一：「織女機絲虛夜月，石鯨鱗甲動秋風。波漂菰米沉雲黑，露冷蓮房墜粉紅。」

[2] 「漫說」二句：汙泥，宋・周敦頤〈愛蓮說〉：「出污泥而不染。」鬧紅，指蓮花色甚鮮，予人熱鬧之感。宋・姜夔〈念奴嬌〉詞：「鬧紅一舸，記來時、嘗與鴛鴦為侶。」古人用「鬧」字形容花色，當數宋詞人宋祁「紅杏枝頭春意鬧」（〈玉樓春〉）一句最著。

[3] 調冰：語本唐・杜甫〈陪諸貴公子丈八溝攜妓納涼晚際遇雨二首〉詩其一：「公子調冰水，佳人雪藕絲。」謂以冰調蓮藕為消暑之食。

[4] 翠瓜朱李：瓜、李皆為夏日佳品。三國・曹丕〈與吳質書〉：「浮甘瓜於清泉，沉朱李於寒水。」合後句謂藕之格調高於瓜李，不與同載一盤。

[5] 靈犀一點：舊說犀角中有白紋如線直通兩頭，感應靈敏。因用以喻心靈互感。唐・李商隱〈無題〉詩二首之一：「身無彩鳳雙飛翼，心有靈犀一點通。」

[6] 微波：微細之波浪。三國・曹植〈洛神賦〉：「淩波微步，羅襪生塵。」

[7] 「怕種」二句：同心，指同心草，喻男女同心。唐・薛濤〈春望詩〉四首其二：「攬草結同心，將以遺知音。春愁正斷絕，春鳥復哀吟。」又其三：「風花日將老，佳期猶渺渺。不結同心人，空結同心草。」銀塘，明淨之池塘。南朝・梁簡文帝〈和武帝宴詩〉之一：「銀塘瀉清渭，銅溝引直漪。」

【評析】

此章載《涉江詞》丙稿。置於 1944 年春所作〈鷓鴣天・華西垻春感〉四首之後及該年八月所作〈一萼紅〉之前。

此章詠物。藕，諧音「偶」，喻配偶也。前人詩中常見，如晉代樂府〈青陽度〉云：「青荷蓋綠水，芙蓉披紅鮮。下有並根藕，上生並目蓮。」又南朝樂府〈讀曲歌〉云：「種蓮長江邊，藕生黃蘗浦。必得蓮子時，流離經辛苦。」又南朝梁·蕭衍〈子夜四時歌·夏歌〉三首之一云：「江南蓮花開，紅花覆碧水。色同心復同，藕異心無異。」皆蓮（諧音「憐」）、藕對舉，都為情辭。至宋末王沂孫等有詠白蓮之作，則隱寓亡國之痛。祖棻此詞，當亦有寄託。

起句借用杜甫〈秋興〉句，即發人聯想，或喻因戰亂致夫婦離散，以下句句扣緊藕之特質，如「千絲」、「心眼」（指藕孔），大意言縱使不見，仍未能忘情。結云「藕」雖出汙泥而不染，唯周遭情勢紛擾，能持素節者正不知有幾人。下片追念從前共處之樂，今則無意與人合群，孤高之情性，昭然在目。能將身世之感并入艷情，可謂深得晏小山筆法。作者嘗云：「一生低首小山詞。」（〈望江南·題樂府補亡〉）程箋曰：「祖棻嘗戲言：情願給晏叔原當丫頭。」（頁150）則其受晏小山之影響，正自不淺。

又「偶」字於江蘇方言中作「我」解，倘以此推求，此詞實即自明其志也。然祖棻本意恐非如此。

【摘評】

汪東：「有此本領，乃能詠物。便覺碧山〔王沂孫〕、玉田〔張炎〕去人不遠。」（《沈祖棻詩詞集》，頁134）

鷓鴣天

長夜漫漫忍獨醒[1]。八荒風雨咽鷄鳴[2]。
從來天意知難問[3]，如此人間悔有情。

歌倦聽，酒愁傾。文章祇恐近浮名[4]。
卻憐年命如朝露[5]，適俗逃禪兩未能[6]。

【注解】

[1] 獨醒：《楚辭・漁父》：「屈原曰：『舉世皆濁我獨清，眾人皆醉我獨醒，是以見放。』」

[2] 「八荒」句：八荒，東漢・班固《漢書・項籍傳贊》：「并吞八荒之心。」唐・顏師古注：「八荒，八方荒忽極遠之地也。」雞鳴，《詩經・鄭風・風雨》：「風雨淒淒，雞鳴喈喈。」此喻局勢不安。

[3] 「從來」句：《楚辭》有〈天問〉篇，屈原放逐後作，問天以抒其愁苦拂鬱之情。此與下句借用唐・杜甫〈暮春江陵送馬大卿公恩命追赴闕下〉詩：「天意高難問，人情老易悲。」又宋・張元幹〈賀新郎・送胡邦衡待制赴新州〉詞：「天意從來高難問，況人情老易悲難訴。」

[4] 浮名：虛名。南朝宋・謝靈運〈初去郡〉詩：「伊余秉微尚，拙訥謝浮名。」

[5] 「卻憐」句：朝露，喻存在時間短促。西漢・司馬遷《史記・商君列傳》：「君之危若朝露，尚將欲延年益壽乎？」此句語

本《古詩十九首》其十三（驅車上東門）：「浩浩陰陽移，年命如朝露。」

[6] 適俗逃禪：適俗，適應世俗。東晉·陶潛〈歸園田居〉詩之一：「少無適俗韻，性本愛丘山。」逃禪，遁世而參禪。唐·牟融〈題寺壁〉詩：「聞道此中堪遁跡，肯容一榻學逃禪。」

【評析】

此篇載《涉江詞》丁稿。作於 1945 至 46 年間。時祖棻在成都華西協合大學中文系任教，雖倭亂已平，而國運尚微，故祖棻惆悵依舊。汪東《涉江詞稿》析云：「寇難旋夷，杼軸益匱。政治日壞，民生日艱。向所冀望於恢復之後者，悉為泡幻。」又張春曉云：「也許是因為詞人的感情太多細膩，太過敏感，大喜之後卻翻出許多可哀可感之事，縱有驚喜，也轉瞬即逝，成為大悲至痛的反襯。」❿此所以其但有蒼涼愁鬱之音，而乏歡愉之辭也。

詞云於此黑暗時代，人皆沉醉，獨醒者乃徒自怨懟，加以風雨飄搖，無有寧日，天意雖為人知，卻不可詰問，有情者徒招悔尤也。下片云歌酒既不能遣愁，為文又恐浪得虛名，而人生短暫，入世避世俱不如意。韻短意長，梗慨不平之氣，盈乎筆端。同時之〈鷓鴣天〉（蜀國千山泣杜鵑）亦有句云：「多生哀樂空銷骨，終古興亡忍問天。」較後之〈浣溪沙〉六首其六則曰：「獨醒同醉一般難。」與此闋辭意頗近。

祖棻長調多絮絮叨叨，不若其小令簡潔明快，其間優劣於後期

❿ 張春曉，〈《涉江詞》誦詞記略提要〉，頁 103-104。

作品尤為顯著，讀者可加細察。

浣溪沙（六首其五）

哀樂無端枉費情[1]。臨歧反轍淚縱橫[2]。
忍看頹日漸西傾[3]。

閱世幾人容白眼[4]，傳經一樣誤蒼生[5]。
亂山催暝獨屏營[6]。

【注解】

[1] 「哀樂」句：清·龔自珍〈己亥雜詩〉第170首：「少年哀樂過於人，歌泣無端字字真。」

[2] 臨歧反轍：臨歧，面臨歧路，亦用為贈別之辭。南朝宋·鮑照〈舞鶴賦〉：「指會規翔，臨歧矩步。」轍，車輪之痕跡。反轍，即回車。

[3] 頹日：落日。晉·阮籍〈詠懷〉詩其八：「灼灼西頹日，餘光照我衣。」

[4] 「閱世」句：宋·姜夔〈長亭怨慢〉（漸吹盡）詞：「閱人多矣，誰得似長亭樹？」白眼，露出眼白，表示鄙薄或厭惡。唐·房玄齡等撰《晉書·阮籍傳》：「籍又能為青白眼，見禮俗之士，以白眼對之。」

[5] 傳經：傳授經學。唐·杜甫〈秋興八首〉之三：「匡衡抗疏功名薄，劉向傳經心事違。」此處指教學。

[6] 屏營：惶恐，彷徨。《國語·吳語》：「王親獨行，屏營彷徨於山林之中。」

【評析】

此闋載《涉江詞》戊稿，作於 1946 年。時程千帆在武漢大學任教。八月，祖棻因病遵醫囑休養一年，遂辭華西協合大學教職赴滬，十一月赴武昌與夫會合。據「臨岐」一句，則作此詞時應尚在成都。

是年七月內戰爆發，此前國、共兩黨已多有磨擦。〈浣溪沙〉六首，即諷南京政府之獨裁統治。又據張春曉統計，自 1946 秋至 49 年春，祖棻詞反映時事者佔五分之二。⓫此詞上片云送人（或即千帆）於歧路，見西傾之日，有感國事多艱，乃至揮涕縱橫。下片云世間多可鄙之人，而己以教學為業，亦無補於蒼生，當此日暮之時，尤覺彷徨。第六首下片云：「濁世更無輕命地，浮生猶有著書年。漫天冰雪閉重關。」則情願閉門卻掃，不與世事矣。子曰：「君子哉蘧伯子，邦有道則仕，邦無道，則可卷而懷之。」（《論語·衛靈公》）祖棻其亦蘧伯子之流歟？

玉樓春（二首其一）

今生不作重逢計。更絕他生飄渺事。
相思未遣已先回，絮語難忘偏易記[1]。

⓫ 張春曉，〈《涉江詞》誦詞記略提要〉，頁 104。

纏綿至此真何味，一霎幽歡殘夢裏。
無情人世有情癡[2]，惟賸歌詞知此意。

【注解】

[1] 絮語：不斷之低語，亦指嘮叨。

[2] 「無情」句：宋·歐陽修〈玉樓春〉（尊前擬把歸期說）詞：「人生自是有情癡，此恨不關風與月。」

【評析】

此篇載《涉江詞》戊稿。創作時期同上闋。

據字面，此詞乃述男女之情，大抵云曾與某相好，然因故離異，乃作此自絕之辭，一似卓文君之〈白頭吟〉。第二闋云：「玉梅花下相思地，縱使重逢情漫費。沈吟猶惜故時歡，決絕終成今日意。　幾多煙柳迴腸事，忍為傷春長濺淚。詞箋收拾舊鉛華，別有悲歌弦上起。」無此闋之斷然，而怨懟之意則一。或問，祖棻此類詞亦別有興寄否？按國、共兩黨始則聯合抗日，後竟兄弟鬩牆，祖棻欲借詞諷託乎？然即有所指，其辭亦甚為含糊，而程箋亦不見指出。其中情實，須起祖棻於地下問之。

今人每譽程、沈為現代之趙明誠、李清照，而未聞有任何異說。然則祖棻集中之閨怨詞，全為空中語耶？劉慶雲且為之辨解曰：「『相思』一詞在[祖棻]詞集中出現的頻率很高，不少於 104 次。有的詞雖不出現這種字眼，但所寫並未脫離這方面的內容。這類詞纏綿悱惻，芳華旖旎，讀來感到餘味曲包。其中有些作品確實是夫婦分離的刻骨銘心的思念，另有些詞其女主人公帶有被冷落、被忘卻的怨懟情緒，但如果由此而去索解程沈夫婦之間的情感關係，則將大錯特錯。」又云：「《涉江詞》中的相思詞，有的我們不妨把它看成一個故事，是對深摯愛情的一種歌頌，一種贊美，是對負情者的一種譴責，一種批判。……但相思詞中更多的是表現一種對理想、信念的執著追求，以及此理想、信念難以實現的失望與悵惘。」⓬此亦「理想化」之分析，是耶否耶，非外人所能辨。祖棻受前人影響甚深，借詞託喻，固詞家本色，而偶作閨怨，亦傳統之手段也。

蝶戀花

忘卻當時花下意。
從此相思，不作相逢計。
縱使相逢歌舞地，重簾曲檻成迴避[1]。

便向芳筵同一醉。
但道今朝，難得晴天氣[2]。
斷盡柔腸彈盡淚，舊歡他日羞重理。

【注解】

[1] 曲檻：曲折之欄杆。前蜀·李珣〈菩薩蠻〉詞：「曲檻日初

⓬ 劉慶雲，〈入人至深，行世尤廣——從接受感悟沈祖棻《涉江詞》之特色〉，載《詞學》，第17輯，頁10-11。

斜，杜鵑啼落花。」南唐・馮延巳〈鵲踏枝〉（蕭索清秋珠淚墜）詞：「可惜舊歡攜手地，思量一夕成憔悴。」與此句意韻相近。

[2] 「但道」二句：宋・辛棄疾〈醜奴兒〉（少年不識愁滋味）詞：「而今識盡愁滋味，欲說還休。欲說還休，卻道天涼好個秋。」大抵為此句所本。

【評析】

此篇載《涉江詞》戊稿。與前闋作於同時。

如上闋，此詞亦有自絕於人之意，然猶曰「從此相思」，則尚未能忘懷於某，顯是某有負於彼。又曰即使日後相逢，亦各自規避，蓋覆水已難收也。下片自為開解，然難掩酸楚，結云不欲追念前事，由怨極而至於心死也。辭意迴環往復，但寫內心情感活動與一己之推想，倘已無所繫念，則此詞亦不必作矣。忠愛之忱，形於言表。

同時之作，尚有〈生查子〉，詞云：「儂比玉壺冰，君作金爐火。堅待水翻瀾，換取芳心可。　空憐隱語留，誰料歡情左。爐臏宿灰寒，水迸啼珠破。」以火烹冰喻兩情相悅，惜愛焰終竟熄滅，以至淚下如珠。又有〈洞仙歌〉（飛鴻沈響）云：「久拚從決絕，刻骨相思，強遣輕忘總非易。」亦自明心跡之辭。按 1945 年秋，千帆獲武漢大學聘，祖棻不欲其往，嘗賦〈丁香結〉一闋留之，下片云：「休去。便夢冷歡殘，忘卻琴心爾汝。」程箋亦曰：「時抗戰勝利在即，余方謀出峽，適劉弘度丈召余重教武漢大學，余諾之。而祖棻多病，故賦此相留也。」（頁 150）此一時期祖棻之閨怨詞，殆亦為彼而作乎？

鷓鴣天（四首其一）

驚見戈矛逼講筵。青山碧血夜如年。[1]
何須文字方成獄[2]，始信頭顱不直錢。

愁偶語，泣殘編。難從故紙覓桃源。[3]
無端留命供刀俎[4]，真悔懵騰盼凱旋[5]。

【注解】

[1] 夜如年：宋·賀鑄〈搗練子〉（斜月下）詞：「不為擣衣勤不睡，破除今夜夜如年。」

[2] 文字獄：當權者為陷人於罪，從其著作中摘取字句，羅織罪名。清·龔自珍〈詠史〉：「避席畏聞文字獄，著書都為稻粱謀。」

[3] 故紙：古書舊籍。桃源，見前張爾田〈鷓鴣天·六十自述〉注4。

[4] 刀俎：刀及砧板。西漢·司馬遷《史記·項羽本紀》：「大行不顧細謹，大禮不辭小讓。如今人方為刀俎，我為魚肉，何辭為！」供刀俎，指為人宰割。

[5] 懵騰：矇矓，迷糊。南唐·馮延巳〈金錯刀〉（雙玉斗）詞：「只銷幾覺懵騰睡，身外功名任有無。」

【評析】

此章載《涉江詞》戊稿。作於 1947 年。時祖棻在武昌珞珈山武大宿舍養病。此前祖棻有〈謁金門〉二闋，記「六一慘案」事。程箋云：「一九四七年六月一日凌晨三時，國民黨政府軍事委員會委員長武漢行轅及武漢警備司令部糾集軍警特務數千人，包圍武漢大學，用國際禁用之達姆彈，槍殺歷史系學生黃鳴崗、土木工程系學生王志德、政治系台灣籍學生陳如豐三人，重傷三人，輕傷十六人，所謂『血花空化碧』也。逮捕外文系教授繆朗山、朱君允、哲學系教授金克木、歷史系教授梁園東、經濟系副教授陳家芷、機械工程系教授劉穎及其他員工共二十人。所謂『暗塵愁去客』也。至此，蔣政權之凶殘面目，乃更大白於天下。當時哀挽死難學生諸聯，頗極沈痛悲憤。……此等皆為實錄實情，足以發揚士氣，鼓舞鬬志。自經此現實教訓，知識分子思想變化之進程遂以加速，作者亦不外也。」（頁 182-183）此一時期祖棻之詞，大多抑塞不平，所謂亂世之音怨以怒，民心之向背，亦可知一二矣。

〈鷓鴣天〉四首，各有所詠，據程箋云：「此首仍寫對六一慘案之悲憤。解放後緝拿有關此案之特務，一九五零年十二月，將郝釗、姜旭二犯逮捕歸案，次年初正法，而當時武漢行轅及警備司令部之主要負責人則網漏吞舟，令人遺憾。」（頁 183）詞開首即明言惡政介入校園，血雨腥風，使人如置身長夜不見黎明。當局百般打壓異見，乃致草菅人命。下片云於此世道，即便埋首故紙，亦難逃厄劫。戰亂方平，以為僥倖存活，可休養生息，不意執政者之殘酷尚有甚於日寇，真悔從前寄予厚望也。

祖棻自 49 年後，作詞僅四闋，劉夢芙云其「四十歲後，輟筆弗為，潛心於學術。『文革』間投閑置散，乃以餘力為詩，著《涉江詩稿》，成就亦高。」又曰：「惜乎國步維艱，詞人命途多舛，中年輟筆，未有新篇……」⓭詞人早年視詞為生命，如 1940 年 4 月 11 日〈上汪方湖、汪寄庵先生書〉云：「受業向愛文學，甚於生命。曩在界石避警，每挾詞稿與俱。一日，偶自問，設人與詞稿分在二地，而二處必有一處遭劫，則寧願人亡乎？詞亡乎？初猶不能決，繼則毅然願人亡而詞留也。此意難與俗人言，而吾師當能知之，故殊不欲留軀殼以損精神。」⓮既對詞如此執著，何以忽爾輟筆不為，又何以創作興趣轉而為詩，其中原委頗為不明。據其 1975 年 11 月 1 日致王淡芳書云：「大抵棻少年中年專致力於詞，詩則少作，未知門徑，遑論堂奧；老來久不作詞，即興為詩，亦懶再刻苦費心，故所作隨便不佳，偶有尚可者，則吳諺所謂『蹚著法』也。」⓯對輟筆一事，不置一辭。然據葉恭綽、丁寧及夏承燾等入共和國後，所作質與量明顯下降觀之，則祖棻之斂筆亦有跡可尋。政治運動過烈，有損詞心，一也；舊體遭批判，箝口日久，遂無以為繼，二也。或云，處幸福之世，不宜為此婉抑之體，三也。理雖不同，而不利於倚聲之發展則一也。今日回緬，則時代之錯迕，人事之顛倒，實有足令人歎惜唏噓者。

⓭ 劉夢芙，〈冷翠軒詞話〉，頁 101，104。

⓮ 《沈祖棻全集》，第二冊，《微波辭·書簡拾零》，頁 211-212。

⓯ 同上，頁 265。

【摘評】

楊嘉仁：「春風詞筆，匯入人民革命洪流，〈鷓鴣天〉裏，驚聞變徵之聲，沉痛、悲憤、蒼涼、激越。」（載龔依群等編，《當代詩詞點評》，頁170）

【集評】

程千帆《沈祖棻詩詞集》總目序錄：「先室（沈祖棻）誕育於清德雅望之家，受業於名宿大師之門，性韻溫淑，才思清妙，而身歷世變，辛苦流離，晚歲休致，差得安閒，然文章憎命，又遘車禍以殞厥身。儻永觀堂所謂天以百凶成就一詞人者耶？」

程千帆〈《宋詞賞析》台灣版序〉：「她首先是一位詩人、作家，其次才是一位學者、教授。她寫短篇小說，寫新詩和舊詩，主要的寫詞，這是她的事業，而教文學則只是她的職業。」（見《程千帆沈祖棻學記》，頁518）

章士釗〈題涉江詞〉：「錦水行吟春復春，詞流又見步清真。重看四面闌干句，誰後滕王閣上人。」又：「劍器公孫付夕曛，隨園往事不須云。東吳文學汪夫子，詞律先傳沈祖棻。」（載《沈祖棻詩詞集》，〈諸家題詠〉，頁1）

姚鵷雛〈望江南·分詠近代詞家〉：「黃花詠，異代更誰偕？十載巴渝望京眼，西風簾捲在天涯。成就易安才。」自注：「祖棻女士，閨襜之秀，雖出寄庵〔汪東〕門下，而短章神韻，直欲勝藍。」（載《沈祖棻詩詞集》，〈諸家題詠〉，頁4）

汪東〈《涉江詞稿》序〉：「曩者，與（沈）尹默同居鑒齋。（喬）大壯、（陳）匪石往來視疾。之數君者，見必論詞，論詞必及祖棻。之數君者，皆不輕許人，獨於祖棻詞詠嘆贊譽如一口。於是友人素不為詞者，亦競取傳鈔，詫為未有。當世得名之盛，蓋過於易安遠矣。……余惟祖棻所為，十餘年來，亦有三變：方其肄業上庠，覃思多暇，摹繪景物，才情妍妙，故其辭窈然以舒。迨遭世板蕩，奔竄殊域，骨肉凋謝之痛，思婦離別之感，國憂家恤，萃此一身。言之則觸忌諱，茹之則有未甘，憔悴呻吟，唯取自喻，故其辭沈咽而多風。寇難旋夷，杼軸益匱。政治日壞，民生日艱。向所冀望於恢復之後者，悉為泡幻。加以弱質善病，意氣不揚，靈襟綺思，都成灰槁，故其辭澹而彌哀。」

汪東〈寄庵隨筆·涉江詞〉：「《涉江詞》令慢皆工，清婉之中，兼饒沉鬱，傷時感事之作，或托諸屈原香草，郭璞遊仙。其間微意，有非時人所能領會者，易世以後，誰復解音，此所以有愈來愈少之嘆也。」（見《程千帆沈祖棻學記》，頁 439）

汪東評〈點絳唇〉（乙稿八五）：「自此以下，詞境又一變矣。大抵如幽蘭翠篠，洗淨鉛華。彌淡彌雅，幾於無下圈點處。境界高絕。然再過一步，恐成枯槁，故宜慎加調節耳。」

又評〈西河〉（乙稿）：「此以下格又變，易綿麗為清剛。蓋心情境界醞釀如是乎？」

評〈浣溪沙〉三首（乙稿一一零）：「善以新名入詞，自然熨貼……如此用新名詞，何礙？」（見《沈祖棻詩詞集》，頁 84，93）

汪辟疆 1940 年 4 月 21 日〈答沈祖棻書〉：「弟小令駸駸追古作者，而幽憂沈痛之語，使人讀之，回腸蕩氣，家國之痛，身世之感，亦不宜過於奔迸。」（見《沈祖棻全集》，第二冊《微波辭·書劄拾零》，頁 214）

施蟄存〈北山樓鈔本《涉江詞鈔》後記〉：「子苾詞標格甚高，小令不作歐、晏以後語，近慢探驪清真，秦七、黃九且非所師，南渡後無論矣。十載倭氛，亂我禹域。子苾於流移轉徙間，寫之以雅言，鳴之以哀韻。離鸞別鵠，心傷漆室之吟；撫事憂時，腸斷楚騷之賦。」（見《程千帆沈祖棻學記》，頁451）

聞宥《聞宥遺札上》〈致張永言函〉：「最近得程千帆（在南京大學中文系）所寄沈祖棻女士詩詞兩稿，想兄亦早見之。詞確有極佳者，然後來所作似遜於前。」（載王元化主編，《學術集林》卷五，上海：遠東出版社，1995年，頁82）

錢仲聯〈近百年詞壇點將錄〉（地慧星一丈青扈三娘）條：「子苾女詞人，出汪旭初門，能傳旭初詞學。著《宋詞賞析》，剖析精微。姚鵷雛謂其詞『短章神韻，直欲勝藍。』旭初序其《涉江詞稿》謂其所作，十餘年來有三變，『方其肄業上庠，覃思多暇，摹繪景物，才情妍妙，故其辭窈然以舒；迨遭世板蕩，奔竄殊域，國憂家恤，萃此一身，故其詞沈咽而多風；寇難既夷，政治日壞，靈襟綺思，都成灰槁，故其詞淡而彌哀。』姚、汪月旦，良非輕許。三百年來林下作，秋波臨去尚消魂。」（載《夢苕庵清代文學論集》，頁177）

陳聲聰（兼與）〈讀詞枝語〉：「沈子苾（祖棻）女士詞，銶心鏤骨，纏綿沉至，用『斜陽』『夕陽』二字無不佳，有沈斜陽之目。」（載《填詞要略及詞評四篇》，頁99）

陳聲聰（兼與）〈論近代詞絕句〉：「嘉陵江上水泱泱，國難家愁幾斷腸。何物鬼車成碎玉，悠悠古道沈斜陽。」（載《填詞要略及詞評四篇》，頁187）

夏承燾〈一落索·題沈子苾《涉江詞》〉：「胡塵滿鏡眉難畫。此意鵑能話。何人過路看新婚、垂老客、無家者。　娃鄉歸夢真無價。夢鬥茶打馬。何如寫集住西湖，千卷在，萬梅下。」（見《夏承燾詞集》，頁182）

聶紺弩1984年1月27日〈致程千帆函〉：「黃公〔黃裳〕似以涉江為放（比之清女家），我則以為以涉江之生活加才力，尚可大放、大展，可驚天地泣鬼神矣。」（載《程千帆沈祖棻學記》，頁210）

葉嘉瑩〈從李清照到沈祖棻——談女性詞作之美感特質的演進〉：「沈先生她不但是一個詞人，同時也是一個學者，所以她不但是『詞人之詞』，而且是『學人之詞』。」（載《文學遺產》，2004年第5期，頁12）

劉夢芙〈冷翠軒詞話〉：「《涉江詞》廣挹南唐兩宋之英華，恪遵婉約派之正軌。小令得溫韋馮晏之神，慢詞則兼採美成之綿密、易安之俊逸、夢窗之典麗、玉田之清空、碧山之醇雅，融會百家，避短揚長，形成一己之風格。其語言極為純粹精美，明暢而不滑易，幽邃而不晦澀，尤善以尋常淺語，出至真至深之情，沁人心腑，百讀常新。化工神筆，嘆為觀止。全集近四百闋，無一粗疏質俚之詞，篇章之完美，如雲錦天衣，較諸當世名家，屈指無幾。惜乎國步維艱，詞人命途多舛，中年輟筆，未有新篇，迨時局清寧，復攖橫禍，曷勝悲惋！然《涉江》一集，自足流芳萬古矣。」（頁104）

劉夢芙〈冷翠軒詞話〉：「丁（寧）氏多抒寫個人身世之悲，故其詞清冷悱惻，澈人心骨，最易下讀者同情之淚；沈氏終身未離教育，詞則飽含天下之憂，詞境較還軒為廣，思想價值極高。丁詞非無蒼生社稷之哀，亦頗有力作，然數量未及沈之沉沉夥頤也。……兩家俱全面繼承南唐兩宋宗風，皆鑄語精工，守律嚴細，以委婉幽深、空靈馨逸為主要特色，然丁詞淒咽，冷峭中雖蘊熱腸，終帶冰雪清峻之氣；沈詞哀摯，蒼涼中寓綿綿溫厚之忱。丁詞之骨傲，沈詞之情長。兩家均有因有革，沈詞本色當行，風格較為純正統一；丁詞則主旋律中時有變奏，作銅琶鐵板之聲。沈詞融流麗於端莊，丁詞婀娜中含剛健。沈詞如秋水芙蕖，丁詞似雪間梅蕊。沈詞獨擫仙子紫雲之簫，丁詞偶化奇俠吟龍之劍。」（頁 104）

另有多篇題詠，見《沈祖棻詩詞集》卷首〈諸家題詠〉。

饒宗頤《選堂詞》選

饒宗頤（1917-），字固庵、伯濂，號選堂，廣東省潮安縣人。幼承家學，曾整理其父遺著《潮州藝文誌》，刊於《嶺南學報》，為士林所重。1949 年移居香港。1952 至 1968 年任教於香港大學。1968 至 1973 年獲新加坡國立大學中文系聘為首任講座教授兼系主任，期間曾任美國耶魯大學研究院客座教授及台灣中央研究院歷史語言研究所研究教授。1973 年返港，任香港中文大學中國語言及文學系講座教授兼系主任，至 1978 年退休，仍至各地講學。現任香港中文大學偉倫榮譽藝術講座教授及中國語言及文學榮休講座教授。

選堂為今世國學大師，著作等身，甲骨、簡帛、楚辭、敦煌、梵學、史學、哲學、樂律、書畫等無所不精，又通外語多種，能作駢散文，擅詩書畫琴。詞則另闢一境，以學富天人之力，裁思深識銳之章，融冶經史子哲，評點中外古今，一時騷客，俱瞠乎其後，讀者無相當學養，亦難識其妙。劉夢芙〈「五四」以來詞壇點將錄〉推為天機星吳用，洵當之無愧。

選堂為詞，提倡形上，著重對宇宙人生之思考與體悟，以造天人合一之境界。其中允有一定之宗教氣息，故能超越家國人事之紛擾及世俗之羈絆，誠不食人間煙火者也。又云古今詞人多為情所役，沉淪不振，斯皆未能覓得向上一路之故。然選堂亦嘗指出作詩填詞，不可枯寫物理，而須結合情感，方不致陷入理障。當世趨慕選堂形上詞者，不得不細審焉。又選堂好以前人所作為規模，步其韻格，《睎周集》上下卷，和周邦彥詞至 127 闋，又有和姜夔詞多闋，以前人音調之美已具，依式填之，「無構調之勞」而可收事半功倍之效，非如人以為拘於格局為難也。唯開創之式則稍欠焉。

選堂詞載 1993 年出版之《選堂詩詞集》內，分《固庵詞》、《榆城樂府》、《睎周集》、《栟櫚詞》及《聊復集》，共收詞 282 闋。台北新文豐公司於 2003 年出版之《饒宗頤二十世紀學術文集》第二十冊（詩詞），所收篇什與 1993 年版同。另有〈念奴嬌〉（峽雲迢遞）一闋，錄於施議對《當代詞綜》第 1 冊詞人手跡，〈眼兒媚〉（驚濤拍岸霧沈山）一闋，錄於葉恭綽《遐翁詞贅稿》，集中未見收。

蝶戀花·以紙花清供戲賦

人間無復埋花處。為怕花殘、莫買真花去。
靜對瓊枝相爾汝[1]。膽瓶覷面成賓主[2]。

詞客生生花裏住。裁剪冰綃[3]、留寫傷春句。
紫蝶黃蜂渾不與[4]。任他日日閒風雨。

【注解】

[1] 爾汝：見前夏承燾〈鷓鴣天·龍泉山居〉注 1。

[2] 「膽瓶」句：膽瓶，頸部細長，腹部圓滿，形如懸膽之瓶。覷：窺伺，看。成賓主，唐・柳宗元〈雨後曉行獨至愚溪北池〉：「予心適無事，偶此成賓主。」此處謂與紙花賓主相稱。

[3] 冰綃：潔白之絲綢，用以寫畫題詩。宋・趙佶〈燕山亭・見杏花作〉詞：「裁剪冰綃，輕疊數重，冷淡臙脂勻注。」

[4] 「紫蝶」句：渾不與，完全不管，漠不關心之意。紫蝶黃蜂，唐・李商隱〈二月二日〉詩：「花鬚柳眼各無賴，紫蝶黃蜂俱有情。」此處說紫蝶黃蜂皆置假花於不顧。

【評析】

此篇收於詞人 1968 年之《固庵詞》，時選堂居香港。詞詠紙花，故與傳統詠花之作不同。開首云葬花無地，且真花易於凋零，故不忍以之供案，而以紙花代之。「靜對」二句，見出詞人對紙花亦同等珍視，或爾汝相稱，或賓主相待。下片推及詞人身世，欲借紙花之持久，留取易逝之春光。雖然，紫蝶黃蜂等，對此虛擬之物，難以動情；對詞人之用心，亦無從領會，然紙花較之真花，畢竟能抵受時間之摧磨。世皆言假不勝真，獨詞人排眾而出，見識之卓著，非俗子可及。

細審該詞，或亦有諷世之意。蓋云真不如假，假能代真，欲求真者，則恐其不見容於世。或曰「真花」指人天賦之條件，然而天賦難以久恃；而「紙花」則可引申為「個人之修養與學問」，此需後天培養，一但獲得，則可長久享有，不易為外界所奪。選堂論所作「形上詞」，反覆強調學問與個人修養之重要性。此篇或即隱含此意。

淒涼犯·周密浩然齋視聽鈔[1]載北方名琴條，有金城郭天錫祐之[2]萬壑松一器。鮮于樞困學齋雜錄京師名琴下[3]，亦記郭北山新制萬壑松。此物現歸于余。余得自顧氏，蓋鄒靜泉[4]自北攜至粵中者。每於霜晨彈秋塞吟[5]，不勝離索淒黯之感，爰繼聲白石道人[6]，為瑞鶴仙影云[7]。

冰絃[8]漫譜衡陽雁，（琴曲有雁渡衡陽。）[9]西風野日蕭索。
草衰塞外，霜飛隴上[10]，兩三邊角。（香山詩：邊角兩三枝，霜天隴上兒。）[11]
江波又惡。況憔悴征衫漸薄。
似聲聲、黃雲莽莽，嘶馬度沙漠。

遙想京城裏，裂帛當歌[12]，索鈴行樂。（索鈴為彈琴指法。）[13]
雲煙過眼，算而今、軫摧髹落[14]。
漫有知音，隔千載、重為護著。
寄悲哀、萬壑競響許夢約。（依原句七字皆仄，姜氏旁譜，綠楊巷陌句及將軍部曲句陌與曲字均非叶韻，茲不依詞律[15]。）

【注解】

[1] 周密浩然齋視聽鈔：周密（1232-1298），宋濟南人，流寓吳興，居弁山，自號弁陽嘯翁，又號蕭齋。淳佑中，為義烏令。工詞，著有《草窗詞》、《蘋洲漁笛譜》、《浩然齋雅談》、

《齊東野語》、《武林舊事》等。另輯有南宋人詞選集《絕妙好詞》。《浩然齋視聽鈔》，周密撰。此書筆者未見，唯於周氏《志雅堂雜鈔·諸玩》南北名琴條，有「萬壑松」，琴為郭裕之（當為祐之）所有。其名當取自李白〈聽蜀僧濬彈琴〉詩中「為我一揮手，如聽萬壑松」一句。

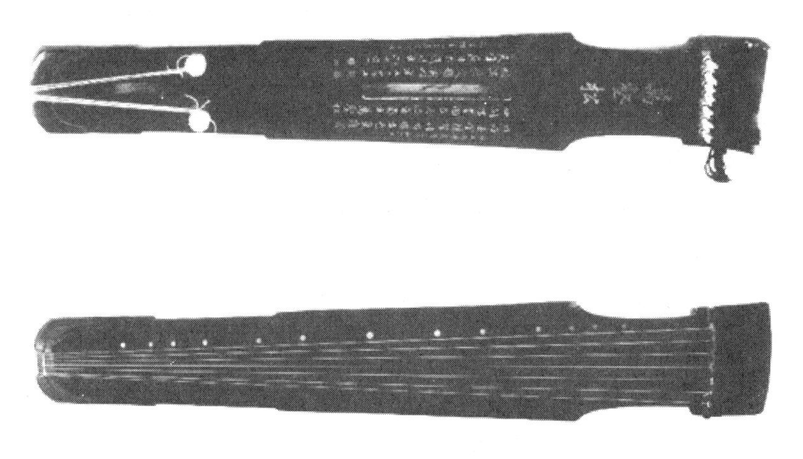

宋代仲尼式萬壑松琴

[2] 金城郭天錫祐之：即郭畀，宋元之間書畫家。字天錫，一字祐之，號北山。天水（在今甘肅）人。（按：或云郭氏為山西大同人，但郭有「金城郭氏」刻印，金城治在甘肅，故應為天水人）。曾為御史，僑寓杭州，因藏有王羲之《快雪時晴帖》，遂自署所居曰「快雪齋」。

[3] 鮮于樞困學齋雜錄：鮮于樞（1257-1302），字伯機，元大都（今北京）人，一說河北漁陽人。號困學民、直寄老人、虎林隱

史。至元年間，曾官江浙行省都事。晚年於西湖邊虎林，營一室，稱為「困學齋」，語出《論語·季氏》：「困而學之，又其次也。」閉門謝客，不問俗事，調琴作書，鑑賞古玩以終老。鮮于氏以書法名世，行草尤精，與趙孟頫齊名。著有《困學齋雜錄》，其中京師名琴條下，有「郭北山新製萬壑松」，下注云：「無欵，或來自中原，製度在雷右，五代間錢鏐家物。」

[4] 鄒靜泉：待考。

[5] 秋塞吟：古琴曲。又有《搔首問天》、《水仙操》之名。《秋塞吟》三段初見於明嘉靖 36 年（1557）之《杏莊太音補遺》，述昭君出塞故事。《搔首問天》則首見於康熙 25 年（1686）之《澄鑒堂琴譜》，以屈原〈天問〉為本。後者於前者之基礎上發展而成。《澄鑒堂琴譜》將《杏莊太音補遺》之《秋塞吟》易名。其後，康熙 61 年（1722）之《五知齋琴譜》即仿其例，於《秋塞吟》題下記道：「又名《搔首問天》」。又云：「時腔，非古調也。」以此與《杏莊太音補遺》之《秋塞吟》相區別。

《水仙操》最早刊於萬曆 7 年（1575）之《五音琴譜》，名為《水仙曲》，無解題。第二次刊於《五知齋琴譜》，亦未標明來歷，且增寫昭君故事作解題，命為《秋塞吟》。後於乾隆年間之《琴書千古》、《蘭田館琴譜》及《自遠堂琴譜》內，復易回《水仙》、《水仙曲》及《水仙操》之名。

[6] 爰繼聲白石道人：爰，於是。繼聲，追和其韻。白石道人，即南宋詞人姜夔（1155?-1221?）。淳熙十四年（1187），姜氏卜居

湖州苕溪之上，與弁山之白石洞天為鄰，後永嘉潘檉遂稱之為白石道人。

[7] 瑞鶴仙影：即〈淒涼犯〉。姜夔〈淒涼犯〉自序云：「亦曰瑞鶴仙影。」姜夔自度曲。原詞云：「綠楊巷陌秋風起，邊城一片離索。馬嘶漸遠，人歸甚處，戍樓吹角。情懷正惡。更衰草寒煙淡薄。似當時、將軍部曲，迤邐度沙漠。　追念西湖上，小舫攜歌，晚花行樂。舊游在否，想如今、翠凋紅落。漫寫羊裙，等新雁來時繫著。怕匆匆、不肯寄與誤後約。」

[8] 冰絃：指琴絃。傳說有用冰蠶絲作琴絃者。宋·蘇軾〈減字木蘭花〉（神閑意定）詞：「玉指冰絃，未動宮商意已傳。」

[9] 雁渡衡陽：湖南衡陽有回雁峰，相傳雁至此峰不過，遇春而回。宋·范仲淹〈漁家傲〉（塞下秋來風景異）詞：「塞下秋來風景異，衡陽雁去無留意。」明朝有琴曲《雁過衡陽》，一作《雁渡衡陽》。清代琴家王善《琴學練要》卷四收有此曲。明·汪芝《西麓堂琴統》云：「此曲亦幽栖孤高者流，神景超邁，假此以示其意，孤舟野館，霜寒月白，與蛩音砧韻並奏，能不使宋玉生悲也耶？」查阜西編纂《存見古琴曲譜輯覽》尚載有其他解題及評語。

[10] 隴上：泛指今陝北、甘肅及其以西一帶。

[11] 「兩三邊角」句：邊角，邊地響起之號角聲。香山詩，即唐·白居易之〈賦得邊城角〉詩。

[12] 裂帛：形容聲音清厲，如撕裂絲綢之聲。唐·白居易〈琵琶行〉詩：「曲終收撥當心畫，四絃一聲如裂帛。」

[13] 索鈴：古琴之一種彈奏指法。琴弦上，左指自左往右為上，自

右往左為下，右指（索鈴用右食指）由己往外為出，由外而己為入。索鈴需左右手同時配合得當。近人彭祉卿《桐心閣指法析微》（載於《今虞琴刊》）云：「索鈴難在左按聲聲準確。右彈字字分明，又音中正變雜出，用之不善，反為逆耳。」因其聲似鈴，故名索鈴。彭氏又云：「其音累累不斷。猶眾鈴之繫索。索振而鈴鳴也。」另見清·徐琪《五知齋琴譜》、民初王燕卿《梅庵琴譜》。

[14] 軫摧髹落：軫，弦樂器上繫弦線之小柱。可轉動以調節弦之鬆緊。漢·劉向《列女傳·阿谷處女》：「向者聞子之言，穆如清風，不拂不寤，私復我心，有琴無軫，願借子調其音。」髹，即琴上之漆油。此句謂琴已破舊。

[15] 茲不依詞律：《詞律》，清代萬樹撰。其書在首句第四字及第九句「黃雲莽莽」處標曰押韻，然姜夔所傳《白石旁譜》則未有標出，故選堂從姜氏原譜。

【評析】

此篇亦載選堂《固庵詞》。詞以《秋塞吟》一曲起興，抒發對古今人事遷移之感慨。上片借秋景與塞外風物之描寫，形容琴曲之蕭瑟與漂泊之情緒。下片轉入懷人。古今識音者，俱與乖離，獨有破舊之鳴琴在側，睹物思人，僅能借曲傳情而已。末句「萬壑競響」數字，既點出琴名，亦是琴音之喻。

按選堂擅琴，並蓄有古琴數張，其一即北宋郭祐之所藏「萬壑松」。饒氏早年因研究詞曲音樂之關係而學琴，五十年代從嶺南名家容心言習指法，卓有成就。另對琴譜、琴史亦有鑽研，著〈宋季金元琴史考述〉一文，為中國近現代首部系統論述古琴藝術發展之斷代史。

臺城路・偶作仙山樓閣圖，憶往歲遊師子國[1]，流連聖城（Anuradhapura）[2]，阿育王[3]始所締構者也。殘塔荒甃[4]，敗荷頹柳，禪草未剗，慧燈猶續[5]。令人神飛生死之表。今茲奮管和姜[6]，馳心蘭跡，雲機月杼[7]，倘亦世間兒女頓悟之資乎[8]。

沈郎早作歸魂賦[9]。荒村不聞人語。
怯柳彌天，愁荷委地，曾是梵宮深處[10]。
寒蛩莫訴。正洞府高秋，自鳴仙杼。
似到青穹，夷猶鎮日甚情緒[11]。

靈風盡吹夢雨[12]。又疏鐘斷續，添幾殘杵[13]。
雨去何方，風來甚色，樓閣門開無數。
雲根獨與[14]。便玉樹琅玕[15]，謾傷無女[16]。
露泣冰盤，水澄圓月苦。[17]（用萬松頌古從容錄偈。）[18]

【注解】

[1] 師子國：斯里蘭卡之古稱。晉・法顯《佛國記》：「晝夜十四日，到師子國……其國大，在洲上，東西五十由延，南北三十由延，左右小洲乃有百數。」

[2] 聖城：Anuradhapura，今譯阿努拉達普拉。公元 3 世紀，佛教聖徒桑哈米塔將稱為啟蒙樹之無花果樹移植斯里蘭卡，阿努拉

達普拉聖城即建於聖樹林附近。阿努拉達普拉為古錫蘭國政治與文化中心，自公元前 3 世紀至公元 10 世紀均為僧伽羅王朝之都城。公元 993 年南印度入侵後成廢墟。19 世紀重被發現並整修，現為佛教朝禮中心。1982 年被列入世界文化遺產名錄。

[3] 阿育王：印度孔雀王朝阿育王之子摩哂陀，於約二千年前攜佛經渡海至該城傳教。

[4] 甃：以磚互砌就之井壁，亦指井。

[5] 慧燈：佛教語。猶慧炬，謂無幽不照之智慧。《涅槃經》卷二一：「汝於佛性猶未明了，我有慧矩，能為照障。」唐・錢起《歸義寺題震上人壁》詩：「溪鳥投慧燈，山蟬飽甘露。」

[6] 和姜：唱和姜夔原韻。詞牌〈齊天樂〉，因周邦彥所作有「綠蕪凋盡臺城路」句，故又名〈臺城路〉。姜夔原作云：「庾郎先自吟愁賦。淒淒更聞私語。露濕銅鋪，苔侵石井，都是曾聽伊處。哀音似訴。正思婦無眠，起尋機杼。曲曲屏山，夜涼獨自甚情緒？　　西窗又吹暗雨。為誰頻斷續，相和砧杵？候館迎秋，離宮吊月，別有傷心無數。豳詩漫與。笑籬落呼燈，世間兒女。寫入琴絲，一聲聲更苦。」

[7] 「馳心蘭跡」二句：嚮往於幽蘭所植之地。雲機月杼，皆紡織機之謂。其聲絮絮，與姜夔原韻所詠蟋蟀相類。

[8] 世間兒女：本自姜夔詞「笑籬落呼燈，世間兒女」兩句。

[9] 沈郎：指南朝詩人沈約。後泛指詩人或情郎。

[10] 梵宮：一般泛指佛殿。此指阿育王之宮殿。

[11] 猶夷鎮日：猶夷，即猶豫。鎮日，整日。

[12] 「靈風」句：有靈氣之風。語本唐・李商隱〈重過聖女祠〉詩：「一春夢雨常飄瓦，盡日靈風不滿旗。」

[13] 殘杵：杵乃古人用以舂搗穀物、藥物及築土、搗衣等用之棒槌。《易繫辭下》：「斷木為杵，掘地為臼。」

[14] 雲根：雲根之義，一指深山雲起之處，二指山石，三指道院僧舍。此處應指僧舍，為遊方僧歇腳之處。

[15] 玉樹琅玕：玉樹，指仙樹或珍貴之樹木。琅玕，本指似珠玉之美石。《尚書・禹貢》云：「厥貢惟球、琳、琅玕。」唐・孔穎達疏曰：「琅玕，石而似珠者。」此處作珍貴之謂。

[16] 謾傷無女：謾，通漫，徒然之義。無女，《楚辭・離騷》有句云：「哀高丘之無女。」即理想落空之義。

[17] 「露泣」二句：《萬松老人評唱天童覺和尚從容庵錄》卷四第六十二則載：「丹霞淳和尚道：水澄月滿道人愁。冰盤秋露泣。戀著即不堪也。大荒經：崑崙丘上，有琅玕玉樹，結子如珠而小也。」

[18] 萬松頌古從容錄偈：即《萬松老人評唱天童覺和尚從容庵錄》。萬松老人本姓蔡，名行秀。金元之間河南洛陽人。十五歲於河北邢臺淨土寺出家，後雲遊四方，於河北磁縣大明寺受曹洞宗雪竇禪師傳以佛法。後返淨土寺，建萬松軒，自稱「萬松野老」，人尊之曰「萬松老人」。天童覺和尚，指天童寺之宏智正覺禪師。寺始建於晉，南宋時，宏智正覺禪師住持天童三十年，倡「默照禪」，復弘曹洞，宗風遠播，人稱「天童和尚」。該書有署名楚才晉卿者序曰：「吾宗有天童者頌古百篇。號為絕唱。豫堅請萬松評唱是頌開發後學。」從容庵，萬

松老人序《從容庵錄》曰：「邇來退居燕京報恩，旋築蝸舍，榜曰從容庵。」

【評析】

此篇載《固庵詞》。選堂唱和前人作品極多，《睎周集》全是和周邦彥者。另和姜夔之篇亦復不少，計有〈法曲獻仙音〉（雙槳蓴分），〈角招〉（晚煙瘦）、前注〈淒涼犯〉（冰絃漫譜衡陽雁）、〈澹黃柳〉（春風何事）、〈惜紅衣〉（蔌蔌聲悲）、〈暗香〉（湖滑月色）、〈點絳唇〉（寒雨連江）、〈探春慢〉（危磴青縈）、〈一萼紅〉（鎮濃陰）、〈一萼紅〉（綠成陰）、〈霓裳中序第一〉（融峰遙望極）及此詞。

選堂認為今人填詞，倘依古人已定之格局韻律，則能修事半功倍之效。其《聊復集》後所載〈詞學理論綜考序〉云：「夫詞調創製，非深諳音律罔能奏功。能自度曲者固希，然步武嗣響者則至易。蓋依式填辭，只呈著句之美，而無構調之勞，事半而功倍；人以填詞拘于格局為難，實則格局已定，不必兼營，非難而實為其易也。」是以其集中和前人者特多，可見其填詞手法之一端。佳者固能步武前修，然亦稍欠創格之功。

選堂於 1963 年曾赴印度班達伽東方研究所從事學術研究，此篇即憶述當時造訪斯里蘭卡（時稱錫蘭）聖城阿努拉達普拉之印象。其《佛國集》自序云：「一九六三年秋，讀書天竺，歸途漫遊錫蘭、緬甸、高棉、暹羅兩閱月，山川風土，多法顯、玄奘、義淨所未經歷者，皆足盪胸襟而抒志氣。」（見《選堂詩詞集》）

詞上片寫毀敗之佛殿，下片末段暗嗟幽獨，有「高丘無女」之嘆，但亦參透「戀著即不堪」之禪機，故能自節制。遊於象內，超乎象外，此乃選堂詞之一大特色。又選堂自言為「有神論者」❶，並指出西方科學家大率如此，即便如康德（Immanuel Kant，1724-1804）一輩哲人，亦相信冥冥中自有真宰者在。故宗教信仰與科學、哲學並無根本之衝突，對神之嚮往，且能助人超越凡人境界云云。

六醜·睡

濟慈云：祛睡使其不來，思之又思之，以養我慧焰。（見 Sleep and Poetry）[1]夫詩人瑋篇[2]，每成於無眠之際，人類文明，消耗於美睡者，殆居其半；而心心不易相印，亦因睡有以間隔之；惟詩人補其缺而通其意焉。

漸宵深夢穩，恨過隙[3]、年光拋擲。
夢難再留，春風迴燕翼，往返無跡。
依樣心頭占，闌珊情緒，似絮飄蕪國[4]。
蘭襟沁處餘香澤。繫馬金狨，停車綺陌[5]，玲瓏更誰堪惜。
但鵑啼意亂，方寸仍隔[6]。

閒庭人寂。接天芳草碧。
燈火綢繆際[7]，如瞬息。
都門冷落詞客[8]。漫芳菲獨賞，覓歡何極。

❶ 見施議對，〈為二十一世紀開拓新詞境，創造新詞體——饒宗頤形上詞訪談錄〉，載《文學遺產》，1999 年第 5 期，頁 107。

思重整、霧巾煙幘[9]。
凝望裡、自製離愁宛轉[10]，酒邊花側。
琴心悄、付與流汐[11]。
只睡鄉兩地懸心遠，如何換得。

【注解】

[1] 濟慈：John Keats（1795-1817）。英國著名詩人。濟慈原詩云：The very sense of where I was might well / Keep Sleep aloof: but more than that there came / Thought after thought to nourish up the flame / Within my breast. 濟慈此詩對十八世紀英國詩壇有所抨擊，且談及其十年之創作生涯。

[2] 瑋篇：即佳篇。

[3] 「恨過隙」句：喻年光消逝之速。語本《莊子・知北游》：「人生天地之間，若白駒之過郤，忽然而已。」唐・成玄英疏曰：「白駒，駿馬也，亦言日也。」唐・陸德明釋曰：「郤，本亦作隙。隙，孔也。」成語「白駒過隙」即出於此。

[4] 「闌珊」兩句：闌珊，意興消沉。唐・白居易〈詠懷〉詩：「白髮滿頭歸得也，詩情酒興漸闌珊。」絮，柳絮。蕪國，喻荒廢之地。周邦彥〈大酺〉（對宿煙收）詞：「況蕭索、青蕪國。」

[5] 「繫馬」二句：金狨，狨皮製成之鞍墊。以其色黃，故稱。宋・黃庭堅〈次韻宋楙宗三月十四日到西池都人盛觀翰林公出遊〉：「金狨繫馬曉鶯邊，不比春江上水船」。綺陌，繁盛之街道或景色怡人之郊野道路。南朝・梁簡文帝〈登烽火樓〉

詩：「萬邑王畿曠，三條綺陌平。」

[6] 方寸：即心。心處胸中方寸間，故稱。「方寸仍隔」，即詞序中所云：「心心不易相印，亦因睡有以間隔之」之意。

[7] 綢繆：繁密貌。西晉・左思〈吳都賦〉：「容色雜糅，綢繆縟繡。」李善注：「綢繆，花采密貌。」

[8] 都門：京都城門。宋・柳永〈雨霖鈴〉詞：「都門帳飲無緒，留戀處，蘭舟催發。」此句以下，似圍繞柳詞發揮。

[9] 霧巾煙幘：幘，頭巾。唐・魏徵等《隋書・禮儀志》六：「幘，尊卑貴賤皆服之。文者長耳，謂之介幘；武者短耳，謂之平上幘。」霧巾煙幘，指旅人衣巾沾滿風塵。

[10] 宛轉：情緒曲折委婉貌。

[11] 流汐：汐，晚潮。

【評析】

選堂自謂其詞有形而上之傾向，可稱為「形上詞」（Metaphysical *Tz'u*），其特點為「重視道，重視講道理。」❷劉夢芙所下定義則為：「所謂『形上詞』，即詞人思想超越家國興亡、人事紛擾之一切世俗羈絆，著重抒寫於宇宙、人生之思考與體悟，以達天人合一之境界。」❸〈六醜〉及以下數首，皆可目為此類，大抵以抽象之概念為題，而喻之以哲理。

此篇詠睡，而以序中「心心不易相印，亦因睡有以間隔之」為

---

❷ 施議對，〈饒宗頤形上詞訪談錄〉，頁106。

❸ 劉夢芙，〈論《選堂樂府》〉，載《華學》，2004 年第 7 輯，頁 66。

主線。開首云時光荏苒，前夢已不可追，奈何心猶眷戀不已。下片敘別離後景況之冷落，欲重拾舊歡於「酒邊花側」，然亦不過自製離愁而已。結句云兩地相隔，加以睡中魂夢不通，致使心緒亦無法傳達。唯全篇亦只從睡之環境落筆，非句句與睡有關。羅忼烈評該詞即云：「全篇袛起調及結拍點題，其餘俱不黏睡字發揮，『夢難再留』以下，於夢境迷離荒忽中著筆，哀樂無端，情景紛錯，非仔細尋繹，殊不易得其端倪。」❹

此詞描寫手法，頗類傳統傷離怨別之作。但傳統作品，多以塵世本事為前提，而後始言哲理。選堂則以哲理先行，由上而下，以哲人之目觀塵世之事，故面貌略有不同。北宋柳永作〈雨霖鈴〉，自「念去去千里煙波，暮靄沉沉楚天闊」以下，皆為想像之辭，與選堂之構思頗近。

宋徽宗被金人虜後，作〈燕山亭〉追懷故國，結云：「怎不思量，除夢裏、有時曾去。無據。和夢也、新來不做。」另歐陽修〈玉樓春〉云：「故欹單枕夢中尋，夢又不成燈又燼。」亦可與選堂此篇參證。至於晏幾道之「夢入江南煙水路。行盡江南，不與離人遇。」則亦夢中「心心不易相印」之一例。可見選堂雖標榜形而上，實亦與傳統作品有貌離神合處。

古印度哲人所撰《唱贊奧義書》云：「人之睡也，知覺恬退，

---

❹ 羅忼烈，〈略論五家和清真詞——兩小山齋詞話〉，載鄭煒明編《論饒宗頤》（香港：三聯書店，1995年），頁337。

而不睹其夢——此即自我。亦即永生、無懼，亦即無尚力量」❺。而凡人於現實中既無法達成所願，轉欲於睡夢中求之，無乃自欺欺人，夢後亦徒增悵惘耳。

此詞全依周邦彥〈六醜〉（薔薇謝後作）韻，與以下〈蕙蘭芳引〉、〈玉燭新〉及〈滿路花〉諸闋，俱載選堂六十年代末唱和周邦彥之《睎周集》。選堂寫於 1971 年 1 月之後記云：「自旅榆城（即美國 New Haven，耶魯大學所在地，選堂謂其地舊植榆樹，故有是稱），寓耶大研究院古塔第十一層之上。無流潦以妨車，鎮風雨之如晦，獨居深念，倚聲為懷，清真中長調，和之殆遍。而睡、影、神三闋，則鄰於形上之製，（可謂 Metaphysical *Tz'u*）又稍與陶公〔陶潛〕異趣也。」又同年 3 月之後記曰：「〔羅〕忼烈來書，促余畢和之。時自波士頓歸，因竭浹旬之力為之，共七十六首。」按《睎周集》卷上錄詞 51 首，合卷下共 127 首。

蕙蘭芳引·影

尼采論避紛之義，謂此際人正如影，日愈西下，則其影愈大，惟其謙下如日之食，而能守黑，蓋懼光之攖之也。（The Genealogy of Morals VIII）[1]與莊子葆光之說略近[2]，茲演其意。[3]

清吹峭煙，拂明鏡、恥隨鶏鶩[4]。

---

❺ (He who is fully asleep, composed, serene and knows no dream, he is the Ātman [Self]. He is the immortal, the fearless.) 此段注腳 Swami Swahananda, *The Chandogya upanisad* (Madras: Ramakrishna Math, 1956), Chapter 8, Section 11, p. 605.

看夕照西斜，林隙照人更綠。
水平雁散，又鎮日相隨金屋[5]。
自憩陰別後[6]，悄倚無言修竹[7]。

火日相屯，陰宵互代（莊子寓言）[7]，可異涼燠[9]。
況露電飛花，難寫暫乖欸曲[10]。
江山寥落，白雲滿目。
但永秋遙夜，伴余幽獨[11]。

【注解】

[1] 尼采：Friedrich Wilhelm Nietzsche（1844-1900），德國著名哲學家。其學說以反基督文化，否定基督教傳統之道德體系著稱，主張重估一切價值。詞序所引尼采之著作 *The Genealogy of Morals VIII*，出自以下一段原文："We can recognize a philosopher by the following: he walks away from three glittering and garish things－fame, princes, and women. That doesn't mean that they might not come to him. He shrinks from light which is too bright. Hence he shies away from his time and its "day." In that he's like a shadow: the lower the sun sinks, the bigger he becomes. So far as his humility is concerned, he endures a certain dependence and obscurity, as he endures the darkness."
避紛，躲避紛爭與塵事之搔擾。日之食，即日蝕。此段說欲成就自我之偉大，須迴避過於耀目之光芒（即原文中所謂塵世之榮耀、王侯及婦人之眷顧等）。能韜光養晦，謙下如置身日蝕之時，

始可成為哲人。

[2] 莊子葆光之說：《莊子・齊物論》云：「注焉而不滿，酌焉而不竭，而不知其所由來，此之謂葆光。」唐・成玄英疏曰：「葆，蔽也。至忘而照，即照而忘，故能韜蔽其光，其光彌朗。」即隱蔽個人才智，不露鋒芒。

[3] 演其義：敷陳此一道理。

[4] 「清吹」數句：清吹，猶清風。恥隨鷄鶩，鶩，即鴨。喻小人或庸俗之眾。《楚辭・九章・懷沙》：「鳳皇在笯兮，雞鶩翔舞。」西漢・王逸注：「言賢人困厄，小人得志也。」恥隨鷄鶩，即恥隨流俗之謂。

[5] 金屋：華麗之房屋。俗謂「金屋藏嬌」，語出《漢武故事》：「〔漢武帝〕年四歲，立為膠東王。數歲，長公主嫖抱置膝上，問曰：『兒欲得婦不？』膠東王曰：『欲得婦。』長主指左右長御百餘人，皆云不用。末指其女問曰：『阿嬌好不？』於是乃笑對曰：『好！若得阿嬌作婦，當作金屋貯之也。』」

[6] 憩陰：憩息於樹陰下。晉・陶潛〈影答形〉詩：「憩陰若暫乖，止日終不別。此同既難常，黯爾俱時滅。」

[7] 悄倚無言修竹：修竹，修長之竹。語本唐・杜甫〈佳人〉詩：「天寒翠袖薄，日暮倚修竹。」南宋・姜夔〈疏影〉詞：「客裏相逢，籬角黃昏，無言自倚修竹。」

[8] 「火日」二句：屯，積聚。宵，夜。代，替代。《莊子・寓言》曰：「火與日，吾屯也。陰與夜，吾代也。」

[9] 涼燠：燠，即熱。涼燠，即冷暖，寒暑。清・龔自珍〈涼燠〉：「吾言如治疾……涼疾至，燠之。」此句與上句意謂：

即使火日積聚，陰夜相替，亦不改內心之涼熱。

[10] 「況露電」二句：露電飛花，指事物如露、電、飛花等短暫不可留。語本後秦·鳩摩羅什譯《金剛般若波羅蜜經》：「一切有為法，如夢幻泡影，如露亦如電，應作如是觀。」暫乖，暫時乖離。陶潛〈影答形〉詩：「憩陰若暫乖。」欵曲，猶衷情。欵，同款。漢·秦嘉〈留郡贈婦〉詩：「念當遠別離，思念敍款曲。」

[11] 「永秋」二句：永，長久之意。幽獨，幽靜孤獨。《楚辭·九章·涉江》：「哀吾生之無樂兮，幽獨處乎山中。」又姜夔〈疏影〉詞：「想珮環、月夜歸來，化作此花幽獨。」

【評析】

此篇亦屬選堂所稱之形上詞。詞從莊子葆光之說及尼采避紛之議立論，謂能自內歛謙讓，則外界之晦明涼燠，境遇之順逆，俱無足慮。詞境恬淡，飽含理趣。「恥隨鷄鶩」，「悄倚無言修竹」及「永秋遙夜，伴余幽獨」數語，見出選堂甘於守寂，與世無爭之襟抱。與東坡「揀盡寒枝不肯棲」（〈卜算子〉）之倔強，似同而略異。

施議對於其〈饒宗頤形上詞訪談錄〉內，提出選堂詞有三種境界：詩人境界乃屬半人境界，因其尚未脫離凡人之世界；學人境界則「已漸與世俗社會拉開距離，處於人與非人之間」；而真人境界則可稱為「無人境界，或自在境界」。施氏以〈蕙蘭芳引〉中「看夕陽西斜，林隙照人更綠」一句為選堂詞所創三種境界之二，選堂則道：「（有些人似未必愿意進入這一境界），因為他們的精神都向外表露，既經不起孤獨寂寞，又不肯讓光彩受掩蓋；只是注重外面的風光，而不注重內在修養。他們看不見林隙間的『綠』。其實，越想暴露光彩，越是沒有光彩。」（頁 109）則世人所謂之榮耀光彩，於選堂眼中，不過如曇花一現；而智慧之火，雖淡如夜燭，反能燃之不盡，以其持之內心，不假他求故也。

清代女詞人吳藻所作〈祝英台近〉，亦以「影」為題，詞云：「曲欄低，深院鎖。人晚倦梳裹。恨海茫茫，已覺此身墮。可堪多事青燈，黃昏才到，更添上、影兒一個。　　最無那。縱然著意憐卿，卿不解憐我。怎又書窗，依依伴行坐。算來驅去原難，避時尚易，索掩卻、繡幃推臥。」大抵不出傳統閨情、詠物之套數，或不可稱為形上詞。另吳藻又有詠愁之〈乳燕飛〉，格調與〈祝英台近〉相類。

玉燭新·神

陶公神釋之作[1]，暫遣悲悅，但涉眼前，斗酒消憂，行權而已。[2]夫能量永存，塞乎天地，腐草為螢，事僅暫化[3]。故神之去形，將復有託，非猶光之在燭，燭盡而光窮也；光離此燭，復燃彼燭。（北齊書杜弼語。）[4]神為形帥，而與物相刃相劘于無窮，如是行盡如馳，而人莫之能悟，不亦哀乎！[5]以詞喻之。

中宵人醒後。似幾點梅花，嫩苞新就[6]。
一時悟徹，靈明處、渾把春心催漏[7]。
紅蔫尚佇[8]。有浩蕩、光風相候。
紺縷在、香送閬風，餘芬滿攜羅袖[9]。

從知大塊無私，儘幻化同歸，惟神知否[10]。
好花似舊。應只惜、玉蕊未諳人瘦[11]。
瓊枝乍秀[12]。又轉眼、飛蓬盈首[13]。
信理亂難道無憑，春籥又奏[14]。

【注解】

[1] 陶公神釋之作：指晉·陶潛〈神釋〉一詩。

[2] 行權：權宜行事。《公羊傳·桓公十一年》：「權者，反於經然後有善者也……行權有道，自貶損以行權，不害人以行權。」

[3] 「腐草」二句：《禮記·月令》云：「季夏之月……溫風始至，蟋蟀居壁，鷹乃學習，腐草為螢。」晉·崔豹《古今注·魚蟲》：「螢火，一名耀夜，一名夜光，一名宵燭，一名景天，一名熠燿，一名燐，一名良鳥，腐草為之，食蚊蚋。」事僅暫化，事物僅化形暫存於世。

[4] 「故神之去形」數句：見唐·李百藥等撰《北齊書·杜弼傳》：邢〔邵〕云：「神之在人，猶光之在燭，燭盡則光窮，人死則神滅。……類化而相生，猶光去此燭，復然彼燭。」〔杜〕弼曰：「鷹未化為鳩，鳩則非有。鼠既二有，何可兩立。光去此燭，得燃彼燭，神去此形，亦托彼形，又何惑哉？」

[5] 「神為形帥」數句：神為形帥，神為形之主宰。南唐·譚峭《化書》卷二〈魍魎〉條云：「形為神之宮，神為形之容。」相刃相劘，相違逆，相抵觸。《莊子·齊物論》云：「與物相

刃相靡，其行盡如馳，而莫之能止，不亦悲乎？」唐·成玄英疏曰：「刃，逆也。」

[6] 嫩苞新就：就字有數義。一作開放解，二作相就解，三作完成解，四作相向解。據詞意，該合開放與完成二義。

[7] 「靈明處」句：靈明，明潔無雜念之境界。渾，此處或作「仍舊」解，亦可作「完全」解。漏，古代計時器。全句有憂慮美人遲暮之意。

[8] 紅蔫尚佇：蔫，同嫣。紅嫣，深紅也。佇，等待。合上句，謂雖憂慮時不我與，猶幸花仍相待如故。

[9] 「紺縷在」數句：紺，天青色。紺縷，指植物之絲條。閬風，舊云神仙所居之地，此處指好風。《楚辭·離騷》：「朝吾將濟於白水兮，登閬風而紲馬。」西漢·王逸注：「閬風，山名，在崑崙之上。」

[10] 「從知大塊」數句：大塊，大自然，大地。《莊子·齊物論》：「夫大塊噫氣，其名為風。」唐·成玄英疏：「大塊者，造物之名，亦自然之稱也。」此數句說，造物無私，一切終同歸於塵土，唯神或不然。

[11] 諳：知悉。

[12] 瓊枝乍秀：瓊枝，喻嘉木美卉。秀，作動詞用，即開花。

[13] 飛蓬盈首：飛蓬，原指枯後根斷遇風飛旋之蓬草。此指蓬亂之頭髮，語出《詩經·衛風·伯兮》：「自伯之東，首如飛蓬。豈無膏沐，誰適為容？」

[14] 「信理亂」二句：理亂，南唐·李煜〈相見歡〉詞：「剪不斷，理還亂，是離愁。」此二句承上「飛蓬盈首」而來，其意

或謂容髮雖難整理，且神之存亡亦無憑據，但乍聽春簫之奏，復信神靈之有託。

【評析】

此闋乃反陶潛〈神釋〉一詩。陶氏云「應盡便須盡，無復獨多慮」，謂形之消亡，神亦當隨焉，此甚合自然，無須牽繫於心。杜弼則謂神如燭光，光離此燭，復燃彼燭，與慧遠之〈形盡神不滅論〉同一機杼。但選堂所著眼處，非神之存亡與否，乃諷人勿與自然相鬭，能不相鬭，則可保神之不朽矣。

詞以花木春景為襯托（如「梅花」、「紅蕉」、「紺縷」、「玉蕊」、「瓊枝」等），云一但悟徹自然之理，便覺萬物有情，刻刻相待，固毋庸戚戚然於光景之消逝也。末段云即便首如飛蓬，難辭老大之日，然而聞春簫之奏，即信生氣尚存焉。民初朱自清改李商隱句云：「但得夕陽無限好，何須惆悵近黃昏」，其理差近。

施議對以「紅蕉尚佇，有浩蕩光風相候」為選堂詞之第三種境界。選堂答云，詩詞須「指出向上一路」，清人蔣春霖，即因不能向上，以至一生沉淪下僚，不過於花間、尊前，作小歌詞無病呻吟而已。而東坡所作雖甚為達觀，唯其未曾主張製作形上詞。❻按蔣氏之沉淪下僚，乃時勢命運使然，非其一己之力所能掙脫。自來才人，如蔣氏之遭際者甚多，非其不欲向上也，乃限於環境，未能向上耳。劉夢芙亦云：「斯皆時代之所限，似未可苛求。」對於選堂批評夏承燾、詹安泰等未能於創作上指出向上一路，劉氏分釋原因

❻ 施議對，〈饒宗頤形上詞訪談錄〉，頁109。

云：「瞿禪（夏承燾）、無庵（詹安泰）……終身居大陸，不出國門，不諳外語，於西方之宗教精神與哲學原典皆未嘗親近。學養不及選堂之淹貫閎通，遊歷亦不及選堂之廣，一也；……大陸鼎革後處於政治高壓之下，自『反右』至『文革』，思想禁錮之嚴，靈魂扭曲之苦，史無前例。……選堂若居國內，成就必難有今日之大……故環境之酷，扼殺天才，二也。……凡人生於世，實難超脫現實，亦不得不關懷現實，現代知識人士為國家憂，為黎庶憂，乃中華文化陶冶所致，既非希圖利祿，躋身廟堂；又非高蹈江湖，老於岩壑，其心聲發諸詩詞，氣格不俗者，已難能可貴。若選堂先生之入於寰中，超以象外，所謂臻真人境界者，百世億人中皆罕覯，非強求可得也。」❼此實甚為持平之論。

滿路花・自我

奧義書[1]云：「心每失於自我光明之中。」「惟智者求之自我。」葉芝本以論詩中貴有我[2]。然謝客賦稱：「幸多暇日，自求諸己。」[3]仍此意也。於詞何獨不然乎？

聲隨雀噪乾，句壓櫻脣破[4]。
香篝[5]涼似水，初添火。
秋雲羅帕，鎮把愁紅裹。
更萬千珍重，一樹桃花，笑人還要高臥。

❼ 劉夢芙，〈論《選堂樂府》〉，頁70。

迷離綺語，作計何曾左[6]。
衰楊鴉蹴雪[7]，侯門鎖。
相思路上，怕誤鈿車過[8]。
儘詩中有我。自作纏綿，但預防祖師呵[9]。

【注解】

[1] 奧義書：梵文 Upanishad 之意譯。古印度文獻之一種，乃《吠陀》經典之最後一部，亦稱「吠檀多」（Vedanta），意即「吠陀之終結」。以散文或韻文寫成。Upanishad 梵語意譯為「侍坐於導師之側，面聆神秘玄奧之教義」。又《佛光大辭典》云：「為師徒對坐密傳教義之書籍，故稱奧義書。……印度之宗教始於對吠陀之贊頌，其後以說明用法與儀式為目的之梵書興起，其中有一章名之為阿蘭若迦，奧義書即為说明此章而編述。」奧義書最早見於公元前 10 至前 5 世紀之間。現存共 200 餘種，唯僅有十餘種屬古時所作。

[2] 葉芝：即 William Butler Yeats（1865-1939），愛爾蘭著名詩人。葉芝在其 *A General Introduction for My Work* 第一節“The First Principle”中引譯兩段奧義書。其中「心每失於自我光明之中」，見《提問奧義書》（*Prashna Upanishad*）中問題四，葉芝引文為“When mind is lost in the light of the Self, it dreams no more.”「惟智者求之自我」，見《唱贊奧義書》（*Chandogya Upanishad*），葉芝引文為“A wise man seek in Self.”

[3] 「謝客」句：謝客，即南朝詩人謝靈運（385-433）。靈運因幼時寄住於錢塘杜明師道館中，故名客兒。南朝梁・鍾嶸《詩

品》總論：「謝客為元嘉之雄。」「幸多暇日，自求諸己」，見謝氏《山居賦》。

[4] 「聲隨」二句：雀噪，鳥雀之喧噪。明·杜思修、馮惟訥纂《青州府志》載公冶長解禽語云：「適簷前雀噪甚急，宰因問〔公冶〕長曰：『汝如解禽言，能解此雀來噪者，為何事耶？』」櫻脣，指歌女之嘴唇。宋·張先〈菩薩蠻〉詞：「髻搖金鈿落，惜恐櫻脣薄。」

[5] 香篝：熏籠。宋·周邦彥〈花犯·梅花〉詞：「更可惜，雪中高樹，香篝薰素被。」

[6] 「迷離」二句：綺語，言情之話語。清·陳廷焯《白雨齋詞話》卷五：「近人為詞，習綺語者，託言溫、韋。」左，相違，相反。宋·蘇軾〈次韻子由論書〉詩：「鍾、張忽已遠，此語與時左。」

[7] 蹴：踩踏。

[8] 鈿車：以金寶嵌飾之車，泛指華麗之車駕。唐·白居易〈潯陽春·春來〉詩：「金谷蹋花香騎入，曲江碾草鈿車行。」

[9] 「但預防」句：祖師呵，指佛教禪師呵斥弟子。元·惟則天如口述，善遇編《師子林天如和尚語錄》卷之九：「生死輪迴之根本，實存乎此。故祖師呵之云，學道之人不識真。」

【評析】

此詞題為自我，而借男女情愛之語出之，略近陶潛〈閒情賦〉。小序引《奧義書》、葉芝及謝靈運之言，初讀者或以為詞中必大談玄理，欲求所謂之「自我」而不易得。

大抵選堂欲舉離別相思之事，借喻人心不安於己，蓋人於情愛之中，最易迷失自我。開首云「聲隨雀噪乾，句壓櫻脣破」，則已知自我表現之徒然，不若靜處深闈，寧神養性。下片續云綺語之虛妄，謂彼此既已隔侯門，相思路上，實無謂誤他人前程。倘更於詩中自作纏綿之狀，雖云句句有我，恐哲人聞之，亦要呵斥其不智。如此推求，未審得選堂之意否？

《佛光大辭典》總結奧義書全書之思想云：「係以大宇宙本體之『梵』，與個人本質之『我』為一體，乃宇宙萬有之根本原理，此即『梵我一如』思想，亦為觀念論之一元哲學。順此根本原理，萬事萬物之發生必有其一定之順序。人類生命即因『業』之故，而於輪回之道中往返，將人類之行為，以善惡果報之道德要求為基礎，而展開輪回轉生之思想。如經禪定與苦行來認識梵我一如之真理，即可解脫生死輪回之束縛，而到達常住不滅之梵界（梵 Brahma-loka），此即人生最高目的。此一觀念論思想係說明一切現象界皆為虛妄，唯獨梵為唯一之實在，並以梵、我代表心與物之兩面，而生成宇宙萬物。」按：「常住不滅」及「物我一體」，乃選堂「形上詞」之核心思想，讀此段文字，可對選堂詞作，有更進一步之瞭解。

念奴嬌·覆舟山，印尼最高火山也[1]。用半塘韻[2]。

危欄百轉，對蒼崖萬丈，風滿羅袖。
試撫當年盤古頂，真見燭龍噓阜[3]。
薄海滄桑，漫山煙雨，折戟沈沙久[4]。

巖漿噴處，巨靈時作獅吼[5]。

只見古木蕭條，斷杈橫地，遮遏行人走[6]。
蒼狗寒雲多幻化[7]，長共夕陽廝守。
野霧蒼茫，陣鴉亂舞，衣薄還須酒。
世間猶熱，火雲燒出高岫。

【注解】

[1] 覆舟山：覆舟火山（Gunung Tangkuban Parahu），位處印尼萬隆市（Bandung）北 36 公里覆舟山上，海拔 2200 餘米。以其形如船翻覆，故有是稱。

[2] 半塘：王鵬運（1848-1904），號半塘老人。與鄭文焯、況周頤、朱祖謀並稱「晚清四大詞人」而居其首。其〈念奴嬌·登暘臺山絕頂望明陵〉原韻云：「登臨縱目，對川原繡錯，如接襟袖。指點十三陵樹影，天壽低迷如阜。一霎滄桑，四山風雨，王氣銷沉久。濤生金粟，老松疑作龍吼。　惟有沙草微茫，白狼終古，滾滾邊牆走。野老也知人世換，尚說山靈呵守。平楚蒼涼，亂雲合沓，欲酹無多酒。出山回望，夕陽猶戀高岫。」

[3] 「試撫」二句：盤古，古代神話中開天闢地之創世者。宋·李昉等《太平御覽》卷二引三國吳·徐整《三五歷記》：「天地混沌如雞子，盤古生其中。萬八千歲，天地開闢，陽清為天，陰濁為地。盤古在其中，一日九變，神於天，聖於地。天日高一丈，地日厚一丈，盤古日長一丈，如此萬八千歲，天數極

高，地數極深，盤古極長，後乃有三皇。」此喻覆舟山之高峻。

燭龍噓阜：燭龍，神名。傳說其張目（或駕日、銜燭或珠）即能照耀天下。《山海經·大荒北經》：「西北海之外，赤水之北，有章尾山。有神，人面蛇身而赤，直目正乘，其瞑乃晦，其視乃明，不食不寢不息，風雨是謁。是燭九陰，是謂燭龍。」噓阜，氣息撼動山阜。《莊子·齊物論》：「南郭子綦隱機而坐，仰天而噓，荅焉似喪其耦。」唐·陸德明釋文：「吐氣為噓。」

[4] 「薄海」數句：薄海，抵達海隅。語本《尚書·益稷》：「州十有二師，外薄四海，咸建五長。」此句謂覆舟山前臨大海，幾經滄桑之變。折戟沉沙久，語出唐·杜牧〈赤壁〉詩：「折戟沉沙鐵未消」。此亦比喻人事變化之鉅。

[5] 巨靈：神話中斧劈華山之河神。唐·李白〈西嶽雲臺歌送丹丘子〉詩：「巨靈咆哮擘兩山，洪波噴流射東海。」

[6] 斷杈：摧斷之樹枝。遮遏，阻止也。

[7] 蒼狗寒雲：即白雲蒼狗，本作白衣蒼狗，語本唐·杜甫〈可嘆〉詩：「天上浮雲如白衣，斯須改變如蒼狗。」喻世事變化無常態。

【評析】

此篇載選堂《栟櫚詞》，極言覆舟山高峻險要，想像自創世以來，其地幾經陵谷，至今猶未變定也。通篇寫域外景觀，奇思壯彩，大氣包舉。「蒼狗寒雲多幻化，長共夕陽廝守」兩句，由眼前所見悟出哲理，謂人事雖若地貌變化無常，然尚有永恆之物理相伴，實毋庸悲咤。明乎此，始可稍造選堂所謂之真人境界。

呂碧城遊意大利拿玻里火山，作有〈絳都春〉一闋，亦復奇警，可視作選堂之先聲，唯骨力稍遜。姑錄於此以饗讀者：

> 禪天妙諦。證大道涅槃，薪傳誰繼？世外避秦，那有驚心咸陽燧。颷輪怒碾丹砂地，弄千丈紅塵春翳。倦飛孤鷺，幾番錯認，赤城霞起。　　凝睇。鐫冰斵雪，指隔浦、迤邐瑤峰曾寄。火浣五銖，姑射仙人翔遊袂。流金鑠石都無忌。算世態、炎涼遊戲。任教燒蠟成灰，早乾艷淚。

碧城另有〈破陣樂〉詠阿爾卑斯雪山（見前呂氏詞選），與〈絳都春〉所詠一冷一熱，堪稱雙絕。

水調歌頭·東歸在即，書物盡打包，隨身祗「萬壑松」一琴[1]而已。中夜不寐，起操搔首問天一曲[2]。自乘桴南海[3]，廿載栖栖[4]，明月入懷，俯仰今昔，爰賦此解，依坡老韻[5]。

此曲幾人解，搔首叩旻天[6]。
女媧何故多變，摶土自何年[7]。
不學敲鐘鳴鼓，但以冰絃批拂[8]，指上弄清寒。
嫋嫋繞梁去，餘響落花間[9]。

起山鬼，隱霧豹，驚愁眠[10]。
別無長物[11]，窺户剛見月纔圓[12]。

欲起湘靈鼓瑟[13]，（余與陳蕾士嘗試為琴瑟合奏[14]。）休作商聲變徵[15]，意愜理能全[16]。
待乘埃風去[17]，換骨託嬋娟[18]。

【注解】

[1] 「萬壑松」一琴：見前〈淒涼犯〉注 1。

[2] 搔首問天：古琴曲，又名《秋塞吟》，見〈淒涼犯〉注 5。兩曲曲調雖近，所表達之內容卻頗有不同。《秋塞吟》抒發域外秋感，《搔首問天》則有屈子憂生念亂之意。

[3] 乘桴南海：乘桴，語出《論語·公冶長》：「道不行，乘桴浮於海。」桴，竹筏也。此作飄洋過海解。選堂於 1968 至 1973 年任新加坡國立大學中文系首任講座教授兼系主任。詞即作於 73 年返港之前。

[4] 廿載，疑應作五載。栖栖：即棲棲，忙碌不安。《詩經·小雅·六月》：「六月棲棲，戎車既飭。」宋·朱熹《詩集傳》曰：「棲棲，猶皇皇不安之貌。」

[5] 爰賦此解，依坡老韻：爰，於是。解，樂曲或詩歌之章節，一解即一篇。坡老，即蘇東坡。此詞所和乃東坡同調「明月幾時有」一闋。

[6] 旻天：泛指天。《尚書·多士》：「爾殷遺多士，弗弔旻天，大降喪于殷。」唐·孔穎達疏：「天有多名，獨言旻天者，旻，愍也。」

[7] 「女媧」二句：古代神話謂女媧氏以黃土造人。摶，以手捏之成團。

[8] 「但以」句：冰絃，見〈淒涼犯〉注八。批拂，即彈撥琴弦。

[9] 「嫋嫋」二句：嫋嫋，悠揚婉轉。宋・蘇軾〈前赤壁賦〉：「餘音嫋嫋，不絕如縷。」繞梁，即餘音繞梁。《列子・湯問》：「昔韓娥東之齊，匱糧，過雍門，鬻歌假食，既去，而餘音繞梁欐，三日不絕。」餘響，餘音。唐・李白〈聽蜀僧濬彈琴〉詩：「客心洗流水，餘響入霜鐘。」

[10] 「起山鬼」三句：山鬼，山精或山神。《楚辭・九歌》有〈山鬼〉篇。霧豹，指隱居伏處，全身避害者。漢・劉向《列女傳・陶答子妻》載，答子治陶三年，名譽不興，家富三倍。其妻諫曰，能薄而官大，是謂嬰害，無功而家昌，是謂積殃。南山有玄豹，霧雨七日而不下食者，欲以澤其毛而成文章也，故藏而遠害。

[11] 別無長物：長物，身外多餘之物。南朝宋・劉義慶《世說新語・德行》：「（王大）見其坐六尺簟，因語恭：『卿東來，故應有此物，可以一領及我。』恭無言。大去後，即舉所坐者送之。既無餘席，便坐薦上。後大聞之，甚驚曰：『吾本謂卿多，故求耳。』對曰：『丈人不悉恭，恭作人無長物。』」

[12] 「窺戶」句：謂月色入戶。語本蘇軾〈水調歌頭〉詞：「轉朱閣，低綺戶，照無眠。」

[13] 湘靈鼓瑟：湘靈，湘水之神。《楚辭・遠遊》：「使湘靈鼓瑟兮，令海若舞馮夷。」宋・洪興祖《楚辭補注》：「此湘靈乃湘水之神，非湘夫人也。」一說，為舜妃，即湘夫人。南朝宋・范曄《後漢書・馬融傳》：「湘靈下，漢女游。」唐・李賢注：「湘靈，舜妃，溺於湘水，為湘夫人。」唐代錢起考進

士賦詩，詩題為〈湘靈鼓瑟〉。內云帝舜之妃湘靈因念帝舜而鼓瑟，奏《九韶》之歌。

[14] 陳蕾士：當代古箏演奏家。曾任台灣國立藝專教授，台灣中國文化大學教授及香港中文大學音樂系教授，主講中國音樂史及中國音樂專論，并兼任中文大學中國音樂資料館館長。

[15] 商聲變徵：商、徵為中國五音（宮、商、角、徵、羽）之一。商音配秋季，其聲淒洌。變徵，比徵低半音之音級。其聲亦幽咽不暢。唐·元稹〈小胡笳引〉詩：「流宮變徵漸幽咽，別鶴欲飛猿欲絕。」

[16] 「意愜」句：意愜，適意稱心。此句語本南朝宋·謝靈運〈石壁精舍還湖中作〉詩：「慮澹物自輕，意愜理無違。」選堂借用之，謂心境恬適則覺物理無所缺陷。

[17] 埃風：《楚辭·離騷》：「駟玉虬以乘鷖兮，溘埃風余上征。」宋·朱熹《楚辭集注》：「埃，塵也。」

[18] 「換骨」句：換骨，道家謂服食仙酒、金丹等使之化骨升仙。此處意即超脫塵凡。嬋娟，姿態美好貌。亦作月之代稱。蘇軾〈水調歌頭〉詞：「千里共嬋娟。」

【評析】

此篇載《栟櫚詞》，為選堂自新加坡歸香港前所作。通首以撫琴為題，韻採蘇東坡同調名作，亦大得原韻超逸之風神。

因所奏之琴曲名《搔首問天》，故起句即採曲意，以女媧摶土之事問天。此下形容琴音繞梁，聲達戶外。下片云清夜琴音可感神靈，而月色所照處，唯一人一琴而已。續戒己勿作傷情之調，蓋意得心安，便可與物周全。結句云欲騫翥高舉，一洗凡俗。按《搔首問天》一曲極盡低徊幽眇俯仰不平之概，則選堂返港前，或意有所不愜乎？然觀其結句，亦自襟懷滌蕩、躊躇滿志矣。

念奴嬌·自題書畫集[1]。沈寐叟[2]言：通元嘉山水一關，自有解脫月在，語出華嚴行願品[3]，竊取其意。

萬峰如睡，看人世污染，竟成何物。
幸有靈犀照徹[4]，靜對圖書滿壁。
石不能言，花非解語[5]，惆悵東欄雪。
江山呈秀，待論書海英傑。

細説畫裏陽秋[6]，心源了悟[7]，興自清秋發[8]。
想像荒煙榛莽處[9]，妙筆飛鴻明滅。
騎省縱橫[10]，文通破墨[11]，冥契通窮髮[12]。
好山好水，胸中解脱寒月。

自注：朱子論徐鉉字學云：「騎省縱橫放逸，無毫髮姿媚意態。」[13]王世貞則云：「其前摹嶧山碑，僅得其狀，求所謂殘雪滴溜鴻鵠群遊之妙，徒想像於荒煙榛草間，重以增慨。」[14]按大徐「自謂得師於天人之際，」[15]余何敢望徐公，惟得思於此，有庶幾之意耳。[16]

【注解】

[1] 自題書畫集：指選堂所作《饒宗頤翰墨》，鄧偉雄主編，1992年香港藝苑出版社出版。

[2] 沈寐叟：沈曾植（1851-1922），字子培，號乙庵，晚號寐叟，浙江嘉興人。清末民初著名詩人及書法家。

[3] 通元嘉山水一段：沈曾植〈與金甸丞太守論詩書〉云：「吾嘗謂詩有元祐、元和、元嘉三關。公於前二關均已通過，但著意通第三關，自有解脫月在。元嘉關如何通法，但將右軍蘭亭詩與康樂山水詩，打並一氣讀。」按：金甸丞，名蓉鏡，出沈氏門下。解脫月，佛教用語。意指脫去拘滯，證會真理，由此體悟觀察世相，便如滿月普照光明，則諸事物皆在此光明之下。唐·三藏般若譯《大方廣佛華嚴經》卷二十一：「此解脫者猶如滿月，滿足廣大福智海故。」沈氏意謂悟得元嘉詩體之精神，即如滿月之光照人寰，無復黝暗。

[4] 靈犀：犀牛角。靈犀照徹，南朝宋·劉敬叔《異苑》卷七：「晉溫嶠至牛渚磯，聞水底有音樂之聲，水深不可測。傳言下多怪物。乃燃犀角而照之。須臾，水族覆火，奇形異狀。」後引申為洞悉幽微之意。

[5] 「石不能言」二句：語本宋·陸游〈閒居自述〉詩：「花如解笑還多事，石不能言最可人。」此處反用之，意謂外物無感，不能相語。

[6] 畫裏陽秋：本自成語「皮裏陽秋」，原謂心存褒貶而不置一語。世言孔子作《春秋》，意含褒貶。故「春秋」指評論。唐·房玄齡等《晉書·褚裒傳》：「裒少有簡貴之風……譙國

桓彝見而目之曰：『季野有皮裏春秋。』言其外無臧否，而內有所褒貶也。」

[7] 心源：佛教視心為萬法之源，故稱。又唐代畫家張璪云：「外師造化，中得心源。」見唐·張彥遠《歷代名畫記》卷十，〈唐朝下·畢宏〉條。

[8] 興自清秋發：語本唐·孟浩然〈秋登蘭山寄張五〉：「愁因薄暮起，興是清秋發。」謂時值清爽之秋，興緻勃發。

[9] 荒煙榛莽：榛莽，雜亂叢生之草木。唐·李白〈古風〉之十四：「白骨橫千霜，嵯峨蔽榛莽。」此句語見明·王世貞《弇州四部稿》卷一百三十四，見詞後選堂自注。

[10] 騎省縱橫：語見宋·朱熹《晦庵集》卷八十四〈跋徐騎省所篆項王亭賦後〉，見詞後選堂自注。徐鉉（916-991），宋代著名書家。南唐時官吏部尚書，入宋歷任給事中、散騎常侍，後世稱為「徐騎省」。以寫篆隸著名。有《騎省集》三十卷。

[11] 文通破墨：張璪，字文通，唐吳郡人，擅畫山水樹石，長於破墨，尤工畫松，時號「神品」。有《繪境》一書，已亡佚。破墨為山水畫中渲染水墨之技法。以水破濃墨而成淡墨，濃淡相間，以顯物象之界限輪廓。

[12] 冥契通窮髮：暗相投合。清·馬其昶〈《古文辭類纂標注》序〉：「讀之久，而吾之心與古人之心冥契焉，則往往有神解獨到。」窮髮，極北不毛之地。《莊子·逍遙游》：「窮髮之北有冥海者，天池也。」唐·成玄英疏：「地以草為毛髮，北方寒沍之地，草木不生，故名窮髮，所謂不毛之地。」此處說書畫與遠古之人筆法暗合。

[13] 朱熹〈跋徐騎省所篆項王亭賦後〉原文云：「騎省自言晚乃得請匾法，今觀此卷，縱橫放逸，無毫髮姿媚意態。」

[14] 王世貞一段：嶧山碑，秦碑名。秦始皇二十八年（公元前 219 年）出巡時登嶧山所刻，頌贊秦之功德，後有二世詔辭。相傳為李斯篆書。原刻石已佚。明·王世貞《弇州四部稿》卷一百三十四〈秦相嶧山碑〉原文云：「昔賢評徐散騎有字學，而書法不能工。今所橅斯相嶧山碑，僅得其狀耳。求所謂殘雪滴溜鴻鵠群游之妙，徒想像於荒烟榛草間，重以增慨。」與引文略有出入。另宋·歐陽修《集古錄跋尾·秦嶧山刻石》：「右秦嶧山碑者，始皇帝東巡，羣臣頌德之辭。至二世時丞相李斯始以刻石。今嶧山實無此碑，而人家多有傳者，各有所自來。」

[15] 自謂得師於天人之際：清·孫岳頒等《御定佩文齋書畫譜》卷三十二〈徐鉉〉條引北宋·朱長文《墨池編》云：「徐鉉精於字學……初雖患骨力歉（李）陽冰，然其精熟奇絕，點畫皆有法。及入朝見嶧山摹本，自謂得師於天人之際，搜求舊跡，焚擲略盡，較其所得，可以及妙。」大徐，即徐鉉，其弟徐鍇，亦精字學，稱「小徐」。

[16] 庶幾：近乎之意。《孟子·梁惠王下》：「王之好樂甚，則齊國其庶幾乎！」

【評析】

此篇載選堂《聊復集》，集前序云：「昔趙德麟名其詞曰《聊復集》。余十載以來，久已廢詞，偶因事著筆，亦不存稿，朋儕鈔示，僅此十闋而已，聊復存之，以殿吾集；儷文一篇附於末，以見余近年論詞體之見解云。辛未八月，選堂識。」儷文一篇，即集後所附〈詞學理論綜考序〉。辛未，即 1991 年。

詞起句有感人世之污染，而慶幸有圖書滿壁為伴，可一洗塵垢。續云花石無言，欄雪惆悵，倘未能付托丹青，則終成枯朽，故需與江山一併呈現毫端，始可永存。莎士比亞嘗對其摯友（或愛人）稱，雋永之詩句可保其精神不朽（So long as men can breathe or eyes can see, / So long lives this, and this gives life to thee. 見其 *Sonnet XVIII*），未知選堂亦有此意否？下片云學書畫有得，頗與古人相契；能品鑒山水之妙，則可造佛家自我解脫之境。句句超逸，字字生姿，讀此亦可略窺選堂書畫之風神矣。

【集評】

錢仲聯〈《選堂詩詞集》序〉：「至於詞，固亦先生所甚措意者……取法乎上，直湊淵微。其短令，妙造自然，乃敦煌曲子、南唐君臣（指李煜及馮延巳）、歐（陽修）、晏（殊）、淮海（秦觀）、飲水（納蘭性德），人間（王國維）之遺。其慢詞，密麗法清真（周邦彥），采入其阻，清空峭折，得白石（姜夔）之髓，不落玉田（張炎）圈繢。集號《睎周》，志瓣香所在，周詞百二十七章，才大如海，亦猶其詩之遍和阮（籍）、謝（靈運）諸家集也。溯游而下，遂及夢窗，其〈鶯啼序〉次吳韻大篇，感時清角，絕類離倫。蝦夷之難，天挺此才，為倚聲家〈哀江南賦〉。……先生於勝清三百年詞壇，非絕不顧視，但未屑盤旋於其間。至於詞中樵繪異域風土，以及汲取西哲妙諦及天竺俄羅斯詩人佳語以拓詞境，猶其為詩之長技也。大鶴（鄭文焯）、彊尹（朱祖謀）諸翁，對此能無縮手？」（載

《選堂詩詞集》）

錢仲聯〈《選堂詩詞續集》序〉：「《古村詞》一帙，以白石空靈瘦勁之筆，狀瑞士天外之觀，追攝神光，纏綿本事，傳掩抑之聲，赴墜抗之節，縹緲千山，溫涼一念。求之近哲，惟呂碧城《曉珠詞》能之。而選堂〈賀新郎〉用後村韻者，則岸異可與青兕挹拍，又碧城之所未能為也。」（載《選堂詩詞集》）

羅忼烈〈《晞周集》序〉：「……又步清真韻五十一首……余寓書云，方〔千里〕楊〔澤民〕和周，殫精竭慮，裁九十篇，聲音不誤，神貌全非，徒僭三英，曾無一是。吾子才大儗於坡仙，格高無媿白石，彼畢生之所為，子咄嗟而立就，曷假其餘興，依陳注本而徧之。既攄所懷，亦開來學。未及朞月，又得七十六闋，合前凡百二十七章。字字幽窈，句句灑脫，瘦蛟吟壑，冷翠弄春，換徵移宮，尋聲協律，至於名媛綴譜，（張充和女士為譜〈六醜〉，以笛倚之，其聲諧美。）異域傳歌，徵之詞壇，蓋未嘗有。」（載《選堂詩詞集》）

羅忼烈〈《選堂近詞引》序〉：「今人倚交通之利，無遠不至，凡非古人所能夢見接聞者，或躬歷之，而悉索枯腸，曾不能贊一辭。獨選堂翁往往恣為長短句，八音擒文，義兼中外，即此一端，固已大過人矣！……蓋其詞閎中肆外，氣盛言宜，咄嗟可就，無過旬塗稿之勞，而佳篇警語，所在多有。……即如《古村詞》，己未歲游瑞士所作也，才十餘闋，其中若〈湘月〉之長橋感懷，以故國之藻麗，發異邦思古之幽情，不假爐錘而神理共契。……即此一斑，可想全豹，推而及於以前諸作，靡不變化無方，驚才風逸。……昔先遷甫謂周美成詞乍近之不甚悅口，含咀之久，則舌本生津。余於選堂亦云然，然能含咀者幾人歟？」（載《選堂詩詞

集》）

劉夢芙〈「五四」以來詞壇點將錄〉（天機星智多星吳用）條：「與並世諸家所不同者，選堂身歷四大洲，匪特寫域外奇觀，筆底森羅萬象；且獨倡「形上詞」，寓天人融合之哲理，高華玄遠，要眇宜修。故其詞風神獨特，若藐姑之仙，餐冰飲雪，乃不食人間煙火者也。其論詞尤重詞心……凡此皆精微獨得之言，抉發詞家創作之秘，可見選堂為詞之宗旨矣。梁山寨中吳加亮（吳用）用兵，神機莫測，詞壇智多星一席，非選堂莫屬也。」（頁 15）

羅忼烈《兩小山齋樂府》選

羅忼烈（1918-），廣西合浦人，1940 年畢業於廣州中山大學文學院中文系。大陸解放前夕移居香港，從事教育與學術研究工作，先後任教於培正中學、羅富國師範學院及香港大學中文系，1983 年以香港大學教授銜退休。其後又曾任香港中文大學教育學院及澳門東亞大學中文系客座教授。2004 年，獲香港大學頒授名譽大學院士銜。

羅氏為詩詞曲專家，經史地輿、文字音韻之學，無不精研，著有《論柳永》、《元曲三百首箋》、《詞曲論稿》、《周邦彥清真集箋》、《詞學雜俎》及《曲學抉微》等。因慕宋晏幾道、元張可久之詞曲，乃名其書室為「兩小山齋」，蓋二公皆號小山也。其為詞，初效花間小晏，婉雅流麗，後多遊歷之作，氣韻亦轉趨勁健，合蘇、辛之豪而不失諸粗，復融鑄經典，論古議今，的是學人之詞。五十年代初在港與廖鳳舒、劉景堂諸公結堅社唱酬，振揚詞學，大有裨益於詞苑。又時與饒選堂切磋詞藝，詞境益進，選堂且譽其所作為「豪士之鼓吹」。劉夢芙〈「五四」以來詞壇點將錄〉將之列為天微星九紋龍史進，謂其「兼融兩宋，沈厚淵雅，洵南天尊宿，詞苑正宗。」

羅氏詞曲載其《兩小山齋樂府》，有 1971 年家印本。2002 年香港現代教育研究社出版發行本，數目略有增刪，字句亦多有改易，共錄詞 162 闋，曲 34 闋。另葉元章、徐通翰所編之《當代中國詩詞精選》輯有其〈踏莎行·與省港澳作家新春聯歡〉一闋，集中未見收。

蝶戀花

淡杏衫兒雙鳳小[1]。不掩珠簾，風送衣香嫋。
佇立西樓無雁到。梧桐蛩韻生幽悄[2]。

夢又不成書又杳[3]。兩葉眉山，住得愁多少[4]。
欲乞銀河今夜巧[5]。回頭怕被雙星笑[6]。

【注解】

[1] 雙鳳：繡在衣上之雙鳳圖案。北宋·晏幾道〈蝶戀花〉詞：「碾玉釵頭雙鳳小，倒暈工夫，畫得宮眉巧。」

[2] 「佇立」二句：語本五代·李煜〈相見歡〉詞：「無言獨上西樓。月如鈎。寂寞梧桐，深院鎖清秋。」又南宋·吳文英〈夜遊宮〉詞：「人去西樓雁杳。」蛩韻，蟋蟀之鳴聲。梧桐一句，又本李清照〈行香子〉：「草際鳴蛩，驚落梧桐。正人間天上愁濃。」

[3] 「夢又不成」句：語本北宋·歐陽修〈玉樓春〉（別後不知君遠近）詞：「故欹單枕夢中尋，夢又不成燈又燼。」

[4] 「兩葉」句：眉山，眉如遠山狀，故云。漢·劉歆《西京雜

記》卷二：「（卓）文君姣好，眉色如望遠山，臉際常若芙蓉。」北宋・王觀〈卜算子〉詞：「水是眼波橫，山是眉峰聚。」

[5] 乞巧：古時風俗。南朝・梁・宗懍《荊楚歲時記》：「七月七日為牽牛織女聚會之夜。是夕，人家婦女結綵縷，穿七孔鍼，或以金銀鍮石為鍼，陳瓜果於庭中以乞巧，有喜子網於瓜上則以為符應。」

[6] 雙星：指牽牛織女星。唐・杜甫〈奉酬薛十二丈判官見贈〉：「相如才調逸，銀漢會雙星。」北宋・秦觀〈鵲橋仙〉：「纖雲弄巧，飛星傳恨，銀漢迢迢暗渡。」

【評析】

此詞收於羅氏《兩小山齋樂府》內之「年少浪跡之什」，知為早年之作。齋名兩小山，以其瓣香北宋晏幾道、元張可久也（二人俱號小山）。〈兩小山齋自題樂府引〉云：「余始讀詞曲，未遑深研，但愛晏小山之秀氣勝韻，張小山之典麗清雅，偶用名齋。」小晏詞風流蘊藉，此作亦頗得其風神。雖或不外乎離別相思一類題目，亦有規摹前人詞句痕跡，唯能別出新巧，如「兩葉眉山，住得愁多少」一句，與李易安之「只恐雙溪舴艋舟，載不動，許多愁」（〈武陵春〉）差可比肩。結句「欲乞銀河今夜巧，回頭怕被雙星笑」，描摹女子羞怯情態，入木三分。五代・皇甫松〈採蓮子〉云：「無端隔水拋蓮子。舉棹，遙被人知半日羞。」寫女子示愛後之羞慚，羅氏此闋則反之，形容女子雖心有所眷，仍不敢有所舉措。

羅氏移居香港前之詞作，約存二十餘闋，俱不載年份，大體近乎五代北宋小令之綺麗纏綿，羅氏於「年少浪跡之什」前之小序亦云：「姜白石霓裳中序第一詞云：『沈思年少浪跡，笛裏關山，柳下坊陌，墜紅無信息。』回眄舊游，未捐綺思，多有山谷道人所謂空中語，貽法秀禪師犁舌地獄之譏，非所恤也。」按此什中作品多無詞序，固難徵本事，然恐亦非如作者所云全為「空中語」也。

清平樂

愁來無路。來了還留住[1]。
石井梧桐今夜雨[2]。寂寞憐伊伴侶。

情深始解相知。天涯地角相隨[3]。
除卻眉頭心上，人間無處容伊[4]。

【注解】

[1] 「愁來」二句：愁來無路，三國·曹丕〈善哉行〉詩：「高山有崖，林木有枝，憂來無方，人莫之知。」相傳南宋陸游妾被逐，賦〈生查子〉云：「只知眉上愁，不識愁來路。窗外有芭蕉。陣陣黃昏雨。　　曉起理殘妝，整頓教愁去。不合畫春山，依舊留愁住。」

[2] 「石井」句：石井，穿石而成之井。梧桐今夜雨，語本唐·白居易〈長恨歌〉：「秋雨梧桐葉落時。」

[3] 「天涯」句：北宋·晏殊〈踏莎行〉（祖席離歌）詞：「天涯地角尋思遍。」

[4] 「除卻」二句：化用北宋·范仲淹〈御街行〉（紛紛墜葉）詞：

「都來此事，眉間心上，無計相迴避。」又宋·李清照〈一剪梅〉（紅藕香殘）詞：「此情無計可消除。才下眉頭，卻上心頭。」

【評析】

此詞亦收於「年少浪跡之什」。全篇以一愁字為題，迴環往復，不著一閒言語，足見大家手筆，非徒事雕琢者可及。明人王驥德《曲律》卷四云：「作閨情曲而多及景語，吾知其窘矣。此在高手，持一情字，模索洗發，方挹之不盡，寫之不窮，淋漓渺漫，自有餘力，何暇及眼前與我相二之花鳥煙雲，俾掩我真性，混我寸管哉？」此語移諸兩小山詞，當未為過。詞意云明知愁能斷腸，偏款款留之而不忍捨去，雖小晏之痴絕，亦不過如是。至如「除卻眉頭心上，人間無處容伊」，與龔定庵〈浪淘沙〉（好夢最難留）所云「獨自淒涼還自遣，自製離愁」，或時人所謂「把傷心留給自己」，類皆執迷不悟、甘於為情所役之痴言痛語。定庵為詞，有「尊情」之說，其〈長短言自序〉云：「情之為物也，亦嘗有意乎鋤之矣；鋤之不能，而反宥之；宥之不已，而反尊之。龔子之為長短句何為者耶？其殆尊情者耶？」觀此作，則羅氏殆亦定庵之流乎？饒選堂〈六醜〉一詞亦有句云：「凝望裏、自製離愁宛轉，酒邊花側。」羅氏評之云：「一製字甚奇，蓋一切煩惱，皆由己造，而貪欲諸念可以理化，唯一情字，宛轉相就，拋撇不得。」[1]雖論

[1] 羅忼烈，〈略論五家和清真詞——兩小山齋詞話〉，載鄭煒明編，《論饒宗頤》，頁337。

選堂，亦可視為羅氏之夫子自道。

念奴嬌

江楓黃了，未重陽、早覺閑庭秋暮。
東閣新來涼似水[1]，盡日風簾輕語[2]。
燕子紅箋[3]，秦樓舊約[4]，畢竟無憑據。
平波雁影，又隨殘照西去。

長記水郭春深，小樓香徑，曾向花間住。
為問鴛鴦池畔柳，可似當年張緒[5]。
料得天涯，背人燈下，猶念燕臺句[6]。
潘郎今老，祇應秋興堪賦[7]。

【注解】

[1] 東閣：杜甫〈和裴迪登蜀州東亭送客逢早梅相憶見寄〉詩：「東閣官梅動詩興，還如何遜在揚州。」此或泛指庭院之東廂。新來，近來。宋・趙佶〈宴山亭〉（裁剪冰綃）詞：「和夢也、新來不做。」

[2] 盡日：整日。唐・李商隱〈重過聖女祠〉詩：「一春夢雨常飄瓦，盡日靈風不滿旗。」風簾，門窗之簾。南朝・齊・謝朓〈和王主簿季哲怨情〉詩：「花叢亂數蝶，風簾入雙燕。」

[3] 燕子紅箋：《燕子箋》，劇曲名，明・阮大鋮撰。演唐代霍都梁與名妓華行雲及酈學士女飛雲遇合事。以燕子銜箋關目，故

名。此處泛指情信。

[4] 秦樓舊約：泛指情人相會之地。典出漢‧劉向《列仙傳》，見前夏承燾〈賀新郎〉（辨個蒲團地）注 6。

[5] 「為問」二句：唐‧李延壽撰《南史‧張緒傳》云：「（張）緒吐納風流，聽者皆忘飢疲，見者肅然如在宗廟。雖終日與居，莫能測焉。劉悛之為益州，獻蜀柳數株，枝條甚長，狀若絲縷。時舊宮芳林苑始成，（齊）武帝以植於太昌靈和殿前，常賞玩咨嗟，曰：此楊柳風流可愛，似張緒當年時。」後泛用作詠柳之辭。宋‧辛棄疾〈鷓鴣天〉（水底明霞十頃光）詞：「最憐楊柳如張緒，卻笑蓮花似六郎。」

[6] 「猶念」句：語本宋‧周邦彥〈瑞龍吟〉（章臺路）詞：「吟箋賦筆，猶記燕臺句。」燕臺，典出唐‧李商隱〈燕臺詩〉，該詩序云：「柳枝，洛中里孃。父饒好賈，風波死湖上。其母不念他兒子，獨念柳枝。生十七年，塗粧綰髻，未嘗竟，已復起去。吹葉嚼蕊，調絲擫管，作天海風濤之曲，幽憶怨斷之音。……余從昆讓山，比柳枝居為近。他日春曾陰，讓山下馬柳枝南柳下，詠余燕臺詩，柳枝驚問：「誰人有此？誰人為是？」讓山謂曰：「此吾里中少年叔耳。」柳枝手斷長帶，結讓山為贈叔乞詩。」

[7] 「潘郎」二句：潘郎，指西晉潘岳。岳嘗撰〈秋興賦〉，感傷年老。

【評析】

此詞載「年少浪跡之什」，約作於庚寅（1950 年）以後，時羅氏已徙居香江。詞寫秋日思舊，而前塵往跡，總如雁影殘照，無有回日。下片云己猶眷念不已，唯恐當時歡會之地，已非復舊觀。「料得」數語，純乎想像之辭，意彼亦未能忘懷，與周邦彥〈瑞龍吟〉所云：「唯有舊家秋娘，聲價如故。吟箋賦筆，猶記燕臺句」，如出一轍。結以老大傷秋，亦晏小山、周邦彥慣用之筆法，較諸早期小令，漸見老成，景觀亦由纖小而一變為宏大。

鷓鴣天·南明末年，順德陳邦彥[1]與南海陳子壯[2]率勤王之師攻廣州，兵敗走清遠，城破遇害，義民收其殘骸歸里，與衣冠合葬。墓園荊杞已久，倭難既靖[3]，蒙夫[4]緬懷鄉賢，集縉紳重修之，李研山[5]為作圖。蒙夫出示屬題[6]。

九萬中原血戰斑[7]。孤臣百死補天難[8]。
沾衣誰請王琳首[9]，為褓空餘衛懿肝[10]。

新碣石[11]，古衣冠。墓田鴉噪夕陽寒。
平臺早失經綸策[12]，謾道紅顏是禍端[13]。

【注解】

[1] 陳邦彥（1603-1647）：字令斌，為諸生。任南明永曆帝朝兵科給事中。順治四年（1647）八月，趁清軍李成棟追永曆帝於桂林，與陳子壯、張家玉等攻廣州。因李成棟回師，撤至清遠。九月，為清軍所執，月杪遇害。與張家玉、陳子壯合稱「廣東三忠」。永明王贈邦彥兵部尚書，謚「忠愍」。事見清·張廷

玉等撰《明史》列傳卷二十八。

[2] 陳子壯（1596-1647）：字集生。萬曆四十七年（1619）殿試探花，授翰林院編修。崇禎朝為大學士，後退歸鄉里。1647 年起兵抗清，與陳邦彥等約共攻廣州。子壯駐五羊驛為清軍所敗，走還九江村，會故御史麥而炫破高明，迎子壯。九月，清軍克高明，子壯、而炫俱被執至廣州，為敵所戮。永明王贈子壯番禺侯，謚「文忠」。見《明史》列傳卷二十八。

[3] 倭難既靖：指 1945 年抗戰勝利。

[4] 蒙夫：姓何名覺。羅氏約作於六十年代之〈鷓鴣天〉（射虎屠龍兩未成）詞序有云：「老友順德何覺蒙夫，早歲於中山大學攻動物學，來香港則教中文，近已退休。……」作於丙午（1966 年）之〈紅林檎近〉（修樹旻天際）詞序云：「二十八年前（即 1938 年），何蒙夫避地臨桂，卜居陽朔講學，訪陸放翁遺跡，得摩崖詩境二字，因以名其廬。亂後南歸，饒子選堂為作詩境廬圖。……」又作於癸丑（1973 年）十二月初一之〈沁園春〉（宿酒難穌）詞序云：「何蒙夫欲注陸羽茶經，久未下筆，選堂為作煮茶注經圖矣……。」作於甲寅（1974 年）之〈八六子〉（近清灕）詞序云：「三十餘年前，選堂蒙夫俱避地桂林，嘗偕訪王半塘（王鵬運）故居於灕江濱。……」同年秋所作〈雙調沈醉東風〉曲序云：「蒙夫偶於裱畫店得吳梅四十二年前為王伯元題畫北小令，書於裱邊上，畫已不存。……蒙夫因倩選堂補畫見惠。……」寫於乙卯年（1975 年）之〈雙調折桂令〉曲序云：「晚明番禺韓上桂，……曾以北曲作凌雲記傳奇，譜相如文君故事……明以後不見傳世，故自清訖近代，治

曲者皆無著錄。辛丑（1961 年）夏初，伯端劉丈忽以鈔本見示……厥後數年，不見刊行，而劉丈旋歸道山，無從蹤跡矣。乙卯秋，何子蒙夫忽攜此本來訪，云是故友何某所藏，其人新亡，其婦欲得善價而沽之。……」隻言片語，亦稍見何氏之行藏旨趣。

[5] 李研山（1898-1961）：現代山水畫家。本名耀辰，字居端，號研山，廣東新會人。李氏少從潘致中習畫，後就讀北京大學法律系，同時習西洋畫。畢業後回粵，初任職法院，1931 年任廣州市立美術專門學校校長，1935 年創辦該校校刊《美術》。抗戰時期移居香港。後與趙少昂創立香港中國美術會，並曾任香港華僑書院藝術系主任。1956 年，李氏嘗與鮑少遊、黃般若、趙少昂、楊善深、李鳳公、林建同、呂燦銘等成立藝術組織「丙申社」。有《李研山書畫集》傳世。常宗豪畫冊《綆短汲深》自序云：「重開的華僑書院藝術系主任是山水大家李研山先生，不過研山先生因患哮喘惡疾，長年臥病鑽石山一石屋，先生顏之曰石谿壺館，又號雙銕笛樓。藝術系主任一職便由馮師康侯代理。其他在系內任教的有趙世銘、羅冠樵、陳汀蘭諸先生，都是研山先生任廣州市美校長時的高足。」又據 2005 年 12 月 19 日，刊登於香港《成報》副刊之專欄《公關小姐繽紛筆》（署名珠珠所撰）有題為〈看到了通明世界〉之文章，內云：「記得在（陸羽）茶室見過一幅李研山山水畫，確為妙品。聽隔壁老人介紹，李研山做過廣州市美校長，為人思想開放，人際關係甚佳，中西並容，創出市美黃金時代。……李研山書法學岑學呂，畫法師承潘致中。潘師力言

中國傳統畫本自寫生，又強調畫人品格，不可沽名釣譽，寧隱山林，不求聞達。李研山深受影響，畫風亦見清淡蕭疏。日軍陷穗，李研山來港，住鑽石山，埋頭繪畫，如乃師之言，獨樂山中矣。」另同年 5 月 24 日同一專欄亦有題為〈琪樹丹崖不可攀〉之文章，介紹李氏之《琪樹丹崖圖》。

[6] 屬題：囑咐為此圖題句。

[7] 九萬：言地域之廣。《莊子・逍遙遊》：「鵬之徙於南溟也，水擊三千里，摶扶搖直上者九萬里。」

[8] 補天：指救國。本自古代神話傳說之女媧煉石補天。舊傳西漢劉安著《淮南子・覽冥訓》：「往古之時，四極廢，九州裂，天不兼覆，地不周載……於是女媧鍊五色石以補蒼天，斷鼇足以立四極。」

[9] 「沾衣」句：「衣」字於羅氏家印本內作「巾」。王琳，字子珩，南朝梁武將，平侯景有功，任湘州刺史。陳霸先篡梁，王琳舉兵相抗，兵敗被殺。琳有故吏朱瑒作〈與徐陵請王琳首書〉云：「梁故建寧公琳，當離亂之辰，總方伯之任，天厭梁德，尚思匡繼，……至使身沒九泉，頭行千里。誠復馬革裹屍，遂其平生之志；原野暴體，全彼人臣之節。」徐陵於是為之啟上。十二月，王辰朔，并熊曇朗等首皆還其親屬。瑒瘞琳於八公山側，會葬者數千人。唐・李延壽《北史》有傳。此處指義民收陳邦彥及陳子壯骸骨歸葬。

[10] 「為襮」句：「空餘」於羅氏家印本作「差餘」。衛懿，即衛懿公。《呂氏春秋・忠廉》載：「衛懿公有臣曰弘演，有所於使。翟人攻衛……及懿公於榮澤，殺之，盡食其肉，獨捨其

肝。弘演至，報使於肝，畢，呼天而啼，盡哀而止，曰：『臣請為襮。』因自殺，先出其腹實，內（即納）懿公之肝。」後用為忠烈之典故。東漢·高誘注：「襮，表也。」言弘演自盡，以己之腹腔儲懿公之肝。

[11] 碣石：即墓碑。

[12] 「平臺」句：平臺，明代紫禁城建極殿（即今保和殿）居中向後為雲臺門，其兩側向後為雲臺左門、雲臺右門，又名平臺。崇禎帝在此傳召名將袁崇煥，將之下獄致死，明室因此自喪長城，俾清軍有機可乘。

[13] 「謾道」句：紅顏，指明末名妓陳圓圓，明山海關守將吳三桂愛妾。清·吳偉業《鹿樵紀聞》云李自成攻入北京，圓圓為李之部將劉宗敏所得，吳三桂乃以一己之私，引清兵入關。吳偉業〈圓圓曲〉詩：「慟哭六軍俱縞素，衝冠一怒為紅顏。」舊說明亡乃因陳圓圓所致，故云紅顏禍水。此處則直陳亡國之徵早見於平臺一案，實與女子無關。謾道，即莫說，莫道。末二句與羅氏家印本大有不同。羅氏家印本內，結二句作「發丘定有中郎使，曠劫於今又幾番。」發丘，東漢·陳琳〈為袁紹檄豫州〉：「又梁孝王，先帝母昆，墳陵尊顯，桑梓松柏，猶宜肅恭，而操帥將吏士，親臨發掘，破棺裸屍，掠取金寶，至令聖朝流涕，士民傷懷。操又特置發丘中郎將，摸金校尉，所過隳突，無骸不露。」後指盜墓者。

【評析】

此詠史之作，收於「中年詩思之什」。氣格沉雄，與羅氏早期清綺纏綿之面貌自是不同。南明廣東二陳，雖出師未捷，然一腔忠烈，足可感激歷來慷慨忠貞之士，既為之歌泣，又為之立石也。若此詞，亦不啻一篇表彰先烈之忠臣傳。結句為歷史翻案，義正辭嚴，小說野談之流，得無箝口咋舌乎？

揚州慢·乙巳[1]清明，郊行既暮，小飲海濱畫舫。煙渚微茫，夕陽在水，輕風滌面，倦鳥呼還[2]。已而黃昏月上，短笛愁生，旨酒初醺[3]，闌干四望，興涉江采芙之思[4]，動春城草木之感[5]。依白石道人自度曲以寫之[6]。

春暖鳧波[7]，笛淒漁櫂，典衣且醉江亭[8]。
對斜陽一水，漸柳色深青。
正思采芙蓉寄與，楚天空闊[9]，煙冥蘭汀[10]。
念京華塵轂[11]，年年如此清明。

廣陵恨永[12]，到而今休賦蕪城[13]。
想灌莽紛披[14]，孤蓬自振[15]，何限銷凝[16]。
古月照愁依舊，知誰聽故國歌聲[17]。
怕明朝風惡，花深啼鳥無情[18]。

【注解】

[1] 乙巳：即1965年。

[2] 倦鳥呼還：東晉·陶潛〈歸去來辭〉：「雲無心以出岫，鳥倦飛而知還。」羅氏家印本內此二句後尚有云：「山花自紅，叢

薄暗碧。」

[3] 旨酒初醺：旨酒，好酒。醺，即醉之意。

[4] 涉江采芙之思：語本東漢《古詩十九首》其六：「涉江采芙蓉，蘭澤多芳草。采之欲遺誰，所思在遠道。……」意在懷人。

[5] 春城草木之感：語本唐·杜甫〈春望〉詩：「國破山河在，城春草木深。」此言時令雖好，而自感蕭條。

[6] 白石道人自度曲：白石道人，即南宋詞人姜夔。自度曲，自創之曲調。〈揚州慢〉即姜夔自創。

[7] 鳧：野鴨，亦泛指水鳥。

[8] 「典衣」句：語本杜甫〈曲江〉詩其二：「朝回日日典春衣，每日江頭盡醉歸。」典衣，典當衣服。但以羅氏當時之境遇，未必真有此舉。

[9] 「楚天」句：楚天，南方之天空。宋·柳永〈雨霖鈴〉詞：「念去去千里煙波，暮靄沈沈楚天闊。」

[10] 煙冥蘭汀：冥，暗淡。蘭汀，生長蘭草之水際平地。

[11] 京華塵轂：京華，京城，以其地繁華，故稱。此泛指通都大邑。塵轂，指車馬。轂，車輪中心部位，周圍與車輻一端相接，中有圓孔，用以插軸。後作車輪之代稱。此處總喻世俗污垢。南朝齊·謝朓〈酬王晉安〉詩：「誰能久京洛，緇塵染素衣。」

[12] 廣陵：指琴曲《廣陵散》，三國時嵇康善彈此曲，秘不授人。後被害，臨刑索琴彈之，曰：「《廣陵散》於今絕矣！」見《晉書·嵇康傳》。

[13] 蕪城：古城名。即廣陵城。故址在今江蘇省江都縣境。西漢吳王劉濞建都於此，築廣陵城。南朝宋竟陵王劉誕據廣陵反，兵敗死，城遂荒蕪，鮑照作《蕪城賦》以諷之，因得名。此二句說舊事湮滅，再賦蕪城亦屬徒然。

[14] 灌莽：叢生之草木。此句本自鮑照〈蕪城賦〉：「灌莽杳而無際，叢薄紛其相依。」唐·呂向《文選注》：「水草雜生曰灌莽也。」

[15] 孤蓬：隨風飄轉之蓬草。比喻人飄泊無定。此句亦見於鮑照〈蕪城賦〉：「稜稜霜氣，簌簌風威，孤蓬自振，驚砂坐飛。」呂向注云：「孤蓬，草也，無根而隨風飄轉者。明遠（鮑照）自喻客遊也。」

[16] 銷凝：銷魂凝神。宋·柳永〈夜半樂〉詞：「對此佳景，頓覺銷凝，惹成愁緒。」

[17] 「古月」二句：化用唐·劉禹錫〈石頭城〉詩：「淮水東邊舊時月，夜深還過女牆來。」及唐·杜牧〈夜泊秦淮〉詩：「商女不知亡國恨，隔江猶唱後庭花。」

[18] 「怕明朝」二句：本自清·屈大均〈壬戌清明作〉詩：「落花有淚因風雨，啼鳥無情自古今。」與此詞同為清明之作。

【評析】

此詞因紀遊而生出故國之感，音律諧婉，辭情悱惻，亦中年詩思，漸趨鬱勃之例。居安思危，此詩人之則歟？調寄姜白石哀時傷亂之〈揚州慢〉，用意甚明，小序亦饒有白石風調。羅氏集中頗有追和白石之作，除此闋外，尚有：〈惜紅·春晚次白石韻〉、〈側犯・秋雨依白石體〉、〈一萼紅・堅社社課，限用白石韻。與懺盦老人、伯端丈同作〉、〈翠樓吟・庚戌重陽，雨後登山，依白石道人自度曲〉（見後）等闋，可見羅氏於晏小山外，於白石亦頗心儀。

羅氏流寓香港之初，遷客心態較為顯著，以其仍視中國大陸為依歸也，「客」、「故國」、「故園」等語於其詞屢見不鮮。如此闋下片「古月照愁依舊，知誰聽故國歌聲」句，即為一例。考香港自開埠始，即為國內流亡文人之集散地。余祖明（少颿）嘗云：「百年以來，中原迭經變亂，香江為遷客騷人避地之所。」❷民初遺老陳伯陶（1855-1930）、區大典（1877-?）等，在港時亦借鑽研宋史遺事、結社唱酬以抒去國情懷。❸四九年後，文人移港潮復現。羅忼烈及詞社組織堅社同人如劉景堂、廖鳳舒輩，政治取向或有所異，然流寓心態，實可與陳伯陶等相儔。至七十年代，香港經濟騰飛，本地意識萌芽，則遷客之感亦不復存矣。

雙雙燕・丙午驚蟄日[1]，招曾希穎[2]、陳湛銓[3]、羅時憲[4]、朱榮達[5]、陳翊湛[6]來蝸居小酌，詞以代簡[7]。

少年浪跡，記南陌花時[8]，五陵裘馬[9]。
旗亭賭唱[10]，蜀錦舜英無價[11]。

---

❷ 余祖明，《近代粵詞蒐逸・補編續編弁言》（香港：出版者不詳，1972年），頁1。

❸ 見趙雨樂、鍾寶賢主編，《九龍城》（香港：三聯書店，2001年），頁19。

爭肯才名相亞[12]。驀一曲後庭歌罷[13]。
三千里路萍飄，五十華年湍瀉[14]。

牽惹。閑情是也。愛近市盤飧，傍花臺榭。[15]
天涯俱老，絲竹正宜陶寫[16]。
還結雞豚里社[17]。且攜手衡門之下[18]。
容我煮酒挑燈，共此沈沈春夜[19]。

【注解】

[1] 丙午：即 1966 年。驚蟄，二十四節氣之一。在公曆 3 月 5 至 7 日之間。其時土地解凍，春雷始鳴，冬日蟄伏之動物開始活動，故名。《禮記·月令》云：「東風解凍，蟄蟲始振，魚上冰，獺祭魚。」

[2] 曾希穎（1903-1985）：廣東番禺人，「南園今五子」之一。曾留學蘇聯。國民黨元老陳顒（1876-1955）於廣州越秀山麓築「顒園」，時舉行文酒之會，熊潤桐（1900-1974）、佟紹弼（1911-1969）、曾希穎、余心一及李履庵嘗列席焉。冒廣生（1873-1959）南訪，居於「顒園」，戲稱五人為「南園今五子」。抗日軍興，曾氏移居香港，1950 年劉景堂、廖恩燾創堅社振興詞風，曾氏與羅忼烈、王韶生、張紉詩（1912-1972）、湯定華等人俱為社中中堅。曾任教香港文商學院夜校。著有《潮青閣詩詞》，存詩 162 首，詞 48 首。劉夢芙〈「五四」以來詞壇點將錄〉將之列為天平星船火兒張橫，內云：「希穎號了庵，早年遊學歐洲，習政治軍事，抱負甚弘。

歸國後境遇屯蹇，鬱鬱不得志。移居香島，教授上庠，詩書畫三藝俱負盛譽。與港中詞壇老輩廖懺庵（恩燾）、劉伯端（景堂）結堅社，弘揚風雅，人服其才。其《潮音閣詩》中大多精工華美，然能清宕雄奇，《燭影搖紅》云：『萬感銀壺未洗，任銷磨英姿霸氣。海塵迷夢，邊角呼愁，人間何世？』可見兀傲不平之概矣。」《兩小山齋樂府》內，〈滿庭芳〉、〈一寸金〉、〈燕山亭〉、二詞序中亦言及曾氏，另〈鷓鴣天〉序云：「曾希穎翁。時甲寅（1974 年）秋。方舉行曾氏父子書畫展。」詞後附注云：「希翁早歲遊學俄羅斯，習軍旅之事，媚一俄姝，後取道新疆返國，賦詩有『天山立馬雪風高』之句。」

[3] 陳湛銓（1916-1986）：廣東新會人。為國學碩儒，尤精易學，詩詞武技，無所不通。曾任教於中山大學、上海大夏大學、廣州珠海大學、香港經緯、華僑、聯合三書院，又曾任香港聯合書院中文系首任系主任，並於香港商業電臺辦國學講座。著有《周易乾坤文言講疏》、《陳湛銓先生講學集》、《修竹園近詩》三冊等。

[4] 羅時憲（1914-1993）：佛學家。廣東順德人。畢業於廣州中山大學中國語言文學系。歷任中山大學及廣東國民大學講師、副教授、教授，主講大乘及小乘佛學、佛典翻譯文學等科目。後任教香港能仁研究所與新亞研究所。1953 年協助創立香港金剛乘學會。羅氏少從寶靜法師聽講，後皈依太虛大師，廣習天台、唯識、中觀之學。1984 年移居加拿大，仍奔走港、加兩地，弘揚法相。1989 年創立加拿大安大略省法相學會。有

《羅時憲先生全集》傳世。

[5] 朱榮達（?-1993）：台山人，羅氏於中山大學之同學。曾短期任教於香港大學中文系。

[6] 陳翊湛：畢業於中山大學歷史系。曾任教於香港培正中學及拔萃女書院。著有《朱子的哲學體系》一書。羅氏家印本有散曲〈水仙子〉，序云：「丙午（1966 年）春翊湛卜居又一邨，戲贈二首。」此曲於香港現代教育研究社出版之《兩小山齋樂府》內缺。

[7] 以詞代簡：以詞代替請簡。此序於家印本內作：「丙午驚蟄日，邀希穎、湛銓、榮達、翊湛來舍小飲代柬。」

[8] 「南陌」句：南朝梁・蕭衍〈河中之水歌〉：「十四采桑南陌頭。十五嫁為盧家婦。」

[9] 五陵裘馬：五陵，長陵、安陵、陽陵、茂陵、平陵五縣之合稱。在渭水北岸今陝西咸陽市附近。為西漢高祖、惠帝、景帝、武帝、昭帝陵園所在地。漢元帝以前，每立陵墓，輒遷徙四方富豪並外戚於此，令供奉園陵，稱為陵縣。《漢書・游俠傳・原涉》：「郡國諸豪及長安五陵諸為氣節者，皆歸慕之。」裘馬，語出《論語・雍也》：「赤之適齊也，乘肥馬，衣輕裘。」後用以喻生活奢華。唐・杜甫《秋興八首》之三：「同學少年多不賤，五陵衣馬自輕肥。」

[10] 旗亭賭唱：旗亭，泛指酒樓。因懸旗為酒招，故稱。旗亭賭酒一典，見前陳洵〈鶯啼序〉注 11。

[11] 蜀錦舜英：指贈與歌伎之酬勞。蜀錦，原指四川出產之彩錦。宋・晏殊〈山亭柳・贈歌者〉詞：「偶學念奴聲調，有時高遏

行雲。蜀錦纏頭無數，不負辛勤。」舜英，木槿花。南朝梁·劉勰《文心雕龍·情采》：「吳錦好渝，舜英徒豔。」

[12] 相亞：屈於人後。此與前句謂於文壇爭勝。

[13] 後庭：原指南朝陳後主所製之吳聲歌曲《玉樹後庭花》。以其辭輕蕩，其音哀婉，故後人多指亡國之音。唐·杜牧〈夜泊秦淮〉詩：「商女不知亡國恨，隔江猶唱後庭花。」

[14] 「三千」兩句：萍飄，指飄泊。清·紀昀《閱微草堂筆記·灤陽續錄五》：「萍飄蓬轉，不通音問者，亦往往有之。」湍，急流。湍瀉，如水流一去不返。五十華年，語本唐·李商隱〈錦瑟〉詩：「錦瑟無端五十弦，一弦一柱思華年。」

[15] 近市盤飧：盤飧，盤盛食物。此句語本唐·杜甫〈客至〉詩：「盤飧市遠無兼味，樽酒家貧只舊醅。」傍花，羅氏家印本作「蔭花」。

[16] 「絲竹」句：典出南朝宋·劉義慶《世說新語·言語》：「謝太傅語王右軍曰：『中年傷於哀樂，與親友別，輒作數日惡。』王曰：『年在桑榆，自然至此，正賴絲竹陶寫。恒恐兒輩覺，損欣樂之趣。』」絲指弦樂，竹指管樂。後指借音樂怡悅情性，消愁解悶。

[17] 雞豚里社：雞豚，雞與豬。宋·陸游〈遊山西村〉詩：「莫笑農家臘酒渾，豐年留客足雞豚。」里社，古時祭祀土地神之處所。《史記·封禪書》：「民里社，各自財以祠。」後指鄉里。宋·韓淲〈題溪堂柏閣〉詩：「雞豚里社高人酒，風月山林野客吟。」還結，羅氏家印本作「還與」。

[18] 衡門之下：《詩經·陳風·衡門》：「衡門之下，可以棲

遲。」宋·朱熹《詩集傳》：「衡門，橫木為門也。門之深者，有阿塾堂宇，此惟橫木為之。」後指隱者所居。

[19] 沈沈春夜：語本宋·蘇軾〈春夜〉詩：「春宵一刻值千金，花有清香月有陰。歌管樓台聲細細，鞦韆院落夜沉沉。」

【評析】

詞載「中年詩思之什」。以詞代簡，始自宋人，多為豪俊爽朗之作。此闋上片追懷昔日之不羈，意態飛動。至過片筆鋒一轉，如今人所說之由燦爛歸於平淡。然而呼朋引類，肝腸猶熱，接此簡者能不欣然應約耶？

燕山亭·十八年前，余與懺盦[1]伯端[2]二老共結堅社[3]，其後曾希穎王韶生[4]諸君相繼來，及二老以次謝世，酬唱久絕。丁未[5]秋杪，選堂[6]兄議結芳洲詞社[7]，夏書枚叔美翁[8]首賦燕山亭索和，次韻奉答。

雁背雲深，蘋末露凝[9]，早過重陽風雨。
笳起垝垣[10]，客感寒灰[11]，昨夢雅歌誰主[12]。
小聚天涯，問何日芳洲歸去。[13]
休訴[14]。奈按譜移宮[15]，曲非金縷[16]。

莫倚能賦秋懷，縱應社詞工[17]，易成淒苦。
楓染醉妝[18]，月展新眉[19]，難比舊時孅嫵[20]。
自媚燈花，伴鄰笛喚愁如許[21]。

回佇。蛩斷處，又殘星曙[22]。

【注解】

[1] 懺庵：懺庵，廖恩燾（1863-1954）號。廖字鳳舒，廣東惠陽人。辛亥革命黨人，嘗留學美國。曾任古巴、日本公使，不久即退隱，常住香港。廖能詩擅詞，三十年代曾與金兆蕃、林鵾翔、林葆恆、冒廣生、仇採、夏敬觀、吳庠、吳湖帆、鄭昶、夏承燾、龍榆生、呂貞白、何之碩、黃孟超等組午社。1950年在香港時又與劉景堂等創堅社。有粵語詩集《嬉笑集》、《懺庵詞》八卷傳世。錢仲聯〈近百年詞壇點將錄〉列為地雄星井木犴郝思文，評云：「懺庵詞追踪夢窗，於奇麗萬態之中，見青虹倚天之概。近人學夢窗一派者，難得此風力。」

[2] 伯端：劉景堂（1865-1963）字。廣東番禺人。嘗為南社社員，早擅文名。早年供職廣東學務公所。辛亥革命後移居香港，為堅社創始人之一。有《劉伯端滄海樓集》。劉夢芙〈「五四」以來詞壇點將錄〉列為天壽星混江龍李俊，評云：「伯端為香港詞壇老輩，身歷滄桑，羈棲海角，畢生專力為詞，頗負盛譽。……論者又以其與陳述叔（洵）、黎六禾（國廉）為嶺南詞人三鼎足，余總觀其作品，實出陳、黎兩家之上。伯端早期作品或有似姜、張處，中晚年後融冶兩宋諸家之美，自成高格。」

[3] 堅社：成立於香港之詞社。王韶生〈紀香港兩大詞人〉云：「庚寅（1950 年）冬，鳳舒先生（廖恩燾）與劉君伯（景堂），發起組織堅社，社址暫設於堅尼地道。每月一會，均假其公館舉

行。……詞社繼續至癸巳（1953 年）冬止，前後共三年。」社友除廖、劉二君，參與者尚有任援道（1890-1980）、林碧城（汝珩，1907-1959）、區少幹、曾希穎、張粟秋（叔儔，1897-196?）、王韶生、王季友（1910-1979）、湯定華（1918-?）及張紉詩等。劉景堂〈《碧城樂府》序〉云：「辛卯（1951）春，余因廖懺菴（恩燾）始識汝珩，於時偕曾、王、羅、張、湯諸子共結堅社；每月集於懺菴之影樹亭，各出所作，互相評騭，及研討古今聲家之得失，無汲汲求名之弊，而有唱和應求之樂，忽爾三年。」（引自王韶生〈廣東詞人與香港之因緣〉，載《壽羅香林教授論文集》，香港：萬有圖書公司，1970 年，頁 85。）

[4] 曾希穎王韶生：曾希穎，見前〈雙雙燕〉注二。王韶生（1904-1998），廣東豐順人。廣州中山大學高師部畢業，北平師範大學文學士，曾任廣東省立文理學院及私立國民大學中文系主任、香港中文大學高級講師、珠海書院文史研究所所長、文學院院長等職，並曾任教於香港新亞研究所及能仁書院。著有《懷冰室文學論集》、《懷冰室集》、《懷冰室續集》等。

[5] 丁未：即 1967 年。

[6] 選堂：即饒宗頤。見前作者簡介。

[7] 芳洲詞社：饒宗頤倡立。饒氏〈芳洲詞社啟〉云：「凡以感物成文，寫懷入律，可以驚四筵而適獨坐，酌一字而諧八音，爰有芳洲詞社之議。……茲訂　月　日為首次雅聚之期，尚乞高軒，翩然蒞止。汀洲芳草，續歲寒秋水之盟；錦纜牙檣，收游霧入蘭之益。是為啟。」

[8] 夏書枚（1892-1984）：名叔美，字書枚，江西新建人。其叔夏

敬觀，為江西詩派大家。夏氏民初畢業於北京中國大學，後從政。1958 年移居香港，嘗任教於新亞、聯合、珠海、經緯等書院，八十二歲移居美國聖荷西，1984 年 3 月病逝於美西。有《夏書枚先生詩詞集》傳世。此序於羅氏家印本作：「十八年前，初客此間，與懺庵、伯端二老，希穎、韶生諸君，共結堅社。及二老謝世，酬唱久絕。丁未秋杪，固庵議集芳州詞社。叔美翁首賦燕山亭索和。眇眇余懷，次韻奉答。」

[9] 「雁背」二句：雁背，宋·周邦彥〈玉樓春〉（桃溪不作從容住）詞：「雁背夕陽紅欲暮。」蘋末，蘋葉末梢。戰國楚·宋玉〈風賦〉：「夫風生於地，起於青蘋之末。」

[10] 垝垣：壞墻。《詩經·衛風·氓》：「乘彼垝垣，以望復關。」毛傳：「垝，毀也。」

[11] 寒灰：古人燒葦膜成灰。分置十二律管中，放密室內，以占節候。某一節候至，相應律管中之葭灰即自行飛出。唐·元稹〈春六十韻〉詩：「節應寒灰下，春生返照中。未能消積雪，已漸少回風。」此處謂有感於歲暮。

[12] 雅歌：伴以雅樂歌唱之詩篇。東漢·班固《漢書·藝文志》：「《雅歌詩》四篇。」此處指優雅之詞章。

[13] 「問何日」：羅氏家印本作「是何日」。

[14] 休訴：此二字於發行本內缺，今按羅氏家印本補回。

[15] 按譜移宮：按照詞譜，轉移樂調。

[16] 金縷：即《金縷曲》。曲調名，又名《金縷衣》。唐·羅隱〈金陵思古〉詩：「綺筵金縷無消息，一陣征帆過海門。」此謙稱己作非上乘之歌曲。

[17] 應社詞：酬酢詞社活動之作品。清・周濟《介存齋論詞雜著》：「北宋有無謂之詞以應歌，南宋有無謂之詞以應社。」

[18] 「楓染」二句：醉妝，唐・孫光憲《北夢瑣言》：「蜀王衍嘗裹小巾，其尖如錐。宮人皆衣道服，簪蓮花冠，施胭脂夾臉，號醉妝，因作〈醉妝詞〉。」此謂楓葉如染。

[19] 月展新眉：新月如眉。唐代眉式有月棱眉，又名卻月眉。清・徐士俊〈十眉謠〉月棱眉條云：「不看眉，只看月。月宮斧痕修後缺，才向美人眉上列。」

[20] 孅嫵：孅，同纖。即纖媚。

[21] 鄰笛：晉・向秀經山陽舊居，聞鄰人吹笛，因追念亡友嵇康、呂安，作〈思舊賦〉。見唐・房玄齡等撰《晉書・向秀傳》。後以「山陽笛」為思懷舊友之典故。

[22] 又殘星曙：羅氏家印本作「伴殘星曙」。

【評析】

此詞載「中年詩思之什」。

人生樂在與二三同氣相求之士，日夕會晤，或論藝，或登覽，故孔子喟然有與點之嘆。然世俗之士，往往緣盡輒止，如范式、張劭死生之交者鮮矣。此詞感念昔人，寄問存者，既傷秋懷之零落，復嗟詞意之淒婉，非性情中人不能道，亦非市井之徒但識酣飲叫囂所可比擬也。

附夏書枚原韻：

柳浪移鷗，漁艇半篙，幾處亭臺煙雨。梁燕話歸，晚黛迎人，一角亂山無主。漫省前遊，又都被西風吹去。誰訴。賸凝碧歌聲，暗飄夢縷。　　憑望天外孤雲，甚下界悲涼，候蟲吟苦。盃酒遣愁，點翠勻紅，依然舊家眉嫵。小疊吳牋，聽塞垣，暮笳如許。延佇。斜月墜，曲闌花曙。（載《夏書枚先生詩詞集》）

翠樓吟・庚戌重陽[1]，雨後登山，依白石道人自度曲。[2]

幕岫雲低[3]，催涼雨歇，斜陽尚戀岑樹[4]。
商風凝素籥[5]，訪林谷頻勞笻屨[6]。
登高能賦[7]。看雁落還驚，楓愁仍舞。
流光渡。畹蘭溪蕙[8]，解傷遲暮[9]。

細數。江海生平[10]，念小園叢菊，幾番虛負[11]。
閑身今更懶，漫回眄儒冠多誤[12]。
年年幽愫[13]，但鷺結清盟，花供尊俎[14]。
秋城去。夜來應又，臥聽風雨[15]。

【注解】

[1] 庚戌：即1970年。

[2] 白石道人：即姜夔，見前注。此序於羅氏家印本內作：「屋後羣山林谷幽邃，庚戌重九暮雨暫晴，登臨感賦。」

[3] 「幕岫」句：岫，峰巒。指雲如帷幕，籠罩山巒。

[4] 「斜陽」句：清・王鵬運〈念奴嬌・登暘臺山絕頂望明陵〉詞：「出山回望，夕陽猶戀高岫。」

[5] 「商風」句：商風，秋風，西風。西漢・東方朔〈七諫・沉江〉：「商風肅而害生，百草育而不長。」東漢・王逸《楚辭章句》：「商風，西風。」籥，古管樂器。甲骨文中，本作「龠」。如編管之形。有吹籥、舞籥兩種。吹籥似笛而短小，三孔；舞籥長而六孔，可執作舞具。素籥，指樂音素淡。

[6] 筇屨：筇，竹杖。屨，鞋。發行本「屨」作「履」，今按家印本及饒宗頤和詞改。

[7] 登高能賦：東漢・班固《漢書・藝文志》：「傳曰：『不歌而誦謂之賦，登高能賦可以為大夫。』」

[8] 畹蘭溪蕙：蘭蕙，皆楚辭中常見之香草，喻賢人君子。畹，古以三十畝為一畹，或以十二畝為一畹，或以三十步為一畹。此處泛指園圃。屈原〈離騷〉：「余既滋蘭之九畹兮，又樹蕙之百畝。」

[9] 遲暮：屈原〈離騷〉：「惟草木之零落兮，恐美人之遲暮。」

[10] 江海生平：唐・駱賓王〈夏日遊德州贈高四〉：「夙昔懷江海，平生混涇渭。」

[11] 「念小園」句：發行本缺「念」字，今按羅氏家印本補回。

[12] 儒冠多誤：語本唐・杜甫〈奉贈韋左丞丈二十二韻〉詩：「紈袴不餓死，儒冠多誤身。」

[13] 幽愫：幽秘之心情。

[14] 「但鷩結」二句：尊俎，酒食之具。姜夔〈翠樓吟〉詞：「仗酒祓清愁，花銷英氣。」此二句與姜詞音律句法俱相近。

[15] 臥聽風雨：宋・陸游〈十一月四日風雨大作〉詩：「夜闌臥聽風吹雨，鐵馬冰河入夢來。」

【評析】

此詞亦收於「中年詩思之什」。雖有衰颯之調，然「登高能賦」、「楓愁仍舞」等句，仍見出此老胸懷之灑落。下片益轉蒼勁，真嚐盡平生甘苦者之語也。結句云「臥聽風雨」，則身在江湖，未忘家國之謂歟？

饒選堂《榆城樂章》有和篇如下：「遠水涵青，平原繡赭，落霞猶挂霜樹。急颸催未歇，索餘絇留分裙屨。御溝曾賦。看葉逐瀾翻，枝隨鬟舞。臨津渡。歲寒方早，蘅皋歸暮。　試數。百卉俱腓，寄相思一字，靈犀休負。長風吹雁北，楚天遠因循還誤。咽泉傾愫。詎淚減當春，紅流觴俎。鴉啼去。漫山殘照，滿樓飛雨。」（載《選堂詩詞集》）

鷓鴣天·乙丑除夜信筆[1]

縱得浮名亦誤身[2]。更無南畝可耕貧[3]。
笑看稚子長如我[4]，亂抹紅箋祝好春[5]。

拋蠹簡，作詞人[6]。擬將疏放學蘇辛[7]。
吟成忽覺粗豪甚，合與龍川作後塵[8]。

【注解】

[1] 乙丑除夜：乙丑，即 1985 年。除夜，除夕。

[2] 「縱得」句：浮名，虛名。化用杜甫〈曲江對酒〉詩：「細推物理須行樂，何用浮名絆此身。」

[3] 南畝：相傳舜帝嘗躬耕於歷山。後以躬耕南畝喻退隱。晉·陶潛〈歸園田居〉詩五首之一：「開荒南野際，守拙歸園田。」又其〈勸農〉詩云：「舜既躬耕，禹亦稼穡。」

[4] 稚子：陶潛〈歸去來兮辭〉：「童僕歡迎，稚子候門。」

[5] 「亂抹」句：化用杜甫〈北征〉詩：「瘦妻面復光，痴女頭自櫛。學母無不為，曉妝隨手抹。移時施朱鉛，狼藉畫眉闊。」此形容幼子學寫揮春之情態。

[6] 蠹簡：蟲蛀之書。泛指舊書籍。唐·劉知幾《史通·惑經》：「徒以研尋蠹簡，穿鑿遺文，菁華久謝，糟粕為偶。」作詞人，唐·溫庭筠〈蔡中郎墳〉詩：「今日愛才非昔日，莫拋心力作詞人。」

[7] 蘇辛：即宋詞人蘇軾、辛棄疾。評家以為皆豪放詞之代表。

[8] 「吟成」二句：龍川，南宋詞人陳亮號。陳氏詞亦以豪放著稱。合與，該與。此句化用杜甫〈戲為六絕句〉詩之五：「竊攀屈宋宜方駕，恐與齊梁作後塵。」

【評析】

此詞載於「老去填詞之什」，乃羅氏退休後作。語意恬淡而筋力猶健，甚有辛稼軒退隱上饒後之跌宕。末句自嘲己作粗豪過甚，合為人所訾垢。但既已參透浮名為累人之物，則一切褒貶，己亦泰然處之矣。

觀羅氏所作，自「少年浪跡之什」至「老去填詞之什」，風格頗有變化。少作大抵風華綺麗，至中年而略近鬱勃，晚年則氣度蕭散，而筋力不減，如此詞中「擬將疏放學蘇辛」一句，即能見出其趣尚所在。饒選堂稱其詞乃「豪士之鼓吹」，的是知言。集中如〈沁園春〉（宿酒難穌）、〈賀新郎〉（溟渤鯤鵬起）、〈水調歌頭〉（驚代有奇士）、〈水調歌頭〉（筆陣法司馬）諸闋，俱屬此調。

水龍吟·戊辰九日[1]

宅後柏嘉山[2]，造極可五六里，余既休居[3]，凌晨輒登，今歲戊辰重陽，道上作此。嘗怪古人九日賦詩，所用故實如出一口。劉後村[4]賀新郎九日詞云：「常恨世人少新意，愛說南朝狂客，把破帽年年拈出[5]。」殊堪發噱[6]，然不止此也。因獺祭[7]以為戲謔。是日適賤辰七十，並以自壽。

黃花紫蟹金樽[8]，興來日日皆重九。
古人堪笑，龍山落帽，白衣送酒[9]。
已賦茱萸[10]，還題糕字[11]，詩腸敲瘦[12]。
便催租不至，攪林風雨[13]，空裁句，篇難就。

甲子於余何有[14]，任升沉烏飛兔走[15]。
少年浪跡，中年哀樂，何須回首[16]。
得失俱忘，是非慵問，常開笑口。[17]
愛秋窗睡起，鳴禽按曲[18]，為先生壽[19]。

【注解】

[1] 戊辰九日：戊辰，即1988年。九日，即重陽節。

[2] 柏嘉山：又稱柏架山（Mount Parker）。位於香港東區大潭郊野

公園內，乃區內最高山，高 532 米。

[3] 休居：退休。

[4] 劉後村：南宋詞人劉克莊，號後村。

[5] 破帽：東晉人孟嘉，於重九登龍山，風吹落帽，渾然不覺，人以為意度從容，蕭散自在。見《世說新語・識鑒》。

[6] 發噱：引人發笑，可笑。

[7] 獺祭：獺獲魚後陳於水邊，如列祭供。《禮記・月令》：「（孟春之月）東風解凍，蟄蟲始振，魚上冰，獺祭魚，鴻雁來。」宋・吳炯《五總志》：「唐李商隱為文，多檢閱書史，鱗次堆集左右，時謂為獺祭魚。」後喻羅列故實，堆砌成文。

[8] 「黃花」句：黃花，指菊花。重陽有飲菊花酒之習俗。舊傳西漢劉歆撰《西京雜記》卷三：「九月九日佩茱萸，食蓬餌，飲菊華酒，令人長壽。菊華舒時，並採莖葉，雜黍米釀之，至來年九月九日，始熟，就飲焉，故謂之菊華酒。」南朝梁・宗懍《荊楚歲時記》：「九月九日宴會，未知起于何代……今北人亦重此節，佩茱萸，食餌，飲菊花酒，云令人長壽。」紫蟹，亦名子蟹，學名中華絨鰲蟹。此泛指蟹。重陽時蟹最肥美。元・馬致遠〈夜行船・秋思〉套曲：「愛秋來那些，和露摘黃花，帶霜烹紫蟹，煮酒燒紅葉。」

[9] 「龍山落帽」二句：龍山落帽，見注 5。白衣送酒，南朝宋・檀道鸞《續晉陽秋》：「陶潛嘗九月九日無酒，出宅邊菊叢中坐，摘菊盈把，坐其側久，望見白衣至，乃王弘送酒也。即便就酌，醉而後歸。」

[10] 「已賦」句：「已」字，《兩小山齋樂府》發行版作「己」，

疑有誤。茱萸，植物名。香氣辛烈，可入藥。古俗農曆九月九日重陽節，佩茱萸可袪邪辟惡。注 8 已引《西京雜記》卷三云：「九月九日佩茱萸。」

[11] 題糕字：唐劉禹錫重陽題詩不敢用「糕」字。宋·邵博《聞見後錄》卷十九：「劉夢得作〈九日詩〉，欲用糕字，以《五經》中無之，輟不復為。宋子京以為不然。故子京〈九日食糕〉有詠云：飆館輕霜拂曙袍，糗餈花飲鬥分曹。劉郎不敢題糕字，虛負詩中一世豪。」

[12] 詩腸敲瘦：詩腸，指詩思，詩情。唐·孟郊〈哭劉言史〉詩：「精異劉言史，詩腸傾珠河。」詩人每因作詩而瘦，如李白戲贈杜甫云：「借問別來太瘦生，總為從前作詩苦。」又有詩興大發，而詩腸覺寬者，如近人蘇曼殊〈西湖韜光庵夜聞鵑聲簡劉三〉詩：「近日詩腸饒幾許？何妨伴我聽啼鵑。」

[13] 「催租」二句：宋·惠洪《冷齋夜話》：「黃州潘大臨，工詩，有佳句。然貧甚。臨川謝無逸以書問：近新作詩否？潘答書曰：秋來景物，件件是佳句，恨為俗氣所蔽翳。昨日清臥，聞攪林風雨聲，遂起題壁曰：滿城風雨近重陽，忽催稅人至，遂敗意，止此一句奉寄。」此反用其意，云並無俗人敗其詩興。

[14] 甲子：六十年為一甲子。亦泛指歲月。古人輕視外物，每云「於我何有」，如上古〈擊壤歌〉云：「日出而作，日入而息，鑿井而飲，耕田而食，帝力於我何有哉。」又如杜甫〈醉時歌〉云：「儒術於我何有哉？孔丘盜跖俱塵埃。」至如宋人馮取洽〈沁園春〉詞云：「蠟屐清遊，漁蓑淡話，富貴於余何

有哉。」則本自《論語・述而》：「不義而富且貴，於我如浮雲。」杜甫〈丹青引贈曹將軍霸〉亦衍為：「丹青不知老將至，富貴於我如浮雲。」

[15] 烏飛兔走：喻歲月流逝。烏，指日。兔，指月。元・不忽木〈點絳唇・辭朝〉套曲：「你看這迅指間烏飛兔走，假若名利成，至如田園就，都是些去馬來牛。」

[16] 「少年浪跡」三句：羅氏詞集中有「少年浪跡之什」、「中年詩思之什」。中年哀樂，南朝宋・劉義慶《世說新語・言語》：「謝太傅（安）語王右軍（羲之）曰：『中年傷於哀樂，與親友別，輒作數日惡。』」

[17] 常開笑口：唐・杜牧〈九日齊山登高〉詩：「塵世難逢開口笑，菊花須插滿頭歸。」此處反用其意。

[18] 「鳴琴」句：宋・周邦彥〈掃地花〉詞：「聽鳴禽按曲，小腰欲舞。」

[19] 為先生壽：宋・辛棄疾〈水龍吟・甲辰歲壽韓南澗尚書〉詞：「待他年整頓，乾坤事了，為先生壽。」

【評析】

此闋亦載「老去填詞之什」。羅氏詞每涉風趣，諧而不謔，少作尤多此調，如〈江城子・上元偶遇戲作示陳必恒〉及〈望江南〉（春雨過）等，蓋受元曲之影響也。此作則兼一分老辣。上片嘲前人重九之作，多撏扯故實。下片自壽，云歲月之流逝，且淡然處之，即從前種種得失是非亦已忘懷。氣度豁達，無一語寒酸。「興來日日皆重九」一句，殊非等閒之輩可以道出。

兩小山詞雖有婉約之調，唯羅氏不甚拘泥所謂「本色」之論，其〈論詞曲本色〉即云：「詞曲是否本色，決定於題材。譬如寫閨情、寫離愁別恨、寫柔情密意等等，婉約是本色；登高望遠，舉首浩歌之類，婉約就非本色。……詞以婉約為正宗，曲以淺俗為當行，都是不通之論。」❹可見羅氏填詞之要旨。此闋亦大致屬「登高望遠，舉首浩歌」之類。

【集評】

饒宗頤〈《兩小山齋樂府》序〉：「忼烈以兩小山齋名其居，蓋示師法所自。其自為樂府，取徑小晏。復擅散曲，論張可久文，辨久可之非，滑稽突梯，令人噴飯。昔歲坪石小令及旅遊諸作，亂離之頃，不作苦語，而超脫疏放，時雜仙心，以詞而具曲體之長。朱權評張小山為詞中仙才，君庶幾近之。及執教港大，治詞益媁，箋片玉，考三變，義據精深，海內翕服。……至君詞之高騫，翛然獨遠。當代作手，罕有倫匹，從不以清謳，媚俗娛客，與補亡同奔而異軌，豈似桃花團扇，山谷稱豪士之鼓吹，讀君詞者，當於此求之。」

劉夢芙〈「五四」以來詞壇點將錄〉（天微星九紋龍史進）條：「詞、曲之外，兼涉經、史、地輿方誌、文字音韻之學，精微而能廣大。倚聲與饒選堂先生相驂靳，有《兩小山齋樂府》，存詞不多而首首精粹，以裁雲鏤月之章，蘊身世滄桑之感，兼融兩宋，沈厚淵雅，洵南天尊宿，詞苑正宗。」（頁 20）

---

❹ 羅忼烈，《文史閑譚》（香港：現代教育研究社有限公司，2001 年），頁 129。

參考書目

一、詞人專集及論著

陳洵，《海綃詞》，載朱祖謀編，《滄海遺音集》，上海：1933 年。

陳洵、黎國廉著，《秫音集》，香港：1948 年。

陳洵著，劉斯翰箋注，《海綃詞箋注》，上海：上海古籍出版社，2002 年。

張爾田，《遯盦樂府》一卷本，載朱祖謀編，《滄海遺音集》，上海：1922 及 1933 年。

———，《遯盦樂府》二卷本，揚州：萬載龍氏忍寒廬刻本，1941 年。

陳曾壽，《蒼虬閣詩存》（附《舊月簃詞》），江寧：蔣氏真賞樓，1921 年。

———，《舊月簃詞》一卷本，載朱祖謀編，《滄海遺音集》，上海：1933 年。

———，《舊月簃詞》二卷本，台灣：陳邦榮、陳邦直、沈兆奎，1950 年。

———，〈舊月簃詞選序〉，載《同聲月刊》，1942 年第 2 卷第 6 號，頁 129-130。

葉恭綽，《遐翁詞贅稿》，出版地、出版社不詳，1959 年。

———，《遐庵彙稿》，台北：文海出版社，1973 年，據 1946 版重印。

———，《矩園餘墨》，瀋陽：遼寧教育出版社，1997 年。

呂碧城，《呂碧城集》2 冊，上海：中華書局，1929 年。

呂碧城著，程萬鵬箋注，《曉珠詞選》，怡保：溟社，1960 年。

呂碧城，《曉珠詞》，台北：廣文書局，1970 年。

呂碧城著，李保民箋注，《呂碧城詞箋注》，上海：上海古籍出版社，2001 年。

———，《呂碧城詩文箋注》，上海：上海古籍出版社，2007 年。

夏承燾，《夏承燾詞集》，長沙：湖南人民出版社，1980 年。

夏承燾著，吳無聞注，《天風閣詩集》，杭州：浙江人民出版社，1982 年。

———，《天風閣詞集》，天津：百花文藝出版社，1984 年。

夏承燾，《夏承燾集》8 冊，杭州：浙江古籍出版社，浙江教育出版社，1997 年。

丁寧，《還軒詞》，合肥：安徽文藝出版社，1985。

沈祖棻，《涉江詞》，長沙：湖南人民出版社，1982 年。

沈祖棻著，程千帆箋注，《沈祖棻詩詞集》，南京：江蘇古籍出版社，1994。

沈祖棻著，張春曉編，《沈祖棻全集》4 冊，石家莊：河北教育出版社，2000 年。

饒宗頤，《選堂詩詞集》，台北：新文豐出版股份有限公司，1993 年。

———，《饒宗頤二十世紀學術文集》10 冊，台北：新文豐出版股份有限公司，2003 年。

羅忼烈，《兩小山齋樂府》，香港：1971 年，羅氏家印本。
———，《文史閒談》，香港：現代教育研究社有限公司，2001 年。
———，《兩小山齋樂府》，香港：現代教育研究社有限公司，2002 年。

二、總集、選集

陳永正編，《嶺南歷代詞選》，廣州：廣東人民出版社，1993 年。
段曉華，龔嵐編著，《清詞三百首詳注》，南昌市：百花洲文藝出版社，2002 年。
龔依群，林從龍，田培杰編著，《當代詩詞點評》，鄭州：中州古籍出版社，1992 年。
毛谷風選編，《當代八百家詩詞選》，杭州：浙江大學出版社，1990 年。
———，《二十世紀名家詩詞鈔》，上海：華東師範大學出版社，1993 年。
龍榆生編注，《近三百年名家詞選》，香港：文豐出版社，出版年份不詳。
劉運祺、蔡炘生選注，《現代名家詩詞選注》，南寧：廣西人民出版社，1987 年。
錢理群、袁本良注評，《二十世紀詩詞注評》，桂林：廣西師範大學出版社，2005 年。
錢仲聯編，《清詞三百首》，長沙：岳麓書社，1992 年。
錢仲聯主編，《中國近代文學大系・詩詞集》2 冊，上海：上海書店，1991 年。
沈軼劉、富壽蓀《清詞菁華》，合肥：安徽文藝出版社，1986 年。
施議對編，《當代詞綜》4 冊，福州：海峽文藝出版社，2002 年。
嚴迪昌編著，《近代詞鈔》3 冊，江蘇古籍出版社，1996 年。
葉恭綽編，《全清詞抄》3 冊，北京：中華書局，1982 年。
———，《廣篋中詞》，與《御選歷代詩餘》及《篋中詞》合刊，杭州：浙江古籍出版社，1998 年，據 1935 年葉恭綽家刻本影印。

葉元章、徐通翰編，《中國當代詩詞選》2 冊，南京：江蘇古籍出版社，1986 年。

———，《當代中國詩詞精選》，杭州：浙江古籍出版社，1990 年。

張爾田，《近代詞選三種》，台北：世界書局，1968 年。

朱祖謀，《滄海遺音集》，載《彊村叢書》第 9-10 冊，上海：上海古籍出版社，1989 年，據 1922 年版重印。

朱祖謀等著，《漚社詞鈔》，出版地、出版社不詳，1933 年。

廖恩燾等著，《如社詞鈔》，出版地、出版社不詳，1936 年。

三、詩話、詞話、詞評

陳聲聰（兼與），《填詞要略及詞評四篇》，廣州：廣東人民出版社，1986 年。

———，《兼于閣雜著》，上海：上海古籍出版社，2002 年。

陳洵，《海綃說詞》，載《詞話叢編》，第五冊，頁 4831-4877。

郭則澐，《清詞玉屑》，天津：天津古籍書店，1982 年。

劉夢芙，〈「五四」以來詞壇點將錄〉，載《潮州詩詞》，2002 年第 8 期，頁 12-42。

———，〈冷翠軒詞話〉，載《中國韻文學刊》，1995 年第 1 期，頁 96-104。

劉永濟，《微睇室說詞》，上海：上海古籍出版社，1987 年。

錢仲聯，〈近百年詞壇點將錄〉，載《夢苕庵清代文學論集》，濟南：齊魯書社，1983 年，頁 159-181。

唐圭璋編，《詞話叢編》5 冊，北京：中華書局，1993 年。

王季友，《芝園詞話》，香港：中華書局，1979 年。

吳宓，《吳宓詩話》，北京：商務印書館，2005 年。

嚴迪昌，《近現代詞紀事會評》，合肥：黃山書社，1995 年。

張爾田，〈近代詞人逸事〉，載唐圭璋編，《詞話叢編》，第 5 冊，頁 4365-4369。

張寅彭編，《民國詩話叢編》6 冊，上海：上海書店，2002 年。

張璋等編纂，《歷代詞話續編》，鄭州：大象出版社，2005 年。

朱庸齋，《分春館詞話》，廣州：廣東人民出版社，1989 年。

四、刊物

蔣著超、劉鐵冷編，《民權素》，1914-1916，共 17 期，台北：文海出版社，1978 年影印。

龍榆生主編，《詞學季刊》，上海：民智書局，1933-1936 年，共 11 期。

龍榆生主編，《同聲月刊》，南京：同聲月刊社，1940-1945 年，共 39 期。

《青鶴》半月刊，1932-1937，北京：全國圖書館文獻縮微複製中心，2004 年複印。

《詞學》，上海：華東師範大學，1981 年起至今。

五、學術研究、傳記及通訊

卞孝萱、唐文權編，《民國人物碑傳集》，北京：團結出版社，1995 年。

陳燕，《清末民初的文學思潮》，台北：華正書局，1993 年。

胡平生，《民國初期的復辟派》，台北：台灣學生書局，1985 年。

胡迎建，《民國舊體詩史稿》，南昌：江西人民出版社，2005 年。

黃文吉主編，《詞學研究書目：1912-1992》2 冊，台北：文津出版社，1993 年。

林玫儀主編，《詞學論著總目：1901-1992》4 冊，台北：中央研究院中國文哲研究所籌備處，1995 年。

劉夢芙，《二十世紀名家詞述評》，合肥：安徽文藝出版社，2006 年。

———，《近現代詩詞論叢》，北京：學苑出版社，2007 年。

劉紹唐主編，《民國人物小傳》12 冊，台北：傳記文學出版社，1977 年。

龍榆生，《龍榆生詞學論文集》，上海：上海古籍出版社，1997 年。

莫立民，《晚清詞研究》，北京：中國社會科學出版社，2006 年。

邵盈午，〈從梁濟「自沉」看中國近代遺老的文化心態〉，《上海師範大學學報》（哲學社會科學版），2004 年第 33 卷第 1 期，頁 35-41。

王雷，〈民國初年生存空間的歧異——前清遺老圈裏的生死節義〉，《安徽師範大學學報》，2003 年第 31 卷第 1 期，頁 79-82。

熊月之，〈辛亥鼎革與租界遺老〉，《學術月刊》，2001 年第 9 期，頁 12-15。

張壽平輯釋，《近代詞人手札墨蹟》3 冊，台北：中央研究院中國文哲研究所，2005 年。

鄭逸梅，《藝林散葉》，北京：中華書局，1982 年。

———，《藝林散葉續編》，北京：中華書局，1987 年。

周君適，《溥儀和滿清遺老》，台北：世界文物出版社，1984 年。

鄒穎文，〈香港古典詩文集概述〉，載《文學論衡》，2005 年第 6 期，頁 1-13。

朱德慈，《近代詞人考錄》，北京：中國社會科學出版社，2004 年。

朱惠國，《中國近世詞學思想研究》，上海：上海古籍出版社，2005 年。

陳洵

陳文華，《海綃翁夢窗詞說評析》，台北：里仁書局，1996 年。

林玫儀，〈陳洵之詞學理論〉，載林氏主編，《詞學研究會論文集》，台北：中央研究院文哲所，1996 年，頁 343-368。

劉斯翰，〈《海綃說詞》研究〉，載《學術研究》，1994 年第 5 期，頁 101-105。

劉紹唐主編，《民國人物小傳》，第 12 冊，頁 236-240。

樂生，〈一代詞家陳洵詞箋〉，載《書譜》，1987 年第 5 期，頁 4。

龍榆生，〈陳海綃先生之詞學〉，載《龍榆生詞學論文集》，上海：上海古籍出版社，1997 年，頁 477-489。

韋金滿，〈近三百年嶺南十家詞選析〉，載《新亞學報》，22（2003 年）第 10 期，頁 357-377。

芝園，〈陳述叔與海綃詞〉，載《中華藝林叢論》文學類（二），台北：文馨出版社，1976 年，頁 795-797。

杍庵，〈詞人陳述叔〉，載《中華藝林叢論》文學類（二），頁 791-794。

張爾田

鄧之誠，〈張君孟劬別傳〉，載《燕京學報》，1946 年第 30 期，頁 323-325。

錢仲聯，〈張爾田評傳〉，載錢氏《夢苕盦論集》，北京：中華書局，1993 年，頁 448-454。

王蘧常，〈錢塘張孟劬先生傳〉，載錢仲聯主編，《廣清碑傳集》，蘇州：蘇州大學出版社，1999 年，頁 1362-1363。

張爾田，〈張孟劬先生書札〉，輯於〈李審言交游書札選存〉，載蘇晨主編，《學土》，廣州：廣東高等教育出版社，1996 年，第 1 卷，頁 38-43。

張克蘭，〈張爾田學術・師友敘論〉，載《江漢大學學報》，2002 年第 21 卷第 6 期，頁 68-74。

鄭滋斌，《張采田、爾田名號小考》（嶺南學院專題研究論文之五），香港：嶺南學院，1987 年。

陳曾壽

陳邦炎，〈陳曾壽及其舊月簃詞〉，載葉嘉瑩、陳邦炎著，《清詞名家論集》，台北：中央研究院中國文哲研究所籌備處，1996 年，頁 293-326。

陳祖壬，〈蘄水陳公墓志銘〉，載卞孝萱、唐文權編，《民國人物碑傳集》，頁 690-691。

九叔，〈千載神歸，擎天夢了——說陳曾壽詠雷峰圮詞〉，載《大公報》，1996 年 2 月 23 日。

王季友，〈陳曾壽老學填詞〉，載王氏《芝園詞話》，頁 162-163。

葉恭綽

陳水雲，〈葉恭綽論詞及其對現代詞學的貢獻〉，載《北方交通大學學報》（社會科學版），2003 年第 2 卷第 3 期，頁 71-76。

何聞輯，〈葉恭綽致吳湖帆尺牘〉，載《新美術》，2000 年第 4 期，頁 4-16；2001 年第 2 期，頁 50-63。

林立，〈論葉恭綽的詞〉，載《文學論衡》，2005 年第 6 期，頁 14-24。

劉紹唐主編，《民國人物小傳》，第 2 冊，頁 233-234。

問書芳、霍有光，〈葉恭綽對交通大學的改革及影響〉，載《交通高教研究》，2004 年第 3 期，頁 21-24。

遐庵年譜匯稿編印會編，《葉遐庵先生年譜》，北京：北京圖書館出版社，1999 年，據 1946 年鉛印本影印。

呂碧城

陳瑷婷，〈呂碧城之自我放逐與歐美遊蹤——以「曉珠詞」為中心考察〉，載《東海中文學報》，卷 15，2003 年第 7 期，頁 239-267。

傅瑛，〈呂碧城及其研究〉，載《淮北煤炭師範學院學報》，2004 年第 25 卷第 2 期，頁 1-6。

高伯雨，〈女詞人呂碧城〉，載高氏《聽雨樓隨筆》，香港：上海書局，1961 年，頁 50-55。

谷曼，〈呂碧城與近代中國婦女解放〉，載《呼倫貝爾學院學報》，2001 年第 9 卷第 5.6 期，頁 16-19。

侯杰、秦方，〈近代社會性別關係的變動——以呂碧城與近代女子教育思想和實踐為例〉，載《天津師範大學學報》，2003 年第 6 期，頁 34-38。

———，〈男女性別的雙重變奏——以陳擷寧和呂碧城為例〉，載《山西師大學報》，2003 年第 30 卷第 3 期，頁 118-122。

李保民，〈李清照後第一人——呂碧城誕辰 120 周年紀念（上）〉，載《食品與生活》，2004 年第 1 期，頁 30-31。

李又寧，〈呂碧城〉，《近代中華婦女自敘詩文選》第一輯，台北：聯經出版事業公司，1980 年，頁 192-225。

劉潔，〈徘徊在現代與傳統之間——呂碧城文學創作的矛盾性之解析〉，載《中國現代文學研究叢刊》，2005 年第 2 期，頁 147-165。

劉納編著，《呂碧城評傳·作品選》，北京：中國文史出版社，1998。

———，〈風華與遺憾——呂碧城的詞〉，載《中國文學研究》，1998 年第 2 期，頁 57-63。

劉紹唐主編，《民國人物小傳》，第 1 冊，頁 62-63。

茅于美，〈現代女詞人呂碧城〉，載《詞學》第 11 輯，上海：華東師範大學出版社，1993 年，頁 233-245。

薛海燕，〈試論呂碧城的歷劫思想〉，載《齊魯學刊》，1998 年第 6 期，頁 25-27。

夏承燾

關志昌，〈一代詞宗夏承燾〉，載《傳記文學》，1986年第94卷第3期，頁125-130。

劉揚忠，〈《瞿髯論詞絕句》注解商榷〉，《文學遺產》，1985年第3期，頁130-133。

琦君，〈念恩師——一代詞宗夏承燾先生〉，載《大成》，1987年第162期，頁15-20。

錢璱之整理，〈夏承燾致謝玉岑談詞手札〉，載《文教資料》，1987年第5期，頁81-93；1987年第6期，頁57-73。

施議對，〈夏承燾與中國當代詞學〉，載《文學遺產》，1992年第4期，頁100-107。

———，〈夏承燾舊體詩試論〉，載《河北大學學報》，1982年第3期，頁135-142。

———，〈瞿髯翁治詞生涯側記〉，載《晉陽學刊》，1981年第6期，頁59-65。

施蟄存等編，〈夏承燾先生紀念特輯〉，載《詞學》，1987年第6輯，頁246-268。

王玉祥，〈夏承燾先生印象散記〉，載《人物》，1982年第4期，頁63-70。

鄒志方，〈夏承燾與陸游〉，《紹興師專學報》，1990年第3期，頁17-22。

丁寧

劉夢芙，〈懷楓詞人丁寧及其詞〉，載《詞學》，1994年第11輯，頁246-261。

王釋非，〈喜看丁寧的《還軒詞》〉，載《藝譚》，1986年第6期，頁71-72。

王自立，〈不該被遺忘的揚州現代女詞人——丁寧〉，載互聯網頁：《揚州文化研究》，網址：http://news.yztoday.com/211/2007-04-04/20070404-572679-211.shtml

吳萬平，〈丁寧其人〉，載《深圳商報》2003 年 7 月 5 日。

———，〈詞之魂，情之潔——訂正丁寧愛情詞注釋的錯誤〉，載互聯網頁：《中華詩詞》，網址：http://www.zhsc.net/Article/stzh/ssgc/200605/20060510065031.html

吳昭謙，〈丁寧傳〉，載《圖書館工作》，2004 年第 2 期，頁 61-63。

張中行，〈歸〉，載《負暄三語》，哈爾濱：黑龍江人民出版社，1997 年，頁 319-325。

沈祖棻

陳望衡，〈沈祖棻《涉江詞》的美學特色〉，載《程千帆沈祖棻學記》，頁 456-469。

鞏本棟編，《程千帆沈祖棻學記》，貴陽：貴州人民出版社，1997 年。

黃裳，〈涉江詞〉，載《黃裳書話》，北京：北京出版社，1996 年，頁 120-124。

馬興榮，〈沈祖棻年譜〉，載《詞學》，第 17 輯，上海：華東師範大學出版社，2006 年，頁 256-289。

李定一，〈女詞人沈祖棻在四川〉，《文史雜誌》，1991 年第 2 期，頁 16-17。

李涵，〈懷念沈祖棻先生〉，《武漢大學學報》，1985 年第 4 期，頁 108。

劉慶雲，〈入人至深，行世尤廣——從接受感悟沈祖棻《涉江詞》之特色〉，載《詞學》，第 17 輯，上海：華東師範大學出版社，2006 年，頁 1-18。

施議對，〈江山・斜陽・飛燕——沈祖棻《涉江詞》憂生憂世意識試解〉，載《程千帆沈祖棻學記》，頁 469-488。

王炳毅，〈沈祖棻與《涉江詞》〉，《江南詩詞季刊》，1985 年第 1 期，頁 6。

吳志達，〈沈祖棻評傳〉，《武漢大學學報》，1985 年第 4 期，頁 108。

葉嘉瑩，〈從李清照到沈祖棻——談女性詞作之美感特質的演進〉，載《文學遺產》，2004 年第 5 期，頁 4-15。

張春曉，〈《涉江詞》誦詞記略提要〉，載《中國韻文學刊》，2000 年第 2 期，頁 98-105。

———，〈愛國詞人沈祖棻及其《涉江詞》〉，載《詞學》，第 17 輯，上海：華東師範大學出版社，2006 年。頁 31-51。

張宏生，〈理論的追求與創作的實踐——沈祖棻與比興寄託說〉，載《詞學》，第 17 輯，上海：華東師範大學出版社，2006 年。頁 19-30。

張偉光，〈論《涉江詞》的愛國主義思想〉，《齊齊哈爾師院學報》，1987 年第 4 期，頁 79。

章子仲，《北斗七星——沈祖棻的文學生涯》，美國：溪流出版社，2004 年。

饒宗頤

林立，〈選堂形上詞之我見〉，載《華學》第九、十輯，上海：上海古籍出版社，2008 年，頁 1811-1823。

羅忼烈，〈略論五家和清真詞——兩小山齋詞話〉，載鄭煒明編，《論饒宗頤》，香港：三聯書店，1995 年，頁 332-339。

劉夢芙，〈論《選堂樂府》〉，載《華學》，2004 年第 7 輯，頁 62-77。

胡曉明，《饒宗頤學記》，香港：饒宗頤學術館，1995 年。

施議對，〈落想・設色・定型——饒宗頤「形而上」詞法試解〉，載施氏《今詞達變》，澳門：澳門大學出版中心，1999 年。頁 431-452。

———，〈為二十一世紀開拓新詞境，創造新詞體——饒宗頤形上詞訪談錄〉，載《文學遺產》，1999 年第 5 期，頁 106-114。

曾楚楠，〈選堂先生「形上詞」蠡測〉，載《韓山師範學院學報》，2001 年第 4 期，頁 62-70。

趙松元，〈一上高丘百不同：論選堂先生的哲理詩〉，《韓山師範學院學報》，2001 年第 3 期，頁 51-59。

鄭煒明編，《論饒宗頤》，香港：三聯書店，1995 年。

羅忼烈

鄧昭祺，〈羅忼烈教授著作概述〉，載《文學研究》，2006 年第 1 期創刊號，頁 49-57。

林立，〈傳統與地域的探索：論羅忼烈的詞〉，載黃坤堯主編，《香港舊體文學論集》，香港：香港中國語文學會，2008 年，頁 105-118。

國家圖書館出版品預行編目資料

二十世紀十大家詞選

黃兆漢、林立主編. – 初版. – 臺北市：臺灣學生，2009
面；公分
參考書目：面

ISBN 978-957-15-1436-9(精裝)
ISBN 978-957-15-1435-2(平裝)

833.8　　97021631

二十世紀十大家詞選（全一冊）

主編：黃兆漢、林立
出版者：臺灣學生書局有限公司
發行人：盧保宏
發行所：臺灣學生書局有限公司
臺北市和平東路一段一九八號
郵政劃撥帳號：00024668
電話：(02)23634156
傳眞：(02)23636334
E-mail：student.book@msa.hinet.net
http：//www.studentbooks.com.tw
本書局登記證字號：行政院新聞局局版北市業字第玖捌壹號
印刷所：長欣印刷企業社
中和市永和路三六三巷四二號
電話：(02)22268853

定價：精裝新臺幣五二〇元
平裝新臺幣四二〇元

西元二〇〇九年三月初版

83305

ISBN 978-957-15-1436-9(精裝)
ISBN 978-957-15-1435-2(平裝)